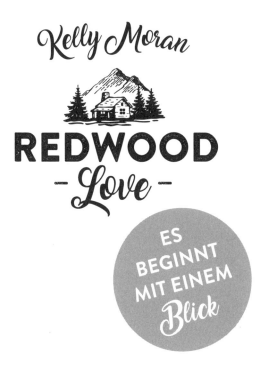

ROMAN

Aus dem Englischen von
Vanessa Lamatsch

Rowohlt Polaris

Die Originalausgabe erschien 2016 unter dem Titel
«Puppy Love. Redwood Ridge» bei
Lyrical Press / Kensington Publishing Corp., New York.

2. Auflage Oktober 2018
Deutsche Erstausgabe
Veröffentlicht im Rowohlt Taschenbuch Verlag,
Reinbek bei Hamburg, September 2018
Copyright © 2018 by Rowohlt Verlag GmbH,
Reinbek bei Hamburg
«Puppy Love. Redwood Ridge»
Copyright © 2016 by Kelly Moran
Published by Arrangement with Kensington
Publishing Corp., New York, NY 10018 USA
Redaktion Anja Lademacher, Bonn
Umschlaggestaltung FAVORITBUERO, München
Umschlagabbildung Shutterstock; David Lees / Getty Images
Satz aus der Dolly, InDesign
Gesamtherstellung CPI books GmbH, Leck, Germany
ISBN 978 3 499 27538 8

Aus tiefstem Herzen widme ich dieses Buch meiner Schreibgruppe – den Schicksen. Vonnie, Alison, Angel, Auria, Sarah, Dixie, AJ, Mac, Amy & Arial, ohne euch wäre das alles nicht möglich gewesen.

Und ich muss hier unbedingt meinen Neffen Connor erwähnen, der mit Autismus lebt und mich unablässig Stärke, Humor und Entschlossenheit lehrt.

· 1 ·

Avery Stowe kniff die Augen zusammen und lehnte sich fast auf das Lenkrad, um in der Dunkelheit durch die dicken weißen Flocken hindurchsehen zu können, die das ruhige Redwood einhüllten. Solche Schneestürme gab es in San Francisco einfach nicht. Anscheinend hatte ihre Mom recht gehabt, darauf zu bestehen, dass sie vor ihrem Umzug ihren Camry gegen einen SUV tauschte. Ihr Wagen hätte keinen einzigen Winter in Oregon überstanden. Und selbst ihre kapriziöse Mutter musste mitunter mal recht haben. Mit der Betonung auf *mitunter*.

Avery war dankbar, sich nach zwei Tagen Reisezeit endlich dem Ziel zu nähern. Sie warf einen kurzen Blick auf ihre Tochter Hailey, die im Kindersitz auf dem Rücksitz saß, und seufzte erleichtert, weil sie immer noch schlief. Dann richtete sie ihre Aufmerksamkeit wieder auf die Straße.

Seit sie die Staatsgrenze überquert hatte, waren bereits gute zehn Zentimeter Schnee gefallen. Das war Irrsinn. Hübsch, aber trotzdem Irrsinn. Und da Avery das warme, sonnige Kalifornien bisher nie verlassen hatte, war es auch ein Kulturschock. Aber ... mit dem neuen Jahr sollte ein Neubeginn einhergehen. Sowohl sie als auch Hailey brauchten das.

Selbst wenn diese neue Stadt sie an *Silent Hill* erinnerte. Sie ertappte sich dabei, dass sie nach unheimlichen Zombie-Monstern Ausschau hielt, konnte aber keine entdecken.

Anscheinend wurden die Gehwege hier nachts hochgeklappt, denn nur die altmodischen Straßenlaternen an der zweispurigen Kopfsteinpflasterstraße spendeten noch Licht. Avery hatte geglaubt, ihre Mutter hätte nicht mehr alle Tassen im Schrank – genau genommen keine einzige mehr –, als sie vor zehn Jahren hierhergezogen war, nachdem sie von einer Tante, von deren Existenz sie nicht einmal etwas gewusst hatte, mehrere Ferienhütten geerbt hatte. Ihre Mom allerdings war hier glücklich und ging davon aus, dass es Avery und Hailey genauso gehen würde.

Auf dem Papier wirkte es jedenfalls perfekt. «Nicht *Silent Hill*, nicht *Silent Hill*.» Aber mal ernsthaft – wo waren die Menschen?

Pittoresk gelegen zwischen der Küste und den Ausläufern der Klamath Mountains, war Redwood sowohl ein Touristenmagnet als auch eine charmante Kleinstadt mit ungefähr tausendfünfhundert Einwohnern. Und tatsächlich musste die Stadt einen einzigartigen Zauber besitzen, wenn es ihr gelang, die Aufmerksamkeit ihrer Mutter so lange zu fesseln. An der Straße zogen sich Reihen von kleinen Läden entlang. Es war, als reiste man zurück in eine Zeit, in der alles einfacher und schöner gewesen war. Wenn es hier nur Menschen gäbe.

Zehn Minuten später ließ der Schneefall nach. Avery lenkte den Wagen inzwischen über eine Privatstraße, die von Zypressen, Kiefern und jenen Redwood-Bäumen gesäumt wurde, denen die Stadt ihren Namen verdankte. Der Anblick war absolut atemberaubend, aber sie würde ihn erst später wirklich genießen können. Bei Tageslicht. Im Moment wirkte es in ihren Augen eher wie die Filmkulisse zu *Freitag, der 13*.

Vielleicht sollte sie aufhören, Horrorfilme zu schauen.

Sie fuhren an ein paar größeren Häusern vorbei, die noch weihnachtlich dekoriert waren. Fünf Kilometer weiter bogen sie zu den Ferienhütten ab. Sie parkte vor der ersten Hütte und sah sich um. *Denk nicht an Freitag, der 13*.

Keine gruseligen Filme mehr. Nie wieder.

Im gleichen Abstand zueinander standen hier fünf einstöckige Blockhütten. Schnee lag auf den Dächern. Die Hütten glichen sich aufs Haar, jede besaß eine kleine Veranda und ein einfaches Satteldach. Aus den Fenstern der ersten Hütte strahlte warmes gelbes Licht, Rauch stieg aus dem Schornstein auf. Und dort stand auch das Auto ihrer Mutter.

Zum ersten Mal in gefühlt zehn Jahren atmete Avery tief durch und schloss die Augen. Keine Sirenen oder Hupen. Keine Gespräche und kein Stress. Kein Ex und keine Schwiegereltern, mit denen sie streiten musste. Nur ... Frieden.

Bis Jason mit seiner weißen Hockey-Maske auftaucht ...

Okay, das reichte jetzt. Ab jetzt würde sie wirklich nur noch Komödien schauen.

Avery würde sicher eine Weile brauchen, um sich an die Stille zu gewöhnen, aber für Hailey lohnte sich der Umzug auf alle Fälle. Zu viele Reize führten bei ihr automatisch zu Wut- und Trotzanfällen. Das Stadtleben war nichts für sie. Vielleicht würde Hailey in dieser Umgebung besser zurechtkommen. Und es war auch ein Vorteil, ihre Mutter in der Nähe zu haben.

In ihrer Kindheit hatte Avery sich in ihrer Zwei-Personen-Kleinfamilie oft als die Erwachsene gefühlt, weil ihre Mutter ständig durchs La-La-Land tanzte. Doch an Liebe hatte es ihr nie gemangelt. Und im Moment brauchte Avery dringend Unterstützung.

Es war lange her, dass sie sich das letzte Mal auf jemanden hatte stützen können.

Avery warf einen Blick auf den Rücksitz, dann streckte sie den Arm aus, um leicht Haileys Knie zu berühren. «Hey, Liebling. Wir sind da.»

Sofort flatterten die dunklen Wimpern ihrer Tochter und hoben sich, um die blauen Augen zu enthüllen, die sie von ihrem Vater geerbt hatte. Alles andere hatte sie von Avery. Dichtes, braunes Haar und eine kurvige, schlanke Gestalt. Hailey war erst acht, aber bereits jetzt das Ebenbild ihrer Mutter.

Hailey musterte ihre Umgebung in der scheinbar fahrigen Art, an die Avery sich gewöhnt hatte, seit sie die Autismus-Diagnose ihrer Tochter bekommen hatte. Ihr Blick huschte über alles gleichzeitig, verweilte nirgends länger als den Bruchteil einer Sekunde. Einen Moment später quietschte sie und wedelte mit den Händen.

Gut gemacht, Mami, übersetzte Avery in ihrem Kopf.

Da Hailey zu den Autisten gehörte, die nicht sprachen – zumindest bis jetzt –, spielte Avery oft Dialoge in ihrem Kopf durch. Das half ihr, damit umzugehen.

Sie lächelte, froh, dass Hailey gefiel, was sie sah. «Grandma ist drin und wartet auf uns. Willst du dir unser neues Zuhause anschauen?» Zumindest würde dies ihr Zuhause sein, bis sie eine Wohnung oder ein kleines Haus mieten konnte – vielleicht nicht direkt neben Camp Crystal Lake.

Hailey quietschte erneut und machte sich ungeschickt an ihrem Gurt zu schaffen, bis sie ihn endlich gelöst hatte. Eilig stieg Avery aus dem Auto und fing ihre Tochter an der hinteren Tür ab, bevor sie losrennen konnte. Da sie sich erst einmal alles ansehen wollte, ließ sie die Koffer im Auto und führte Hailey die Verandastufen nach oben, wobei sie sorgfältig darauf achtete, ihre Tochter nicht öfter zu berühren als unbedingt nötig.

Die Tür schwang auf, bevor sie klopfen konnten. Als sie ihre Mutter im Türrahmen entdeckte, schnürten Tränen Averys Kehle zu. Justine Berry mochte kapriziös und unberechenbar sein, aber sie war immer für ihre Tochter da gewesen. Nach allem, was Avery und Hailey durchgemacht hatten, brauchte sie einfach … ihre Mom.

«Ich freue mich ja so, dass ihr hier seid!» Sie beugte sich vor, bis ihr Kopf auf einer Höhe mit Haileys schwebte, offensichtlich erfüllt von dem Wunsch, ihre Enkelin zu umarmen.

Andere nicht zu knuddeln, ging gegen die Natur ihrer Mutter, aber Avery kannte Haileys Grenzen. Sie hatte Justine tausendmal vorgewarnt, bevor sie losgefahren waren, nur für den Fall, dass ihre Mutter es vergaß. Ihre Mutter und die Vergesslichkeit gehörten zusammen wie beste Freunde.

Hailey schob ihre Großmutter zur Seite und rannte in die Hütte. *Aus dem Weg, Oma. Ich habe Besseres zu tun.*

Avery zuckte mit den Achseln. «Sie ist aufgeregt. Das ist gut.»

Schon im nächsten Augenblick schlossen sich die Arme ihrer Mutter um sie und drückten zu, bis sie nicht mehr atmen konnte. Der vertraute Duft von Patschuli stieg ihr in die Nase. Sie drängte die Tränen zurück, die ihr in die Augen stiegen, und lächelte. «Hi, Mom.»

«Wenigstens darf ich dich noch umarmen.» Mom trat zurück und strich sich über ihr wildes schulterlanges braunes Haar. Sie bevorzugte einen natürlichen Lebensstil, also hatten ihre Haare wahrscheinlich seit Jahrzehnten keine Pflegespülung oder Ähnliches mehr gesehen. Die feinen Falten um ihren Mund und ihre Augen waren tiefer als noch vor einem Jahr, als sie Avery zum letzten Mal in San Francisco besucht hatte, doch das machte ihre Mutter nur charmanter. Sie war eine Frau, die oft lachte und intensiv liebte. Vier Ex-Ehemänner waren der beste Beweis dafür. «Wie waren die Straßen?»

Avery schloss die Tür hinter sich. «Ein bisschen rutschig, aber nicht allzu schlimm. Wow, Mom. Diese Hütte ist toll.»

Sie sah absolut nicht aus wie in einem schlechten Horrorfilm.

Das gesamte Häuschen schien nur aus Holz und Stein und Glas zu bestehen. Rustikal, sauber und hübsch. In einer Ecke sorgte ein geziegelter Kamin für Wärme. Sofas mit kariertem

Bezug und Kiefernholztische standen auf dem Massivholzboden. Das Wohnzimmer war geräumig und durch einen Tresen von der Küche getrennt. Am hinteren Ende des Raums öffneten sich große Panoramafenster und gaben den Blick frei auf einen im Mondlicht glänzenden kleinen Bach.

Hailey verschwand in einen kleinen Flur und quietschte. Avery wollte ihr folgen, doch ihre Mom stoppte sie, indem sie ihr eine Hand auf den Arm legte.

«In diese Richtung gibt es keinen Ausgang und nichts, wo sie reinkriechen könnte. Ich vermiete diese Hütten, also sind sie relativ einfach eingerichtet. Aber ich habe Vorräte für dich eingekauft.» Sie lächelte und umarmte Avery noch einmal. «Ich bin so froh, dass du da bist. Zehn Jahre, und erst jetzt schaust du dir meine Stadt an.»

Avery verdrängte die Schuldgefühle und nickte. Sie konnte die Vergangenheit nicht ändern. «Ich erinnere mich, dass du gesagt hast, du hättest eine Menge Arbeit in die Anlage gesteckt. Es ist wirklich schön.»

Mom seufzte. «Gute Handwerker und das geerbte Geld haben dafür gesorgt. Die Hütten sind fast das ganze Jahr über gut vermietet. Ich lebe über meinem Laden in der Stadt, aber wenn es okay für dich ist, würde ich heute hier übernachten.»

Außer den Hütten besaß ihre Mutter einen Secondhandladen, den sie Thrifty getauft hatte. Soweit Avery wusste, kümmerte sich jemand anderes um die finanzielle Seite der Geschäfte. Buchhaltung war nicht gerade die große Stärke ihrer Mutter. Sie hatte eine Menge Ideen und idealistische Träume, Zahlen und Details delegierte sie klugerweise an jemand anderen.

«Ich fände es wunderbar, wenn du über Nacht bleibst. Es ist sowieso schon recht spät.»

Wo sie gerade davon sprach, Hailey war seit einigen Minuten

verdächtig still. Getrieben von Sorge und Argwohn, ging Avery den Flur entlang, nur um ihre Tochter schlafend auf einem der beiden Betten vorzufinden, wo sie sich, noch mit Mütze und Mantel bekleidet, zusammengerollt hatte.

Ihr Herz verkrampfte sich in tiefempfundener Liebe. Vorsichtig öffnete sie Haileys Mantel, ohne ihn ihr auszuziehen, weil sie ihre Tochter nicht wecken wollte. Sie zog ihr die Mütze vom Kopf und fuhr ihr sanft durch das dunkle Haar. Avery durfte Hailey nur wirklich berühren, wenn sie schlief, weil jeder Körperkontakt Hailey aufregte, manchmal so sehr, dass sie anfing zu schreien. Doch es gab diese ruhigen Momente am Abend, wo sie ihre Tochter in Ruhe betrachten und ihre perfekten kleinen Wangen streicheln durfte.

Erschöpft, wie Avery war, streifte ihr Blick die einfachen Holzmöbel und das Erkerfenster nur, als sie zurück in die Küche ging, wo ihre Mutter in einem Topf rührte. Vollkommen überrascht blieb sie in der Tür stehen.

Mom drehte sich grinsend um. «Ich habe Kakao gemacht. Setz dich einfach ins Wohnzimmer. Entspann dich. Du wirkst ziemlich erschöpft. Ich werde dir eine Tasse bringen.»

«Ist er ... trinkbar?»

Mom schüttelte den Kopf, dann sagte sie: «Ich glaube schon.»

«Erinnerst du dich an ...»

«Ein Mal. Nur ein einziges Mal habe ich ein Feuer verursacht, Avery!»

Zu erschöpft, um zu widersprechen, grinste sie, ließ sich in einen Sessel sinken und schloss die Augen. Erstaunlich, wie gemütlich dieser Sessel war. Das knisternde Feuer und der Geruch von Kakao beruhigten sie und erlaubten ihr, sich ein wenig zu entspannen. Dann schlief sie ein.

Als Avery wieder erwachte, zitterte sie, und die Tasse Kakao auf dem Beistelltisch neben ihr war kalt. Seltsame Stücke schwammen darin herum. Blinzelnd richtete sie sich auf. Ihre Mutter schlief auf dem Sofa neben ihr.

Wow. Wie lange hatten sie gedöst?

Sie nahm sich einen Moment, um sich zu strecken, bevor sie nach Hailey sehen würde. Schließlich stand sie auf und schaute zur Küche hinüber, um sicherzustellen, dass ihre Mutter den Herd ausgeschaltet hatte. Es wäre nicht das erste Mal, dass sie abgelenkt wurde und es vergaß. Ein Blick beruhigte sie. Danach versuchte Avery, die Quelle des kühlen Luftzugs zu finden, der durch den Raum glitt. Sie erstarrte, als sie bemerkte, dass die Hintertür offen stand.

Nein. Gott, nein.

«Mom!», schrie Avery, die bereits im Flur stand. Panik brachte ihr Herz zum Rasen.

Haileys Bett war leer.

Nein, nein, nein, nein, nein ...

Sie eilte zurück ins Wohnzimmer, rannte gegen ihre Mutter und drängte sich an ihr vorbei.

«Was ist?»

Avery schob eilig ihre Füße in die Stiefel und griff nach ihrem Mantel. «Hailey ist weg. Wir sind eingeschlafen. Ich habe die Tür nicht verriegelt.» Ein Fehler, der ihr nicht hätte unterlaufen dürfen. Hailey machte so etwas ständig. Sie lief nicht wirklich weg ... sie lebte einfach in ihrer eigenen Welt und hatte kein Gefühl für Gefahren.

Oh Gott. Ihre Tochter war dort draußen in der Kälte, mitten im Nirgendwo, und das nachts. Hier gab es Pumas, ganz zu schweigen von ...

«Ruf die Polizei.»

Sie eilte zur Hintertür und einmal ums Haus, doch Hailey war weder auf der Veranda noch im Auto. Angst schnürte ihr die Kehle zu, als sie an der Hintertür erneut mit ihrer Mutter zusammenstieß.

«Da sind Fußspuren.» Mom band sich einen Schal um den Hals. «Sie ist direkt in den Wald gelaufen.»

Avery senkte den Blick. Eine Spur von kleinen Fußabdrücken führte von der Hütte weg, zwischen die dichtstehenden Bäume. Sie rannte los, um den Spuren zu folgen. Kälte brannte in ihrer Lunge, und als sie das Kiefernwäldchen erreicht hatte, waren ihre Finger taub.

Hailey war so klein. Sie würde bei diesen Temperaturen nicht lange durchhalten. Es musste mindestens zehn Grad unter null sein. Und Hailey konnte nicht sprechen. Wenn sie Hilfe brauchte, konnte sie nicht darum bitten. Avery hatte vor dem Umzug recherchiert. Sie wusste über die Pflanzen und Tiere Bescheid, die es hier gab. Sie wusste, dass ihre Tochter der Gefahr eines Raubtierangriffes ausgesetzt war und auch, um welche Tiere es sich dabei handeln konnte. Schwarzbären, Pumas und Luchse standen ganz oben auf dieser Liste. Hailey hätte keine Ahnung, wie sie sich verteidigen sollte.

Tränen verschleierten ihren Blick. Sie beschleunigte ihre Schritte, rannte, sodass der Schnee hinter ihr aufstob.

Bitte mach, dass alles gut ist. Bitte!

Plötzlich führte die Fußspur nach rechts. Avery folgte ihr, dann stockte ihr der Atem.

Hailey saß auf einem Baumstumpf, mit dem Rücken zu ihr. Sie trug immer noch ihren pinkfarbenen Mantel, aber keine Mütze. Ihre Erleichterung war unbeschreiblich.

«Hailey.» Avery eilte auf ihre Tochter zu und ging vor ihr in die Hocke. «Wir haben doch darüber gesprochen, Liebling. Du darfst nicht einfach weglaufen...»

Da war Blut. Eine Menge Blut. Vor Haileys Füßen. Vorne auf ihrem Mantel.

«Wo bist du verletzt? Wo bist du verletzt, Liebling?» Sie ließ ihre zitternden Finger über Haileys Kopf gleiten, an ihrem Hals hinunter bis zu ihrer Brust, um dann innezuhalten.

Ein pelziger, warmer Kopf schob sich aus Haileys halb geöffnetem Mantel.

Ein Schrei stieg in Averys Kehle auf, dann wurde ihr klar, dass es ein Hund war. Nein, ein Welpe. Ein kleiner, beiger Pelzball. Hailey wiegte ihn, streichelte seinen Kopf, ihr Blick ging unruhig hin und her.

Avery, die wusste, dass diese Bewegungen Ausdruck von Nervosität und Angst waren, zwang sich, ruhig zu sprechen. Hailey würde niemals einem Lebewesen weh tun, also musste sie das Tier hier draußen gefunden haben. «Du hast einen kleinen Hund gefunden. Es ist okay, Hailey. Ist er verletzt? Kommt daher das Blut? Darf Mami mal sehen?»

Sanft befreite sie das zitternde Pelzbündel aus der Umarmung ihrer Tochter. Das arme Ding jaulte. Vor Schreck über dieses Geräusch in der stillen Nacht fiel sie nach hinten auf den Po. Der Kleine konnte kaum älter sein als sechs Wochen. Und er wog höchstens dreieinhalb Kilo. Traurige, verängstigte braune Augen sahen sie an, und Avery schmolz dahin.

«Na, so was aber auch. Du bist ja anbetungswürdig.»

«Avery ... sein Bein.» Mom, die inzwischen angekommen war, deutete mit dem Kinn auf den Hund und rammte ihre Hände in die Manteltaschen.

Averys Blick glitt im Mondlicht über das Tier, um sich anzusehen, wovon ihre Mutter sprach. Die untere Hälfte des Hinterbeins war abgetrennt. Blut verklebte das Fell. Ihr Magen zog sich zusammen. Was konnte nur passiert sein?

Übelkeit stieg in ihr auf. «Du armes Ding.»

Hailey begann, sich heftiger zu wiegen.

Avery hob die Hand und umfasste den Arm ihrer Tochter. «Es wird alles gut, Liebling.»

Ratlos sah sie ihre Mom an. Sie hatte noch nie ein Haustier gehabt. Es war eiskalt hier draußen, und niemand wusste, wie lang dieser kleine Kerl schon im Wald war oder wie viel Blut er verloren hatte. Der rote Fleck im Schnee schien groß für so ein kleines Wesen. Der Hund trug weder Hundemarke noch Halsband. Er tat kaum mehr, als zu wimmern und zu zittern. Und sie musste auch Hailey wieder ins Warme bringen.

Ihre Mom wickelte sich den Schal vom Hals und gab ihn ihr. «Ich werde die O'Gradys anrufen. Ihnen gehört die Tierklinik in der Stadt. Geh schon. Ich bringe Hailey zurück in die Hütte ...»

Hailey sprang auf und klammerte sich an Averys Jacke. Sie wimmerte kläglich, während ihr Blick durch die Gegend huschte.

«Sie will mitkommen.» Avery sah ihre Mom an. «Würdest du bitte ihren Mantel zumachen? Und dann ruf den Tierarzt an. Wir müssen los. Dieser kleine Kerl braucht Hilfe.»

· · ·

Cade O'Grady starrte das kleine graue Kätzchen an, das Milch aus der Flasche in seiner Hand saugte. Der Fellball fand ohne Probleme Platz in einer seiner Hände. Wieder kochte Wut in ihm hoch, also atmete er tief durch und sah sich in seinem kleinen Klinikbüro um.

Es war spät, aber er hatte beschlossen, noch zu bleiben, um ein paar Akten auf den neuesten Stand zu bringen. Das war vor zwei Stunden gewesen, aber die besagten Akten warteten immer noch darauf, Beachtung zu finden. Nur gut, dass er geblieben war. Das winzige Kätzchen in seiner Hand wäre sonst gestorben, genau wie seine Mutter und Geschwister.

Was für ein Mensch stellte eine Kiste mit Kätzchen draußen vor einer Klinik in den Schnee? Cade hatte keine Ahnung, wie lang die Tiere den Elementen ausgesetzt gewesen waren – jemand hatte sie neben die Zwinger hinter der Klinik gestellt –, und das Kätzchen, das er gerade fütterte, hatte als einziges überlebt. Er knirschte mit den Zähnen, war so wütend, dass er den Mistkerl umbringen würde – wenn er ihn fand.

Glücklicherweise war dieses Kätzchen, das aussah wie eine Brasilianisch Kurzhaar, ein echter Kämpfer. Es hatte sofort angefangen zu fressen und brauchte keine Infusion. Temperatur und Blutdruck waren – angesichts der Umstände – in Ordnung gewesen, und er hatte keinen Hinweis auf Verletzungen gefunden.

Cade schloss die Augen und lauschte auf das Klicken des Anrufbeantworters am Empfang. Wenn es ein Notfall war, würde er angepiept werden, da er diese Woche Rufbereitschaft hatte. Animal Instincts war eine kleine Klinik, vor dreißig Jahren von seinem Vater gegründet. Nach seinem Tod hatten Cade und seine zwei Brüder die Praxis übernommen. Das war jetzt schon neun Jahre her. Kaum zu glauben.

Die Flasche war leer, also stellte er sie auf seinen Schreibtisch und musterte das Kätzchen. «Du bist wirklich süß.»

Es miaute zustimmend.

Er lachte zum ersten Mal an diesem Tag, dann rieb er sich den Hinterkopf. «Und so bescheiden. Ich glaube, ich nenne dich Candy. Verstehst du? Weil du so süß bist ...»

«Miau.»

«Gut, dann wäre das geklärt.»

Das Kätzchen drehte sich ein paarmal um sich selbst, dann schlief es in seiner Armbeuge ein.

«Kann ich dir sonst noch etwas bringen? Ein Bier vielleicht?»
Es antwortete nicht. Sie. Sie antwortete nicht. Er sollte nicht mehr ‹es› zu dem kleinen Mädchen sagen.

Mit einem Kopfschütteln zog Cade eine Akte zu sich heran. Dann piepte sein Pager. Er fluchte. Gerade als er danach griff, hämmerte jemand an die Eingangstür.

Er sah auf das Kätzchen herunter. «Was für ein Scheißtag.»

Sie miaute schläfrig, als wollte sie ihm zustimmen. *Wem sagst du das. Denk dran, was ich für einen Tag hatte.*

Cade stand auf, legte Candy in eine mit Kissen ausgestattete Kiste, die auf einem Stuhl stand, und sah auf dem Weg zur Eingangstür auf seinen Pager. Das Hämmern wurde heftiger. Er erkannte die Nummer nicht, aber die Frau, die vor der Tür stand, war Justine Irgendwas. Sie führte einen Secondhandladen ein Stück die Straße runter.

Er schloss die Tür auf und öffnete sie. Zumindest schneite es nicht mehr. «Haben Sie mich angepiept?»

Sie eilte in die Klinik, gefolgt von einer Frau, die er nicht kannte, und einem kleinen Mädchen von vielleicht acht Jahren. «Ja, das war ich.» Justine schob sich ihr dunkles, vom Wind zerzaustes Haar aus dem Gesicht.

Er schloss die Tür, um den kalten Wind auszusperren, der von den Bergen heranwehte.

Die andere Frau hielt ihm etwas entgegen. Einen Welpen in einem Wollschal.

Cade musterte das Blut auf dem pinkfarbenen Mantel des kleinen Mädchens. Verdammt. Eilig setzte er sich in Bewegung und bedeutete ihnen, ihm zu folgen. «Hier entlang.»

«Ich werde hier draußen warten», sagte Justine, deren Gesicht eine verdächtig grünliche Farbe zierte. «All dieses medizinische Zeug ... hier draußen bin ich besser aufgehoben.» Sie ließ sich schwer auf einen Stuhl fallen, als wollte sie ihre Aussage bekräftigen.

Im ersten Behandlungsraum zog Cade sich Handschuhe an, drehte sich um und griff nach dem Tier. «Was ist passiert?»

«Ich bin mir nicht sicher. Hailey hat ihn vor ungefähr einer halben Stunde im Schnee gefunden.» Die Frau sprach schnell, aber ihre Stimme war ruhig. Anscheinend störte das Blut sie nicht.

Vorsichtig setzte er den Welpen auf den Tisch und löste den Schal, um die Situation besser beurteilen zu können. Gelber Labrador. Männlich. Augen halb geschlossen. Lethargisch. Unterernährt. Ungefähr fünf oder sechs Wochen alt. Zitternd. Bein unter dem Knie abgetrennt. Das Blut war geronnen, die Wunde blutete kaum noch.

So eine verdammte Scheiße!

Er biss sich auf die Wange, dann zwang er sich, die Frau anzusehen. «Kommen Sie hier rüber und halten Sie ihn fest, während ich Verbandmaterial hole, bitte.»

Sein harscher Tonfall sorgte dafür, dass kakaobraune Augen sich weiteten. Sie wandte sich an das Mädchen. «Könntest du dich auf den Stuhl setzen, Liebling? Ich bleibe gleich hier drüben.»

Das Mädchen antwortete nicht. Stattdessen bewegte es nervös seine Arme und mied jeden Blickkontakt. Einen Augenblick später setzte es sich auf einen Stuhl in der Ecke. Es stand wahrscheinlich auch unter Schock.

Als die Frau sich langsam dem Untersuchungstisch näherte, entfernte sich Cade, um eine Infusion mit Kochsalzlösung zu holen und sie in der Mikrowelle zu erwärmen. Zusätzlich holte er eine Heizdecke, steckte sie ein und schob sie unter den Welpen. Er griff sich ein Otoskop und lehnte sich vor, um die Ohren des Hundes zu untersuchen.

«Wie lange war er draußen?»

Sie verlagerte ihr Gewicht, und ein fruchtiger Duft breitete sich aus. Nach irgendwelchen Beeren. «Ich weiß nicht. Wir ...»

«Sie wissen es nicht», wiederholte er dumpf, bevor er das Maul des Welpen untersuchte. Das Zahnfleisch war bleich, aber die Zähne in Ordnung.

Er führte ein Thermometer ein, um die Temperatur rektal zu messen, und musterte die Frau. Er kannte nicht jeden in Redwood, aber sie hatte er ganz sicher noch nie gesehen. Sie hatte ein hübsches, pausbäckiges Gesicht. Lockiges braunes Haar ergoss sich unter der Mütze bis auf ihre Schultern. Sie musste ungefähr im selben Alter sein wie er. Ende zwanzig. Sie kaute so heftig auf ihrer Unterlippe, dass sie bereits leicht geschwollen war.

Gut. Sie sollte sich ruhig schuldig fühlen. Ein neues Haustier unbeaufsichtigt draußen zu lassen, war verantwortungslos. Außerdem zeigte der Welpe Anzeichen von Vernachlässigung. Sein Bein sah aus, als wäre er in eine Bärenfalle geraten. Da sie mit Justine gekommen war, musste er davon ausgehen, dass sie eine idiotische Touristin war, die eine der Hütten gemietet und keine Ahnung hatte, wie gefährlich die Berge sein konnten – oder die Tiere, die von den Bergen herunterkamen.

«Ist er geimpft? Hat er andere Probleme?»

«Ich bin mir nicht sicher. Er ist nicht ...»

«Gibt es überhaupt irgendetwas, was Sie wissen?», blaffte er.

Sie klappte den Mund zu und sah zu ihrer Tochter hinüber, die inzwischen an die Decke starrte.

Sein Tonfall tat ihm sofort leid, aber verdammt, einen Hund zu vernachlässigen war wirklich das Letzte. Und er hatte das schon so oft gesehen. Leute besorgten sich ein Haustier, weil es süß war oder sie sich einsam fühlten, hatten aber keine Ahnung, wie viel Verantwortung damit einherging. Und dann wurden die Tiere ausgesetzt oder ins Tierheim gesteckt und vergessen.

Und er war auch die Touristen leid. Eines der Praxis-Haustiere verdankte er einem dieser dämlichen Touristen, der sich nicht die Mühe gemacht hatte, seinen einjährigen dänischen Doggenrüden abzuholen, nachdem er sich ein Bein gebrochen hatte und behandelt werden musste.

Menschen waren wirklich schrecklich.

Cade war der jüngste der drei O'Grady-Männer und galt als der umgängliche Bruder. Er konnte gewöhnlich gut mit den Tierbesitzern umgehen, und er fand immer etwas zu lachen, selbst wenn er schlechte Laune hatte. Heute allerdings nicht. Er hatte den Bluthund des alten Mr. Kiser einschläfern müssen – das erste Tier, das er als Tierarzt behandelt hatte –, einen zweijährigen Retriever hatte er an eine Magendrehung verloren, und er hatte die Kiste voller toter Kätzchen neben der Hintertür gefunden. Na ja, eins lebte ja noch.

So viel zum heutigen Tag. Was für eine Scheiße! Er hatte einfach keine Geduld mehr – besonders nicht für eine Frau, die wahrscheinlich gerade ihrer Tochter das Herz gebrochen hatte, indem sie ihr Haustier in Gefahr gebracht hatte.

Er zog das Thermometer heraus und stellte fest, dass die Körpertemperatur zwar niedrig war, aber es war bei weitem nicht so schlimm wie befürchtet. Er steckte sich die Stöpsel seines Stethoskops in die Ohren und hörte Herz, Lunge und Bauch ab. Nichts Besorgniserregendes. Der Blutdruck war auch in Ordnung. Der kleine Kerl hob den Kopf und wimmerte, als Cade versuchte, sein Bein zu untersuchen.

«Ich weiß, Kleiner. Tut weh, hm? Du bekommst gleich was gegen die Schmerzen.»

Das Blut war geronnen, doch auch wenn die Wunde nicht infiziert aussah, würde der Hund operiert werden müssen, um den Rest des Beins an der Hüfte zu amputieren. Doch zuerst musste er sicherstellen, dass das Tier stabil war. Er würde ihm eine Infusion legen, Antibiotika geben und den Blutverlust ausgleichen.

Cade richtete sich auf und wandte sich mit verschränkten Armen der Frau zu. «Für den Moment ist er in akzeptabler Verfassung, was mich sehr überrascht. Die Vitalzeichen sind ein wenig niedrig, aber grundsätzlich normal. Wenn er sich in ein paar Stunden auch noch so gut hält, werden wir ihm den Rest des Beins amputieren. Er wird ein paar Tage hierbleiben müssen.»

Cade hielt inne und wartete darauf, dass sie etwas sagte. Als sie ihn in einer Mischung aus Sorge und Verwirrung anstarrte, schüttelte er den Kopf. «Das wird teuer, Ma'am.»

Auch wenn ihn das kaum interessierte. Wenn sie jetzt einfach ging und den Hund zurückließ, würde er trotzdem alles Nötige unternehmen, um den Welpen zu retten. Auf eigene Kosten. Sobald es dem Welpen wieder gutging, würde Cade versuchen, einen neuen Besitzer zu finden, oder er würde auch zum Praxis-Haustier werden. Auf jeden Fall würde er kein Tier einschläfern, nur weil es eine Beinverletzung hatte. So was tat er nur, wenn es keine andere Wahl gab.

Sie rieb sich die Stirn. «Kann er mit drei Beinen leben? Laufen, meine ich? Ich weiß nicht viel über ...»

Cade knirschte mit den Zähnen. «Menschen kommen doch auch ganz gut mit nur einem Bein klar, oder? Er ist jung. Er wird sich daran gewöhnen. Ja oder nein, Ma'am?»

Überrascht sah sie ihn an. Mit ihren großen Augen, den vollen Lippen und der Stupsnase hätte sie ziemlich umwerfend sein können, wenn er nicht so gegen sie eingenommen wäre. «Ich ... ich bin mir nicht sicher, was Sie wissen wollen.»

Er schloss kurz die Augen und betete um Geduld. «Die Heilung wird eine Weile dauern. Zusätzlich zur OP muss die Pflege bezahlt werden. Sind Sie dazu bereit? Wenn nicht, können Sie einfach gehen. Entweder er ist Ihr Hund, oder er ist es nicht.»

«Er ist ...» Ihre braunen Augen huschten zum Behandlungstisch. Überraschung flackerte in ihnen auf. Dann schlug sie die Hand vor den Mund, und Tränen stiegen ihr in die Augen.

Cade bedachte sie mit einem kritischen Blick und drehte sich um.

Das kleine Mädchen streichelte den Kopf des Welpen, sie hatte ihr Gesicht an seinem Hals vergraben. Sie sagte nichts und schien auch nicht aufgebracht, aber dem Welpen gefiel auf jeden Fall, was sie tat. Sein Schwanz klopfte schwach auf den Tisch, und seine vertrauensseligen Augen ließen das Mädchen nicht aus dem Blick. Sie schienen bereits eine Verbindung zu haben, was es nur noch schlimmer machen würde, falls diese Frau jetzt ginge und nicht mehr zurückkam.

Er drehte sich wieder zu der Mutter um und zog fragend die Augenbrauen hoch, doch sie beachtete ihn gar nicht. Stattdessen beobachtete sie das Mädchen und den Welpen mit einem zögernden Lächeln, ihre Überraschung war offensichtlich. Wieso überraschte sie das? Kinder liebten Tiere. Und es war schließlich ihr Hund. Erschien logisch, dass das Mädchen sich aufregte, weil der kleine Kerl verletzt war.

Auch wenn dieser Moment gerade offenbar wichtig für sie war, konnte er nicht länger warten. Er musste die Infusion legen. «Ma'am?»

Sie zuckte zusammen, dann sah sie zwischen ihm und dem Tisch hin und her. Nach einer Sekunde sammelte sie sich und wischte sich über die Augen. «Ja. Er ist unser Hund. Tun Sie, was auch immer nötig ist, um ihm zu helfen.» Wieder wurde ihr Blick sanft. Sie trat näher an den Tisch heran und tippte dem Mädchen auf die Schulter. «Zeit zu gehen, Liebling. Der Doktor hier wird ... ihm ... helfen. Wir werden morgen nach ihm schauen, okay?»

Wie seltsam, dass sie nicht versuchte, ihr Kind zu trösten. Nicht den Arm um das Mädchen legte oder es drückte. Irgendwas. Blut klebte auf dem Mantel des Mädchens, und sie war zweifellos traumatisiert, weil ihr Hund verletzt worden war. Und doch stand diese Frau da, als hätte sie kein Herz im Leib und keinen Funken Mitgefühl.

Deswegen mochte er Tiere lieber als Menschen. «Wie heißt der Hund?»

«Oh. Ähm ...»

Er seufzte. «Lassen Sie mich raten. Sie wissen es nicht.»

Für einen Moment flackerte Ärger in ihren Augen auf, doch dann sah sie wieder zu ihrer Tochter. «Sein Name ist ...» Sie legte den Kopf schräg, und ihre schokoladenbraunen Augen nahmen einen versonnenen Ausdruck an. «Seraph. Er heißt Seraph.»

«Seraph?» Es gelang Leuten nur noch selten, ihn zu überraschen. Er hätte Lucky oder Champ oder irgendetwas in der Art erwartet.

«Das ist ein anderes Wort für Engel ...»

«Ich weiß.» Zumindest dafür bekam sie ein paar Bonuspunkte. «Fahren Sie nach Hause. Ich werde Justine morgen früh nach ihren Daten fragen. Sie können ihn während der Öffnungszeiten besuchen.»

Sie nickte und kniete sich neben ihre Tochter. «Komm, Liebling. Wir werden ihn morgen wiedersehen.»

Sobald sie verschwunden waren, legte Cade die Infusion mit der warmen Kochsalzlösung, um den Hund ein wenig aufzuwärmen und die Antibiotika-Behandlung zu beginnen. Er nahm ein wenig Blut für ein Blutbild ab, um den Thrombozytenwert zu bestimmen, dann checkte er noch einmal die Vitalwerte. Der kleine

Kerl hielt sich tapfer. Er war froh, dass es dem Welpen so gutging. Schließlich schob er einen Stuhl an den Behandlungstisch und nahm sein Handy heraus.

Drake würde sauer sein, aber das hier konnte nicht bis morgen früh warten. Der Hund musste operiert werden, und sein ältester Bruder war nun einmal der Chirurg der Klinik. Cade hätte auch selbst operieren können, aber er wollte seinen Tierarzthelfer nicht wecken, und außerdem war Drake besser.

«Ich habe keine Rufbereitschaft.»

Cade grinste. «Vielleicht habe ich dich ja einfach nur vermisst.»

Es folgte ein langer Moment des Schweigens. «Was willst du? Und damit meine ich, dass du besser bis zum Hals in Windhunden steckst, die meine chirurgischen Fähigkeiten brauchen. Es ist fast Mitternacht.»

«Ich habe hier einen Labradorwelpen, der eine Amputation braucht. Zählt das?»

Drake stöhnte. «Ist er stabil?»

Cade unterdrückte die Schimpftirade, die ihm auf der Zunge lag. Es war ja nicht so, als wäre er es nicht gewohnt, unterschätzt zu werden. «Ich bin kein Idiot, weißt du? Ich habe einen Abschluss und alles. Ich bin mir sogar sicher, dass ich Veterinärmedizin buchstabieren kann, wenn ich mich ernsthaft anstrenge...»

«Bin in zehn Minuten da. Bereite den OP vor.»

Cade schob sein Handy wieder in die Tasche und kraulte dem Welpen die Ohren, was ihm ein schwaches Schwanzwedeln einbrachte.

«Seraph.» Er schüttelte den Kopf. «Deine Besitzerin ist wirklich eine Nummer. Und ziemlich hübsch. Sie hat dir einen tollen Namen gegeben, selbst wenn sie dich draußen im Schnee gelassen hat, die fiese Hexe.»

Noch ein Wedeln.

«Ich muss jetzt den OP für meinen mürrischen Bruder vorbereiten, aber ich bin gleich zurück. Bleib einfach kurz hier liegen.» Er streichelte dem Welpen den Rücken. «Ich verspreche dir, dass wir dich in Ordnung bringen. Bald bist du so gut wie neu.»

Wedel, wedel.

· 2 ·

Zwei Analdrüsenentleerungen und ein lethargisches Meerschweinchen hatten Cades morgendliche Termine abgeschlossen, und jetzt wanderte er zum Empfang und beäugte seine Tante, die im Singsang mit dem Praxishund Thor sprach. Die Dänische Dogge versteckte sich in panischer Angst vor She-Ra, der bösartigen Katze, unter dem Schreibtisch. Und das Vieh war wirklich bösartig. Aktenberge bogen sich gefährlich auf dem langen Tresen. Zumindest war das Wartezimmer leer. Das war ein wirklich verrückter Morgen gewesen.

«Krächz. *You spin me right round.*»

Gossip, der Kakadu, ein weiteres verlassenes Tier, nickte mit dem Kopf. Irgendwann würde Cade ihm beibringen müssen, etwas anderes von sich zu geben als Songtexte und Liedtitel. Dank seines vorherigen Besitzers konnte der Vogel nichts anderes. Na ja. Das und die Katze ärgern.

Cade kratzte sich am Kinn. «Kann ich Mittagessen gehen?»

Tante Rosa seufzte dramatisch. Alles an Rosa war dramatisch, von ihrem stacheligen roten Haar bis zu ihrer Bluse mit Leopardenmuster. «Schau dir das an.» Sie musterte Thor durch zusammengekniffene Augen. «Zeig mal ein wenig Rückgrat und komm da raus. Es ist nur eine Katze.»

She-Ra, die auf dem Drucker lag, leckte sich die Pfote und miaute, gelangweilt von den Vorgängen um sie herum. *Ich wette, ich kann diesen Hund dazu bringen, sich anzupieseln. Wollt ihr mal sehen?*

Thor bewegte sich nicht.

Mit einem Kopfschütteln hob Cade She-Ra hoch, sehr zu

ihrem Missfallen – *Setz mich runter, du unverschämter Bauer* –, und brachte sie in ein Hinterzimmer. Dann kehrte er in die Lobby zurück und rief Thor. Der fünfundsechzig Kilo schwere Hund kroch unter dem Tisch hervor und versteckte sich hinter Rosas Stuhl.

Cade zog die Augenbrauen hoch. «Kann ich jetzt zum Mittagessen gehen?»

Rosa war zwar nicht seine Chefin oder etwas in der Art, aber er und seine Brüder waren klug genug, sie nicht gegen sich aufzubringen. Seit zwanzig Jahren managte Rosa die Klinik und arbeitete am Empfang. Sie war nicht besonders gut darin, aber in der Not frisst der Teufel Fliegen. Rosa war die Schwester ihrer Mutter und gehörte zu dem Trio, das Cade gerne als ‹Die Drachen› titulierte. Ihre Mutter Gayle, Tante Rosa und die dritte Schwester Marie – die Bürgermeisterin der Stadt – herrschten mit eiserner Faust und Haferkeksen über Redwood. Diese Frauen waren verrückt und mischten sich in alles ein – und er liebte und fürchtete sie. Er fürchtete sie sehr.

«Hast du schon eine Nachfolgerin für mich gefunden?»

Cade unterdrückte ein Stöhnen. Rosa hatte vor sechs Wochen verkündet, dass sie sich in den Ruhestand begeben wolle, um … zu tun, was Drachen eben so taten. Kleine Kinder fressen, über Redwoods Twitter-Account Gerüchte verbreiten, kuppeln …

Er klimperte mit den Wimpern. «Wie sollten wir dich je ersetzen können, Tante Rosa?»

«Lass die Süßholzraspelei. Spar dir das lieber für die Damenwelt auf.»

Okay. «Nein, wir haben noch keinen Ersatz für dich gefunden.» Er musste erst mal eine Anzeige in die Zeitung setzen – was dafür sorgen würde, dass sich alle Verrückten und alle Single-Frauen in einem Umkreis von dreißig Kilometern meldeten. Verdammt. Er sollte Flynn überreden, die Personalentscheidungen zu übernehmen. Als mittlerer Bruder war er derjenige mit dem größten Organisationstalent. Nur dass er die Farmen in der Umgebung tierärztlich betreute und daher selten in der Klinik war. «Ich werde mich gleich darum kümmern.»

Sie kniff die haselnussbraunen Augen zusammen und legte den Kopf schräg, wobei sich ihr unnatürlich rotes Haar vor lauter Haarspray keinen Zentimeter bewegte. «Das hast du schon vor mehr als einem Monat gesagt.»

Nun, woher hatte auch er wissen sollen, dass sie es ernst meinte? Das war bei ihr nicht immer so sicher. «Diesmal mache ich es wirklich. Kann ich jetzt mittagessen gehen? Bitte, bitte?» Es gab nur drei Leute auf der Welt, für die er das «bitte, bitte» auspackte, und eine davon saß direkt vor ihm.

«Brent ist bereits losgezogen. Geh ruhig.» Sie schlug ihm auf den Hintern und winkte zum Abschied.

Brent war der Tierarzthelfer. Wieso schlug Rosa nicht ihm auf den Hintern? Brent würde das gefallen. «Es ist ziemlich pervers, was du da tust.»

Sie spielte die Unschuldige. «Ein kleiner Liebesklaps auf deinen Allerwertesten? Er ist schließlich hübsch.»

Er unterdrückte ein Seufzen. «Du bist mit mir verwandt. Das ist pervers.» Er war nur noch zwei Schritte von der Freiheit entfernt, als ihm etwas einfiel. «Könntest du Justine von diesem Kleiderladen die Straße runter anrufen? Sie war gestern mit der Touristin mit dem verletzten Labrador hier ...»

«Du meinst Avery Stowe? Sie ist keine Touristin. Sie ist Justines Tochter. Ist gerade erst mit ihrer kleinen Tochter hergezogen. Üble Scheidung. Sie leben in einem von Justines Ferienhäusern, bis sie etwas anderes gefunden haben.»

Vielleicht hätte er netter zu ihr sein sollen, aber sie hatte ihn am Ende eines schrecklichen Tages erwischt. Und es blieb die

Tatsache, dass sie sich nicht gut um ihr Haustier gekümmert hatte; selbst wenn man von der Verletzung absah, war der Welpe auch unterernährt gewesen.

Er schlüpfte in seine Jacke und griff nach dem Türknauf. «Könntest du ihre Nummer besorgen und ihr sagen, dass Seraph sich gut erholt?» Auch wenn sie das kaum zu interessieren schien. Sie hatte den Welpen bisher nicht besucht.

«Nicht nötig. Avery hat heute Vormittag dreimal angerufen, um mitzuteilen, dass sie nach dem Mittagessen kommen würde. Anscheinend gab es ein Problem, weil ihr Umzugslaster sich verfahren hat. Arme Frau. Sie hat einfach kein Glück. Außerdem war ihre Tochter, Hailey, ziemlich durch den Wind, nachdem sie den Streuner gefunden hat, also hat es Avery nach dem Besuch hier eine Weile gekostet, sie zu beruhigen. Sie haben länger geschlafen.»

Cade biss sich an einem Begriff in diesem Wortschwall fest. «Was meinst du mit Streuner? Es ist ihr Hund, oder?»

Rosa warf ihm einen Blick zu, der deutlich sagte, dass sie ihn für einen Dummkopf hielt. «Jetzt schon, aber nicht, als sie ihn gefunden haben. Stell dir das vor. Der Anblick muss schrecklich gewesen sein für dieses arme kleine Mädchen!»

Cade rief sich die Erschöpfung in den schokoladenbraunen Augen der Frau in Erinnerung, dass ihre Tochter kein Wort gesagt hatte, und wie er ihr förmlich ins Gesicht gesprungen war. Er war vom Schlimmsten ausgegangen, was ihm gar nicht ähnlich sah. Die Frau – Avery? – hatte Seraph davor gerettet, im Schnee zu verbluten, allein und verängstigt.

Und er hatte sie angeblafft, weil sie das Richtige getan hatte. Dreck. Er war ein Vollidiot.

...

Avery wischte sich die Hände an einem Geschirrtuch ab und zog los, um auf das Klopfen an der Tür zu reagieren. Sie hoffte, dass es die Umzugsleute waren, doch als sie die Tür öffnete, fand sie sich Seraphs Tierarzt gegenüber. «Oh.» Sie trat einen Schritt zurück. «Sie sind es.»

Der Trottel, wie sie ihn im Stillen nannte.

Er wirkte genauso attraktiv wie letzte Nacht – nur nicht so verärgert –, als er die Hände an den Türrahmen stemmte und sich vorlehnte. Sandblondes Haar, ein wenig zu lang, das sich um seine Ohren und im Nacken lockte. Er musterte sie wachsam aus blauen Augen in der Farbe des Pazifiks im Juni. Aber sie entdeckte auch ein wenig Grau in der Iris, das die Intensität seines Blicks ein wenig milderte. Auf seinem Kinn lag ein leichter Bartschatten. Er trug hellblaue Praxishosen unter einer offenen Lederjacke.

Gott. Er war ein Orgasmus für die Augen, wenn es so etwas denn gab.

Als er nichts weiter sagte, fing ihr Herz an zu rasen. «Oh nein. Geht es ... Seraph gut?» Sie drehte sich, um einen schnellen Blick auf Hailey zu werfen, die am Küchentisch auf ihrem Tablet ein Zahlenpuzzle löste.

«Dem Kleinen geht es prima. Er erholt sich wunderbar.»

Seine Stimme ließ sie verstummen, genau wie gestern Nacht. Aber heute klang sie nicht wütend. Die Stimme war nicht heiser und auch nicht zu tief, sie hatte einen melodischen Rhythmus. Super. Er sah nicht nur gut aus, seine Stimme war auch noch ein Ohr-gasmus. Verflixter Scheibenkleister.

Sie ertappte sich dabei, wie sie das Geschirrtuch nervös um ihre Hand wickelte, und hörte sofort damit auf. «Warum sind Sie dann hier?»

Er stieß sich vom Türrahmen ab und ragte mit seinen gut ein

Meter achtzig hoch über ihre eins fünfundsechzig auf. «Ich bin hier, um mich zu entschuldigen. Darf ich reinkommen?»

«Ähm, sicher.» Sie öffnete die Tür ganz und warf erneut einen Blick auf Hailey. Wenn er noch einmal wütend wurde oder laut sprach, würde ihre Tochter sich wieder aufregen. «Liebling, warum spielst du nicht ein paar Minuten in einem der Schlafzimmer weiter? Ich komme gleich.»

Hailey nahm ihr Tablet und verschwand durch den Flur.

«Sie redet nicht viel, hm? Für ein Mädchen, meine ich. Ich dachte, sie wären alle ziemliche Quasselstrippen.» Er lachte verlegen und rieb sich den Nacken.

Dieser Kerl besaß wirklich Charme.

Und seine Nervosität beruhigte sie ein wenig. «Hailey ist Autistin und spricht nicht. Aber in anderen Bereichen ist sie hochfunktional.»

Er erstarrte, dann sah er sie aus großen Augen an. «Ich verka... ich setze das hier wohl gerade in den Sand.»

Sie lächelte, weil sie sich mit diesem Mann wohler fühlte als mit dem von gestern Abend. Nett, wie er sich kontrolliert hatte, bevor er losfluchte. «Sie wussten es nicht. Es ist okay.»

Er verschränkte die Arme und legte für einen Moment den Kopf in den Nacken. Die Lederjacke spannte sich über seinen Muskeln. «Hören Sie, wegen gestern Abend. Es tut mir leid. Ich war unhöflich. Ich dachte, Sie wären eine dieser völlig gleichgültigen Besitzerinnen. Ich hatte einen schlechten Tag und habe es an Ihnen ausgelassen.»

Auch auf das Risiko hin, wie ein Papagei zu klingen, sagte sie das Einzige, was ihr einfiel: «Es ist okay. Sie wussten es nicht.»

Sie hatte schon so lange kein Flattern mehr im Bauch gespürt, dass es sie nervös machte. Außerdem entschuldigten sich selten Leute bei ihr. Und sie hatte so viel Zeit im Schatten ihres Exmannes verbracht, dass sie keine Ahnung hatte, wie sie mit Cades intensivem Blick umgehen sollte.

Einer seiner Mundwinkel hob sich. Zu süß, um sexy zu sein, aber trotzdem brachte es sie aus dem Gleichgewicht. «Sie haben es nicht richtiggestellt. Sie hätten mich noch im Behandlungsraum in meine Schranken weisen können. Wieso haben Sie das nicht getan?»

Sie warf einen Blick zum Flur, dann konzentrierte sie sich wieder auf ihn. Er betrachtete sie immer noch so eingehend, als wollte er sie durchleuchten. «Hailey wird nervös, wenn Leute die Stimme erheben. Ich dachte, wir klären das später.»

Er nickte langsam, wobei sich eine steile Falte zwischen seinen Augenbrauen bildete. «Habe ich sie aufgeregt?» Er trat einen Schritt vor, dann hielt er inne, als hätte er nach ihr greifen wollen, nur um sich dann doch zurückzuhalten. Er schien sich wirklich für Haileys Wohl zu interessieren. Sein Blick war ernst.

«Ich glaube nicht. Sie hat sich Sorgen um den Hund gemacht, alles andere hat sie einfach ausgeblendet, denke ich.» Für einen Moment herrschte verlegenes Schweigen. *Was jetzt?* «Kann ich Ihnen etwas zu trinken anbieten?»

«Nein. Ich muss zurück in die Klinik. Aber vielen Dank. Ich wollte Sie nur erwischen, bevor Sie uns besuchen, um schon mal zu Kreuze zu kriechen.» Eine Schulter hob sich.

Gott. Die Frauenwelt musste ihm zu Füßen liegen. Er trug keinen Ehering.

Sie versuchte sich an einem Witz, um die Stimmung ein wenig aufzulockern. «Ohne Zeugen? Dann ist es, als hätte es die Entschuldigung nie gegeben.»

Ein schalkhaftes Grinsen huschte über sein Gesicht, was sie zum Lachen brachte. Auch das hatte sie seit einer Weile nicht mehr getan. «Sie haben meine Brüder noch nicht getroffen. Oder meine Tante. Sie macht aktuell noch den Empfang. Ich würde mich nie mehr davon erholen, wenn sie mitbekommen, wie ich mich aus dem Fettnäpfchen kämpfe.»

Er hatte einen schönen Mund. Volle, feste Lippen. Avery riss sich zusammen, bevor ein Schauder ihren Körper erfassen würde.

Er drehte sich wieder zur Tür um. «Wir sehen uns, wenn Sie Seraph besuchen kommen. Er erholt sich wirklich gut. Hat heute Morgen in mein Stethoskop gebissen, weil er spielen wollte.»

Erleichterung breitete sich in ihr aus. «Okay. Ich komme bald. Ich hatte ... heute Vormittag ist etwas dazwischengekommen.» So etwas wie ein Umzugslaster, der ihre Wegbeschreibung nicht verstanden hatte und jetzt auf der falschen Seite der Klamath Mountains gelandet war. Der Fahrer hatte gesagt, sie würden jetzt erst in ein paar Tagen kommen können.

Gleichzeitig griffen sie nach dem Türknauf. Ihre Finger streiften sich. Die Berührung schien so intim, dass sie erstarrte. Er hatte große Hände. Warm. Dann bemerkte sie einen ... seltsamen Geruch, der von ihm aufstieg.

Sie musste die Nase gerümpft haben, denn er lachte nervös. «Berufsrisiko. Was Sie da riechen, ist Eau de Analdrüse.»

Sie presste die Lippen aufeinander, um ein Grinsen zu unterdrücken.

Er schloss die Augen und schüttelte den Kopf. «Ich trete immer wieder ...» Er seufzte. «Wir sehen uns bald.»

Sie wartete, bis er weggefahren war, bevor sie Richtung Flur ging. Die Muskeln in ihren Wangen schmerzten, und ihr wurde klar, dass sie lächelte. Wann war das zum letzten Mal passiert?

Sie machte Hailey bereit, dann fuhren sie zur Klinik. Hailey hüpfte aufgeregt in ihrem Sitz auf und ab. Avery hatte nie darüber nachgedacht, ihr ein Haustier zu kaufen. Ihr Ex, Richard, hätte das in seinem perfekten Haus sowieso nicht erlaubt. Aber Hailey schien wirklich eine Verbindung zu Seraph aufgebaut zu haben. Auf dem Rückweg würden sie bei einem Laden anhalten müssen, um alles Nötige zu kaufen. Was brauchte ein Welpe eigentlich?

Sie öffnete die Tür zur Klinik und trat in ... absolutes Chaos. Anders als am Abend vorher war das Wartezimmer voller Menschen mit den verschiedensten Hunden und Katzen. Und ... einer Schlange? Ja, einer großen, großen ...

Sie warf einen kurzen Blick auf Hailey, um herauszufinden, ob der Lärm sie störte. Manchmal war es nicht einfach, die Auslöser für ihre Anfälle vorauszuahnen. Hupen und laute Musik regten Hailey am meisten auf. Schreien und laute Stimmen ebenfalls. Doch das Bellen schien sie kaltzulassen.

Die Klinik war größer, als sie von außen wirkte. Die Wand links im Wartezimmer war mit einem riesigen Gemälde von Tieren verziert, die menschlichen Tätigkeiten wie Kochen oder Lesen nachgingen. Zwei große Fenster ließen Licht in den Raum strömen. Der gesamte Boden war mit Schiefer gefliest, der eine natürliche Atmosphäre erzeugte. Avery meinte gestern Abend im Flur vor den Behandlungsräumen ein weiteres Wandgemälde mit vertauschten Rollen gesehen zu haben, in dem Hunde ihre Besitzer spazieren führten oder Katzen Menschen streichelten.

«Kann ich Ihnen helfen?»

Avery trat vor den Tresen. Die Dame in mittlerem Alter hatte ungewöhnlich rotes Haar. Ihre dünnen Augenbrauen berührten fast ihren Haaransatz. Die kleine, rundliche Frau lehnte sich vor, um besser zu sehen.

«Ähm ... wir sind hier, um unseren Hund zu besuchen. Wir haben ihn letzte Nacht gebracht.»

Das Auftreten der Empfangsdame wechselte so schnell von

irritierter Neugier zu herzlicher Freundlichkeit, dass Avery schwindelig wurde. «Ich bin Rosa. Ich bin die Tante der O'Grady-Jungs. Und du musst Avery sein. Ich darf doch du sagen, oder? Deine Mutter und ich sind gute Freundinnen. Es ist so schön, dich endlich kennenzulernen.» Sie trat hinter dem Tresen hervor. «Und du musst Hailey sein.» Sie ging vor Averys Tochter in die Hocke, doch Haileys Aufmerksamkeit war auf etwas anderes gerichtet.

Avery mochte es nicht, allen Leuten ständig zu erklären, warum ihre Tochter scheinbar so unhöflich war. Genau genommen konnte sie es nicht ausstehen, sie in die Autismus-Schublade zu stecken, aber andere Leute verstanden es nur, wenn sie es erklärte. Doch bevor sie den Mund öffnen konnte, stand Rosa wieder auf.

«Im Freizeitzentrum von Miles und Anya gibt es noch ein paar andere autistische Kinder. Schau dir das Zentrum mal an», sagte sie und richtete sich dann wieder an Hailey. «Es wird dir gefallen, Süße. Da ist immer viel los, und du kannst neue Freunde finden.»

Bedauerlicherweise hatte Hailey keine alten Freunde. Nach der Diagnose im Alter von zwei Jahren hatte ihr und Averys Leben eigentlich nur aus Kontakten zu einer langen Reihe von Therapeuten bestanden.

Rosa winkte mit der Hand und musterte Avery, als plane sie eine Verschwörung. Mit zusammengekniffenen Augen nickte sie kurz. «Ich werde Cade holen, damit er dich zu Seraph bringt.»

Avery musterte das volle Wartezimmer. «Es ist viel zu tun. Sollen wir ihn vielleicht allein besuchen oder noch mal wiederkommen...?»

«Ach was. Heute ist nicht viel los.»

Nicht viel los? Die Patienten stapelten sich wie Sardinen

in der Dose. Avery wollte gar nicht wissen, wie es hier aussah, wenn viel los war. Hinter ihnen fauchte eine Katze und schlug mit der Pfote nach einem Pudel mit roter Schleife um den Hals und einem ungläubigen Gesichtsausdruck. Zwei Hunde konkurrierten um das Recht, zuerst den Hintern des anderen zu beschnüffeln, während zwei weitere sich unter den Stühlen ihrer Besitzer verkrochen hatten. Die Schlange hatte sich langsam um den Arm ihres Besitzers gewickelt und schob den Kopf neben einem Bild, das Hunde beim Pokerspielen zeigte, an der Wand nach oben.

Avery schüttelte sich und wandte sich ab. Rosa war bereits hinter den Tresen zurückgekehrt, und Cade kam auf sie zu. Inzwischen trug er dunkelblaue Praxishosen. Gott. Es war einfach ... Er war der Inbegriff männlicher Schönheit, als er mit großen Schritten auf sie zukam. Sehnige Muskeln, breite Schultern, schmale Hüften. Avery biss sich auf die Zunge, um sicherzustellen, dass ihr nichts Unpassendes herausrutschte.

Er grinste sie an und verdammt, ihr blieb die Luft weg. «Wir gehen nach hinten.» Er warf einen kurzen Blick ins Wartezimmer und zuckte zusammen. «George, pack dieses Reptil in einen Käfig.»

Wortlos folgten sie ihm einen langen Flur entlang und in ein Hinterzimmer, an dessen Wänden sich Käfige mit genesenden Tieren aufreihten. Jaulen und wildes Geheul hallten von den Wänden wider.

«Hier sind die Tiere untergebracht, die über Nacht bleiben.»

Sie nickte. In dem vier mal vier Meter großen Raum roch es nach nassem Fell und Desinfektionsmittel. Auch hier gab es ein Wandbild mit grünen Feldern unter einem blauen Himmel. Im Hintergrund waren mehrere rote Hydranten zu sehen. Ziemlich gut gemacht.

Hailey lief los und kniete sich vor einen der Käfige.

Bevor Avery sie ermahnen konnte, trat Cade vor und ging neben ihr in die Hocke. «Warte kurz, Krümel. Ich hole ihn für dich raus.» Er öffnete den Käfig, griff hinein und zog Seraph heraus, um sich den Welpen an die breite Brust zu drücken. Ein Schutzkragen lag um den Hals des Hundes, aber Seraph stupste Cade trotzdem sofort an, um gestreichelt zu werden. «Ja, du bist ein guter Junge.»

Oh. Oh, seufz.

Avery hatte sich so lange zu niemandem mehr hingezogen gefühlt, dass sie fast vergessen hatte, wie das war. Ihre Wangen wurden heiß, und etwas in ihrem Bauch verkrampfte sich. Ein Funken Eifersucht flackerte auf, als Seraph Cade das Gesicht ableckte. Cades rumpelndes Lachen sorgte dafür, dass sie ein Stöhnen unterdrücken musste.

«Hey, Krümel. Kannst du dich auf den Boden setzen? Dein kleiner Kumpel kann wahrscheinlich noch nicht laufen.»

Wie gewöhnlich brauchte Hailey ein paar Sekunden, um seine Worte zu verarbeiten, dann setzte sie sich brav auf den Fliesenboden. Selbst ihre Tochter schien bezaubert. Hailey quietschte und wedelte mit den Händen. *Ja, netter Doktormann. Was auch immer du sagst.*

Sanft setzte Cade ihr Seraph auf den Schoß. Er legte eine Hand auf den Rücken des Welpen, die andere streckte er Hailey entgegen. «Ich werde dir jetzt zeigen, wie du ihn streicheln kannst.» Er nahm ihre Hand und strich damit über den Rücken des Hundes. «Genau so», sagte er, als wollte er sie beruhigen. «Gut. Pass nur auf, dass du nicht das Aua an seinem Bein berührst, okay?»

Avery musste sich dazu zwingen, den Mund zu schließen. Er konnte gut mit Tieren *und* mit Kindern umgehen. Und zwar nicht einfach irgendwelchen Kindern, sondern behinderten Kindern. Er hatte Hailey gesagt, was er tun würde, bevor er es getan hatte, und sprach mit ruhiger Stimme, sowohl mit ihr als auch mit Seraph.

Doppelseufz.

Cade grinste, als Hailey kicherte, dann sah er Avery an. «Sie sind schon beste Freunde.»

«Ja», flüsterte sie. Sabberte sie? Sie räusperte sich, dann trat sie näher. Ihr wurde ganz warm ums Herz, als sie sah, wie sehr Hailey sich auf den Hund konzentrierte. «Wann können wir ihn mit nach Hause nehmen?»

«Morgen, wenn er sich weiter so gut macht.»

«Auch wenn ich Ihnen damit vielleicht auf die Nerven gehe, aber ich müsste wissen, was er alles braucht. Ich hatte noch nie ein Haustier.»

Für einen Moment blitzte Ärger in seinen Augen auf, dann blinzelte er, und der Ausdruck verschwand. Er stand auf, um sich die Hundehaare von der Hose zu wischen. «Das mit letzter Nacht tut mir leid. So bin ich normalerweise nicht. Sie können mir jederzeit Fragen stellen.» Dann fügte er hinzu: «Ich werde nicht beißen.»

Was. Für. Eine. Schande. *Böse Avery!*

Er sah sie aus diesen intensiven Augen unverwandt an und seufzte. «Sie werden eine Leine brauchen, bis er auf Sie hört. Ein paar Hundeschüsseln für Futter und Wasser. Spielzeuge, besonders welche, auf denen er herumkauen kann, bis ...» Er rieb sich den Nacken. «Wissen Sie, was? Ich werde mit Ihnen zum Laden fahren und Ihnen ein paar Tipps geben.»

Ihr blieb der Mund offen stehen. Schon wieder. «Das müssen Sie nicht. Wenn Sie mir einfach eine Liste schreiben ...»

«Wie wäre es mit sieben Uhr heute Abend? Wir schließen um sechs. Dann hätte ich noch Zeit, unter die Dusche zu springen.»

Er klang freundlich, aber gleichzeitig duldete sein Tonfall keinen Widerspruch. Er hielt ihren Blick und wartete geduldig auf eine Antwort. Als sie nichts sagte – denn wie lange war es her, dass jemand sich die Mühe gemacht hatte, ihr zu helfen? –, deutete er mit dem Daumen auf die Tür. «Ich muss jetzt zurück zu meinen Patienten. Wir treffen uns um sieben Uhr hier, ja? Ich werde Rosa schicken, damit sie Seraph wieder in den Zwinger steckt, wenn Sie fertig sind.»

Damit stiefelte er aus dem Raum, ganz der atemberaubende Alpha-Mann.

Der Druck, den er mit seiner einseitigen Entscheidung auf sie ausübte, erinnerte sie an Richard. Aber Cade war nicht wie ihr Exmann. Wo Richard kontrollierend und kalt war, war Cade selbstbewusst und warm. Seine Laune heute unterschied sich vollkommen von dem unfreundlichen Mann, der ihr gestern Abend begegnet war. Sie fragte sich, welche Version wohl tatsächlich seinem Charakter entsprach, dann erinnerte sie sich an seinen selbstironischen Humor und die Art, wie sein Lächeln auch die Augen erreichte.

Rosa öffnete die Tür, und sofort fing das Bellen wieder an. «Ruhig», rief sie und ging direkt zu Hailey. «Zeit, ihn zurückzusetzen. Aber du kannst ihn morgen mit nach Hause nehmen. Wie aufregend.»

Haileys Blick huschte aufgebracht durch den Raum.

Avery tätschelte ihr durch den Mantel den Arm. «Sie werden sich hier gut um Seraph kümmern, Liebling. Wir sehen ihn morgen.»

Rosa beäugte Avery skeptisch. Sie hatte erneut das Gefühl, durchleuchtet zu werden, hatte aber keine Ahnung, warum. «Wie gewöhnst du dich ein? Redwood unterscheidet sich sehr von der großen Stadt.»

Avery nickte. «Sicher, aber es ist auch sehr hübsch. Wir müssen uns einfach nur daran gewöhnen.»

«Hast du schon einen Job gefunden? Deine Mom meinte, du suchst nach Arbeit.»

Sie wandte den Blick von Hailey ab, sah Rosa an und zuckte mit den Achseln. «Bisher hatte ich noch keine Zeit.» Sie hatte schon so lange nicht mehr gearbeitet, dass sie nicht davon ausging, dass sie schnell etwas finden würde. Und ihre Ersparnisse würden nur eine gewisse Zeit reichen. «Gibt es eine Arztpraxis in der Stadt?»

Rosa schürzte die Lippen. «Dr. Brad Crest hat seine Praxis am Stadtrand. Sonst müsstest du fünfzig Kilometer weit nach Norden fahren. Warum?»

«Na ja, ich war seit Haileys Geburt Hausfrau und Mutter, aber davor habe ich in einer kardiologischen Praxis gearbeitet.» Doch dann hatte Richard darauf bestanden, dass sie auf Abruf für Wohltätigkeitsveranstaltungen oder Geschäftsessen zur Verfügung stand. Anschließend hatte er Hailey als Ausrede verwendet, um sie noch mehr zu isolieren.

Sie richtete sich auf. Richard war ein Trottel epischen Ausmaßes, aber sie konnte ihm nicht die gesamte Schuld zuschieben. Sie hatte sich ihm nie widersetzt oder seine Befehle in Frage gestellt. Doch wegen dieser jämmerlichen Ehe hatte sie auch Hailey, und sie fingen jetzt zusammen neu an. Die Vergangenheit lag hinter ihnen.

«Dr. Crest hat bereits eine Krankenschwester und eine Rezeptionistin, also dürftest du da kein Glück haben.» Rosas prüfender Blick glitt erneut über Avery. Dann nickte sie plötzlich entschieden. «Du schaffst das! Du bist eingestellt.»

«Was?»

Rosa zuckte mit den Achseln, als hätte sie Avery gerade nicht vollkommen überfahren. «Ich will in den Ruhestand gehen. Cade hat bisher keine Anstalten gemacht, einen Ersatz für mich zu finden, und du hast schon Erfahrung.»

Avery rieb sich die Stirn. «Ich habe Erfahrung mit Humanmedizin, nicht mit Tiermedizin. Und Sie ... du hast noch kein einziges Zeugnis von mir gesehen.»

«Muss ich nicht. Du bist Justines Tochter, und das reicht mir. Außerdem sollst du ja keine Tiere behandeln, sondern am Empfang sitzen und die Praxis managen.»

«Stimmt schon, aber ...»

«Wann kannst du anfangen?»

Avery öffnete und schloss mehrmals den Mund. Sie brauchte einen Job. Und auch wenn sie lange nicht mehr gearbeitet hatte, war sie dieser Aufgabe sicher gewachsen. Es war einfach nur zu schön, um wahr zu sein. Sie warf einen Blick auf Hailey, die vor Seraphs Käfig saß. Aber erst musste sie ihre Tochter in der Grundschule anmelden und eine Nachmittagsbetreuung finden.

«Ähm, am Montag?» Sie sah Rosa fragend an, die ein Lächeln so breit wie das der Grinsekatze aufgesetzt hatte. «Aber was ist mit der Arbeitszeit, dem Gehalt oder der Versicherung?»

«Wir haben von acht bis sechs geöffnet, Montag bis Freitag, sowie samstags von acht bis Mittag. Am Sonntag ist das Büro geschlossen. Du würdest aber samstags frei haben, da wir an diesem Tag nur Notfälle behandeln. Wir werden dich sofort bei der Krankenversicherung anmelden, aber der Versicherungsschutz greift erst nach zwei Monaten. Welches Gehalt erwartest du?»

Avery schwirrte der Kopf, als sie versuchte, sich zu erinnern, was sie in der kardiologischen Praxis verdient hatte, dann nannte sie die Zahl. «Bist du dir sicher? Das alles geht schrecklich schnell, und du hast mich gerade erst kennengelernt.»

Rosa schlug ihr auf die Schulter, so fest, dass Avery fast hingefallen wäre. «Willkommen in Redwood. Das Leben in einer Kleinstadt unterscheidet sich von dem, was du gewohnt bist. Hier passen wir aufeinander auf. Mundpropaganda ist der Heilige Gral, und alle wissen über alles Bescheid.»

Okay. Sicher, okay. Wow. Sie hatte einen Job.

«Komm. Ich werde dich herumführen und dir alle vorstellen.»

Avery rief Hailey und folgte Rosa zum Empfang. Akten lagen auf jeder verfügbaren Oberfläche, das Telefon klingelte ununterbrochen, im Wartezimmer stapelten sich die Patienten und unter dem Tisch kauerte ein riesiger Hund.

Ein weißer Vogel mit einem hübschen gelben Federkamm auf dem Kopf tänzelte auf einer Sitzstange am Fenster auf und ab. «Krächz. *Welcome to the jungle.*»

· 3 ·

Cade stand neben Flynn im Büro seines Bruders vor dem Leuchtkasten und starrte die Röntgenaufnahme von einem Yorkshireterrier an, der ein Wollknäuel gefressen hatte. «Verrückt, oder?» Seine Hände bewegten sich, um die Worte in Gebärdensprache zu übersetzen.

Flynn nickte. «*Hat sich den gesamten Darm verknotet. Drake muss sich auf eine weitere Operation einstellen.*»

Als es an der Tür klopfte, drehte Cade sich um. Da Flynn taub war, machten sich die meisten Leute nicht die Mühe zu klopfen. Tante Rosa betrat den Raum, gefolgt von Avery und Hailey.

«Ich möchte euch Avery vorstellen, unsere neue Praxismanagerin. Sie fängt am Montag an, also kündige ich hiermit.»

Cades Blick huschte zwischen Avery und seiner umtriebigen Tante hin und her. Avery trat von einem Fuß auf den anderen und starrte mit geröteten Wangen zu Boden. Er und Flynn wechselten einen Blick. Cade sagte in Gebärdensprache: «*Sie ist die, die letzte Nacht den Streuner gefunden hat.*»

Flynn grinste, der Blödmann. «*Diejenige, die dich in einen linkischen, hormongesteuerten Teenager verwandelt hat? Super. Du hast recht. Sie ist hübsch.*»

Er seufzte. Das hatte er jetzt davon, dass er es seinem Bruder erzählt hatte. «*Halt die Klappe.*»

Avery räusperte sich, und dann ... Dreck. Sie gebärdete und sprach gleichzeitig. «*Sie sind taub?*»

Flynn nickte, während Cade nur starren konnte. Die wenigstens Leute beherrschen die Gebärdensprache. Flynn konnte

Lippen lesen, wenn er eine Person direkt ansah. Auf diese Weise konnte er in der Praxis die Sprachbarriere meistens umgehen.

«Sie können Gebärdensprache?» Was bedeutete, dass sie den kurzen Wortwechsel zwischen ihm und seinem Bruder verstanden hatte. Wunderbar. Er schoss wirklich ein Eigentor nach dem nächsten.

«Ja. Ich habe sie gelernt, um mit Hailey zu kommunizieren, da sie nicht spricht. Manchmal benutzt sie Gebärdensprache, wenn sie etwas sagen muss.»

Cade war sprachlos, dass sie so höflich war, gleichzeitig zu sprechen und mit Rücksicht auf Flynn alles in Gebärdensprache zu übersetzen. Und erst da drang zu ihm durch, was gerade passiert war. «Du hast jemanden angestellt, ohne vorher zu fragen?»

Rosa verschränkte die Arme vor der Brust. «Du hattest nicht vor, etwas zu unternehmen.»

Flynn wirkte amüsierter als Cade. *«Hat sie Erfahrung?»*

«Ich habe in einer kardiologischen Praxis gearbeitet, bevor ich Hailey bekommen habe. Und ich lerne schnell.» Sie biss sich auf die volle Unterlippe. Doch er erkannte mehr als nur Nervosität in ihren dunklen Augen. Sie wirkte, als wollte sie etwas beweisen.

Flynn nickte. *«Mir reicht das. Willkommen. Ich bin Flynn.»* Er reichte ihr die Hand, blickte Cade an und zog eine Augenbraue hoch, als wollte er sagen: Das wird sicher unterhaltsam.

Cade erwiderte den Blick mit seiner Halt-die-Klappe-oder-du-stirbst-Miene. Er kratzte sich am Kinn, weil er wusste, dass er sowieso nichts zu sagen hatte. Und außerdem hatte er ja auch nicht wirklich etwas dagegen, Avery einzustellen. Es wäre nur nett gewesen, vorher gefragt zu werden.

«Und ich bin Cade. Willkommen bei uns in der Praxis, Avery», sagte er also schließlich.

Rosa wandte sich wieder zur Tür. «Ich gehe wieder an den Empfang. Stellt sie Drake vor, ja?»

Auch wenn sie es als Frage formuliert hatte, wusste Cade, dass es einem Befehl gleichkam. Was zur Hölle plante seine Tante? Bevor er etwas erwidern konnte, kam Brent, sein Tierarzthelfer, in den Raum. Himmel, langsam wurde das eine richtige Party. Er massierte sich den Nasenrücken.

«Hey, hier seid ihr.» Brent musterte Avery von oben bis unten, auf eine Weise, wie es sich nur ein offen schwul lebender Mann erlauben durfte. «Und wer ist das?»

«Avery, darf ich dir Brent vorstellen? So wie es aussieht, ist Avery unsere neue Praxismanagerin.»

Brents Augen leuchteten. «Frischfleisch. Hurra. Hast du Gabby schon getroffen? Sie ist die zweite Helferin. Du wirst sie lieben!» Er packte Averys Hand und wollte sie aus dem Raum zerren.

Lachend widersetzte sich Avery seinen Bemühungen. «Ich bin mit meiner Tochter hier. Warte.»

Bei ihrem Lachen zog sich Cades Magen zusammen. «Ich kann ein paar Minuten auf Hailey aufpassen.» Ihre Meinst-du-das-ernst-Miene passte perfekt zu seinem innerlichen *Was zum Teufel tust du da*. Als hätte er auch nur die geringste Ahnung von Kindern. Trotzdem nickte er bestätigend. «Drake ist gerade im OP, also kann Hailey nicht mit. Gabby assistiert ihm.»

Brent klatschte in die Hände, als hätte er den kleinen Menschen im Raum gerade erst bemerkt, dann ging er vor Hailey in ihrer Ecke in die Hocke. «Hallo. Du bist ja eine ganz Süße. Und so tolle Haare hast du.»

Hailey reagierte lediglich mit einem leisen Winken, während sie weiter an die Decke starrte. Aber es war mehr, als Cade bekommen hatte.

Wieder kaute Avery auf diese sexy Weise auf ihrer Lippe. «Vielleicht sollte ich die anderen lieber erst Montag kennenlernen.»

Zur Hölle, sie wäre nur ein paar Minuten weg. Wie viel Schaden konnte Cade in dieser Zeit schon an Haileys kleiner Psyche anrichten?

«Geh nur.» Cade sah seinen Assistenten an. «Erzähl Drake von dem Yorkshire. Der Hund muss operiert werden.» Dann dachte er noch mal darüber nach und beschloss, Drake lieber selbst zu informieren. Das war ein komplizierter Fall.

Flynn tippte ihm auf die Schulter, als hätte er seine Gedanken gelesen. *«Geht nur. Ich kümmere mich um die Kleine.»*

«Ist das auch wirklich in Ordnung?» Avery beäugte Flynn, als bete sie darum, dass er seine Meinung noch mal änderte. Cade hatte den Eindruck, dass sie Hailey nicht oft anderen Leuten anvertraute.

«Ich verspreche, sie nicht mit Nadeln spielen zu lassen.»

Avery lachte. Das war schon das zweite Mal, dabei hatte Cade sich noch nicht vom ersten Mal erholt. Sie erklärte Hailey, dass sie gleich zurückkommen würde, dann erlaubte sie Brent, sie am Arm den Flur entlangzuziehen. Cade folgte ihnen.

Brent reichte ihr einen Mundschutz. «Halt ihn dir einfach vors Gesicht und fass nichts an. Und egal, was Dr. Drake sagt, er freut sich, dass du jetzt hier arbeitest.» Er beugte sich verschwörerisch vor. «Er ist grummelig.»

«Geht klar.» Erheiterung leuchtete aus ihren dunklen Augen, und zum ersten Mal bemerkte Cade die helleren, haselnussfarbenen Flecken in der schokoladenbraunen Iris.

Brent klopfte einmal, dann stiefelte er mit großer Geste in den Raum. «Dr. Drake, Gabby, dieses hübsche Püppchen hier ist Avery, unsere neue Praxismanagerin. Gabby, wir müssen heute Abend was trinken gehen.»

Gabby sah nicht auf. «Geht nicht. Hab schon etwas mit meinem Cousin ausgemacht. Und ich habe dir gesagt, dass ich nie wieder was mit dir trinken werde.»

«Sag niemals nie.»

«Ich meine wirklich niemals.» Sie spähte über die Maske. «Ich kann immer noch keine Nachos essen.»

Averys Hand an der Maske zitterte. Ihre olivfarbene Haut schien bleicher geworden zu sein. Als Praxismanagerin war sie es wohl kaum gewohnt, in einen offenen Bauchraum zu sehen. Vielleicht ertrug sie den Anblick von so viel Blut und frei liegenden Organen nicht. So war es zumindest bei seiner Tante. Cade hoffte nur, dass sie sich nicht in diesem Raum übergab.

Drake hob den dunklen Kopf nicht einmal. «Ich operiere gerade. Geht weg.»

Brent seufzte. «Übersetzung: Avery, schön, dich kennenzulernen.»

«Das habe ich doch gesagt.»

Gabbys lächelnde blaue Augen huschten zu Avery. «Hey. Wir sind fast fertig. Bist du neu in …? Verdammt. Cade, sie wird …»

Ohnmächtig. Und schon lag Avery auf dem Boden. Verdammt.

Brent blinzelte bewundernd. «Wie eine perfekte Südstaaten-Lady.»

Drake knurrte. «Verdammt, Cade. Schaff sie hier raus.»

Als wäre er derjenige, der sie hierhergebracht hatte. Aber er kniete bereits neben Avery und hob sanft ihren Kopf an. Seidiges, braunes Haar glitt über seine Hände, und ihr beeriger Duft verdrängte den scharfen Geruch des Desinfektionsmittels. Er hob sie hoch. «Mach die Tür auf, Brent.»

Er trug sie den Flur entlang in sein Büro, wobei er sich sehr bemühte, die Weichheit ihres Körpers an seinen harten Muskeln zu ignorieren. Dunkle Wimpern flatterten, und ihre Lider hoben sich. Er legte sie auf die Couch und bat Brent, einen feuchten Lappen zu holen, ohne die Augen von ihr abzuwenden.

Er strich ihr eine Strähne aus dem Gesicht, als ihr Blick wieder klar wurde. «Hey. Bleib noch einen Moment liegen. Du bist in Ohnmacht gefallen.»

Sie keuchte. «Bin ich nicht.»

Er kämpfte gegen ein Grinsen an. «Ich fürchte doch.»

Sie versuchte, sich aufzusetzen. Er ließ es zu und nahm die Hand von ihrer Schulter. Sie sah sich in seinem engen, unordentlichen Büro um und verzog das Gesicht. «Wie peinlich.»

Brent stiefelte mit einem feuchten Waschlappen in den Raum. «Ich persönlich fand es eher unterhaltsam. Ich meine: Wuuuusch. Wie eine Feder bist du zu Boden gesunken. Magst du kein Blut, Püppchen?»

Sie ließ den Kopf in die Hände sinken und seufzte. «Anscheinend nicht. Ich habe nicht viel Erfahrung damit. Das ist mir so peinlich. Letzte Nacht bei Seraph ging es mir gut, aber wahrscheinlich war ich da zu panisch, um viel zu bemerken.»

Cade sah Brent an. «Sag Flynn, es wird noch ein paar Minuten dauern.»

«Oh Gott. Hailey?» Sie versuchte aufzustehen.

«Uh-uh.» Er umfasste ihre Handgelenke und schob sie sanft zurück auf die Couch. «Es geht ihr gut. Bleib noch einen Moment sitzen.» Er verwendete den beruhigenden Tonfall, mit dem er sonst mit verängstigten Tieren sprach, denn ihre Augen waren weit aufgerissen, und der Puls an ihrem Hals raste. Beiläufig drückte er zwei Finger auf ihr Handgelenk und kontrollierte ihren Pulsschlag.

Als er aufsah, zufrieden, dass ihr Herz wieder normal schlug, waren ihre vollen Wangen rot, und sie wich seinem Blick aus, als wäre er die Personifikation der Beulenpest. Er ließ seine Hände, wo sie waren – in ihren –, und rieb mit den Daumen über ihre Handflächen. Ihre Haut war im Vergleich zu seinen schwieligen Händen unglaublich weich. Bei der Berührung beschleunigte sich sein eigener Herzschlag.

«Tut dir der Kopf weh? Ich bin mir nicht sicher, ob du ihn dir angeschlagen hast.»

Sie schüttelte den Kopf und richtete den Blick auf ihre Füße. Nicht schüchtern, aber offensichtlich sehr verlegen.

Er hatte den Eindruck, dass sie Aufmerksamkeit hasste – oder sie einfach nicht gewohnt war. Voller Bedauern gab er sie frei und richtete sich auf, weil er offensichtlich ihre Scham noch verstärkte. «Ich werde einen Saft holen. Bleib hier.»

Im Vorbeigehen streckte er den Kopf in Flynns Büro. Hailey saß im Schneidersitz auf dem Boden und ordnete die Büroklammern seines Bruders ordentlich in Reihen nach Farben.

Flynn, der neben ihr saß, sah auf. *«Ich glaube, wir sollten auch ihr einen Job geben. Sie hat ein gutes Auge fürs Detail.»*

Cade lachte. «Kannst du sie in mein Büro bringen und dich dann kurz um meine Patienten kümmern?»

Er ging in den Pausenraum und schnappte sich eine kleine Flasche Orangensaft. Als er in sein Büro zurückkehrte, war Hailey bereits dort. Avery hatte ihrer Tochter schon den Mantel angezogen und wickelte ihr gerade einen Schal um den Hals.

Er gab ihr den Saft. «Trink einen Schluck, bevor du dich ans Steuer setzt.»

Sie nickte und folgte der Aufforderung. Ihr schmaler Hals spannte sich, als sie einen Schluck nahm, und sofort saugte sich sein Blick daran fest. Er fragte sich, ob sie wohl so gut schmeckte, wie sie roch. Erdbeeren oder Melone. Ein sommerlicher Duft.

Sie schraubte den Deckel wieder auf die Flasche und sah ihm endlich in die Augen. «Danke. Tut mir leid, dass ...» Sie wedelte mit der Hand.

«Passiert gerne mal. Jetzt wissen wir, dass wir dich nicht im OP einsetzen können.»

Avery tippte Hailey auf die Schulter. «Lass uns gehen, Liebling.» Ihr Blick huschte kurz zu ihm und dann wieder zur Seite. Sie schien nicht mehr die selbstbewusste Frau zu sein, die er heute in ihrer Hütte getroffen hatte. «Wir sehen uns am Montag.»

«Heute Abend.» Als sie die Augenbrauen hochzog, führte er aus: «Heimtierbedarf. Aber ich kann dich auch gerne abholen. Immer noch sieben Uhr?»

«Ja, das ist in Ordnung. Vielen Dank.»

Er blieb in der Tür stehen, von wo aus er sie beobachten konnte, als sie am Empfang vorbeiging.

«Krächz. *Pretty Woman.*»

In der Tat. Sie war keine temperamentvolle Sexbombe, aber auch nicht ganz das nette Mädchen von nebenan. Ein Rätsel. In einer Minute war sie ganz die überbehütende Bärenmutter, im nächsten Moment – wenn sie andere mit ihrer Tochter beobachtete – ganz sanft. Sie hatte Humor, wirkte selbstbewusst, und doch strahlte sie eine Verletzlichkeit aus, die sie wahrscheinlich leugnen würde. Faszinierend.

Flynn ging vorbei und schlug Cade eine Akte vor die Brust. *«Meine Precious benimmt sich ‹seltsam›, Raum fünf. Brent ist bei Drake im OP. Gabby und ich fahren jetzt los.»*

Cade nickte. Flynn und Gabby waren an den meisten Tagen auf Farmen im Einsatz oder machten Hausbesuche bei anderen Patienten. Heute waren sie sowieso schon spät dran.

Er musterte die Akte. Besitzer, die Tiere brachten, die sich ‹seltsam› benahmen, war der Code für Single-Frauen-Alarm. Sie machten einen Termin und nutzten ihr Haustier als Ausrede, um den Tierarzt anzubaggern. Cade war daran gewöhnt, fühlte sich aber trotzdem jedes Mal wie ein Stück Fleisch. Er hätte viel Geld darauf verwettet, dass am Empfang ein Teller Kekse oder ein Auflauf auf ihn wartete. So ungefähr jede Frau, die noch zu haben war – und manche, die nicht mehr zu haben war –, schien zu glauben, dass der Weg in sein Herz über seinen Blutzuckerspiegel führte.

Drake war inzwischen seit fast vier Jahren verwitwet. Und sobald eine Frau herausgefunden hatte, dass die mürrische Fassade eben keine Fassade war, zog sie weiter. Und von Flynn wollten viele Frauen nichts wissen, da er taub war. Die meisten Menschen waren eben einfach oberflächlich. Cade war nicht so dumm abzustreiten, dass er und seine Brüder attraktiv waren – immerhin wurde das auf dem Twitterprofil von Redwood verbreitet –, aber es war Cade, der am meisten Aufmerksamkeit abbekam.

Der Witzige. Der Lockere.

Der, mit dem man Spaß haben konnte.

Seufzend rieb er sich über das Gesicht. Er ging den Flur entlang, wobei er den Blick auf die Tür von Raum fünf gerichtet hielt. *Ein Stück Fleisch, wie bestellt.*

...

Nachdem Avery Hailey in der zweiten Klasse angemeldet und mit dem Sonderpädagogen der Schule gesprochen hatte, fuhr sie quer durch die Stadt zum Kleiderladen ihrer Mom, um die Frage der nachschulischen Betreuung zu klären. In San Francisco hatte Hailey vormittags den Unterricht besucht, während nachmittags Therapeuten ins Haus gekommen waren. Avery war immer dabei gewesen. Den einzigen Babysitter, den ihre Tochter kennengelernt hatte, war eine Nanny, die immer dann gekommen war, wenn Avery mit Richard eine Veranstaltung hatte besuchen müssen.

Sie rieb sich die Stirn. Hailey musste mit einer Menge Veränderungen gleichzeitig zurechtkommen. Neue Stadt, neues Zuhause, neue Schule, und jetzt würde auch ihre Mutter nicht mehr so oft bei ihr sein, wie sie es gewohnt war. Lange Zeit hatte es nur Avery und Hailey gegeben. Jetzt war sie noch keine vierundzwanzig Stunden in Redwood und hatte bereits mehr Hilfsangebote und Freundlichkeit erfahren als in Haileys gesamtem bisherigem Leben.

Es fiel ihr schwer, sich daran zu gewöhnen ... die Kontrolle abzugeben. Hailey war nicht wie andere Kinder. Selbst wenn sie nur kurz bei einem Babysitter bleiben sollte, damit Avery schnell einkaufen gehen konnte, war das ein schwieriges Unterfangen. Außerdem fürchtete Avery, dass sie in den letzten Jahren einiges an sozialen Fähigkeiten verloren hatte – erst durch Richard, dem Hailey peinlich war und der sie vor der Welt versteckt halten wollte, und dann durch die achtzehn Monate, die es gedauert hatte, bis die Scheidung rechtskräftig gewesen war. Verschmäht und emotional ausgelaugt, wie sie gewesen war, hatte Avery während ihrer Ehe nicht viele Freunde gehabt, und sogar noch weniger, nachdem sie Richard verlassen hatte.

Sie fuhr auf einen Parkplatz vor dem Laden ihrer Mutter und schaltete den Motor aus. Das Gebäude ähnelte den kleinen Geschäften, zwischen denen es lag. Ein kleines, zweistöckiges Ziegelhaus, fast quadratisch, mit einer dunkelgrünen Markise über der Tür. Ein Stück entfernt saßen Leute an Cafétischen auf dem Gehweg oder wanderten trotz der kalten Temperaturen gemütlich die Straße entlang.

Avery stieg aus und sog den Duft von Kiefern und Schnee ein, während sie den Gurt an Haileys Kindersitz löste. Dichter Nebel verhüllte die Berge in der Ferne und machte die Luft feucht. Ein leicht salziger Hauch verriet die Nähe des Meeres. Das war eine ganz andere Welt als die, an die sie gewöhnt war, aber diese Frische gefiel ihr.

Sie ergriff Haileys Hand, betrat den Laden und ging zu ihrer Mutter an der Kasse. An der hinteren Wand zog sich ein Regal voller Tücher und Hüte entlang, davor standen ungefähr zehn Kleiderständer mit Vintage-Kleidung. Der Duft im Laden erinnerte sie an Moschus und vergangene Zeiten. Bei ihrer Mutter standen noch zwei weitere Frauen. Ihr Gespräch verstummte, als Avery näher kam.

«Oh, Avery.» Mom drückte eine Hand an die Brust. «Wir haben es gerade gehört. Geht es dir gut?» Sie kam um den Tisch herum und drückte Avery so fest, dass ihr fast die Luft wegblieb und eine Wolke Patschuli sie einhüllte.

«Mir geht es gut. Was hast du gehört?»

«Dass du in Ohnmacht gefallen bist, natürlich. Rosa hat darüber getwittert. Ich wollte dich gerade anrufen.»

Averys Wangen brannten. Sie konnte immer noch nicht glauben, dass sie vor versammelter Mannschaft umgekippt war. Und was sollte das heißen: Rosa hatte darüber getwittert? Avery sah die anderen beiden Frauen an. Sie waren im Alter ihrer Mutter, und in ihren Augen erkannte sie eine Mischung aus echtem Interesse und Neugier.

Eine von ihnen tätschelte ihr den Arm, als wollte sie sagen *Du Arme*. «Wie fühlst du dich? Ich wäre auch ohnmächtig geworden, wenn sie mich gezwungen hätten, bei einer Operation zuzuschauen.»

Die Tierärzte hatten sie zu gar nichts gezwungen, und Avery hatte selbst nicht geahnt, dass sie so reagieren würde. Trotzdem brannten ihre Wangen vor Verlegenheit. «Ähm, es geht mir gut. Wieso hat Rosa über mich getweetet? Ich verstehe das nicht.»

Die Frau lachte. Es klang wie *dummes Mädchen*. «Hey, in dieser Stadt ist alles eine Neuigkeit. Rosa ist meine Schwester. Sie verwaltet unsere Pinterest-Pinnwand und unseren Twitter-Account. Ich bin Marie, die Bürgermeisterin von Redwood. Willkommen in unserer schönen Stadt.»

Verflixter Scheibenkleister. Averys Blick huschte zu ihrer Mom, aber nein … sie war nicht in der Twilight Zone gelandet. Sie stand tatsächlich im Laden ihrer Mutter und unterhielt sich mit der Bürgermeisterin darüber, dass sie in Ohnmacht gefallen war. Weil diese Info auf Twitter verbreitet worden war.

Sie räusperte sich. «Danke.»

Die zweite Frau streckte ihr die Hand entgegen. «Ich bin Gayle, Rosas und Maries Schwester. Meine Söhne sind deine neuen Chefs.»

Oh. Oh Gott. Jetzt erkannte sie die Ähnlichkeit mit Cade und Flynn. Flynn hatte ihr rötliches Haar und die helle Haut geerbt, Cade ihre blauen Augen, inklusive der grauen Flecken darin, und ihre unglaublich langen Wimpern. «Ich freue mich wirklich, dich kennenzulernen.»

«Was führt dich her, Süße?» Mom ging zurück hinter die Kasse.

Würde dieses Gespräch auch auf Twitter verbreitet werden? Sie beäugte die anderen beiden Frauen, doch die schienen es nicht eilig zu haben aufzubrechen. War in dieser Stadt denn nichts privat?

«Ich habe Hailey gerade in der Schule angemeldet, aber ich muss eine Nachmittagsbetreuung für sie finden. Ich bin noch in der Klinik, wenn die Schule aus ist.»

Mom fuhr sich mit der Hand durch ihr wildes braunes Haar.

«Das ist kein Problem. Ich kann sie abholen und mit hierher nehmen.»

Avery hatte schon den Mund geöffnet, um Einspruch zu erheben, als Marie sich einschaltete: «Oder du könntest sie beim Freizeitzentrum anmelden. Einige Kinder fahren von der Schule direkt mit dem Bus hin.»

«Oh, ich weiß nicht.» Avery warf einen Blick auf Hailey. «Sie ist ...» *Nicht wie andere Kinder. Anders.* Sie wollte das nicht vor Fremden laut aussprechen oder Hailey das Gefühl geben, sie wäre eine Außenseiterin. «Sie hat besondere Bedürfnisse. Im Moment ist alles hier neu für sie.»

Marie wedelte wegwerfend mit der Hand. «Pah. Fremde sind nur Freunde, die wir noch nicht kennengelernt haben. Miles und Anya betreuen in ihrem Zentrum auch andere Kinder mit besonderen Bedürfnissen. Sie wäre dort in guten Händen.» Sie zog ein Handy aus ihrer koffergroßen Tasche und tippte einen Text. Ihr dunkelbrauner Bob bewegte sich keinen Zentimeter, als sie den Kopf senkte. «So. Alles erledigt. Sie erwarten Hailey am Montag nach der Schule. Du könntest heute vorbeischauen, damit deine Tochter sie schon mal kennenlernt.»

Avery zwang sich, den Mund zuzuklappen. Sie schwankte zwischen Wut und Schock. Ihre Schläfen pulsierten. Hier ging es um *ihr* Leben, *ihre* Tochter, und sie hatte sich zu lange nach den Regeln ihres Exmannes gerichtet, um sich jetzt von jemand anderem bevormunden zu lassen.

Sowohl Marie als auch Gayle gingen vor Hailey in die Hocke und begannen, mit ihr zu reden, als wären sie alte Freunde. Und die Damen ließen sich auch nicht davon abschrecken, dass Hailey nicht antwortete. Richards Familie und Freunde hatten Hailey überwiegend ignoriert, also nahm diese Freundlichkeit Averys Wut den Wind aus den Segeln.

Und das war nicht das erste Mal. Flynn und Brent hatten ebenfalls sorgfältig darauf geachtet, mit Hailey zu sprechen. Alle schienen zu wissen, dass Hailey Autistin war, wahrscheinlich wegen ihrer Mom – oder Twitter. Aber es schien niemandem unangenehm zu sein. Sie ... bezogen Hailey ein.

Hailey saugte die Aufmerksamkeit in sich auf, wedelte mit den Händen und stieß eine ihrer seltenen Lachsalven aus. Averys Herz schwoll an, und ihre Kehle wurde eng.

«Wir werden ...» Avery räusperte sich. «Wir werden am Freizeitzentrum vorbeifahren, um es uns anzusehen. Vielen Dank.»

Marie stand auf. «Überhaupt kein Problem. Solltest du irgendetwas brauchen, kannst du jederzeit in meinem Büro vorbeischauen oder mich anrufen. Bis dann, Justine.»

«Tschüs.» Mom seufzte verträumt, als die beiden Frauen den Laden verließen. «Ich habe dir doch gesagt, dass diese Stadt toll ist, oder?»

Avery schüttelte den Kopf, sie war sich nicht sicher, ob ihre Mutter sie auf den Arm nahm. «Twitter? Ich war auf Twitter?»

Mom sah sie an, als wäre sie die Verrückte. Sie drückte ein paar Tasten auf ihrem Computer und winkte Avery um den Tisch herum.

Avery trat neben sie und sah auf den Bildschirm. Und tatsächlich, da war der @Redwood-Account. Das Banner zeigte eine Weitwinkelaufnahme der Hauptstraße und das Profilbild eine Kartenskizze, auf der die Stadt als kleiner Punkt eingetragen war. Die neusten Tweets klangen wie aus einer Klatschzeitung.

Es heißt, unsere sexy Feuerwehr will dieses Frühjahr wieder eine Autowasch-Aktion veranstalten. Grrrr, Ladys!

Dr. Cades Lieblingsplätzchen sind die mit Erdnussbutter.

*Dr. Flynn bevorzugt Chocolate Chip, Dr. Drake äußert sich
nicht dazu. Pssst, es sind Zimtschnecken!*

Die Marschkapelle von Redwood braucht neue Uniformen.

Kauft Schokoriegel, Leute!

Die Wildnis ist so atemberaubend!

Auf den letzten Tweet folgte ein Foto von einem Ranger, der an einer Zypresse lehnte und sich gerade mit dem Unterarm den Schweiß von der Stirn wischte. Himmel. Waren denn alle Männer in Redwood attraktiv? Die Tierärzte jedenfalls schon.

*Das neue Mädel in der Stadt, Avery, ist direkt in unserem OP
in Ohnmacht gefallen. Das arme Ding!*

Avery verkrampfte sich und rieb sich die Stirn. Es gab dreiundfünfzig @-Antworten, die von *Oh nein* über *Die Arme* bis zu *Ich hoffe, es geht ihr gut* reichten. Sie zog ihr Handy heraus, klickte auf Follow bei @Redwood und twitterte:

Mir geht's gut. Danke der Nachfrage!

Mann. Sie hatte jetzt schon hunderteinundzwanzig neue Follower.
　Sie war in der Twilight Zone gelandet. Aber so richtig.
　Sie musste hier raus. Reizüberlastung.
　Nachdem sie ihre Mom zum Abschied umarmt hatte, fuhr sie zum Freizeitzentrum, um es sich anzusehen. Die Einrichtung hielt alles, was die Bürgermeisterin versprochen hatte. Sie

hatten mehrere Nachmittagsprogramme, und die Frau, die das Zentrum führte – Anya –, war erfahren im Umgang mit Kindern mit besonderen Bedürfnissen. Avery meldete Hailey an, weil sie dem Zentrum eine Chance geben wollte, dann sah sie auf die Uhr.

Ihr blieb nur noch eine Stunde, bevor Cade sie abholen wollte, um mit ihr alles für Seraph zu besorgen. Sie hatten schon während der Fahrt zwei Tage lang von Fastfood gelebt, aber ihr blieb keine Zeit mehr, ein anständiges Essen zu kochen und trotzdem rechtzeitig fertig zu sein.

Also fuhr sie durch den Drive-in einer Burger-Kette, dann parkte sie vor der Eisdiele, um im Auto zu essen. Avery ermahnte sich, morgen zwanzig Minuten länger Yoga zu machen, um das Essen zu kompensieren. Sie war immer ein wenig mollig gewesen, doch nachdem sie Hailey bekommen hatte, schienen die Pfunde nicht mehr verschwinden zu wollen.

Richard hatte jeden Sex verweigert, bis sie wieder ihr Vor-Schwangerschafts-Gewicht erreicht hatte. Außerdem hatte er alle Veranstaltungen allein besucht, bis sie nach einer Hungerkur und einem heftigen Workout wieder Größe 40 tragen konnte. Richard mochte inzwischen aus ihrem Leben verschwunden sein, aber die Zurückweisung und die Verletzung blieben.

Sie warf einen sehnsüchtigen Blick auf das Eiscafé und beschloss, erst morgen zu ihrem gesunden Lebensstil zurückzukehren. Ein paar Tage Schlendrian würden sie nicht umbringen. Sie drehte sich im Sitz um und grinste Hailey an. «Wie wäre es mit einer Nachspeise, Liebling?»

Hailey quietschte. *Zucker! Zucker, jetzt!*

Der Junge am Tresen wirkte nicht älter als sechzehn und hatte die schlaksigen Gliedmaßen eines Heranwachsenden, dessen Körper erst noch seine Form finden muss. Er wirkte gelangweilt, hieß sie aber dennoch mit einer einstudierten Grußformel willkommen.

«Ich nehme eine Kugel ...» Oh Gott. Sie hatten Rocky Road. Diese Sorte mit Nüssen und Marshmallows war ihr Kryptonit. «Ähm, Vanille.» Seufz. So sparte sie zumindest ein paar Kalorien. «Und haben Sie auch milchfreies Eis?»

Der Teenager verdrehte die Augen. «Dad!»

Ein korpulenter Mann um die fünfzig schlenderte aus einem Hinterzimmer und wischte sich die Hände an seiner Schürze ab. «Hey, hallo. Ich bin Hank. Neu in der Stadt? Oder auf der Durchreise?»

Avery sagte ihren Spruch auf, dass sie Justines Tochter und gerade hergezogen sei.

Er rieb sich die Glatze, scheinbar ohne sich dessen bewusst zu sein. «Ich habe gehört, dass Sie beim Tierarzt umgekippt sind. Wie geht es Ihnen?»

Sie musste sich anstrengen, um nicht die Augen zu verdrehen. Hatte irgendwer noch nicht von ihrem peinlichen Einstieg in den neuen Job gehört? «Gut, danke. Ich habe mich gefragt, ob Sie auch etwas ohne Milch haben? Hailey hier verträgt keine Milchprodukte.»

Der Teenager ging zur Kühltruhe und schaufelte eine Kugel Vanille in eine Schale.

«Nichts Gefrorenes, fürchte ich. Aber ich habe ein paar Cookies vom Sweet Tooth die Straße runter.» Er packte ein paar davon in eine Tüte und reichte sie Hailey. «Geht aufs Haus.»

«Oh nein. Ich möchte ...»

«Unsinn. Das geht auf uns. Und das nächste Mal haben wir etwas, was sie essen kann. Wie wäre das?»

Gott. Alle hier waren so ... so *nett*. «Danke.»

Immer noch tief erschüttert und in Überlegungen darüber

versunken, ob diese Stadt wirklich nicht von Körperfressern bewohnt wurde, fuhr Avery aus der Stadt. Die Dämmerung brach herein, erfrischte die Luft und sorgte dafür, dass lange Schatten sich ausbreiteten. Als sie vor den Ferienhäusern vorfuhr, erhob Cade sich von den Verandastufen.

Verflixter Scheibenkleister, dieser Mann ist wirklich sexy.

Er trug alte Jeans, die an allen wichtigen Stellen eng anlagen, und ein T-Shirt unter einer kurzen Jacke. Sein dunkelblondes Haar war vom Wind zerzaust und fiel ihm in die Stirn. Sie schüttelte den Kopf. «Das ist dein Boss, du Irre. Reiß dich zusammen.»

Hailey quietschte. *Das habe ich gehört, Mami.*

Als sie die Verschlüsse von Haileys Sitz löste und sich zu ihm umdrehte ... grinste er. Erst lächelte er sie an, dann Hailey. Ihr Atem stockte, und ihr wurde erneut ein wenig schwindelig.

· 4 ·

Cade drehte den Rückspiegel so, dass er Hailey in ihrem Sitz beobachten konnte, dann richtete er seine Aufmerksamkeit wieder auf die Straße. Der Heimtierladen lag vierzig Minuten Richtung Norden, aber Hailey schien ganz zufrieden mit ihrem Tablet und den Kopfhörern. Es war seltsam, einen kleinen Menschen auf dem Rücksitz zu sehen.

Er räusperte sich. «Ich hoffe, die Frage macht dir nichts aus, aber wo ist ihr Dad? Ihr kommt aus San Diego, richtig?»

«San Francisco.» Avery drehte sich zu Hailey um, dann sah sie wieder nach vorne. «Ich habe nach der Scheidung das volle Sorgerecht erhalten.» Sie schwieg einen Moment. «Mein Ex hat keinen Einspruch eingelegt.»

«Gegen die Scheidung oder das Sorgerecht?»

«Beides.» Sie sah aus dem Fenster, während sich Cade der Kopf drehte. Manche Leute waren einfach zu dämlich, das Gute zu erkennen, das ihnen zuteilwurde.

In zufriedenem Schweigen fuhren sie an den Klamath Mountains entlang in Richtung Süden. Hin und wieder öffnete sich in einer Kurve der Blick auf den Pazifik und die felsige Küste. Dichter Nebel waberte am Ufer. Cade nahm dies alles nur verschwommen wahr, während ihre Worte in seinem Kopf widerhallten.

Okay, er war nie verheiratet gewesen, und er hatte auch keine Kinder, doch er konnte sich nicht vorstellen, sein Kind einfach so aufzugeben. Wahrscheinlich würde er über Redwoods Twitter-Account mehr erfahren als von Avery, aber er war einfach zu neugierig. «War dein Ex ein totaler Arsch? Entschuldige die drastische Sprache.»

Sie lachte kurz auf. «Spielt keine Rolle. Er ist nicht mehr Teil unseres Lebens.»

Guter Punkt. «Wie heißt er?»

Plötzlich musterte sie ihn aus intensiven braunen Augen. In ihrem Blick verbargen sich so viele Botschaften, dass er die Augen abwenden musste, weil er sonst einen Unfall gebaut hätte.

«Er heißt Richard.»

«Ein Rich-Arsch, also?», sagte er, bevor er richtig darüber nachgedacht hatte.

Sie schlug die Hand vor den Mund. Zuerst klang das Lachen wie eingerostet, doch dann gewann es an Kraft. Sie hatte diese Art von Lachen, das in alle Ecken drang und dafür sorgte, dass man innehielt, um zuzuhören. Bei dem Geräusch spürte er wieder dieses seltsame Ziehen in seiner Brust, aber verdammt, es war schön, sie zum Lachen zu bringen – auch wenn die Qualität seiner Witze noch steigerungsbedürftig war. Er kannte Avery noch nicht lange – eigentlich kannte er sie gar nicht –, aber er hatte den Eindruck, dass sie nicht oft lachte.

Mit einem Seufzen ließ sie den Kopf gegen die Lehne ihres Sitzes sinken. «Das ist wahrscheinlich kein Geheimnis. Ja, er ist wirklich ein Arsch. Ich glaube, er wollte nur eine Vorzeigefrau. Das wäre ja vielleicht auch so weit in Ordnung gewesen … bis er anfing, Hailey zu behandeln, als gäbe es sie gar nicht. Vor zwei Jahren habe ich die Scheidung eingereicht, aber die letzte Verhandlung war erst im vergangenen Monat. Er hat das Verfahren so weit wie möglich in die Länge gezogen.» Sie legte den Kopf schräg. «Ein guter Rat: Heirate nie einen Anwalt.»

Cade umklammerte das Lenkrad fester. Sie kam ihm nicht vor wie eine Vorzeigefrau, und dass der Kerl Hailey ignoriert hatte, machte ihn wütend. Er wusste, dass sie ihm einiges verschwieg, ließ es aber gut sein. «Wie nennt man fünfzig Anwälte, die aneinandergekettet auf dem Meeresgrund liegen?»

Ihr Grinsen raubte ihm den Atem. «Einen Anfang.»

Er lachte. «Eine Frau, die gute Anwaltswitze kennt. Beeindruckend.»

«Wieso beißen Schlangen keine Anwälte?»

Er schüttelte den Kopf. «Warum?»

«Rücksichtnahme unter Kollegen.»

Er lachte, dann kratzte er sich am Kinn und bog ein paarmal ab, bevor er wieder etwas sagte. «Also hast du die große Stadt verlassen, um in Redwood ein Zuhause zu finden.»

Darüber musste sie anscheinend erst nachdenken. «Ich weiß nicht, ob es ein Zuhause ist, aber meine Mom ist hier. Und ich glaube, für Hailey ist es besser.»

Selbst wenn er die ganze Welt bereiste, wäre Redwood immer sein Zuhause. So verrückt und nervig und irritierend es auch manchmal sein konnte, hier war seine Heimat. «Du wirst dich einleben. Könnte eine Weile dauern, dich an alles zu gewöhnen, aber die Leute hier achten aufeinander. Kümmern sich umeinander.»

Sie nickte. «Es hat nur eine Stunde gedauert, bis die halbe Stadt wusste, dass ich in der Klinik umgekippt bin.»

«Eine Stunde?», scherzte er. «Normalerweise ist Tante Rosa schneller.»

Sie grinste, doch es wirkte aufgesetzt. «Ich habe heute deine Mutter kennengelernt und deine andere Tante. Die Bürgermeisterin?»

Er stieß ein abschätziges Brummen aus. «Tante Marie. Meine Brüder und ich nennen die drei ‹Das Drachentrio›. Eine unüberwindliche, böse Macht voller guter Absichten. Sie mischen sich überall ein. Ständig. Es ist beängstigend.»

Wieder lachte sie. Er hatte einen Lauf, auch wenn er das eigentlich ernst gemeint hatte.

«Deine Mutter wirkte nett.»

«Sie ist auf jeden Fall die Zahmste der drei. Trotzdem, komm ihr nicht zu nahe und schau ihr nicht in die Augen. Sie ist trotz allem gefährlich.»

«Zur Kenntnis genommen.» Sie lächelte ihn an. «Was ist mit deinem Dad? Was macht er?»

Dad. Die Sehnsucht versetzte Cade einen Stich. «Er ist vor neun Jahren an einem Herzinfarkt gestorben.»

«Oh wow. So jung. Tut mir leid. Das muss hart gewesen sein.»

Das ließ sich nicht schönreden. «Hat uns alle vollkommen unvorbereitet getroffen. Er hat vor dreißig Jahren die Klinik gegründet. Meine Brüder und ich konnten uns nie etwas anderes vorstellen, als in seine Fußstapfen zu treten.»

Sie nickte. «War Flynn schon immer taub?» Ihre Wangen wurden rot. «Ist das zu persönlich?»

«Hier ist nichts zu persönlich. Und ja, er wurde taub geboren. Unglücklicher genetischer Zufall.»

«Und Drake? Ich habe ihn nur ziemlich kurz gesehen, da meine Augen ja geschlossen waren und ich auf dem Boden lag.»

Er stieß ein überraschtes Lachen aus. «Drake. Was soll ich über ihn sagen?» Sie würde über die Gerüchteküche der Stadt sowieso alles erfahren. «Er ... trauert. Er hat Heather geheiratet, seine Highschool-Liebe, sofort nachdem er das Studium beendet hatte. Sie ist vor dreieinhalb Jahren an einer aggressiven Form von Eierstockkrebs gestorben.»

Avery starrte schweigend durch die Windschutzscheibe und rieb sich das Schlüsselbein. Als er sie schon fragen wollte, ob es ihr gutging, räusperte sie sich. «Ich wäre am Boden zerstört.»

Drake war nicht nur am Boden zerstört gewesen. Der Verlust

hatte ihn gebrochen. Er erholte sich langsam, aber es hatte Cade und Flynn ein Jahr gekostet, ihn dazu zu bringen, das Haus für etwas anderes als die Arbeit zu verlassen, und ein weiteres Jahr, Heathers Sachen einzupacken und zu einer Wohltätigkeitsorganisation zu bringen. Seinen Bruder so zu sehen, hatte dafür gesorgt, dass Cade niemals jemanden so sehr lieben wollte, niemals so abhängig sein wollte.

«Er hat es nicht gut weggesteckt. Du hast sie noch nicht getroffen, aber Zoe war Heathers beste Freundin. Zoe ist unsere Hundefriseuse. Sie hat einen kleinen Laden im hinteren Teil der Klinik.»

Avery schien in Gedanken versunken, als er zum Geschäft abbog. «Wer hat die Wandbilder in der Klinik gemalt? Sie sind wunderschön.»

Er grinste, war froh über den Themenwechsel. «Das war Zoe. Wenn sie nicht gerade Hunde in eine Badewanne steckt, malt sie.» Er parkte und schaltete den Motor aus. Dann drehte er sich um, legte einen Arm über ihre Sitzlehne – nur Zentimeter von ihren sanften, braunen Locken entfernt – und sah sie direkt an.

«Ist es für dich wirklich in Ordnung, dass ich den Job annehme?»

Etwas verriet ihm, dass er die Frage nicht einfach abtun sollte. Und hmm. Sie hatte ein paar kleine Sommersprossen auf der Nase, die er bisher nicht bemerkt hatte. Ihr Beerenduft umhüllte ihn. Er hätte nie geglaubt, dass ein fruchtiger Duft so sexy sein konnte.

«Es ist vollkommen okay für mich, dass du den Job annimmst.» Plötzlich empfand er das dringende Bedürfnis, ihr zu beweisen, dass nicht alle Männer Trottel waren. Aber bei ihrem ersten Treffen hatte er sich ziemlich danebenbenommen, also konnte ihre Meinung von ihm nicht besonders hoch sein. Das passte ihm nicht. «Tut mir leid, wie ich mich benommen habe, als du Seraph gebracht hast. Ehrlich.»

Ihre Lippen öffneten sich leicht, und sie schien tief durchzuatmen. «Das hast du bereits gesagt.»

Er zwang sich, ihr in die Augen zu sehen, statt ihren Mund anzustarren, dann schluckte er schwer. «Das kann man ruhig mehrmals sagen. Tut mir leid.» Er musterte sie noch einen Augenblick lang. «Bist du dem Job gewachsen?»

Sie blinzelte. «Ja.»

Einer seiner Mundwinkel hob sich zu einem Grinsen – diesem schiefen Grinsen, von dem er wusste, dass es Frauen in den Wahnsinn trieb. Aus irgendeinem Grund verspürte er den dringenden Wunsch, sie für sich einzunehmen. Er wollte verdammt sein, wenn er wusste, warum. «Dann hör auf, dir Sorgen zu machen.»

. . .

Zwei Stunden, nachdem sie am Montag ihre Arbeit angetreten hatte, wusste Avery, dass sie von der göttlichen Vorsehung für diesen Job erwählt worden war. Das Wort Bombeneinschlag reichte nicht annähernd aus, um den Grad an Chaos in den Akten der Klinik zu beschreiben.

Die Ärzte notierten alles noch auf Papier, und es gab absolut kein System in der Ablage. Manche befanden sich im Hinterzimmer, andere lagen am Empfang, wieder andere verteilt in den Büros der Tierärzte. Allein beim Gedanken daran bekam sie Kopfschmerzen. Aber es gab einen kleinen Lagerraum, der nicht benutzt wurde.

Sobald sie die nötigen persönlichen Unterlagen ausgefüllt hatte, wandte sie sich an Rosa. «Darf ich ein wenig organisieren?» Sie wollte nicht übergriffig wirken – besonders nicht gleich am ersten Tag –, aber dieses chaotische System weiterzuführen, hieße, die Zeit der Patienten zu verschwenden. Rosa wollte sie zwei Wochen lang anlernen, bevor sie in Ruhestand ging. Eine gute Möglichkeit also, einiges zu erledigen, solange noch eine zweite Person anwesend war, die den Empfang besetzen konnte.

Langsam breitete sich ein Lächeln auf Rosas Gesicht aus. «Organisieren, sagst du?»

«Ähm, ja.» Wieso grinste die Frau so?

«Krächz. *Crazy*.»

Avery beäugte den Kakadu auf seiner Stange am Fenster. Sie wusste nicht, ob der Vogel Rosa meinte, die Idee, hier Ordnung schaffen zu wollen, oder ob die Bemerkung einfach als allgemeiner Kommentar zu verstehen war. Auf jeden Fall wuchs ihr diese befiederte Schönheit langsam ans Herz. Seine Kommentare, die aus Liedtiteln und Songtexten bestanden, kamen immer in den unmöglichsten Momenten. Hätte sie in diesem Chaos frei atmen können, sie hätte gelacht.

«Mach nur, meine Liebe. Organisiere, soviel du willst.» Rosas Grinsen wirkte berechnend. Aber nach dem, was Cade ihr vor ein paar Tagen erzählt hatte, fragte Avery lieber nicht nach.

Ohne ein weiteres Wort ging sie den Flur entlang und öffnete die Tür zum Lagerraum. Dann beschloss sie, in Cades Büro anzufangen. Sie beäugte die zwei hohen Rollcontainer dort, dann warf sie einen Blick in die Schubladen. Leer. Kopfschüttelnd brachte sie die Container in den Lagerraum und stellte sie an der hinteren Wand auf, um dann dasselbe mit den leeren Aktenschränken aus Drakes und Flynns Büros zu tun.

Danach ging sie wieder zum Empfang. «Wo sind die Akten der verstorbenen Patienten?»

Rosa wedelte mit der Hand in Richtung des schiefen Stapels neben dem Drucker.

Avery fand im Hinterzimmer eine Tüte, stopfte die Akten hinein und stellte sie in einer Ecke des Lagerraums ab. Da bisher nur eine Wand mit Schränken zugestellt war, schob sie noch ein paar Schränke aus dem Eingangsbereich in den Raum, dann machte sie sich daran, die Akten zu sortieren und die Schubladen zu beschriften. Bis zum Mittagessen war sie bei M angekommen.

Cade kam am Lager vorbei, hielt an und drehte sich um. Er beäugte ihre Arbeit, legte seine Hände oben an den Türrahmen, sodass sich sein blaues Praxishemd über seinen Muskeln spannte. «Was tust du da?»

Vor die Wahl zwischen den Aktenschränken und seinem festen Körper gestellt, war es schwer, ihn nicht anzustarren. Sie presste die Lippen zusammen und bemühte sich, seinen attraktiven Körper zu ignorieren. «Sortieren.» Sie hielt inne. Sie hatte Rosa gefragt, aber Animal Instincts gehörte Cade, Flynn und Drake. «Bist du sauer, dass ich die Möbel verrücke?»

Seine Augen leuchteten strahlend blau auf, voller Humor. «Nein, warum? Wieso gehst du nicht mittagessen? Oder noch besser ... kommst mit mir zum Sandwichladen?»

Sie biss sich auf die Lippe. «Ich wollte bei Haileys Schule vorbeischauen. Du weißt schon, sie stalken, um herauszufinden, wie sie sich anstellt.»

Er grinste wissend. «Nervös, Mommy? Ich bin mir sicher, es geht ihr gut.»

Sie rieb sich die Stirn. «Ich weiß. Es ist nur, sie ...»

«Sie war noch nie so lang von dir getrennt?» Er senkte die Hände, immer noch lächelnd. «Dann mal los, Mamabär. Wir essen ein anderes Mal zusammen zu Mittag.»

Mamabär? Sein Tonfall war tief, amüsiert, und sie konnte seine Stimme förmlich auf der Haut spüren. Ein Zittern überlief sie. Sie zitterte, verdammt noch mal. Und wieso lud er sie zum Mittagessen ein? Bevor sie noch etwas sagen konnte, ging er davon. Und sie blieb zurück und fächelte sich mit einer Akte Luft zu.

Brent kam vorbei, lachte leise, als wüsste er, was mit ihr los war, dann rauschte er davon.

Als wäre es ihre Schuld, dass Cade so verführerisch aussah.

Sie warf sich den Mantel über und ging die paar Blocks zu Haileys Schule zu Fuß, um ein wenig frische Luft zu schnappen. Dabei aß sie einen Müsliriegel. Er schmeckte wie Pappe mit Schokoladenstreuseln, aber sie schluckte tapfer, um wenigstens irgendwas in den Magen zu bekommen.

Tief sog sie die feuchte, nach Kiefern und Salz schmeckende Luft in die Lunge. Es war knapp unter null Grad, und der Wind war schneidend. In der Ferne hing dichter Nebel. Langsam fand Avery heraus, dass er sich nie wirklich auflöste. Ob nun die Sonne schien oder dunkle Wolken am Himmel hingen, der Nebel war immer da, wie eine schützende Barriere um Redwood.

Sie kam an den meisten der Läden vorbei und nahm sich vor, sich am Wochenende mal alles genauer anzusehen. Der langgestreckte Hauptplatz in der Form eines I war vielleicht ein paar hundert Meter lang. Die Tierklinik lag am südlichen Ende. Für die Touristen gab es ein Café, eine Bäckerei, einen Buchladen, ein vegetarisches Restaurant und einen Kerzenladen, aber es gab auch einen Buchhalter, einen Anwalt und einen Zahnarzt.

Am Ende der Straße bog sie links ab und trat zu dem Maschendrahtzaun, der den Spielplatz umgab. Sie hielt Ausschau nach Hailey und fand sie am Rand des Spielplatzes, mit einem kleinen Mädchen, das vielleicht ein oder zwei Jahre älter war. Ein Lehrer half Hailey dabei, dem Mädchen einen Ball zuzuwerfen.

Avery erstarrte und schloss die Finger fester um das Zaungitter. Als sie Haileys Lächeln sah und das Lachen hörte, das über den Spielplatz hallte, traten ihr Tränen in die Augen. Ihr wurde ganz warm ums Herz. Hailey hatte eine Freundin gefunden. Am ersten Tag! Sie regte sich nicht über den Lärm der anderen Kinder auf, sondern ... spielte!

«Ist das Ihr Mädchen?»

Avery drehte sich zu der Frau neben sich um, die sie bis jetzt nicht bemerkt hatte, und wischte sich über die Augen. Dann räusperte sie sich, um den Kloß in ihrer Kehle loszuwerden. «Ja. Wir sind gerade erst hergezogen.»

Die Frau nickte und schob sich eine rötliche Strähne hinters Ohr. Ihr Blick huschte zurück zu den Mädchen. «Das ist meine Tochter. Jenny. Ich bin hier aufgewachsen, aber trotzdem komme ich in jeder Pause hierher, um nach ihr zu sehen. Ich kann nicht anders. Ich arbeite in der Apotheke. Übrigens, ich bin April.»

«Avery. Und das ist meine Tochter Hailey.» Erneut sah sie zu den Mädchen hinüber und bemerkte, dass Jenny das Down-Syndrom hatte.

«Ich habe gehört, du bist in Ohnmacht ...»

Avery stöhnte, was ihr ein Lachen von April einbrachte. «Wer hat das eigentlich noch nicht gehört? Das ist mir so peinlich.»

Aprils Lächeln ließ ihr dünnes, majestätisches Gesicht sofort freundlicher und aufgeschlossener wirken. «Bist du wegen der heißen Ärzte oder wegen des Bluts ohnmächtig geworden?»

Avery lachte. «Blut. Ich habe den OP betreten, und schon lag ich auf dem Boden. Aber die Tierärzte sind wirklich attraktiv, oder?» Sofort biss sie sich wegen dieser unprofessionellen Bemerkung auf die Zunge und wurde rot.

«Jep. Alle drei. Superheiß. Du wirst noch früh genug rausfinden, wie weit Frauen gehen, um ihre Aufmerksamkeit zu erregen.» April legte den Kopf schief. «Hier in Redwood gibt es nicht so viele Singles, ganz zu schweigen von so schnuckeligen. Du hast echt Glück, dass du mit ihnen arbeiten darfst.»

Avery schüttelte nur lächelnd den Kopf.

April stieß sie leicht mit der Schulter an. «Ach, komm schon. Du gibst nichts zu, was der Rest von uns nicht sowieso schon weiß.»

«Stimmt. Also, welche Taktik hast du eingesetzt?» Das war wahrscheinlich das seltsamste Gespräch, das sie je geführt hatte.

«Keine. Ich bin glücklich verheiratet. Mein Ehemann ist Trucker, also ist er oft unterwegs.» April trat von einem Fuß auf den anderen. «Du wohnst in einem der Ferienhäuser, richtig?» Als Avery nickte, meinte April: «Wir wohnen ziemlich in der Nähe. Wir sollten die Mädchen mal zusammenbringen. Sie scheinen sich gut zu verstehen.»

Sie zogen ihre Handys heraus und tauschten Nummern, bevor April zurück zur Arbeit ging. Avery musste ebenfalls wieder los, aber sie gönnte sich noch einen letzten Blick auf Hailey. Zufrieden seufzend ging sie zur Klinik, so glücklich, dass es fast weh tat.

Bis sie die Klinik betrat und Drake entdeckte, der mit verschränkten Armen am Eingangstresen lehnte. Eine OP-Kappe verbarg sein dunkles Haar. Flynn und Cade standen ein wenig abseits und beobachteten sie ebenfalls.

Ihre Schritte wurden langsamer, und sie warf einen Blick auf die Uhr, um zu schauen, ob sie zu spät dran war. Nein, ihre Pause endete erst in fünf Minuten. Angst schnürte ihr die Kehle zu, als sie mit zitternden Fingern ihren Mantel öffnete. «Ist alles okay?»

«Du», sagte Drake und zeigte mit dem Finger auf sie. Es gelang ihr nicht, seine Miene zu deuten. «Hast du das getan?» Er wies mit dem Kinn auf den Tresen, der ohne die allgegenwärtigen Aktenstapel fast leer war.

Es gab immer noch viel zu tun ... aber nicht, wenn es die anderen wütend machte. Dabei hatte sie Rosa doch um Erlaubnis gefragt.

Avery ging langsam zurück zum Tresen und schob sich an Drake vorbei. Der Müsliriegel, den sie gegessen hatte, lag ihr schwer im Magen. «Die Akten für den heutigen Tag liegen hier in diesem Korb. Wenn ihr fertig seid, könntet ihr sie wieder herbringen, dann werde ich sie ablegen.»

Cade senkte das Kinn auf die Brust. Seine Lippen zuckten, als müsste er gegen ein Grinsen ankämpfen. Flynn stand neben ihm und starrte an die Decke. Die Mienen der beiden standen in vollkommenem Kontrast zu Drakes finsterer Grimasse.

Schweigen breitete sich aus, doch sie reckte tapfer das Kinn. Sie hatte nichts falsch gemacht, hatte erst um Erlaubnis gebeten, und, verdammt, dieser Laden konnte wirklich etwas Organisation gebrauchen. Wie hatten sie irgendetwas wiedergefunden, bevor sie aufgetaucht war? Und dabei hatte sie der Aufgabe erst einen Vormittag gewidmet.

Drake stieß sich vom Tresen ab und trat direkt vor sie. «Dich», sagte er, wobei er das Wort in die Länge zog, «müssen wir unbedingt behalten. Gut gemacht.» Damit stiefelte er den Flur entlang zu seinem Büro.

Avery starrte ihm mit offenem Mund hinterher, bevor sie sich zwang, ihn wieder zuzuklappen.

Cade rieb sich lachend das Gesicht.

Flynn sagte in Gebärdensprache «*Danke*» und folgte Drake.

Aus zusammengekniffenen Augen musterte Avery Cade, dessen Schultern in stummem Lachen zuckten. «War es unbedingt nötig, mir solche Angst einzujagen? Könnt ihr mir nicht einfach auf die Schulter klopfen wie normale Leute?»

«Krächz. *Don't fear the reaper.*»

Cade lachte nur noch heftiger.

Brent und Gabby tauchten aus dem hinteren Teil der Klinik auf. Brent zog die Augenbrauen hoch, als er Averys Irritation und

Cades fast hysterisches Lachen bemerkte. «Was haben wir verpasst? Spuck es aus, Püppchen.»

«Krächz. *Laughing on the outside.*»

Sie beäugte den Vogel. «Halt die Klappe.»

«*Don't go breaking my heart*, krächz.»

Das raubte Cade offensichtlich den letzten Funken Selbstbeherrschung. Er wischte sich die Augen und stöhnte fast schmerzerfüllt, weil er einfach nicht aufhören konnte zu lachen. Er ging mit zusammengepressten Lippen an ihr vorbei, schlug ihr anerkennend auf die Schulter und folgte seinen Brüdern.

Avery verdrehte die Augen und machte sich wieder daran, Akten zu ordnen.

«Krächz. *Don't go away mad.*»

· 5 ·

Seit Cade und seine Brüder Avery wegen ihrer Aufräumarbeiten in der Klinik so gnadenlos aufgezogen hatten, fragte sie nicht mehr, ob sie etwas tun durfte, sondern tat es einfach. Ihre Motivation war bewundernswert, fast beängstigend. Es war ja nicht so, als wäre die Praxis unorganisiert. Es war nur so, dass sie ... na ja, doch. Sie war unorganisiert. Und lange Zeit war es einfacher gewesen, sich dem Chaos zu ergeben, als sich die Zeit zu nehmen, etwas daran zu ändern.

Cade hatte Avery ‹Die Diktatorin› getauft, aber verdammt, alles lief reibungsloser als je zuvor. So reibungslos, dass Tante Rosa beschlossen hatte, nicht noch ganze zwei Wochen zu bleiben, sondern erklärt hatte, dass heute ihr letzter Arbeitstag sein sollte. Es war quasi unnötig gewesen, Avery einzulernen. Sie hatte sich voller Eifer ihrer Aufgabe gewidmet und sich mit fast furchterregender Geschwindigkeit Wissen angeeignet.

Sobald Avery die Akten geordnet hatte, wandte sie sich dem Materiallager zu. Was bedeutete, dass es jetzt eine anständige Lagerhaltung gab und nicht mehr überall in der Klinik Kartons mit verschiedenen Dingen herumstanden. Sie hatte eine Rumpelkammer ausgeräumt, ein paar alte Regale ausfindig gemacht und alles ausgepackt. Es gab sogar – *Schluck!* – Etiketten.

Es hatte Brent zwanzig Minuten gekostet, 22er-Kanülen zu finden, weil sie nicht mehr in einer Kiste im Pausenraum vergraben lagen. Die Packungen standen jetzt auf einem Regalbrett. In einem Raum. Mit einem Etikett.

Cade schüttelte ehrfürchtig den Kopf.

Da er gerade mit einem Patienten fertig war, ging er nach vorne, wo Tante Rosa einen Liebesroman las und Avery eifrig tippte.

«Was machst du gerade?»

Avery sah gar nicht erst vom Bildschirm auf. «Ich erstelle eine Materialliste in Excel.»

Zur Hölle. Wieso fand er das heiß? Sie entsprach eigentlich gar nicht seinem Typ.

Okay, um ehrlich zu sein, jede Frau mit zu vielen Hirnzellen war für gewöhnlich nicht sein Typ. Dass er ausgerechnet diese Vorauswahl traf, hatte nichts mit Oberflächlichkeit zu tun, sondern mit Selbstschutz. Bis er jemanden finden würde, der sein Herz so zum Rasen brachte, wie Drakes Herz für Heather geschlagen hatte, wollte er seine Beziehungen lieber oberflächlich halten. Es machte keinen Sinn, sich verletzten zu lassen oder jemand anderen zu verletzen. Doch seitdem Heather gestorben war, versuchte Cade immer weniger, diese Person zu finden, um mit ihr sesshaft zu werden. Er war sich dessen bewusst, aber verdammt noch mal, bisher hatte er sein Verhalten noch kein einziges Mal in Frage gestellt. Von dieser Art von Liebe erholten sich Leute nur selten wieder. Warum also aktiv danach suchen?

Vielleicht waren es Averys lange Beine in diesen schwarzen Leggins oder ihr pinkfarbener Pulli, der genau die Farbe ihrer errötenden Wangen hatte, oder ihr braunes Haar – in der Sonne eher kastanienbraun –, das hoch auf ihrem Kopf aufgetürmt von einem Bleistift gehalten wurde, was sein Interesse erregt hatte. Er unterdrückte ein Seufzen. Nope. Es waren ihr Hirn, ihr Humor und ihre innere Stärke.

Heiß.

Tante Rosa beobachtete ihn über ihr Buch hinweg, wobei sich ein wissendes Grinsen auf ihrem Gesicht abzeichnete.

Aufgeflogen.

«Eine Materialliste?» Gratulation. Seine Stimme klang normal. Er hatte immer noch keine Ahnung, warum, aber wenn er sich in Averys Nähe nicht wie ein Trottel benahm, dann redete er bescheuertes Zeug. Wo zur Hölle war seine Souveränität geblieben?

«Mmhm.» Die Tastatur klapperte. «Damit wir nicht Dinge doppelt bestellen oder uns etwas ausgeht. Gabby und Brent können einfach ankreuzen, was sie brauchen, und dann bestelle ich es.» Tipp, tipp. «Wusstest du, dass ihr zehn Säcke mit Katzenstreu herumstehen hattet? Bekloppt.»

Er kratzte sich am Kinn. «Ähm. Nein, wusste ich nicht.»

«Ich setze auch Zoes Sachen auf die Liste. Ihre Shampoos und was sie sonst noch für die Fellpflege braucht.» Tipp, tipp, tipp.

«Sie erstellt eine Materialliste», wiederholte Rosa strahlend und wedelte mit den Händen, als wäre das eine Offenbarung. *Ich habe euch doch gesagt, dass ich weise bin. Ich habe sie eingestellt!*

Cade sah seine Tante stirnrunzelnd an. *Sie* war die Praxismanagerin gewesen, um Himmels willen. *Sie* hätte das alles tun sollen.

Flynn kam zum Schreibtisch und tippte Avery auf die Schulter. «*Hast du meine Ersatztasche gesehen? Gabby und ich müssen zur Miller-Farm aufbrechen.*»

Avery nickte. «Im Lager, frisch bestückt. Deine neue Tasche sollte Montag kommen.»

Auf Cades fragenden Blick hin antwortete Flynn: «*Meine andere Tasche wurde von einer Ziege angefressen, als Gabby damit beschäftigt war, eine der Hofkatzen zu jagen.*»

Und das war der Grund, warum er lieber in der Klinik blieb.

Flynn tippte Avery noch mal auf die Schulter, um ihre Aufmerksamkeit zu erregen. «*Willst du mich heiraten?*»

Sie lachte. «Nicht heute, aber gern geschehen. Und jetzt husch.»

Was. Zur. Hölle?

Als hätte sie Cades Gedanken erraten und wollte jedem Widerspruch zuvorkommen, sagte Avery: «Er bittet mich jeden Tag, ihn zu heiraten. Stündlich sogar, je nachdem, was ich getan habe.» Tipp, tipp. «Entspann dich, Dr. Cade. Er scherzt nur. Außerdem halte ich nichts von Büroromanzen.»

«*Richtig, Flynn?*», fragte sie in Gebärdensprache.

Flynn, der Mistkerl, grinste und ging in sein Büro, nur um Minuten später mit Gabby an seiner Seite und seiner Arzttasche in der Hand wieder aufzutauchen.

Cade zeigte ihm hinter Averys Rücken den Stinkefinger, als die beiden die Praxis verließen.

«Das habe ich gesehen.» Tipp.

Natürlich hatte sie das. Alle Mütter hatten Augen im Hinterkopf. Und das war noch so etwas. Sie hatte ein Kind. Nicht, dass Cade keine Kinder mochte. Das tat er. Vielleicht wollte er eines Tages sogar eigene. Aber wenn man jemanden wie Avery umwarb, ging es nie nur um eine Person. Sondern um zwei.

Und sie gingen nicht miteinander aus. Weit entfernt davon. Er hatte sie nicht um ein Date gebeten, und sie schien ziemlich immun gegen seinen Charme zu sein – bis auf den ersten Tag, wo er ein gewisses Interesse in ihrem Blick entdeckt hatte.

Das war seit ... das war eigentlich noch nie passiert. Er fand die Erfahrung seltsam erfrischend.

Sobald Flynn und Gabby verschwunden waren, sah Cade sich um. «Wo ist She-Ra?» Gewöhnlich saß die Katze auf dem Drucker und plante, wie sie die Weltherrschaft übernehmen konnte.

«Avery hat ihr eine Auszeit verpasst. Im Hinterzimmer.» Rosas Grinsen verbreitete sich noch mehr. Was vermuten ließ, dass seine Tante jeden seiner Gedanken gelesen hatten. Wie bei einer vulkanischen Gedankenverschmelzung. Und so was war nie gut.

Moment. Eine Auszeit? Er sah Avery an. «Du hast der Katze eine Auszeit verordnet?» Er wusste nicht, ob er das süß oder genial finden sollte.

Avery hörte keinen Moment auf zu tippen, was ihn allmählich richtig sauer machte. «Ja. Sie hat Thor Angst eingejagt.»

Cade sah nach unten und bemerkte erst jetzt, dass Thors Kopf in Averys Schoß lag. Die Dänische Dogge sah ihn als, als wollte sie sagen *Ätschi-Bätschi*. «Sogar Staubmäuse machen diesem Hund Angst.»

«Nun, diese Katze muss Manieren lernen. Außerdem arbeiten Thor und ich an seinem Selbstvertrauen. Nicht wahr, Junge?»

Thor bellte. Und zwar nicht aus Angst. *Ja, meine Herrin.*

Wieder kratzte Cade sich am Kinn, war sich nicht sicher, was er von Avery halten sollte. Sie hatte in einer Woche mehr erreicht als Tante Rosa in zwanzig Jahren. Und sie war hübsch anzusehen. Tante Rosa erwischte ihn erneut dabei, wie er Avery anstarrte, also schüttelte er den Kopf.

«Habe ich heute Nachmittag noch weitere Patienten?»

«Drake hat noch eine Operation, und auf dich warten zwei Patienten. Ein Terrier, der sich durch eine Kiste gefressen und sich dabei das Zahnfleisch aufgerissen hat, und – sehr absonderlich ...» Ihre Stimme verklang, als sie ihren Terminkalender aufrief. «Eine Katze, die sich ‹seltsam› benimmt.»

Cade stöhnte. Er war nicht in der Stimmung für ...

Rosa legte ihr Buch zur Seite. «Es ist Jeffrey Harrisons Katze.»

Also, das ergab mal gar keinen Sinn. Jeffrey war mit Cade auf der Highschool gewesen, wollte nicht mit Cade ausgehen und besaß gar keine Katze. Wieso machte er dann einen Termin?

Rosa zog die Augenbrauen hoch. «Inzwischen sind es nicht mehr nur hübsche Frauen, die sich um Termine bemühen. Averys Beliebtheit steigt.» Sie legte den Kopf schräg, als wollte sie sagen: *Was wirst du deswegen unternehmen, Junge?*

Also suchten jetzt auch Männer unter Vorwänden die Klinik auf, nur um die neue Praxismanagerin zu sehen? Zur Hölle, hatte sich Jeffrey eine verdammte Katze gekauft, nur um Avery um ein Date zu bitten? Das hier war doch keine Singlebörse. Hatten die Leute denn noch nie von Handys gehört? Als seine Schläfen anfingen zu pulsieren, schloss er die Augen und atmete tief durch.

Tipp, tipp. «Vielleicht hat Jeffrey die Fronten gewechselt. Oder die Katze benimmt sich wirklich seltsam?»

Rosa lachte und klatschte Avery ab, die keinen Moment von ihrem Computer aufsah.

Zum Teufel damit. Cade drehte sich auf dem Absatz um und verschwand in sein Büro.

...

Avery blickte über den Empfangstresen zu ihrer Mom und Rosa, die sich auf Rosas Handy Pinterest-Fotos ansahen, als sie sich ein drittes Mal räusperten. Sie versuchten schon seit einer Weile, Avery dazu zu bringen, sich die Bilder auch anzusehen, aber sie hatte die beiden durchschaut. Sie hatten sich allerdings auch kaum um Subtilität bemüht.

Sie wollten kuppeln, also ignorierte sie die beiden. So gut es ging. Sie wollte mit niemandem ausgehen. Und besonders nicht mit ihrem heißen neuen Chef. Mit keinem von ihnen, wenn sie schon dabei war. Avery hatte den Männern abgeschworen und außerdem ... hey, wie peinlich war das denn. Außerdem hatte Cade mehr Interessentinnen, als es Sand in der Wüste gab. Wenn sie mit jemandem ausging, dann mit einem Mann, der die Frauen nicht ganz so sehr liebte.

Wie hatte Cade Rosa und die anderen zwei Ladys genannt? Das Drachentrio? Treffer. Anscheinend versuchten seine Mutter und Tanten, ihre Mutter mit in ihre hinterlistigen Pläne einzubinden. Allein die Erinnerung an ein Foto von Cade aus dem letzten Sommer sorgte dafür, dass sie die Beine fest zusammenpressen musste.

«Schau dir diesen Bizeps an. Oh, jetzt knuddelt er ein Kätzchen. Avery, hast du das schon gesehen?»

Avery schloss die Augen und presste sich die Hände auf die Ohren. *Und führe mich nicht in Versuchung ...*

Wie sollte das helfen? Sie war seit ihrer Hochzeit vor neun Jahren nicht mehr in der Kirche gewesen.

Endlich tauchte Cades letzter Patient des Tages aus dem Behandlungszimmer auf. Avery atmete aus.

Jeffrey schien ein netter Kerl zu sein, wenn er sie auch etwas zu offensichtlich mit den Augen auszog. Er stellte die Transportkiste vor seinen Füßen ab, als Cade nach vorne kam, gefolgt von Brent.

Sie machte sie bereit, Jeffrey noch vor dem nächsten Versuch abblitzen zu lassen – nachdem er vorhin schon mehrfach versucht hatte, sie anzubaggern. Also kleisterte sie sich ein Lächeln ins Gesicht und stand auf. «Sehr nett von Ihnen, dass Sie die Katze Ihrer Mutter hergebracht haben.»

Cade schnaubte und gab ihr das Behandlungsblatt. *Depression?*

Avery nannte Jeffrey den Preis, und er bezahlte. «Ich wünsche ein schönes Wochenende. Danke, dass Sie unsere Praxis besucht haben.»

Jeffrey setzte sich eine Baseballkappe auf sein schütteres braunes Haar. «Wo wir gerade davon sprechen. Was machen Sie heute Abend? Vielleicht könnten wir gemeinsam zu Abend essen?»

«Oh, das ist wirklich nett von Ihnen, aber ...»

«Sie hat schon etwas vor.»

Eine Sekunde lang bewegte sich niemand. Sie war sich ziemlich sicher, dass selbst die Erde in ihrem Lauf innehielt. Langsam drehten sich alle zu Cade um. Die sprichwörtliche Stecknadel? Sie alle hatten sie fallen hören.

Cade erstarrte, der Stift hing wie eingefroren über der Akte. Er hatte die Augen weit aufgerissen, als wäre er selber entsetzt, dass er etwas gesagt hatte.

Brent bemerkte Cades verzweifelten Blick und richtete sich höher auf. «Ähm, ja. Wir gehen heute alle gemeinsam ins Shooters. Avery ist also ... schon verplant?» Er sah zu ihr, als sollte sie das bestätigen.

«Bin ich das?» Nicht, dass sie vorhatte, Jeffreys Angebot anzunehmen. Sie hatte keinerlei Interesse an einer Verabredung. Aber trotzdem. Konnte sie ihm nicht einfach höflich einen Korb geben? Warum sollte sie lügen?

Brent bedachte sie mit einem wütenden Spiel-mit-Blick, dann grinste er Jeffrey an. «Tut mir leid, Großer.»

Rosa und Averys Mom sahen zwischen Jeffrey, Cade und Brent hin und her. Ihr Interesse an Pinterest war verklungen, weil sie sich stattdessen lieber die Liveshow anguckten.

Cade murmelte einen leisen Fluch.

Jeffreys verwirrter Blick huschte durch den Raum. «Okay. Vielleicht sieht man sich später mal wieder.» Damit griff er nach der Transportkiste und verließ die Praxis. Eilig.

Wieder richteten sich alle Blicke auf Cade. Er öffnete und schloss seinen Mund mehrmals, bevor er die Akte zur Seite legte, sich mit einer Hand durch das dichte blonde Haar fuhr und den Blick zur Decke hob. «Okay.»

Flynn und Gabby traten genau in dem Moment durch die Tür, in dem Drake aus dem hinteren Teil der Klinik auftauchte.

Drakes Blick glitt langsam über die Versammlung. «Haltet ihr eine Schweigeminute ab?»

Rosa kniff die Augen zusammen. «Tatsächlich versuchen wir herauszufinden, wieso Cade gerade verhindert hat, dass Avery sich verabredet.»

«Ich wollte mich nicht …»

«Ooooh, eine Verabredung?» Gabby trat vor, stellte ihre Tasche ab und rückte ihren langen, blonden Pferdeschwanz zurecht. «Mit wem?»

«Jeffrey Harrison.» Brent wedelte wegwerfend mit der Hand. «Da bist du gerade noch mal davongekommen, Püppchen. Ich würde Cade danken.»

«Ich wollte nicht …»

«Wann soll ich vorbeikommen, um auf Hailey aufzupassen?», unterbrach Mom sie, was ihr ein anerkennendes Nicken von Rosa einbrachte. «Ich bin froh, dass du mal rauskommst. Du brauchst ein bisschen Spaß.»

Avery schüttelte den Kopf. «Wann ist aus dem vorgetäuschten Plan ein echter Plan geworden?»

Flynns Augenbrauen berührten inzwischen fast seinen Haaransatz.

«Ist sieben Uhr für alle okay?» Brent stemmte eine Hand in die Hüfte.

«Ich bin dabei», meinte Gabby. Sie griff nach ihrer Tasche und ging den Flur entlang. «Shooters?»

Avery rieb sich die Stirn. «Ich habe nicht zugestimmt …»

Rosa schnaubte. «Also, also. Cade hat dich eingeladen, und du bist neu in der Stadt, also ist das eine gute Gelegenheit, Leute kennenzulernen.»

«Ich habe sie nicht einge…»

«Haarspalterei», sagte Rosa. «Justine, wir sehen uns morgen.»

«Ich werde dich begleiten. Avery, ich komme um halb sieben, um auf Hailey aufzupassen.»

Flynn zuckte mit den Achseln. «*Ich bin dabei.*» Er sah Avery an. «*Die Drinks gehen auf mich, für eine tolle erste Woche.*» Damit ließ auch er sie im Stich und verschwand in seinem Büro.

Drake verschränkte die Arme. Aus irgendeinem Grund sah er aus, als wolle er Cade umbringen oder die letzten fünf Minuten aus seinem Gedächtnis streichen. «Viel Spaß heute Abend, Kinder.»

«Moment.» Brent zog einen Schmollmund. «Du musst auch mitkommen.»

«Muss ich nicht.» Drake wandte sich ab.

Der Tierarzthelfer ließ sich nicht abschrecken. Stattdessen sprach er mit neckender Singsang-Stimme. «Avery hat den OP aufgeräumt und neu organisiert.»

Drake hielt in der Bewegung inne, stand aber immer noch mit dem Rücken zu ihnen und seufzte. «Ein Drink, dann bin ich weg. Und ... danke, Avery.»

Brent klatschte in die Hände wie ein überdrehtes Kind und schlenderte davon, sodass Cade und Avery allein zurückblieben.

Schweigen breitete sich aus. Eine Minute. Zwei.

Langsam drehte sie ihren Bürostuhl zu ihm um. «Was ist hier gerade passiert?»

Er lehnte mit gesenktem Kopf an dem Sideboard hinter dem Tresen. Mit einer Hand massierte er seine Nasenwurzel. Er sah nicht auf, als er antwortete: «Wir wurden gerade überfahren.»

Sicher, das hatte sie schon mitbekommen. «Nur fürs Protokoll, ich hatte heute Abend nichts vor.»

«Okay.»

«Ich wollte ein heißes Bad nehmen und lesen.»

Er bewegte sich nicht. «Kapiert.»

«Jetzt habe ich etwas vor.»

«Jep», meinte er angespannt.

«Deinetwegen. Ich glaube, deine genauen Worte lauteten: ‹Sie hat schon etwas vor.›»

Seine Schultern spannten sich an. «Ich erinnere mich.»

Sie begann, mit den Fingernägeln auf den Tisch zu trommeln. «Was, wenn ich mit Jeffrey hätte ausgehen wollen?»

Jetzt hob er den Kopf. «Willst du das denn?»

Er spießte sie förmlich mit diesem blauen Blick auf, voller Interesse, Neugier und etwas, was Hitze in ihrem Bauch entzündete … dann in ihrer Brust … und dann in ihren Wangen. Alles brannte. Irgendwie gab es hier widersprüchliche Signale, in den sechzig Zentimetern zwischen ihnen hatte sich etwas verheddert. Wieso sollte er sich so einmischen, wenn er nicht … eifersüchtig war? Aber das war lächerlich. Er war ein griechischer Gott und sie eine geschiedene Frau mit Kind, die viel zu viele Pölsterchen mit sich herumtrug.

Allerdings starrte er sie immer noch an und wartete auf eine Antwort, als wäre sie für ihn von tiefer Bedeutung. Sie hatte dieses Spiel so lange schon nicht mehr gespielt, dass sie sich sicher war, dass sie etwas fehlinterpretierte.

Er stieß sich vom Sideboard ab und kam zu ihr. Schob ihren Stuhl zurück, bis er an den Tisch stieß, beugte sich vor und stemmte seine Hände rechts und links neben ihr auf den Tisch, sodass sie zwischen seinen Armen gefangen war. Dann schob er sein Gesicht nur Zentimeter vor ihres. Der Duft nach Weichspüler und Fell umhüllte sie, als er ihr in die Augen sah.

Ihr stockte der Atem – und sie war sich ziemlich sicher, dass es ihm genauso ging.

«Willst du mit ihm ausgehen?», fragte Cade mit gefährlich tiefer Stimme.

Er hatte einen leichten Bartschatten, was seine raue Ausstrahlung noch verstärkte. Die grauen Flecken in seinen Augen waren auf diese Entfernung noch deutlicher zu erkennen, und sein breiter, wohlgeformter Mund schwebte nur Zentimeter vor ihren Lippen. Sexuelle Anspannung sammelte sich in ihrem Unterleib und machte ihr das Atmen unmöglich. Die Hitze, die von seinem Körper ausging, hüllte sie ein.

Verflixter Scheibenkleister. «Nein.»

Er bewegte sich nicht, doch seine Lider senkten sich leicht, als er den Blick zu ihrem Mund gleiten ließ. Erst nach einem langen Moment sah er ihr wieder in die Augen. Einer seiner Mundwinkel wanderte nach oben. «Gut.»

Er richtete sich auf und ging zu seinem Büro. «Ich hole dich um sieben Uhr ab.» Er war schon fast den Flur hinunter, bevor sie sich endlich gefangen hatte.

«Ich kann selbst fahren.»

«Ich habe nie behauptet, dass du das nicht kannst.» Er ging einfach weiter.

Sie biss sich auf die Lippe. «Das ist keine Verabredung.»

«Ich habe nie behauptet, dass es das wäre.» Er hielt vor der Bürotür inne und drehte sich zu ihr um. Dann fing er ihren Blick ein. Für eine Sekunde schien er verunsichert, doch der Ausdruck verschwand, bevor sie darauf reagieren konnte. Langsam atmete er ein und griff nach der Türklinke. «Wenn wir je ein Date haben, wirst du wissen, dass es ein Date ist. Und wir werden allein sein.»

Ein Schauder überlief ihren Körper.

Er verschwand in seinem Büro und schloss die Tür hinter sich.

· 6 ·

«Was zur Hölle glaubst du, dass du da tust?»

Cade riss seinen Blick von Avery los, die mit Brent, Zoe und Gabby eine Partie Darts spielte. Er sah Drake an. Sein älterer Bruder hatte miese Stimmung. Wann war das je anders gewesen? «Ich habe keine Ahnung, wovon du sprichst.»

Natürlich wusste er es sehr wohl. Aber den Idioten zu spielen, erschien ihm klüger.

Aus der Jukebox im Shooters dröhnte Hard Rock, die Erdnüsse auf ihrem Tisch waren schal, und es gab kein Gesicht in der Menge, das Cade nicht kannte. Immer dieselbe Leier. Seit wann fühlte er sich so ruhelos? Gewöhnlich nahm er die Dinge, wie sie kamen, und ließ das Schicksal den Abend bestimmen. Er zuckte mit den Achseln, weil er der immergleichen Umgebung, der immergleichen Einrichtung und der immergleichen Anbaggersprüche plötzlich müde war.

Himmel. Begann er … sich zu langweilen?

Flynn, der das Bierglas zum Mund gehoben hatte, hielt in der Bewegung inne und beobachtete sie genau, um ihre Lippen zu lesen. Normalerweise hätte Cade ihn nicht aus dem Gespräch ausgeschlossen und alles gleichzeitig in Gebärdensprache übersetzt, doch die Bar war voll, und Cade vermutete, dass dies ein Gespräch werden würde, das der Rest der Gruppe lieber nicht mitbekommen sollte.

Drake verschränkte die Arme und lehnte sich auf dem Hocker an ihrem Stehtisch zurück. «Du hast Avery heute die Tour vermasselt, als jemand sie ausführen wollte.»

Als würde er sich nicht längst wie ein Volltrottel fühlen. «Wie kommst du denn darauf?»

Flynn schnaubte.

Drakes Brauen sanken noch tiefer. «Das hier ist kein Spiel. Was auch immer du denkst, schmink es dir ab. Sie ist niemand, mit dem du einfach Spaß haben kannst.»

Übersetzung: Sie ist zu gut für dich.

Cade biss die Zähne zusammen, dann kippte er den Rest seines Biers hinunter. Als wüsste er das nicht selbst. Sein Bruder musste ihn wirklich nicht auch noch darauf hinweisen. Außerdem, wer sagte, dass er nicht mehr als nur ein wenig Spaß zu bieten hatte? Cade war es leid, ständig unterschätzt und abgestempelt zu werden. Er hatte keine Lust mehr, in dieser Schublade zu stecken.

Und wann genau war das passiert?

Flynn musste Cades Anspannung bemerkt haben. «*Vielleicht mag er die hier wirklich.*»

Cade wagte einen Blick zu den anderen, aber sie achteten nicht auf ihr Gespräch, und Flynn saß mit dem Rücken zu ihnen.

Drake stieß ein Lachen aus, das wenig mit Humor zu tun hatte. «Er mag sie alle. Das ist nicht das Problem.» Er beugte sich vor. Sein starrer Blick ging Cade auf die Nerven. «Sie ist das Beste, was der Klinik seit Dads Tod passiert ist. Wenn dein Schwanz das in Gefahr bringt...»

Cade knallte sein Glas auf den Tisch. «Ich habe nichts getan. Und falls ich etwas tue, dann nur, nachdem ich vorher darüber nachgedacht habe.» Nur dass Avery irgendwie dafür sorgte, dass sein Hirn Urlaub einreiche.

Drake schüttelte den Kopf und knurrte angewidert.

«Weißt du, ich habe einen Collegeabschluss, habe noch keinen Tag in der Praxis gefehlt, besitze ein eigenes Haus...»

«Und du schläfst nie zweimal mit derselben Frau.» Drake

schob sein Glas auf dem Tisch herum, ohne den Blick von seinem Bruder abzuwenden. «Es gibt verschiedene Arten von Verantwortung, kleiner Bruder. Sie hat ein Kind. Sie muss nicht auch noch mit einem ausgehen.»

Und auch dieses Gespräch war er leid. Cade wusste einfach nicht, was er noch tun sollte, um sich zu beweisen. Was zur Hölle hatte es für eine Bedeutung, mit wem er in die Kiste sprang? Sein Liebesleben hatte nichts mit seiner Familie oder Animal Instincts zu tun.

Und doch hinterließ Drakes Bemerkung ein ungutes Gefühl, weil er sich selbst schon dasselbe erzählt hatte, was Drake ihm gerade so wenig charmant mitgeteilt hatte. Aber er dachte trotzdem noch darüber nach, sich an Avery ranzumachen. Sie verwirrte ihn vollkommen. Und er wollte rausfinden, warum das so war.

«*Sie kommen zurück.*» Flynn nippte an seinem Bier.

Cades Blick folgte Avery, bis sie neben ihm auf den Hocker kletterte. «Und? Wer hat gewonnen?»

Zoe grinste. Die Wölbung ihrer Lippen verriet ihre Roma-Wurzeln – verführerisch und geheimnisvoll. «Gabby natürlich. Wann gewinnt sie nicht?»

Zoes einst hellbraunes Haar war diese Woche in einem unnatürlichen Blau gefärbt. Seit mehr als einem Jahr färbte sie sich alle ein oder zwei Wochen die Haare in den unmöglichsten Farben. Niemand wusste, warum sie das tat. Sie war einfach eines Tages mit leuchtend orangefarbenem Haar in der Klinik aufgetaucht und hatte kein Wort darüber verloren.

Sie alle hatten sich Gedanken gemacht, aber niemand hatte nachgefragt.

Gabby nahm einen tiefen Schluck von ihrem Ale. «In irgendwas muss man ja gut sein. Zumindest hat Brent niemanden entstellt.»

Brent zielte schrecklich schlecht beim Darts. Cade konnte als Beweis eine Narbe am Oberarm vorweisen.

Brent wischte ihren Kommentar mit einer Geste beiseite. «Nur weil alle abgehauen sind und sich geweigert haben, mit uns zu spielen.» Er drehte sich auf seinem Hocker um und brüllte über den Lärm in die Bar: «Alles feige Pussys!»

Gabby stieß ihn mit der Schulter an. «Und woher willst du wissen, wie eine Pussy aussieht?»

Flynn erstickte fast an seinem Bier.

Cade sah zu Avery, um herauszufinden, wie sie mit dem Gefrotzel auf Brents Kosten klarkam, aber ihre zuckenden Mundwinkel verrieten ihm, dass sie das Gespräch amüsant fand. Sie war still, schien sich aber wohlzufühlen. Cade vermutete, dass er einfach nicht an stille Frauen gewöhnt war. Wenn er jetzt so darüber nachdachte, hätte er – bevor er Avery kennengelernt hatte – geschworen, dass es so was gar nicht gab.

Avery ließ ihr Kinn in die Hand sinken. «Ich wette, er hatte schon mal was mit einer Frau.»

Brent kniff böse die Augen zusammen, sagte aber nichts.

Sie rutschte auf ihrem Stuhl herum und verschränkte die langen Beine in den engen Jeans, die Cade ihr so gerne ausgezogen hätte. Die kniehohen Stiefel konnte sie gerne anbehalten.

«Stammt ihr alle hierher? Ihr scheint euch gut zu kennen.»

Überwiegend waren sie zusammen aufgewachsen. Brent war vor fünf Jahren aus Seattle hergezogen. Gabby war in Flynns Abschlussklasse gewesen und Zoe in Drakes. Cade und seine Brüder hatten nur einen Altersunterschied von eineinhalb Jahren. Drake war der Älteste, und sie standen sich nahe. In der Klinik pflegten sie ein respektvolles Arbeitsverhältnis, doch nach der Arbeit war es, als wären sie zurück im Sandkasten. Kein Mann konnte sich bessere Freunde wünschen.

Gabby rückte ihren Pferdeschwanz zurecht. «Ich kann dir jede Menge schmutzige Details über die anderen liefern.»

Zoe lachte. Es war ein volltönendes, rauchiges Geräusch, das dafür zu sorgen schien, dass Drakes Laune sich noch mehr verfinsterte. Seine Schultern verspannten sich, dann leerte er sein Whiskeyglas und stand auf. «Ich verschwinde. Avery, danke für alles. Ernsthaft.»

Alle hoben ihre Gläser. «Auf Avery!»

Sie errötete und starrte verlegen auf den Tisch. «Danke.»

Gabby verzog das Gesicht und stellte ihr Glas ab. «Verdammt. Cade, Puma auf zwölf Uhr.»

Aufgrund des Blicks, den sie über seine Schulter warf, ging er davon aus, dass sie ihr zwölf Uhr meinte und nicht seines. Er drehte sich gerade rechtzeitig um, um einen Hauch von Cynthias Parfüm aufzufangen, bevor die Frau auch schon heranschlendert war und ihm ihren großen Busen quasi ins Gesicht schob. Cynthia war ein Fehler, den er vor ungefähr vier Jahren gemacht hatte, aber sie schien das nicht persönlich zu nehmen.

Er sah hilfesuchend zu Flynn, doch sein mieser Bruder grinste nur. «*Leg sie einfach übers Knie, dann lässt sie dich in Frieden.*»

Wieso erzählte er seinem Bruder so was überhaupt? Ja, es stimmte, dass Cynthia gerne den Hintern versohlt bekam, und ja, es stimmte auch, dass sie beim Orgasmus gerne *Daddy* schrie. Jedem das Seine. Aber es war nicht sein Ding. Genau genommen war er sich sogar ziemlich sicher, dass er immer noch traumatisiert war.

Avery zog die Augenbrauen hoch. «*Will ich es wissen?*», fragte sie Flynn in Gebärdensprache.

Gabby schüttelte mit großen Augen den Kopf. «*Nicht, wenn du keinen Vaterkomplex hast. Halt den Blick gesenkt. Fordere sie nicht heraus.*»

Flynn lachte und rieb sich das Gesicht.

Cynthia schob Cade die Zunge ins Ohr und schnurrte. Nur, dass sie so betrunken war, dass es eher wie ein leiser Trommelwirbel klang. «Lass uns zu mir gehen.»

Er unterdrückte einen Schauder und umfasste sanft ihre Hüfte. «Ähm, danke für das Angebot, aber ich muss morgen früh raus. Außerdem weiß ich ja, dass du ... zu sehr Frau für mich bist.» Ihr lockiges rotes Haar, dessen Farbe einer Tönung zu verdanken war, kitzelte sein Gesicht und verhinderte, dass er mit ansehen musste, wie seine Freunde ihn auslachten.

Cynthia leckte seine Kehle.

Avery stieß ein schockiertes Geräusch aus.

Cade fand es schwierig, Frauen zurückzuweisen. Man sollte meinen, er wäre inzwischen ein Jedi-Meister in dieser Disziplin, aber leider kam das Wort Nein in seinem Wortschatz quasi nicht vor. Er drückte sich um das Wort herum, deutete es an und schlängelte sich um hässliche Trennungen herum. Dank verschiedener Ausweichstrategien gelang es ihm meist, die Gefühle der Frauen nicht zu verletzen. Auch wenn es unwahrscheinlich war, dass Cynthia sich an diesen Moment erinnern würde, wenn sie wieder nüchtern war, er wollte sie trotzdem nicht hier im Shooters vor allen bloßstellen, weil der offizielle Schürzenjäger der Stadt sie abwies.

Noch so ein Ausdruck, den er nicht ausstehen konnte. Es war ja nicht so, als würde er mit jeder Frau schlafen. Er war in seiner Auswahl sorgfältiger, als die meisten Leute annahmen. Sein Ruf war über die Jahre heftig aufgebauscht worden, allerdings nicht durch eigenes Zutun. Es hatte ihm nie viel ausgemacht. Bis vor kurzem zumindest. Zur Hölle, er hatte so lange auf dem Trockenen gesessen, dass er kurz – vielleicht um sich zu bestrafen – über Cynthias Angebot nachdachte.

Nein. Auf keinen Fall. Da blieb er lieber enthaltsam.

In diesem Moment entschied Brent netterweise, ihn davor zu bewahren, bei lebendigem Leib verschlungen zu werden. «Cynthia, Süße, zieh deine Krallen ein. Cade ist heute mit jemand anderem hier.»

Cade schloss die Augen, als Cynthia, die bereits halb auf seinen Schoß geklettert war, plötzlich erstarrte. Er hob die Hände, ohne sie zu berühren, wobei er hoffte, dass diese Zurückhaltung sie nicht wütend machen würde. Cynthia war als aufbrausend bekannt.

Langsam lehnte sie sich zurück, um ihm ins Gesicht zu sehen. Mascara war unter ihren leicht geschwollenen Augen verlaufen, und ihr Mund stand vor Schreck noch offen, sodass er schales Bier in ihrem Atem roch. Sie sah von ihm zu Avery und wieder zu ihm. «Wer ist sie?»

«Cynthia, darf ich dir Avery vorstellen, unsere neue Praxismanagerin.» Dann hatte er einen Geistesblitz und tippte Cynthias Hintern an, ein Hinweis, von seinem Schoß zu klettern. «Ich glaube, ich habe vorhin gesehen, wie Jared dich von den Billardtischen aus angestarrt hat.» Jared war der ehemalige Highschool-Football-Star, dessen Leben seinen Zenit vor zehn Jahren erreicht hatte. Sie in Jareds Richtung zu schicken, war okay. «Ich glaube, er ist interessiert. Ich würde mich ungern zwischen euch drängen.»

«Wirklich?» Ihr glasiger Blick huschte durch den Raum. «Danke, Cade. Du bist wirklich ein feiner Kerl.»

Sobald Cynthia verschwunden war, begann der halbe Tisch, hysterisch zu lachen. Cade dagegen atmete tief durch. «Und ihr nennt euch meine Freunde.»

Gabby wischte sich die Lachtränen aus den Augen. «Ich habe dich gewarnt, dass sie auf dem Weg ist.»

Brent hob die Hand und wackelte mit den Fingern. «Zoe, gib mir deine Handtasche. Schnell.» Sie reichte sie ihm, und Brent wühlte darin herum, bis er eine kleine Packung mit Desinfektionstüchern gefunden hatte, die er vor Cade auf den Tisch warf. «Benutz sie. Schnell, bevor die Infektion sich ausbreitet.»

Gabby, die kaum noch Luft bekam, ließ den Kopf auf den Tisch sinken und keuchte vor Lachen.

Avery setzte ihr Glas ab. «Du wusstest, dass sie Desinfektionstücher dabeihat?»

Nach allem, was in den letzten fünf Minuten passiert war, war es gerade das, was sie schockierte?

Zoe tätschelte Gabby den Rücken und schob ein Glas Wasser vor sie. «Er hat öfter die Pfoten in meiner Tasche als ich.»

Brent nickte gespielt ernsthaft. «Das stimmt.»

Cade seufzte und wandte sich Avery zu. «Bist du bereit zum Aufbruch?» Dieser Abend war für ihn gelaufen.

In ihren Augen glänzte Erheiterung, als sie nickte.

Sie fuhren schweigend zu ihrer Hütte zurück, aber die Stille war nicht unangenehm. Er parkte vor der Veranda und stieg aus, um ihr die Tür zu öffnen. Avery sah ihn mit großen Augen an, als wäre bisher niemand so höflich gewesen, dann wich sie seinem Blick aus. Als sie die Verandastufen hinaufstiegen und er sich gerade fragte, wie er sich verabschieden wollte, öffnete Justine die Eingangstür und eilte an ihnen vorbei zu ihrem Auto.

«Hailey schläft. Es gab keine Probleme. Geht ruhig rein. Zusammen. Nur ihr beide. Wir sehen uns morgen, Avery.» Damit stieg sie ein, gab Gas und verschwand über die Straße Richtung Ort.

Die beiden starrten Justines Rücklichtern nach, bis sie verblasst waren, dann drückte Avery sich eine Hand an die Stirn. «Was ist nur mit allen los?»

«Subtilität ist nicht gerade eine Stärke deiner Mutter, nehme ich an?» Er war an seine aufdringliche Familie gewöhnt, aber anscheinend war es für Avery neu, Opfer von Kuppelversuchen zu werden.

Ihr Blick landete auf seiner Brust, und plötzlich war er sich bewusst, wie nah sie ihm war. Roch ihren an Beeren erinnernden Sommerduft, der den Geruch von Kiefern und Schnee verdrängte. Ihr Atem stockte, ihre Lippen öffneten sich, und ihre Lider sanken leicht nach unten.

Ein Schritt. Ein Schritt, dann würden ihre Körper sich berühren, und er konnte herausfinden, wie sie schmeckte. Er hatte diese Woche kaum an etwas anderes gedacht, und langsam vergaß er die Gründe, warum er sich von ihr fernhalten sollte.

«Ähm ...» Sie schob sich eine Strähne hinters Ohr. «Die Frau in der Bar, ihr seid nicht ... zusammen?»

«Nein.»

«Aber ihr wart es mal?»

«Ja. Eine Nacht, vor Jahren.»

Sie nickte. «Du warst wirklich nett zu ihr. Trotz der Abfuhr.»

«Ist doch sinnlos, sich bei so was wie ein Arsch aufzuführen.»

Endlich hob sie den Blick. In ihren braunen Augen sah er Schock, aber auch Bewunderung. Er konnte sich nicht erinnern, wann ihn jemand das letzte Mal so voller Respekt angesehen hatte. Plötzlich fühlte er sich, als könnte er alles erreichen.

Das Licht auf der Veranda betonte die goldenen Flecken in ihren warmen braunen Augen. Sie hatte kluge Augen, ausdrucksstark, mit langen Wimpern über dieser phantastischen Iris. Avery mochte nicht atemberaubend schön sein, aber sie besaß eine nicht zu leugnende, natürliche Schönheit, die man heutzutage nicht mehr oft sah. Die leichten Sommersprossen auf ihrer Nase verstärkten diesen Eindruck noch.

Ihr Blick glitt zu seinem Mund und wieder nach oben, was ihm verriet, dass auch sie darüber nachdachte, etwas Unvernünftiges zu tun. «Du solltest aufhören, mich so anzusehen. Ich bin kein Dessert. Ich bin nicht mal ein Appetithappen», sagte sie.

Er trat näher an sie heran und legte eine Hand um ihre Wange, die kühl war von der Winterluft. «Dem möchte ich widersprechen.»

Cade fragte sich, wie lange sie wohl mit diesem Trottel verheiratet gewesen war, der ihr diese Ideen in den Kopf gesetzt hatte. Und wie lange es dauern würde, den angerichteten Schaden zu beheben. Sie hatte es noch nicht offen zugegeben, aber er erkannte Unsicherheit, wenn er sie sah. Bei der Arbeit war sie selbstbewusst, genauso im Umgang mit ihrer Tochter und bei allem anderen ... bis er etwas Spontanes tat oder ihr näher kam. Dann stieg Panik in ihr auf.

Sie war noch nicht bereit, geküsst zu werden, aber er würde die Chemie zwischen ihnen beiden erkunden, um herauszufinden, wie viel Hitze zwischen ihnen möglich war. Sein Entschluss stand fest, selbst wenn es dabei um nichts anderes gehen sollte, als ihr zu zeigen, wie begehrenswert sie war.

«Wir sehen uns am Montag.» Er beugte sich vor und drückte ihr einen Kuss auf die Wange, wobei er seine Lippen über ihre glatte Haut bis hin zu ihrer Schläfe gleiten ließ. Sie atmete zitternd aus, sodass in der kühlen, feuchten Nacht Wolken von ihrem Mund aufstiegen. «Nur fürs Protokoll», sagte er leise an ihrem Haar. «Du bist süßer als jedes Dessert, das ich je gegessen habe.»

Und er hatte schon eine Menge Desserts gegessen.

...

«Krächz. *Highway to Hell*.»

Cade murmelte einen Fluch.

Avery sah von der Preisliste der tierärztlichen Leistungen auf, die sie mit ihm durchgegangen war. Sie blickte erst den Kakadu und dann ihn an. Die Muskeln in seinen Unterarmen spannten sich an, als er die Hände neben ihr auf den Tisch stützte. Große Hände. Sie hatten sich neulich abends an ihrer Wange wunderbar angefühlt.

Sie schüttelte den Kopf. *Konzentrier dich.* «Was ist los?»

«Die Drachen sind da.» Er deutete mit dem Kinn Richtung Eingang. «Alle drei. Das kann nichts Gutes bedeuten.»

Cades Mutter und Tanten rauschten in die Klinik. Die drei Frauen hätten nicht unterschiedlicher sein können. Rosa trug Jeans und T-Shirt, kombiniert mit einer Bomberjacke aus Leder, ihr unnatürlich rotes Haar war steif vom Spray und ihr Gesicht frei von Make-up. Gayles hellblonder Bob wippte beim Gehen, sie war ganz natürlich geschminkt, ein wenig Lipgloss und Mascara. Sie trug eine Stoffhose und einen hellblauen Pulli unter einer Jacke im Marinestil. Die Bürgermeisterin, Marie, trug ein professionell wirkendes Tweed-Kostüm, ihr dunkelbraunes Haar war zu einem Dutt gebunden, und sie kam in voller Kriegsbemalung.

Averys Magen verkrampfte sich. Cade machte Anstalten, einfach zu verschwinden, doch sie packte sein Handgelenk. «Wag es nicht, mich mit ihnen allein zu lassen.» Sie hatte die drei seit ihrem Umzug nur ein paarmal getroffen, aber sie waren schon einzeln wirklich beängstigend. Zusammen hätten sie die Taliban besiegen können.

«Mom, Tantchen, was führt euch her?» Er lehnte sich über den Tresen, um ihnen jeweils einen Kuss auf die Wange zu drücken. «Nehmt ihr Babys die Schnuller weg? Löst ihr die Haushaltskrise, ohne jemandem davon zu erzählen?»

Averys Puls raste, und Hitze sammelte sich in ihrem Bauch. Es gab nichts, was sexier war als Humor.

«Har, har. Avery, Liebes. Schön, dich zu sehen.» Marie zog ihre Handschuhe aus und öffnete ihre Jacke.

«Ebenso, Bürgermeisterin.»

«Oh bitte. Marie reicht vollkommen.»

Avery warf einen verstohlenen Blick auf Cade, doch er gab vor, sich mit der Abrechnung, die er in seinen Händen hielt, zu beschäftigen. Feigling. Sie räusperte sich und lächelte. «Was kann ich heute für die Damen tun?»

«Nun», setzte Gayle an, nur um von Gabby unterbrochen zu werden, die durch den Flur auf sie zukam, wobei sie sich vollkommen auf eine Akte in ihrer Hand konzentrierte.

«Avery, hast du die ...» Gabbys Augen wurden groß, als sie die Besucher entdeckte. «Hey.» Sie trat um den Tresen herum und umarmte jede der Frauen, scheinbar ohne einen Funken Angst vor dem Trio. «Was für eine schöne Überraschung. Habt ihr Avery schon kennengelernt? Schaut euch an, was für tolle Arbeit sie bei der Praxis-Organisation geleistet hat.»

Cade versuchte, sich hinter Avery vorbeizuschleichen, um zu verschwinden, doch sie schob ihren Stuhl zurück, um ihm den Weg abzuschneiden. Derart von ihr festgesetzt, kleisterte er sich ein freundliches Lächeln ins Gesicht. «Ich habe noch Patienten, also ...»

Dann versuchte er, vor Avery vorbeizugehen. Sie streckte die Beine aus. «Nein, hast du nicht. Die nächsten zwanzig Minuten steht nichts an.»

«Ich muss Papierkram erledigen.»

«Musst du nicht.»

«Muss ich wohl. Da bin ich mir sicher.» Er biss die Zähne zusammen, doch gleichzeitig leuchteten seine Augen vor Erheiterung. Offensichtlich genoss er das Spiel. Dann starrte er sie flehend an.

«Nein. Definitiv nicht», flötete sie.

Rosa räusperte sich und sah ihre Schwestern an. «Habe ich doch gesagt.»

Gayles Lächeln hätte die Arktis zum Schmelzen bringen können. «Ich sehe es. Du hattest recht.»

Cade verspannte sich. «Was siehst du? Womit hatte sie recht?»

Das Trio – ergänzt durch Gabby – blickte zwischen Avery und Cade hin und her. Ihre Augen funkelten.

Statt zu antworten, nickte Marie nur kurz. «Wir haben schon gehört, was für wunderbare Arbeit du leistest, Avery. Und eigentlich ist das der Grund, wieso wir hier sind. Wir haben dir einen Vorschlag zu unterbreiten.»

Oh Gott. «Ähm ... okay?»

Cade lachte leise. Sie trat ihn gegen den Knöchel.

Seit letzten Freitag, als sie alle im Shooters gewesen waren und Cade sie fast geküsst hatte, herrschte eine lockere Stimmung auf der Arbeit. Als hätten sie die Grenze zur Freundschaft überquert. Sie hatten sich angefrotzelt, Witze gemacht, sich gegenseitig aufgezogen. Selbst Drake hatte ein- oder ... okay, *einmal* gelächelt. Aber es hatte Spaß gemacht. Sie arbeitete furchtbar gerne hier und fand langsam wieder eine Aufgabe im Leben.

Gayle machte den ersten Schritt und lehnte sich mit großen Augen auf den Tresen. «Wir brauchen jemanden mit deinen organisatorischen Fähigkeiten. Weißt du, Jessica wurde Bettruhe verordnet, und normalerweise leitet sie das Veranstaltungskomitee ...»

Cade stieß ein bellendes Lachen aus. Verstummte. Sah nacheinander die drei Damen an. Hob eine Hand und lachte wieder.

«Ihr wollt, dass Avery das Veranstaltungskomitee von Redwood übernimmt?»

Rosa nickte. «Genau.» Sie sah Avery an, die zu verwirrt war, um etwas zu sagen. «Für den Moment ginge es um den Valentinstagsball, aber wenn es gut läuft, dann könntest du noch mehr Veranstaltungen übernehmen.»

Marie nickte. «Das Buffet am St. Patrick's Day, die Ostereiersuche ...»

Gabby wippte auf den Zehenspitzen. «Sie wäre perfekt. Ich meine, Avery hat tolle Ideen, und ihr alle wisst, dass sie super organisiert ist.»

Die Damen unterhielten sich weiter über sie, als wäre sie gar nicht da. Avery presste eine Hand an die Stirn.

Cade beugte sich vor, um ihr ins Ohr zu flüstern. «So haben sie auch Jessica für den Job eingefangen. Ich würde fliehen. Lauf schnell weg. Ganz weit weg.»

«Wer ist Jessica?» Sie kannte diese Person nicht einmal, und diese Frauen waren ...

«Oh, Jessica führt den Kindergarten.» Marie wedelte mit der Hand. «Ist nicht wichtig. Sie ist zurückgetreten, und wir brauchen jemanden, der sie ersetzt. Und wir haben dich ausgewählt.»

«Ich ... ähm.» Avery seufzte. Gott. «Das ist sehr schmeichelhaft, aber ich kenne diese Stadt noch nicht besonders gut und habe noch nie etwas in der Art gemacht.» So. Das sollte sie ...

«Unsinn. Das Meeting findet im Freizeitzentrum statt. Sei um sieben Uhr da.» Marie zog sich ihre Handschuhe wieder an.

«Moment. Ich kann nicht.» Avery stand auf. «Meine Mom ist bei ihrem Buchclub, sodass niemand auf Hailey aufpassen kann. Außerdem habe ich einfach zu viel zu tun.»

Gayle lächelte, als liefe alles genau nach ihrem verrückten Plan. «Wir treffen uns nur ein Mal in der Woche für neunzig Minuten. Eigentlich nur alle zwei Wochen, wenn nicht gerade eine Veranstaltung ansteht. Cade kann auf Hailey aufpassen, während du unterwegs bist.»

Cade zuckte zusammen. «Ich ... was?»

Averys Schläfen begannen zu pulsieren. «Nein. Hailey hat besondere Bedürfnisse. Ich brauche jemanden mit Verantwortungsgefühl, der ...»

«Willst du damit sagen, ich besäße kein Verantwortungsgefühl?» Cade verschränkte die Arme vor der Brust und zog die Augenbrauen hoch.

Mist. «Nein, natürlich nicht. Es ist nur ...»

«Ich bin verantwortungsbewusst. Und nur zu deiner Information, ich könnte mich jederzeit ein paar Stunden um ein Kind kümmern.»

«Perfekt.» Marie war schon zur Tür unterwegs, bevor Avery blinzeln konnte. Ihre Schwestern folgten ihr auf dem Fuß. «Cade wird Hailey babysitten, und wir sehen dich dann bei dem Treffen. Ich wusste doch, dass alles klappen würde.»

Ihr Abgang aus der Klinik war genauso beeindruckend wie ihr Auftritt, und Avery blieb mit offenem Mund zurück. Sie starrte die Tür an, während sie herauszufinden versuchte, ob sie Wut oder Panik empfand.

Gabby grinste und legte ihr einen Arm um die Schultern. «Du wirst das toll machen.» Mit dieser absolut nicht hilfreichen Aussage verschwand sie in Flynns Büro.

Langsam drehte Avery sich zu Cade um.

«Ich bin ihnen direkt in die Falle gelaufen.» Er schüttelte den Kopf. «Nach achtundzwanzig Jahren sollte ich eigentlich fähig sein, ihre Machenschaften zu durchschauen. Guck mich nicht so an. Sie sind hinterhältig. Verschlagen. Du warst doch auch dabei.»

Sie seufzte. «Worauf habe ich mich gerade eingelassen? Und

glaub nicht, dass du schon vom Haken bist. Ich kann dich die nächsten drei Monate mit ‹depressiven› Katzen ausbuchen.»

Cade ließ sich in den zweiten Bürostuhl sinken und massierte sich den Nasenrücken. Seine dunkelblaue Praxiskleidung spannte sich über seinen Schenkeln und seinen Oberarmen, sodass Avery einen Moment abgelenkt war.

Dann schlug er sich mit der Hand aufs Bein. «In Redwood gibt es im Verlauf des Jahres mehrere große Veranstaltungen. Überwiegend an den Feiertagen. Die Einnahmen gehen an gemeinnützige Einrichtungen wie das Freizeitzentrum, die Feuerwehr, die Bibliothek. Die Event-Koordinatorin ist sozusagen für all das verantwortlich.»

Avery hatte eine Menge Zeit damit verbracht, Partys für Richard und seine Anwaltskanzlei zu planen. Doch es war mehr als zwei Jahre her, dass sie sich getrennt hatten, und sie hatte noch nie ein so großes Event organisiert. Für eine ganze Stadt? Sie lebte sich gerade erst in Redwood und ihrem neuen Zuhause ein. Und Hailey war nicht an so viele Fremde gewöhnt. In der Schule und im Freizeitzentrum kam sie gut zurecht, aber Avery fühlte sich nicht wohl bei dem Gedanken, sie mit einem Mann allein zu lassen, den sie kaum kannte ... selbst wenn Cade verantwortungsbewusst war.

Himmel, an nichts von alledem war Avery gewöhnt. Zehn Jahre lang hatte sie von allen isoliert im Stowe-Herrenhaus gelebt, wo sie Hailey ohne jegliche Hilfe großgezogen hatte.

Avery drehte ihren Stuhl zu Cade. Sie musste ihm einen Ausweg bieten. «Was das Babysitting angeht, ich kann Hailey mitnehmen oder jemand anderen finden ...»

Ihre Stimme verklang, als er ihren Blick einfing. Ein verletzter Ausdruck huschte über sein Gesicht, um sofort wieder zu verschwinden. Er starrte sie einen Moment an, als versuchte er, ihre Reaktion abzuschätzen ... oder seine eigene. Avery dagegen fragte sich nur: Wieso wollte er nicht raus aus der Sache? Single, attraktiv, Freitagabend – er wollte doch sicher nicht babysitten.

Es fiel ihr schwer, Cade zu deuten. Gewöhnlich war er charmant und zu Scherzen aufgelegt. Manchmal war er verärgert gewesen, aber er war immer gut zu den Tieren. Geduldig. Freundlich.

Ihr Atem stockte. Sie hätte schwören können, dass er sie mit Interesse musterte, wie neulich Abend auf der Veranda. Doch diesmal fehlte die Hitze, das Verlangen. Sie schluckte schwer und wandte den Blick ab, als ihre Wangen heiß wurden.

Er kratzte sich am Kinn, dann lehnte er sich vor und stemmte seine Unterarme auf die Oberschenkel. «Ich kann ein paar Stunden auf Hailey aufpassen.» Er fing erneut ihren Blick ein, und seine Augen wirkten vollkommen ernst. «Ich habe den Eindruck, dass du dich nicht oft auf andere Leute verlässt. Es mag so aussehen, als wäre ich überrumpelt worden – und das stimmt vielleicht sogar –, aber das heißt nicht, dass ich es nicht tun will.» Ein Augenblick verging, dann ein weiterer. «Sie ist ein tolles Kind, Avery.»

Cade hatte erst ein paar Stunden mit Hailey verbracht und hielt sie für ein tolles Kind. Richard war ihr Vater gewesen und hatte das nie erkannt. Von jedem anderen Kerl hätte es wie ein dummer Spruch geklungen. Aber nein. Cade meinte es ernst, das erkannte sie an seinem Tonfall, an seinem offenen Blick und daran, wie er mit Hailey umging. Aufrichtigkeit konnte man nicht vortäuschen.

Sie schloss die Augen und legte den Kopf in den Nacken. «Ich werde dich mit Ermahnungen in den Wahnsinn treiben. Dein Handy mit Nachrichten zum Explodieren bringen.»

Er stand auf und ging an ihr vorbei. «Damit komme ich schon klar.»

· 7 ·

Cade blieb noch genug Zeit, um nach der Arbeit nach Hause zu fahren und zu duschen, bevor er zu Avery aufbrechen musste. Er wollte seinen schwarzen Labrador, Freeman, mitnehmen, damit er mit Seraph spielen konnte, also schnappte er sich auf dem Weg ins Haus eine zusätzliche Leine.

Er zog sein Hemd aus und wollte nach oben ins Bad gehen, hielt dann aber in der Tür zum Wohnzimmer inne. Candy hing an allen vier Pfoten im Vorhang vor dem Panoramafenster.

Freeman saß stoisch auf dem Boden, eine Augenbraue hochgezogen, als wollte er sagen: *Es war deine Idee, eine Katze mit nach Hause zu bringen.*

Cade räusperte sich.

Candy miaute und drehte den Kopf, um ihn anzusehen. *Da war eine Falte. Ich wollte nur den Stoff für dich glätten.*

Seufzend griff er nach dem Kätzchen und setzte es auf seine Schulter – da dies sein Lieblingsplatz zu sein schien, wenn es nicht gerade an den Gardinen, dem Duschvorhang oder den Küchenhandtüchern hing. Dann ging er nach oben ins Bad.

«Wenn du dich nicht benimmst, nehme ich dich mit unter die Dusche. Nur damit du es weißt.»

«Miau.»

«Sprich nicht in diesem Ton mit mir.»

Er setzte das Kätzchen auf die Kommode, zog sich ganz aus und duschte sich den Klinikgeruch vom Körper. Nach dem Abtrocknen setzte er Candy wieder auf seine Schulter und ging ins Schlafzimmer.

«Ich werde heute Abend eine Weile unterwegs sein. Du wirst in meiner Abwesenheit nichts kaputt machen. Verstanden?»

«Miau.»

«Werd nicht frech.» Er setzte sie aufs Bett, zog sich an und ging los, um Freeman zu holen. «Gehst du mit?»

Freeman, der nicht viel von Bellen hielt, hob eine Pfote.

Zwanzig Minuten später lehnte Cade mit verschränkten Armen an Averys Küchenanrichte, während die Hunde sich miteinander anfreundeten und Avery durch die Wohnung eilte, als stände das Ende der Welt kurz bevor. Sie redete seit einer Viertelstunde ununterbrochen und machte währenddessen Sandwiches mit Erdnussbutter und Gelee zum Abendessen fertig. Hätte Hailey nicht am Küchentisch gesessen, wäre er auf die Idee gekommen, Avery zum Schweigen zu bringen. Mit seinem Mund.

Die Aufregung ließ sie bezaubernd aussehen. Gerötete Wangen, nervöse Hände. Zugegeben, er hatte nur ungefähr die Hälfte ihrer Anweisungen mitbekommen, weil er es viel interessanter fand, sie einfach anzusehen. Und dass ihre Jeans ihren perfekten Hintern so eng umschloss, machte das Ganze auch nicht leichter. Sie hatte einen tollen Körper mit Kurven und Rundungen ... kein dürres Gestell, an dem man nirgendwo Halt fand.

Sie schnaubte. «Hörst du mir überhaupt zu?»

Eigentlich nicht. «Ich soll Hailey nur nach Einbruch der Dunkelheit mit Streichhölzern spielen lassen, ihr als Snack Zuckerstangen und Cola geben, und wenn sie nicht einschlafen kann, darf ich Horrorfilme mit ihr schauen. Hab's kapiert.» Er setzte sich neben Hailey an den Tisch und hob eine Faust, um mit ihr die Ghettofaust zu machen. «Och, komm schon. Du kannst mich doch nicht so hängen lassen.»

Er war sich nie wirklich sicher, ob Hailey ihn hörte, da sie nie Blickkontakt aufnahm und ständig in ihrem eigenen Kopf gefangen zu sein schien. Er schob sein Gesicht vor ihres und grinste. «Mach eine Faust, Krümel.» Als sie nach einer kurzen Verzögerung seiner Aufforderung folgte, stieß er sanft ihre Fäuste zusammen. «So. Lass mich nicht noch mal hängen, oder du kriegst später keinen Zucker.»

Hailey stieß ein Lachen aus, rau und kurz, doch Cade wurde ganz warm ums Herz, weil er eine kurze Verbindung mit ihr gespürt hatte. Die runden Wangen des Mädchens verzogen sich zu einem Lächeln, während sie irgendwo über seinen Kopf starrte. Manchmal sah sie Avery unglaublich ähnlich.

«Ich wäre dir dankbar, wenn du ernst bleiben würdest.»

Cade zügelte sein Grinsen. Avery machte sich Sorgen, weil sie ihre Tochter allein ließ. Das verstand er. Seine Versuche, sie zu beruhigen, hatten nicht funktioniert, also fing er ihren Blick ein. «Sie verträgt keine Milchprodukte, neigt zum Herumwandern, trägt bereits ihren Pyjama. Sie soll um acht Uhr ins Bett, vorher muss sie sich die Zähne putzen, und ich muss sie daran erinnern, aufs Klo zu gehen. Ebenfalls vorher schaut sie eine halbe Stunde lang ihr Einschlafvideo. Und ich soll sie möglichst nicht berühren, besonders nicht am Kopf.»

Avery hob den Kopf und blinzelte heftig. «Ähm ... ja.» Sie sah sich unruhig um. «Du hast meine Handynummer?»

«Das hast du mich schon zwanzigmal gefragt. Ich komme schon klar. Geh jetzt.»

Sie seufzte und senkte den Blick auf Seraph, der damit beschäftigt war, Freemans Schwanz zu jagen. Endlich, nachdem ihr offensichtlich keine Anweisungen mehr einfielen, tippte sie Hailey auf den Arm. «Bitte, bitte, sei nett zu Cade. Ich komme erst zurück, wenn du schon schläfst, aber dann werde ich nach dir sehen. Okay?»

Zur Antwort biss Hailey in ihr Sandwich.

Sobald Avery gegangen war, musterte Cade sein eigenes Sandwich und das Glas Milch, das Avery ihm hingestellt hatte. Er rieb sich das Gesicht, dann aß er schweigend, den Blick auf die Hunde gerichtet. Seraph trug immer noch den Schutzkragen, der verhinderte, dass er an den Verbänden an seinem amputierten Bein kaute. Montag sollten die Verbände abgenommen und die Narbe kontrolliert werden. Da er Avery eine Fahrt sparen wollte, sah er Hailey an.

«Hey, Krümel. Willst du meine Assistentin sein? Seraph geht es schon besser, also können wir das ganze Zeug abnehmen. Was sagst du?»

Hailey quietschte und wedelte mit den Händen, was er als Zustimmung deutete.

«Wunderbar. Trink deine … Reismilch aus» – er schüttelte sich – «und dann machen wir uns an die Arbeit.»

Da er fürchtete, sie könnte weglaufen, nahm er Hailey mit zu seinem Auto, um seine Tasche zu holen. Dann gingen sie wieder hinein. Er warf die Pappteller weg, wusch Haileys leere Tasse ab und stellte sein eigenes Glas auf die Arbeitsfläche, damit er Seraph auf den Tisch heben konnte.

«Okay, Krümel. Stell dich einfach neben mich und streichle deinen Welpen, während ich sein Aua untersuche.» Als sie nicht kam, drehte er sich um und stellte fest, dass sie gerade seine Milch trank. «Hey, nein. Das ist normale Milch.»

Er nahm ihr das Glas ab, dann versuchte er abzuschätzen, wie viel sie getrunken hatte. Es konnte nicht viel gewesen sein. Er kippte den Rest weg, füllte das Glas mit Wasser und gab es ihr. «Du hast Durst, hm? Ich hoffe nur, dass dir von dem bisschen Milch nicht schlecht wird.»

Nach einer Minute wirkte sie immer noch ganz normal, also deutete er auf den Tisch und wiederholte seine Anweisungen.

Nach einem kurzen Zögern tat sie, worum er sie gebeten hatte, und streichelte Seraphs Rücken, während er die Verbände abnahm.

Die Wunde hatte sich geschlossen, und es gab keine Anzeichen einer Infektion, also öffnete er ein wegwerfbares, steriles Nahtentfernungsset. «Du machst das prima, Krümel.» Er beugte sich vor und durchtrennte die Fäden, bevor er die Wunde abtastete. Der Welpe wand sich ein wenig, aber Cade konnte ihn ohne große Mühe untersuchen. «Ich glaube, jetzt können wir den Schutzkragen abnehmen.»

Hailey quietschte. Seraph bellte.

Cade lachte und entfernte den Kragen, dann warf er den Abfall in den Mülleimer. «Wie wäre es, wenn wir den Kleinen baden?» Wegen der Verletzung hatte Cade Avery angewiesen, Seraph vorerst nicht zu waschen, obwohl er ein Bad wirklich nötig hatte.

Beim Wort ‹Bad› verzog sich Freeman eilig. Für einen Labrador hatte er eine seltsame Abneigung gegen Wasser. Hoffentlich war Seraph kooperativer als sein eigener Hund.

Cade durchsuchte das Bad, bis er ein Kindershampoo gefunden hatte, dann kehrte er in die Küche zurück. Er zog einen Stuhl an die Arbeitsfläche, füllte die Spüle mit warmem Wasser und ermunterte Hailey, auf den Stuhl zu klettern, bevor er Seraph ins Becken setzte.

«Ich werde mich hinter dich stellen, Krümel. Wenn ich dir zu nahe komme, ramm mir einfach den Ellbogen in den Bauch.» Er stellte sich breitbeinig über den Stuhl, sodass Hailey zwischen seinen Armen stand. Sie schien kein Problem damit zu haben, also gab er ihr einen Becher. «Mach nur, schütte Wasser über ihn.»

Sie schien nicht zu verstehen, also schlang er sanft die Hand um ihre Finger und tauchte die Tasse ins Wasser, um den Inhalt dann über Seraph auszuschütten.

Der Welpe jaulte und schüttelte den Kopf, sodass überall Seifenschaum und Wasser herumspritzte. Hailey stieß ein weiteres Lachen aus, das dafür sorgte, dass auch Cade lachen musste.

Als sie fertig waren, befand sich mehr Wasser auf ihnen und dem Boden als in der Spüle. Cade trocknete Seraph mit einem Handtuch ab, setzte ihn auf den Boden und machte sich daran, das Chaos aufzuräumen. In seiner Tasche brummte das Handy, als er gerade die Handtücher in die Waschmaschine im Raum neben der Küche steckte – zwei neue Nachrichten. Doch Hailey musste sich erst umziehen. Also durchsuchte er den Schrank in ihrem Zimmer, bis er in einer Schublade einen frischen Pyjama fand.

«Kannst du dich selbst anziehen?» Er hielt sich theatralisch die Augen zu. Hoffentlich verstand das Mädchen den Hinweis. Als er kein Rascheln mehr hörte, spähte er durch die Finger. «Gut gemacht, Krümel.»

Hailey setzte sich vor den Fernseher, um ihre Einschlafsendung zu sehen. Er warf auch ihren feuchten Pyjama in die Waschmaschine und kontrollierte sein Handy.

Avery: Alles okay?

Avery: Wieso antwortest du nicht?

Grinsend schüttelte er den Kopf, dann überlegte er, was er antworten sollte. Er beschloss, sie ein wenig aufzuziehen.

Cade: Jep. Zwei Leichen. Alles in Ordnung.

Gerade, als er sich fragte, ob sie die Anspielung wohl verstehen würde, erreichte ihn ihre Antwort.

Avery: Hast du gerade aus *Alle Mörder sind schon da* zitiert?

Cade: Ja, Ma'am. Ich bin beeindruckt, dass du es erkannt hast.

Avery: Ich liebe diesen Film. Wie geht es Hailey?

Cade: Es geht ihr gut. Hör auf, Nachrichten zu schreiben, und kümmer dich um dein Meeting.

Hailey packte den Saum seines T-Shirts und zog daran. Er steckte das Handy weg und kniete sich vor sie, nur um festzustellen, dass die Kleine ein wenig bleich wirkte. «Geht es dir gut, Krümel? Du …»

Ohne irgendeine Vorwarnung beugte sie sich vor und erbrach sich auf seine Brust. Sie würgte nicht einfach – nein –, sie spuckte wie ein Springbrunnen. Weiße, milchige Flüssigkeit mit kleinen Stücken Sandwich. Oh, was für ein Gestank. Er würde nie wieder etwas essen. Nie wieder.

Cade erstarrte mit erhobenen Händen und wartete ab, ob sie fertig war. Er war sich nicht sicher, wie er damit umgehen sollte. Tiere hatten ihn schon Hunderte Male angespuckt, aber ein kleiner Mensch noch nie. «Wow. Das war … eine Überraschung.»

Sie jammerte, wedelte mit den Händen und sprang auf und ab. Die Geste unterschied sich so deutlich von ihrem glücklichen Handwedeln, dass seine Brust eng wurde.

«Hey, hey», flötete er. «Keine große Sache. Wir werden einfach … hm.» Er atmete zischend aus und stand auf. «Okay, warte hier.»

Er wollte gerade den ersten Schritt Richtung Bad machen, als ihm klarwurde, dass er die Kleidung ausziehen musste, wenn er nicht den Inhalt von Haileys Magen im ganzen Haus verteilen wollte. Ein schneller Blick verriet ihm, dass sie sich selbst nicht besudelt hatte. Immerhin etwas.

Er legte sein Handy auf die Arbeitsfläche, dann zog er sich eilig bis auf die Unterhose aus und stopfte seine dreckige Kleidung in die Waschmaschine. Er gab extraviel Waschmittel hinzu und startete das Programm. Dann benutzte er eine Handvoll Desinfektionstücher, die er unter der Spüle fand, um den Boden aufzuwischen. Hailey bewegte sich währenddessen kein Stück, aber ihre Gesichtsfarbe hatte sich normalisiert.

«Das sähe echt übel aus, wenn jetzt jemand reinkäme.» Erwachsener Mann in Unterhose, zusammen mit einem achtjährigen Mädchen.

Er wusch sich die Hände und führte Hailey ins Wohnzimmer, damit sie sich ihre Sendung zu Ende ansah. «Ich bin gleich zurück, Krümel.»

Da die Temperaturen ordentlich gefallen waren, rannte er wie ein Irrer zu seinem Auto und schnappte sich einen Satz Praxiskleidung aus dem Auto, wobei er Gott dafür dankte, dass Avery keine Nachbarn hatte. Sobald er wieder im Haus war, zog er sich an und setzte sich neben Hailey auf die Couch.

Sollte er seine Mom anrufen? Sie würde wissen, was zu tun war. Allerdings würde sich die Geschichte dann in Windeseile über Twitter verbreiten. Oder sollte er Avery anrufen? Aber sie würde sicher sofort in Panik geraten.

Dem Mädchen schien es wieder gutzugehen. Zumindest ließ das die Färbung ihrer Haut vermuten.

«Hey, Krümel. Ich weiß, dass du das nicht magst, aber ich werde jetzt meine Hand an deine Stirn legen.» Langsam hob er die Hand und drückte seine Handfläche erst an ihre Wange, dann an ihre Stirn. Sie fühlte sich nicht heiß an.

Hailey schob seine Hand zur Seite, ohne den Blick vom Fernseher abzuwenden.

«Okay, okay. Schon fertig.» Er atmete auf und schloss für einen Moment die Augen. «Dir wird von Milchprodukten wirklich schlecht, hm?»

Die Hunde drehten sich ein paarmal, dann legten sie sich nebeneinander auf den Boden. Seraph bewegte sich wirklich gut auf seinen drei Beinen. Er war in der Woche seit der OP ein Stück gewachsen, und langsam wirkte der helle Welpenflaum tatsächlich wie Fell. Schon in ein paar Wochen würde er aussehen wie ein Hund und nicht mehr wie ein Welpe.

Der Abspann von Haileys Sendung lief. Er schaltete den Fernseher aus und folgte ihr ins Bad, wo er beobachtete, wie sie sich die Zähne putzte.

«Also, ähm ... deine Mom hat gesagt, geh auch aufs Klo, ja? Ich werde kurz ... du weißt schon ... rausgehen.» Er wartete vor der offenen Tür, mit dem Rücken zum Bad, in der Hoffnung, dass Hailey alleine Pipi machen konnte.

Als er ein Plätschern hörte, atmete er auf. Er wartete noch einen Moment, bis die Spülung rauschte, dann half er ihr, die Hände zu waschen, und führte sie Richtung Schlafzimmer.

Sie kletterte ins Bett und zog die Decke bis ans Kinn. Cade wurde klar, dass er Avery besser hätte zuhören sollen, weil er sich nicht sicher war, was jetzt zu tun war. Ein Nachtlicht anschalten? Ihr einen Gutenachtkuss auf die Stirn drücken?

Er schaltete das Deckenlicht aus. Da er kein Nachtlicht fand, machte er eine Lampe auf der Kommode an – für den Fall, dass sie Angst bekam –, bevor er Haileys süßen kleinen Körper musterte, ihre schweren Lider. Sie hatte wie Avery dunkles Haar und runde

Wangen. Allerdings waren Haileys Augen blau und nicht braun wie bei ihrer Mutter.

Er beschloss, die Tür offen zu lassen – nur für den Fall, dass sie ihn brauchte –, dann hob er die Hand. «Gute Nacht, Krümel. Ich bin direkt hier draußen, falls dir wieder schlecht wird oder du etwas brauchst.»

Plötzlich setzte sich Hailey auf, sodass die Decke auf ihre Hüfte fiel.

Cade erstarrte und zermarterte sich das Hirn, ob er für diesen Fall irgendwelche Anweisungen bekommen hatte, an die er sich einfach nicht erinnern konnte. «Soll ich hierbleiben?»

Sie bewegte sich nicht, also schaltete er die Lampe aus und setzte sich neben sie. Sie legte sich wieder hin. Die Hunde kamen in den Raum. Freeman ließ sich vor dem Fußende des Bettes auf den Boden sinken, aber Seraph bemühte sich nach Kräften, neben Hailey ins Bett zu klettern. Vielleicht hatte sie sich deswegen aufgesetzt. War sie es gewohnt, mit dem Hund zu schlafen?

Da er davon ausging, dass es nicht schaden konnte, hob er Seraph hoch und setzte ihn aufs Bett. Sowohl Welpe als auch Kind seufzten zufrieden und schlossen die Augen. Verdammt. Das war bezaubernd.

Erschöpft legte er sich quer über das Fußende des Bettes. Sein Kopf und seine Beine hingen über, aber wenigstens war er in ihrer Nähe, falls sie etwas brauchte.

«Babysitting ist schon eine Menge Arbeit, nicht wahr?»

Natürlich antwortete niemand.

Als die Anspannung in seinen Muskeln endlich nachließ, erfüllte Wärme seine Brust – eine Art Frieden. Es war eine Menge Arbeit, sicher, aber irgendwie auch erfüllend. Das Mädchen war großartig, wenn sie ihn nicht gerade anspuckte. Und sie zum Lachen zu bringen, hatte sich toll angefühlt.

Und das Haus hatten sie auch nicht niedergebrannt. Phantastisch.

• • •

Auch wenn Avery es nur ungern zugab, war sie doch froh, zu der Versammlung gegangen zu sein. Sobald sie die Fragen zu ihrem Date mit Cade hinter sich gebracht hatte – also mehrmals erklärt hatte, dass es kein Date gewesen war, sondern nur ein paar Drinks mit Freunden –, hatte der Abend sich gar nicht schlecht angelassen.

Neben Cades Mom und seinen zwei Tanten waren fünf weitere Frauen im Veranstaltungskomitee. Alle waren sehr nett und dankbar, dass sie den Vorsitz übernommen hatte. Auch wenn sie gar keine andere Wahl gehabt hatte. Oder überhaupt etwas dazu hätte sagen können.

Redwood beging anscheinend die meisten Feiertage mit der ganzen Gemeinde. Das war nett, auf eine kleinstädtische Art und Weise. Beim heutigen Treffen war es darum gegangen, den Valentinstagsball nächsten Monat zu besprechen. In den letzten Jahren hatten sie ihn immer in der Turnhalle der Highschool abgehalten, aber die anderen Ladys behaupteten, er sei langweilig gewesen ... überhaupt nicht romantisch. Sie wollten etwas mit mehr Pep. Das zumindest war ihre Formulierung gewesen.

Avery hatte einen anderen Veranstaltungsort vorgeschlagen – ein naheliegender Gedanke –, und sofort waren alle begeistert gewesen. Jetzt würde der Ball im botanischen Garten stattfinden, da es neben dem Gewächshaus einen Veranstaltungssaal gab. Um das Interesse und die Besucherzahlen anzukurbeln, hatte Avery vorgeschlagen, in der Woche vor dem Ball geheime Valentinskarten zu verschicken.

Marie, die von der Idee vollkommen begeistert war, würde ihren Einfluss als Bürgermeisterin einsetzen, um die Kinder im Freizeitzentrum dazu zu bringen, herzförmige Karten zu basteln, die in der Post ausgestellt werden sollten. Die Leute könnten die Karten kaufen, sie ausfüllen und anonym verschicken. Das Geld vom Verkauf der Karten ging an einen wohltätigen Zweck. Die Einnahmen des Balls selbst waren für das Kunstprogramm der Highschool bestimmt.

Avery fuhr auf die Auffahrt vor der Hütte, schnappte sich ihre Handtasche und ging nach drinnen. Sie war begierig darauf zu erfahren, wie Cade mit Hailey zurechtgekommen war. Nach seiner neckenden Nachricht hatte sie nichts mehr von ihm gehört. Es hatte sie eine Menge Willenskraft gekostet, nicht fünfzigmal anzurufen.

Sie stand neben der Couch, stellte ihre Tasche ab und sah sich um. In der Küche brannte Licht, die Waschmaschine schleuderte gerade, und im Haus war es still. Zu still. Cade war nirgendwo zu entdecken, genauso wenig wie die Hunde. Panik stieg in ihr auf, also eilte sie durch den Flur zu Haileys Zimmer – und blieb wie angewurzelt stehen.

Cades Hund, Freeman, hob kurz den Kopf, um ihn gleich wieder sinken zu lassen, weil ihre Ankunft ihn offensichtlich nicht interessierte. Hailey lag im Bett und schlief fest. Ihre dunklen Wimpern ruhten auf ihren runden Wangen.

Aber Cade – Gott, ihr Herz verkrampfte sich – lag mit dem Gesicht nach unten am Fußende des Bettes. Sein Kopf und seine Beine hingen von der Matratze. Er schnarchte leise, und Seraph hatte sich auf seinem Hintern zusammengerollt.

Sie presste die Hände an die Brust, weil das einfach so ... anbetungswürdig war. Plötzlich war ihre Kehle wie zugeschnürt.

Vorsichtig betrat sie den Raum und hob Seraph von Cades

sehr knackigem, sexy Hintern. Sie vergrub kurz ihre Nase im Fell des Welpen, bevor sie ihn neben Hailey absetzte. Anscheinend hatte Cade Seraph gebadet, nachdem er ihm den Schutzkragen abgenommen hatte. Und die Verbände waren auch verschwunden, womit er ihr eine zusätzliche Fahrt zur Klinik erspart hatte.

Plötzlich riss Cade den Kopf hoch. Sein besorgter Blick suchte Hailey, dann entspannte er sich. Er rieb sich den Nacken und entdeckte Avery. «Hey, du bist zu Hause.» Sein heiserer, verschlafener Bariton jagte ihr einen Schauder über den Rücken.

Er rollte sich herum und stand auf, geschmeidig und elegant, den Blick auf Hailey gerichtet, um sicherzustellen, dass er sie nicht aufweckte. Wieder spürte sie einen Stich in der Brust. Sobald er stand, streckte er sich und strich sich mit den Händen durch die Haare, sodass sie in alle Richtungen abstanden.

Hier zu stehen und ihn anzustarren, erschien ihr irgendwie zu intim, aber verdammt, er war wirklich ein Augenschmaus. Und sie hatte schon gedacht, ihre Libido hätte sich für immer abgemeldet. Er hatte nicht mehr dieselbe Kleidung an wie vorhin. Stattdessen trug er die dunkelblaue Praxiskleidung und war barfuß. Als er ihren fragenden Blick bemerkte, zeigte er mit dem Kinn Richtung Tür.

Sie nickte, dann beugte sie sich vor, um Hailey einen Kuss auf die Wange zu drücken. Sie nahm sich einen Moment Zeit, um ihre Finger durch das weiche Haar ihrer Tochter gleiten zu lassen, bevor sie Cade in die Küche folgte.

Er sah sich um, als wäre er verwirrt, dann warf er einen Blick auf die Uhr. «Es ist noch früh. Anscheinend hat Hailey mich ganz schön fertiggemacht.» Er stieß ein nervöses Lachen aus.

Avery ignorierte den Drang ... keine Ahnung zu was, aber es wäre dämlich ... und rieb sich die Arme. Quatsch. Sie wusste genau, was ihr durch den Kopf ging. Sie wollte sich in seine Arme werfen, ihn küssen, bis sie keine Luft mehr bekam, und seine Wärme in sich aufsaugen.

Sie räusperte sich. «Wie ist es gelaufen?»

«Ähm ... na ja.» Er kratzte sich am Kinn. «Werd nicht sauer, aber als ich ihr kurz den Rücken zugewandt habe, hat Hailey einen Schluck von meiner Milch getrunken. Nur fürs Protokoll, ich trinke lieber Bier. Auf jeden Fall war es nicht viel, aber ihr ist schlecht geworden. Und dann hat sie sich auf mich übergeben.»

Sie presste die Lippen aufeinander, um nicht zu lächeln ... aber das konnte sie direkt aufgeben. Er war so verlegen, dass sie einfach grinsen musste. Offensichtlich ging es Hailey gut, also war alles in Ordnung. Er hatte die Situation gemeistert. «Also ist das deine Kleidung in der Waschmaschine?»

«Ja. Und ein paar Handtücher. Wir haben Seraph gebadet, nachdem ich ihm die Fäden gezogen hatte.» Er sah über die Schulter Richtung Waschraum und betrachtete dann ihr Gesicht. «Du kannst mir meine Klamotten einfach am Montag in der Klinik zurückgeben ...» Plötzlich verschränkte er die Arme. «Hör auf, so zu grinsen. Du bist wirklich nicht sauer?»

Sie drückte sich eine Hand auf den Mund. Ihre Schultern zuckten. «Nein, ich bin nicht sauer. Ich habe versucht, dir zu sagen, dass du das Glas nicht einfach stehen lassen sollst. Sie schnappt sich alles ...»

«So genau habe ich nicht zugehört. Jetzt weiß ich es.»

Avery wurde ernst. «Tut mir leid, dass sie sich auf dich übergeben hat. So was ist nicht witzig. Und danke, dass du das alles für Seraph getan hast. Das war wirklich nett.»

«Kein Problem.» Er sah sie aus blauen Augen an, ihr Ausdruck strahlte keine Erheiterung mehr aus, sondern Wärme. Einer seiner Mundwinkel zuckte, als wäre er sich nicht sicher, ob seine Gedanken witzig oder dämlich waren.

Die Luft zwischen ihnen schien sich elektrisch aufzuladen. Übte einen Sog aus. Cade wandte seinen Blick keinen Moment von ihr ab und schluckte. Sie hätte viel dafür gegeben, seine Gedanken zu kennen, doch irgendetwas verriet ihr, dass er ähnlich dachte wie sie ... dass er die Hitze auch spürte.

«Willst du was trinken?», fragte sie. Ihre Stimme klang heiserer als gewöhnlich.

Er räusperte sich zweimal, bevor er antwortete. «Ja, gerne. Was auch immer du dahast.»

Avery setzte eine Kanne Kaffee auf – entkoffeiniert, weil sie sonst nie einschlafen würde. Sie konzentrierte sich ganz auf ihre Aufgabe, um nicht der Versuchung zu erliegen, ihn anzustarren. Er war wirklich ein Orgasmus für die Augen. «Sonst ist alles gut gelaufen?»

«Absolut. Wie war das Meeting?»

Sie drehte sich um. «Weißt du, eigentlich hat es sogar Spaß gemacht. Ich weiß nicht, ob es am Kontakt zu den anderen Erwachsenen lag oder einfach daran, dass ich mal allein aus dem Haus gekommen bin, aber es hat mir gefallen. Die anderen Frauen waren nett. Tratschtanten, aber nett. Sie haben sich benommen, als wäre jedes meiner Worte eine Offenbarung. Ich glaube, sie brauchten einfach einen frischen Blick auf die Dinge. Auf jeden Fall ist die Aufgabe nicht allzu fordernd, ich denke, ich kann es schaffen. Aber erzähl ihnen nicht, dass ich das gesagt habe.»

Während sie vor sich hinplapperte, hatte er sich an den Tisch gesetzt und den Kopf in die Hand gestützt. Ein träges Grinsen lag auf seinen Lippen. «Das bleibt unser Geheimnis.»

Verflixter Scheibenkleister, er war wirklich heiß. Ihr Pulsschlag beschleunigte sich. Sie wandte sich ab. «Ich werde mir für Freitagabend einen Babysitter besorgen. Kennst du jemanden? Vielleicht eine Highschool-Schülerin?»

«Ich kann das machen.»

Sie umklammerte die Arbeitsfläche. «Ein attraktiver, ungebundener Mann wie du soll jeden Freitagabend auf ein Kind aufpassen? Das kann ich nicht von dir verlangen.» Neulich Abend in der Bar hatte eine Frau ihn quasi angesprungen. Und bei diesem einen Mal war es nicht geblieben. Seitdem waren auf Pinterest noch drei neue Bilder mit klammernden Frauen aufgetaucht.

«Also findest du mich attraktiv?»

Sie befahl ihren Knien, nicht weich zu werden, dann drehte sie sich zu ihm um. «Koketterie steht dir nicht.» Eigentlich stimmte das nicht, denn ihre Wangen brannten, aber das erschien ihr eine gute Antwort.

«Ich bin nicht auf Komplimente aus. Ich finde es einfach nur interessant, dass du mich als attraktiv einstufst.» Er lehnte sich in seinem Stuhl zurück und streckte die Beine aus. «Und du hast mich um gar nichts gebeten. Ich habe es angeboten. Ich werde während deiner Treffen auf Hailey aufpassen.»

Sie fühlte sich unsicher, als sie Kaffee in zwei Tassen goss und sie zum Tisch trug. Dann holte sie noch Milch und Zucker. Sie setzte sich neben ihn, und kurz berührte ihr Bein seines. Die Intimität des Momentes war ihr durchaus bewusst. Sie saßen zu zweit in der schwach beleuchteten Küche und tranken zusammen Kaffee. Selbst als sie noch zusammen gewesen waren, hatte Richard sich kaum zu Hause sehen lassen. Und wenn er doch einmal da war, dann hatte er sich sicher nicht mit ihr an den Küchentisch gesetzt, um sich zu unterhalten. Damals hatten Hailey und sie ihre Mahlzeiten fast immer zu zweit eingenommen. Es war seltsam, einen Mann neben sich zu haben, in ihrem Zuhause.

«Sie ist ein tolles Kind, Avery.»

Ihr Blick schoss zu Cade. Er tat es schon wieder, war ehrlich und nett. Den meisten Leuten fiel es schwer, über Haileys Behinderung hinwegzusehen und das Mädchen dahinter zu erkennen. Cade schien damit absolut keine Probleme zu haben. Er behandelte sie, wie er alle anderen auch behandelte.

Sie nippte an ihrem Kaffee, bevor sie antwortete. «Danke.»

Er beugte sich vor und verschränkte die Arme auf dem Tisch. «Ist es schwer für dich, dass sie nicht redet?»

Nachdenklich kaute sie auf der Unterlippe. Diese Frage hatte ihr noch nie jemand gestellt. «Manchmal. Wenn sie wirklich frustriert ist, verwendet sie Gebärdensprache, und sie hat eine Sprach-App auf ihrem Tablet, um mir mit Hilfe der Bilder zu zeigen, was sie braucht. Ich ...»

Sie schüttelte den Kopf, weil sie nicht zu persönlich werden wollte. Es war so leicht, mit ihm zu reden, aber er war immer noch ihr Chef, und sie wusste nicht, welche Grenzen galten.

«Du ... was?»

Sie starrte die breiten Hände an seiner Tasse an und entschied, dass es keine Rolle spielte. Cade schien ernsthaft interessiert. «Ich denke, im Grunde fehlt mir nur etwas in Bezug auf ... auf die kleinen Dinge, die ich verpasse. Das sinnlose Geplapper normaler kleiner Mädchen. Sie kichern zu hören.» Sie hielt inne. «Ich werde sie nie sagen hören ‹Ich liebe dich, Mommy›. Für andere Eltern ist das selbstverständlich.»

Er sagte nichts, doch sie fühlte seinen Blick auf sich ruhen, als sie in ihren Kaffee starrte – ruhig, konzentriert. Sie schloss für einen Moment die Augen und schüttelte den Kopf, in dem Versuch, die Röte aus ihren Wangen zu vertreiben.

«Auf jeden Fall habe ich mich schon vor langer Zeit an die Stille gewöhnt. Zumindest muss ich nicht gegen ein lautes Kind anbrüllen, richtig?» Sie lachte gezwungen. Gott, sie würde alles dafür geben, die normale Geräuschkulisse von spielenden, streitenden Kindern zu erleben. Die meisten Eltern wünschten sich Ruhe. Sie sehnte sich nach dem Gegenteil.

Cade schwieg so lange, dass sie es irgendwann nicht mehr ertragen konnte und den Blick hob. Was sie in seinen Augen sah, hatte sie viel zu lange nicht mehr gesehen. Sie wusste nicht einmal, ob sie es je gesehen hatte. Nicht Mitleid, sondern Mitgefühl. Respekt. Verständnis.

Ihre Haut begann zu kribbeln. Es war Jahre her, dass jemand sie wirklich angesehen hatte, statt einfach durch sie hindurchzublicken. Sie verstärkte den Griff um ihre Tasse. Als Cade den Mund öffnete, um etwas zu sagen, stockte ihr der Atem, weil sie sich fragte, ob er den Moment abtun oder darauf eingehen würde.

Und sie hatte keine Ahnung, was sie tun würde, wenn er sich für die zweite Möglichkeit entschied.

· 8 ·

«Stille ist gar nicht so toll, wie es immer heißt», sagte Cade und unterstrich diese tiefschürfende Einsicht mit einem Kinnkratzen.

Zur Hölle, es gab kaum noch etwas, das ihn schockieren konnte. Da er in Redwood aufgewachsen war, wo jeder alles über jeden wusste und ‹Geheimnis› nur ein Begriff im Wörterbuch war, hatte er das Beste und das Schlechteste gesehen, was die Menschen hier zu bieten hatten.

Aber Avery gegenüberzusitzen und ihr dabei zuzuhören, wie sie ihm etwas so Privates anvertraute, erschütterte ihn, als hätte ihm jemand den Boden unter den Füßen weggezogen. Er fragte sich, wie oft er in seiner Kindheit zu seinen Eltern *Ich liebe dich* gesagt hatte. Und dann dachte er an seine hypothetischen Kinder und wie er sich fühlen würde, diese drei Worte nie zu hören.

Doch es war mehr als das. Die Art, wie sie beiläufig versucht hatte, ihre Worte abzutun, indem sie behauptete, sich an die Stille gewöhnt zu haben ... Er hatte das Gefühl gehabt, dass sie nicht nur von Hailey sprach. Er wusste nichts über ihren Ex, aber der Kerl hatte Avery aufgegeben, also konnte er nicht ganz dicht sein.

Ihre Wangen leuchteten rot, das konnte er selbst in der dämmrigen Küche erkennen. Es tat ihm leid, sie in Verlegenheit gebracht zu haben. Kurz sah sie ihn an, und er erhaschte einen Blick in diese kakaofarbenen Augen mit den goldenen Flecken, dann sah sie wieder zur Seite.

Und war es nicht verrückt? Er empfand den Wunsch, die Arme auszustrecken und sie auf seinen Schoß zu ziehen. Mit ihr zu sprechen, bis der Morgen dämmerte und die Sonne über die

Berge stieg. Plötzlich wollte er alles über Avery erfahren. Diese Erkenntnis versetzte ihm einen Stich, es war Schock und Begierde zugleich.

Aber vor allem war es ein Schock. Weil er – wenn es nicht gerade um gute Freunde ging – normalerweise nicht diese Art von Gesprächen mit Frauen suchte.

Er nahm einen Schluck von seinem Kaffee. «Und dein Ex ... wie geht er mit Hailey um? Ich nehme an, er hat sie in den Ferien und jedes zweite Wochenende oder etwas in der Art?» Wenn der Kerl in Redwood auftauchen sollte, konnte es durchaus passieren, dass Cade ihm schon aus Prinzip die Visage polierte.

Avery schüttelte den Kopf, den Blick auf ihre Tasse gerichtet. Für einen Moment meinte Cade, Schmerz in ihren Augen aufblitzen zu sehen. «Er hat sie seit zwei Jahren nicht gesehen. Seit ich die Scheidung eingereicht habe.» Sie sah ihn an und seufzte. «Ich habe das volle Sorgerecht. Deswegen hat die Scheidung so lange gedauert. Ich habe nur um einen kleinen Treuhandfonds für Hailey gebeten, für den Fall, dass mir etwas zustößt. Er war nicht der Meinung, dass Unterhalt oder ein Treuhandfonds angemessen seien, weil er ja alle Rechte an Hailey aufgegeben hat.»

Zum Teufel mit Visage polieren. Er würde dem Volltrottel jeden Knochen im Leib brechen. Doch Cade zügelte seine Wut und hielt den Schwall von Schimpfworten zurück, die ihm auf der Zunge lagen. «Sie ist ohne ihn besser dran. Und dasselbe gilt für dich.»

Sie nickte. «Ganz meine Meinung.»

Als er sie das letzte Mal nach ihrem Exmann gefragt hatte, waren ihre Antworten taktvoll gewesen. Auch dieses Mal war das nicht anders, aber sie wählte ihre Worte nicht ganz so sorgfältig. «Du sprichst nicht schlecht über ihn. Warum?» So wie es klang, hätte sie jedes Recht dazu.

«Ich stelle ihn ungern vor Hailey in ein schlechtes Licht. Vielleicht ändert er eines Tages seine Meinung in Bezug auf sie. Ich will sie nicht verschrecken. Er ist ihr Vater.» Sie nippte an ihrem Kaffee. «So wie ich es sehe, haben wir sie gemeinsam in diese Welt gesetzt. Wenn ich schlecht über ihn rede, könnte sie den Eindruck bekommen, dass eine Hälfte von ihr auch schlecht ist.»

Himmel. Ihre Selbstlosigkeit schien grenzenlos. Cade bezweifelte, dass er sich so reif benommen hätte, wäre er an ihrer Stelle gewesen. Wut und Schmerz und das Gefühl des Verrats veränderten Menschen. Es war normal, dann um sich zu schlagen. Aber sie benahm sich, als spielten ihre Gefühle keine Rolle. Ihre Tochter stand immer an erster Stelle. Er schüttelte bewundernd den Kopf, und sein Respekt für Avery wuchs ins Unendliche.

Da ihr ein Themenwechsel sicher guttun würde, wandte er sich wieder dem Grund für seine Anwesenheit zu. «Also, was war heute bei dem Treffen noch los? Haben sie dich für noch etwas eingefangen?» Er grinste, um die Trauer aus ihren Augen zu vertreiben – wahrscheinlich aus purem Egoismus.

Sie erzählte ihm von dem neuen Veranstaltungsort und den Karten für geheime Verehrer. Er fand das ziemlich clever. «Die Online-Einladungen und die Flyer gehen am Montag raus. Ich vermute, dass der Dresscode bisher ziemlich locker war, aber die Ladys waren der Meinung, etwas formeller wäre romantischer. Um eingelassen zu werden, müssen sich die Damen in Rot oder Pink kleiden. Und die Herren müssen Anzug und Krawatte tragen.»

Er lachte. «Wie beim Abschlussball.»

«Irgendwie schon.» Sie zuckte mit den Achseln, aber sie lächelte wieder. «Ich glaube, das wird lustig.» Sie deutete auf seine Tasse. «Soll ich den Kaffee noch mal aufwärmen?»

«Nein danke. Ich sollte langsam aufbrechen.» Nicht, dass er das wollte.

Enttäuschung schlich sich in ihr Lächeln. Und genau in diesem Moment wusste er, dass sie es auch fühlte. Die Anziehungskraft war – zumindest für ihn – von dem Moment an offensichtlich gewesen, als sie den verletzten Seraph in seine Klinik getragen hatte. Und seitdem hatte sich das Gefühl nur verstärkt. Er würde die Sache langsam angehen, auf den rechten Augenblick warten.

Sie stand auf und spülte die Tassen aus. «Noch mal vielen Dank, dass du auf Hailey aufgepasst hast. Wegen nächster Woche können wir schauen …»

Sie brach ab, als er hinter sie trat und ihre weichen Locken zur Seite schob, bis ihr Hals freilag. Sie atmete zitternd ein, dann hielt sie den Atem an.

Er beugte sich vor und ließ seine Lippen über die glatte Haut unter ihrem Ohr gleiten. Er hielt ein wenig Abstand, damit sie seine Erregung nicht fühlte. Ihr fruchtiger Duft umhüllte ihn, erfüllte ihn … sodass er gegen den Drang ankämpfen musste, an ihr zu knabbern, um herauszufinden, ob sie auch so süß schmeckte. Sie bewegte sich nicht, kam weder näher, noch entfernte sie sich von ihm. Er deutete das als gutes Zeichen.

Er schob seinen Mund an ihre Ohrmuschel. «Du hast mich nicht gefragt, wieso es mir nichts ausmacht, freitagabends auf deine Tochter aufzupassen.»

Ein Zittern überlief ihren Körper. Er grinste zufrieden. Oh ja, ihr ging es ganz genauso wie ihm. Und anders als das letzte Mal – als er sie vom Shooters nach Hause gefahren hatte – war sie bereit, geküsst zu werden.

«Das ist keine gute Idee, Cade.» Ihre Stimme war nur ein atemloses Flüstern, ganz anders als ihre sonst so ruhige Stimme. Genau das kostete ihn fast seine Selbstbeherrschung.

«Gute Ideen machen selten Spaß.» Als sie sich umdrehte,

wusste er sofort, dass er das Falsche gesagt hatte. Sie hielt den Rücken sehr gerade, hatte ihre Schutzmauern wieder hochgezogen.

Sie war nicht die Art von Frau, die einfach nur Spaß wollte, etwas Unverbindliches, Kurzfristiges. Aber er wollte verdammt sein, wenn er jemals in seinem Leben jemanden getroffen hatte, der Spaß dringender nötig hatte als Avery. Und dieser Moment fühlte sich alles andere als unverbindlich an. Keine Sekunde lang hielt er das hier für ein Spiel.

«Du bist mein Chef, und ich bin nicht auf der Suche nach einer Romanze.»

Jep. Schutzmauern. Seltsam. Normalerweise respektierte er das. Er hatte sogar ein paar eigene um sein Herz errichtet, wenn er ehrlich war.

Er stemmte die Hände auf die Arbeitsfläche hinter ihr, sodass sie zwischen seinen Armen gefangen war. Dann trat er fast gegen seinen Willen einen Schritt näher an sie heran. «Gewöhnlich suchen die Menschen nicht aktiv nach einer Romanze. Es geschieht einfach.» Wie gerade jetzt, zum Beispiel.

«Du bist mein Chef. Ich brauche diesen Job, damit ich Haileys Treuhandfonds nicht angreifen muss. Die Leute werden denken … Es ist einfach keine gute Idee.»

Die Leute würden denken, was auch immer sie denken wollten, egal was geschah. Und ihr Job war nicht in Gefahr. «Wie wäre es, wenn wir erst mal so weitermachen wie jetzt? Bis du zu mehr bereit bist?» Er konnte verschwiegen sein, und er konnte es langsam angehen lassen. Richtig? «Niemand muss etwas erfahren, wenn du es nicht willst.»

Sie setzte zu einem Kopfschütteln an – und verdammt, so sehr hatte er sich noch nie anstrengen müssen –, doch er lehnte sich vor, bis sein Mund nur Millimeter vor ihrem schwebte. Ihre Augen wurden groß.

«Da du dich weigerst, mich zu fragen, wieso mir das Babysitten nichts ausmacht, sage ich es dir einfach. Ich mag dein Kind. Und dich mag ich auch sehr. Dein Organisationstalent ist unglaublich heiß, und seitdem du die Magazine in meinem Büro alphabetisch geordnet hast, wünsche ich mir nichts mehr, als dir etwas deiner Anspannung zu nehmen. Ja, das habe ich bemerkt», fügte er hinzu, als sie den Mund öffnete. «Ich genieße es, mich jenseits der Arbeit mit dir zu unterhalten, wie wir es heute Abend getan haben ... weil du dann entspannter bist und Dinge sagst, die du sonst nicht sagen würdest. Daher ist die Vorstellung, dich jeden Freitagabend zu sehen, wenn du nach Hause kommst, wirklich sehr verlockend.»

Eine winzige Falte bildete sich zwischen ihren Augenbrauen, als hätte sie noch nie etwas so Lächerliches gehört. Aber gleichzeitig spürte er, dass sie ihm glauben wollte. Argwöhnische Hoffnung und Interesse flackerten in ihren Augen auf. «Ähm ...»

«Genau. Das trifft den Nagel auf den Kopf. Du bringst mich vollkommen durcheinander.» Er war in den letzten zwei Wochen öfter ins Fettnäpfchen getreten als in seiner gesamten Pubertät. «Und es macht einfach unglaublich Spaß zu beobachten, wie es dir die Sprache verschlägt, wenn ich etwas sage, das du nicht erwartest. Zum Beispiel, dass ich dich sehr anziehend finde.»

Sie stieß zitternd den Atem aus, sodass ein warmer Hauch über seine Wange tanzte. Was dafür sorgte, dass er endgültig steinhart wurde.

«Das hier ist die Stelle, wo du erklärst, dass du mich auch sehr attraktiv findest.» Er setzte sein patentiertes Grinsen auf und wurde mit einem leicht verträumten Blick belohnt.

«Du weißt, dass du attraktiv bist. An deinen Bauchmuskeln könnte ich mir die Zähne ausbeißen, aber ...»

Sie brachte ihn um. «Du hast meine Bauchmuskeln noch gar nicht gesehen. Willst du?»

Wieder wurden ihre Augen groß. Und eine unglaublich faszinierende Röte stieg in ihre Wangen. Er spürte quasi, wie ihre Haut brannte.

So unterhaltsam das alles auch war, er schwitzte beinahe von der Anstrengung, sich zurückzuhalten. «Ich werde dich jetzt küssen, Avery. Drei, zwei, eins ...»

Sie schnappte nach Luft, sog seinen Atem mit ihrem ein. Er ließ sanft seine Lippen über ihre gleiten, damit sie sich an ihn gewöhnen konnte. So verweilte er, fast ohne sie zu berühren, bis sie die Initiative übernahm und den Druck verstärkte. Er ließ zu, dass sie ihn erkundete, folgte ihrer Führung.

Doch Avery verspannte sich, ihre Bewegungen waren abgehackt, als wäre sie unsicher. Ihm wurde unwohl bei dem Gedanken, dass sie wahrscheinlich nicht mehr geküsst worden war, seitdem sie die Scheidung eingereicht hatte. Und hatte sie nicht gesagt, sie hätten sich schon vorher getrennt? Aus dem wenigen, was sie bisher von ihrer Ehe erzählt hatte – und dem, was er zwischen den Zeilen gelesen hatte –, bezweifelte Cade schwer, dass dieser Trottel auf ihre Bedürfnisse geachtet hatte.

Cade verdrängte den Idioten aus seinen Gedanken, umfasste sanft Averys Wange und übernahm die Führung. Selbstbewusstsein konnte sehr leicht zerbrechen, und er wollte nicht derjenige sein, der ihres zerstörte. Er legte den Kopf schräg und öffnete die Lippen, um sie tiefer zu erkunden. Ihre Lider sanken nach unten, und er war verloren.

Er legte eine Hand an ihr Kreuz und schob die andere sanft in ihre Haare, um sie an sich zu ziehen. Danach wusste er nicht mehr genau, was eigentlich geschah. Sein Herz hämmerte gegen seine Rippen, und jeder klare Gedanke ertrank in Empfindungen.

Sie war weich. Überall. Ihr Busen an seiner Brust, ihre Locken, ihre Lippen an seinen. So verdammt weich. Trotz ihrer Unsicherheit ließ sie sich auf die Neuartigkeit der Situation ein, fand einen Rhythmus und öffnete sich ihm. Ihre Hände sanken auf seine Schultern und vergruben sich im Stoff seines Oberteils. Ein unglaublich sexy Stöhnen übertrug sich von ihrem Mund in seinen. Und er drohte, den Kampf um seine geistige Gesundheit zu verlieren.

Setz sie nicht unter Druck. Halt dich zurück.

Cade löste seine Lippen von ihren, dann drückte er ihr einen Kuss auf die Schläfe. Er hielt ihren Körper an sich gedrückt, während er um Luft rang. Ihr Keuchen brandete gegen seinen Hals, heiß und feucht. Er brauchte einen Moment, blieb unbeweglich stehen, bis keine Flecken mehr vor seinen Augen tanzten.

Sie murmelte etwas, das wie «Verflixter Scheibenkleister» klang, und er lachte. Als er in ihre lustverschleierten Augen sah, musste er gegen einen seltsam angenehmen Schmerz in der Brust ankämpfen.

«Ich sollte nach Hause gehen.» Nein, eigentlich sollte er das nicht, aber noch länger zu bleiben, würde ihn umbringen.

Er küsste sie kurz auf die Stirn und trat zurück, sah, dass sie sich an der Arbeitsfläche in ihrem Rücken festklammerte, als bräuchte sie die Stütze, um sich auf den Beinen zu halten. Er pfiff nach seinem Hund, während er sich auf einen Stuhl fallen ließ, um die Schuhe anzuziehen. Freeman erschien und setzte sich neben die Hintertür, als Cade sich seine Jacke überwarf.

«Wieso heißt er Freeman?»

Er sah zu seinem Hund, dann zu ihr. «Das Fell unter seinen Augen hat eine leicht andere Färbung, und er strahlt die Seelenruhe von Morgan Freeman aus.» Er zuckte mit den Achseln.

Langsam breitete sich ein Lächeln auf ihrem Gesicht aus,

und er musste sich daran erinnern, dass er aus gutem Grund aufbrach. «Du hast deinen Hund nach einem Schauspieler benannt?»

«Jep.» Er zögerte. «Warum Seraph?» Er deutete mit dem Kinn in Richtung des Zimmers, in dem Kind und Hund schliefen.

Ihr Lächeln wurde melancholisch. «Als ich im Behandlungsraum gesehen habe, wie Hailey sich an ihn kuschelte, erschien er mir wie ein Engel. Ich habe noch nie gesehen, dass sie so schnell eine Verbindung aufgebaut hat wie bei ihm.» Sie rieb sich die Stirn und lachte. «Es ist immer schwierig, sie dazu zu bringen, ihn zurückzulassen, wenn sie zur Schule geht. Und wenn wir zu Hause sind, folgt der Hund ihr überallhin, selbst ins Bad.»

Ihr ehrfürchtiger Gesichtsausdruck traf Cade bis ins Mark. Sie gehörte zu den Menschen, die die kleinen Dinge zu schätzen wussten – die einzelne Momente sammelten, statt immer das große Ganze zu betrachten. Und das war so selten.

Er griff nach der Klinke und öffnete die Tür. «Für ihn wart ihr die Engel. Gute Nacht, Avery.»

...

Aus irgendeinem seltsamen Grund war in der Woche darauf in der Praxis mehr Betrieb als gewöhnlich. Und am Freitag entdeckte Avery auf Twitter den Grund dafür.

Cades Tante Rosa hatte einen Tweet verfasst, in dem stand, dass Avery das Veranstaltungskomitee übernommen und Cade währenddessen auf Hailey aufgepasst hatte. Einer von Redwoods begehrenswertesten Junggesellen hatte bewiesen, dass er Kinder mochte und Verantwortung übernehmen konnte – was ihn nur noch attraktiver machte. Die Frauen deuteten das offensichtlich als Bereitschaft, endlich sesshaft zu werden.

Was den plötzlichen Andrang weiblicher Besitzer erklärte, die ihre Haustiere aus Gründen brachten, die von ‹ihr Fell ist irgendwie stumpf› über ‹er hat den ganzen Tag geschlafen› bis zu ‹sie hat mich seltsam angeschaut› reichten.

Avery brauchte eine Flasche Wein und zwölf Stunden Schlaf am Stück. Sie konnte die Klagen der Halterinnen kaum noch ertragen, wenn sie einen Teil von Cades Patienten an Flynn weiterschicken musste. Selbst Drake hatte seinem Bruder ein paar Termine abnehmen müssen, was ihm sehr missfallen hatte. Menschen und Drake waren nicht die beste Kombination, was auch der Grund dafür war, warum er überwiegend operierte. Aber Avery wusste seine Hilfe trotzdem zu schätzen. Die Tierhalter dagegen ... schätzten den anderen Tierarzt nicht so sehr.

Flynn kam durch den Flur nach vorne, warf einen Blick ins Wartezimmer und schüttelte den Kopf. «Was zur Hölle? Sie kommen immer noch?»

Statt einer Antwort zeigte sie ihm den Twitter-Feed.

Er lehnte sich gegen den Schreibtisch. *Das erklärt die Sache. Sie wetteifern um Cades Aufmerksamkeit und checken die Konkurrenz ab.*»

«Ich stelle keine Konkurrenz dar. Zwischen uns läuft nichts.» Obwohl Cade sie in ihrer Küche geküsst hatte und die dezidiert weiblichen Teile ihres Körpers immer noch vor Freude weinten. Aber von dieser pikanten Einzelheit wusste niemand.

«*Lügnerin.*»

Sie schüttelte den Kopf. «Wie auch immer. Ich bin nur froh, dass du einspringen konntest.» Glücklicherweise hatten Flynn und Gabby diese Woche nicht so viele Hausbesuche, also hatten sie bei den zusätzlichen Terminen geholfen.

Jetzt musste sie nur noch rausfinden, was sie mit den sechs Aufläufen im Kühlschrank des Pausenraums anstellen sollte.

Und außerdem gab es so viele Kekse und Brownies, dass sie allein vom Hinschauen schon zehn Kilo zugenommen hatte.

Cade und sein aktueller Termin kamen aus dem Behandlungszimmer. Avery konnte sich nicht an den Namen der Frau erinnern, aber ihre weiße Perserkatze hieß Fifi. Ernsthaft. Fifi. Und Fifis Besitzerin war eine Blondine in den Dreißigern mit ordentlichem Vorbau, die für einen Winter in Oregon eindeutig zu wenig Kleidung trug.

Als die beiden vor dem Empfangstresen stehen blieben, um sich noch kurz zu unterhalten, drehte sich Avery zu Flynn um und sagte in Gebärdensprache: «*Pass auf. Haare über die Schulter werfen in fünf Sekunden.*»

Wie aufs Stichwort kicherte die Frau ohrenbetäubend laut und warf ihre Mähne über die Schulter zurück.

Flynn drückte sich eine Hand vor den Mund und versuchte, nicht zu lachen, aber seine Schultern zuckten, und er stieß ein seltsames Geräusch aus, das irgendwo zwischen einem Schnauben und Stöhnen lag.

Cade sah sie an, kniff die Augen zusammen und wandte sich wieder seinem Fan zu.

«*Warte*», machte Avery weiter. «*Zwanglose Berührung am Arm ...*»

Fifis Besitzerin ließ ihre schlanken, manikürten Finger auf Cades Unterarm sinken und lehnte sich so fasziniert vor, als würde Cade gerade nackt Shakespeare rezitieren.

Flynn beugte sich vornüber, sein Gesicht war leuchtend rot vor kaum unterdrücktem Lachen.

Cade beendete das Gespräch, verabschiedete die Frau und drehte sich mit angespannten Schultern zu ihnen um. «Was ist so witzig?», sagte er gleichzeitig laut und in Gebärdensprache, wobei er die Augen wütend zusammenkniff.

Flynn wurde ernst. Oder versuchte es zumindest. «*Dein Harem wird mit jeder Minute größer.*»

«Wahnsinnig witzig.»

Avery seufzte. «Sie sind eine Schande für mein gesamtes Geschlecht.»

Cade warf einen Blick auf Avery. «Es ist ja nicht so, als würde ich darum bitten. Ehrlich, was soll ich nur mit diesem ganzen Essen anfangen? Mein Gefrierschrank ist voll. Genauso wie der von Drake und Flynn. Und nur fürs Protokoll, ich ermutige diese Frauen nicht.»

Er entmutigte sie aber auch nicht. Was einen weiteren guten Grund darstellte, sich nicht mit ihm einzulassen.

«Das habe ich nie behauptet.»

Seine Miene sorgte dafür, dass ihre Ausgelassenheit sich in Luft auflöste. Er war irritiert, gereizt und – wenn sie sich nicht vollkommen irrte – auch verlegen. Er wandte den Blick ab, dann schloss er die Augen und ließ den Kopf in den Nacken sinken.

Schuldgefühle stiegen in ihr auf. Ihr war nicht klar gewesen, dass es ihn tatsächlich störte, dass sie und sein Bruder ihn auf den Arm nahmen und dass die Frauen ihn behandelten wie ein neues Spielzeug. Er war so umgänglich und offen, ließ alles von sich abprallen. Kein einziges Mal – egal, wie lächerlich der Termin oder wie voll die Praxis auch sein mochte – hatte er sich beschwert. Er hatte seinen Charme spielen lassen. Jeder Patient wurde untersucht, und er ließ nicht zu, dass der Termin für den Besitzer peinlich wurde.

Flynn entfernte sich, als Cade den Blick senkte und Avery ansah.

Cade seufzte. «Wie sieht es am Nachmittag aus? Genauso verrückt?» Er beäugte das halbvolle Wartezimmer.

«Hey», sagte sie sanft und wartete, bis er ihren Blick erwiderte. «Soll ich mich darum kümmern? Um die Kasserollen und die Süßigkeiten? Ich kann auch die Termine besser vorsortieren, den Tag nicht so ausbuchen.»

Er öffnete den Mund, als wollte er etwas sagen, doch in diesem Moment stiefelte Brent heran, gab ihm eine Akte und führte den nächsten Patienten in den Behandlungsraum. Cade sah die Akte durch, überflog ein paar handschriftliche Anmerkungen von Brent und schüttelte den Kopf.

«Himmel», murmelte er. Mit gerunzelter Stirn sah er sie an, als suchte er nach den richtigen Worten, sein Blick wirkte zurückhaltend. Frust strahlte quasi in Wellen von ihm aus. Mit zusammengebissenen Zähnen sah er Richtung Flur, ohne Anstalten zu machen, sich zu bewegen.

Und da machte etwas in ihrem Kopf klick. Das war alles ihre Schuld. Die verrückte Woche, die Frauen ... all das war ein paar Tweets zu verdanken. Weil er so nett gewesen war, ihr zu helfen. Ihr rutschte das Herz in die Hose. «Das alles tut mir leid. Ich werde jemand anderen finden, der während der Treffen auf Hailey aufpasst. Der Wahnsinn hier wird sich beruhigen, sobald das bekannt wird ...»

Cade kam so schnell um den Tresen herum, dass ihr der Atem stockte, packte die Armlehnen ihres Stuhls und beugte sich vor, bis sein Gesicht ganz nah vor ihrem schwebte. «Weißt du, was die Sache auch beruhigen würde? Wenn du mit mir ausgehst.»

Oh. Wow. Das war ... unerwartet.

Sie hatten die Situation nach ihrem unfassbaren Kuss nicht weiter diskutiert, aber er hatte angeboten, das Ganze unter dem Deckel zu halten, falls sie ja sagte. Sie hatte nicht ja gesagt. Sie hatte überhaupt nicht mehr viel gesagt, nachdem er so effektiv dafür gesorgt hatte, dass ihre Knie weich wurden. Mit seinen Lippen.

Arbeit und Vergnügen waren keine gute Mischung. Die Leute würden annehmen, dass sie ihren Job auf diese Weise bekommen hatte oder sich durch sexuelle Dienste Vorteile erschlich. Nach Richard hatte sie den Männern abgeschworen. Seit zwei Jahren. Sie war so lange mit ihm zusammen gewesen, dass sie einfach nicht mehr wusste, wie das alles überhaupt ging. Und um ehrlich zu sein, spielte Cade weit außerhalb ihrer Liga. Bei der Arbeit hatten sie einen freundschaftlichen Umgangston gepflegt, hin und wieder geflirtet, sich aber überwiegend professionell verhalten. Außerhalb der Klinik hatten sie sich nicht gesehen. Bisher war die Sache noch relativ unkompliziert.

Sie unterdrückte ein Zittern, als sie den nie ganz verschwindenden Bartschatten auf seinem Gesicht musterte, ihm in die ehrlichen blauen Augen sah und seinen frischen Duft einatmete. Die Muskeln seiner Schultern und Unterarme spannten sich an wie bei einem Raubtier. Sein voller Mund war grimmig verzogen.

Wow. Diese Alpha-Mann-Sache, die er da gerade abzog, war genauso überwältigend wie seine nette Seite. Sie vergaß ihren eigenen Namen darüber. Ihr Mund wurde staubtrocken. Ihr Herz raste.

«Schön», sagte er schließlich. «Wie du willst. Es bleibt unser Geheimnis. Ich kann mit den negativen Konsequenzen leben. Ich komme heute Abend vorbei, um auf Hailey aufzupassen.»

Damit stieß er sich vom Stuhl ab, richtete sich auf und ging ins Behandlungszimmer.

Es kostete sie ungefähr fünf Sekunden, sich daran zu erinnern, dass Atmen lebensnotwendig war.

«Krächz. *Blurred Lines.*»

Sie sah den Kakadu mit einem Stirnrunzeln an und zuckte zusammen, als jemand sich räusperte, um auf sich aufmerksam zu machen.

Thor schrak unter dem Schreibtisch zusammen, sprang auf die Beine und stieß gegen den Tisch, sodass ein Stiftbecher umfiel. Bevor Avery die riesige Dänische Dogge beruhigen konnte, hatte er sie schon angesprungen, um Schutz vor der großen, bösen, ein Meter fünfzig großen Frau mit der ... Schildkröte in der Hand zu suchen. Jep, eine Schildkröte.

Mehr sah sie nicht, bevor ihr Stuhl nach hinten kippte und mit einem Knall auf den Boden fiel, sodass ihre Beine in der Luft hingen. Ein fünfundsechzig Kilo schwerer Hund kletterte auf sie. Auf dem Rücken liegend, dachte sie darüber nach, wie peinlich das wohl auf einer Skala von eins bis zehn war, und entschied sich für eine Elf. Sie blinzelte in Richtung Deckenleuchten.

Und hätte schwören können, dass She-Ra von ihrem Platz auf dem Drucker auf sie heruntergrinste.

Schritte erklangen auf den Fliesen und kamen näher, um neben ihr und Thor anzuhalten.

Drakes Gesicht erschien über ihrem. «Tja, er ist kein Schoßhund.»

Offensichtlich besaß Drake doch so was Ähnliches wie Sinn für Humor.

Nach zwei weiteren, aufreibenden Stunden zog Avery los, um Hailey vom Freizeitzentrum abzuholen. April und ihre Tochter Jenny unterhielten sich gerade am Empfang mit Miles. Sie und April hatten sich beinahe jeden Tag während der Mittagspause unterhalten, wenn sie Hailey in der Schule besuchte, doch das war das erste Mal, dass sie sich im Freizeitzentrum begegneten.

«Oh. Hey.» April drehte sich zu Avery um. «Ich bin froh, dass ich dich treffe. Wie fändest du es, wenn die Mädchen mal gemeinsam bei uns übernachten? Sie verstehen sich ziemlich gut, und du hättest so mal einen freien Abend. Ich dachte an den Abend des Valentinsballs, da wir sowieso nicht hingehen. Außerdem wirst du als Vorsitzende des Veranstaltungskomitees wahrscheinlich super beschäftigt sein.»

Zuerst stieg Freude in ihr auf, wärmte ihr die Brust und schnürte ihr die Kehle zu. Hailey hatte eine echte Freundin gefunden. Doch die Besorgnis folgte auf dem Fuß, ihr Magen zog sich zusammen. Die Mädchen verstanden sich wirklich gut – auch wenn Hailey nach außen hin nicht viel davon zeigte –, aber Avery zögerte trotzdem.

«Hailey hat noch nie irgendwo übernachtet.» Andererseits war April vertrauenswürdig und Jenny ein wirklich nettes Mädchen. Warum sollte Hailey es nicht versuchen? «Ich werde an diesem Abend tatsächlich schwer beschäftigt sein. Vielleicht könnten wir es vorher schon mal ausprobieren? Dann wäre es kein Problem, wenn ich kommen und sie abholen muss?»

April nickte. «Sicher. Wie wäre es mit nächstem Freitag? Ich könnte beide direkt nach der Schule mit zu mir nach Hause nehmen.»

Dann würde Avery Cade an diesem Abend nicht sehen. Allein dieser Gedanke verriet ihr, dass sie den sexy Tierarzt dringend aus ihrem Kopf rauskriegen musste. Also vertrieb sie den Gedanken und nickte. «Das klingt toll. Ich werde ihr ein paar Sachen für die Nacht in den Schulranzen packen. Wenn es gut läuft, kann Jenny das nächste Mal ja zu uns kommen.»

Sie unterhielten sich noch ein paar Minuten, dann holte Avery Hailey, um nach Hause zu fahren.

Später, als Cade um Punkt halb sechs in der Hütte erschien, starrte Avery immer noch ins Leere. Sie sah zu ihm auf und blinzelte angestrengt, um ihre Tränen zurückzuhalten. «Hailey wird nächste Woche bei jemandem übernachten. Kannst du dir das vorstellen? Sie hat eine Freundin gefunden.»

· 9 ·

ade beobachtete Hailey, die auf der Couch saß und Tic Tac Toe auf dem Tablet spielte. Sie tat das schon seit einer Viertelstunde. Zumindest gewann sie immer. «Darf ich mitspielen?»

Als Antwort legte sie ihr Tablet auf das Kissen zwischen ihnen und machte den ersten Zug. Sie wedelte mit den Händen und blickte über seine Schulter.

Er tippte auf den Bildschirm, um sein X zu setzen.

Scheinbar ohne hinzusehen platzierte sie ihr O.

So ging es drei Runden lang. Sie blockierte jeden seiner Angriffe und gewann alle drei Spiele. «Du bist gnadenlos. Gut gespielt, Krümel.»

Hailey schloss die App und scrollte sich durch andere. Die Sprach-App, von der Avery gesprochen hatte, erschien, und Cade musste daran denken, was sie letzte Woche gesagt hatte: dass sie nie die Worte *Ich liebe dich* hören würde. Sein gesammeltes Wissen über Autismus passte in einen Schuhkarton, aber vielleicht konnte er ... keine Ahnung. Hailey genau das beibringen?

Er rieb sich den Nacken, dann beschloss er, dass ein Versuch nicht schaden konnte. «Was hältst du davon, wenn wir an einem kleinen Projekt arbeiten, nur du und ich?» Er tippte die App an und klickte sich durch ein paar der Bilder. «Kannst du mir zeigen, wie du ‹Ich› sagst?»

Sie schien ihm nicht zuzuhören, doch nach ein paar Sekunden tippte sie auf ein Bild von sich, das sich unter den anderen Symbolen befand. Eine Roboterstimme sagte: «Ich.»

«Sehr gut, Krümel.»

Sie wedelte quietschend mit den Händen.

Er grinste. «Okay, zeig mir ein Herz.»

Sie ließ sich Zeit, doch schließlich tippte sie auf das Herz, sodass die Stimme sagte: «Herz.»

Es war nicht dasselbe wie ‹Liebe›, aber okay.

«Und gibt es auch ein Bild von deiner Mami?»

Hailey zögerte ein wenig, doch dann fand sie das Bild von Avery, tippte darauf, und sofort meldete sich die Stimme wieder zu Wort: «Mami.»

«Du bist ein ziemlich cleveres Mädchen.» Er rutschte ein wenig näher an sie heran, aber ohne sie zu berühren. «Genau so kannst du deiner Mom sagen, dass du sie liebhast. Hailey, Herz, Mami. Lass es uns noch mal versuchen.»

Hailey schloss die App und rief ein Programm auf, das wohl eine Art elektronisches Ausmalbuch war. Sie ließ ihren Finger über den Bildschirm gleiten, um eine hellrosa Linie auf dem schwarzen Untergrund zu ziehen.

Offensichtlich hatte sie kein Interesse mehr an der Lektion. Cade grinste und akzeptierte es. «Du malst gerne?» Er warf einen Blick auf den Kühlschrank jenseits des Küchentresens, doch dort hingen keine Bilder. «Bin gleich zurück.»

Er ging durch den Flur in Haileys Zimmer, konnte aber zwischen den Spielzeugen weder Malstifte noch Papier finden. Sie waren gerade umgezogen, also hatte Avery die Sachen vielleicht noch nicht ausgepackt. Unverdrossen ging Cade zu seinem Auto und angelte im Handschuhfach nach den Textmarkern, die er für seine Akten dabeihatte, dann holte er einen Block aus dem Kofferraum und ging zurück in die Hütte.

«Hey, Krümel. Komm doch mal kurz in die Küche.»

Nach einem kurzen Zögern schaltete sie brav ihr Tablet aus und setzte sich an den Küchentisch.

Er legte Stifte und Papier vor sie, dann zog er sich einen Stuhl heran. «Willst du malen?»

Sie machte keine Anstalten, nach den Stiften zu greifen, also schnappte er sich einen und nahm den Deckel ab. Hailey sah weder ihn noch das Papier an, als er einen wirklich schrecklich schlechten Comic-Hund zeichnete. Als er fertig war, streckte er ihr den Stift entgegen, doch sie schob ihn zur Seite.

«Du malst doch nicht gerne. Kapiert.»

Wieder sah er zum Kühlschrank und musste daran denken, wie der seiner Eltern in seiner Kindheit ausgesehen hatte. Das Gerät war übersät gewesen mit Zeichnungen, Zeugnissen und – später – Dienstplänen. Averys Kühlschrank war vollkommen leer. Da hing nicht mal eine Einkaufsliste.

Seufzend sah er wieder das kleine Mädchen an, dessen Hände auf dem Tisch lagen. «Darf ich deine Hände nachzeichnen? Würdest du mir das erlauben?» Sie stimmte weder zu, noch lehnte sie ab. «Ich werde dein Handgelenk anfassen, um deine Hand zu bewegen, ja? Wenn du das nicht magst, lass es mich wissen.»

Er beobachtete sie genau, als er ihr Handgelenk hob, den Block unter ihre Finger schob und ihre Hand wieder ablegte. Als sie nicht darauf reagierte, zog er mit den Zähnen den Deckel von einem Marker und beugte sich vor. «Halt ganz still, Krümel. Ich werde jetzt eine Zeichnung von deiner Hand machen.»

Eilig, für den Fall, dass sie es unangenehm fand, zog er die Umrisse ihrer kleinen Finger nach, dann lehnte er sich zurück. Zu seiner großen Überraschung legte sie auch die andere Hand aufs Papier, sodass er auch diese zeichnete.

«Sollen wir es uns mal ansehen? Heb die Hände.»

Hailey wirkte nicht begeistert von dem, was er getan hatte, aber es hatte sie auch nicht weiter gestört. Sie stand einfach nur vom Tisch auf, ging zurück ins Wohnzimmer, setzte sich auf die Couch und schaltete ihr Tablet wieder ein.

«Okay. Malen können wir wohl von der Agenda streichen.»

Er schrieb ihren Namen und das Datum in die untere Ecke des Blattes. Da Avery keine Magnete hatte, wühlte er in den Schubladen, bis er Tesafilm gefunden hatte, und klebte das Bild an den Kühlschrank. Dann warf er einen Blick auf die Uhr.

«Hey, Krümel. Es wird Zeit für deine Einschlafsendung.»

Er spähte kurz über die Lehne der Couch, um zu sehen, ob sie seiner Aufforderung folgte, dann ließ er die Hunde nach draußen und setzte sich neben sie. Kein Wunder, dass dieses Filmchen zu ihrem abendlichen Einschlafritual gehörte. Bei dem Video fielen sogar ihm die Augen zu. Zeichentrickfiguren tanzten und drehten sich zu beruhigender, tiefer Musik auf dem Bildschirm, bis endlich, endlich der Abspann lief.

Er erinnerte sie daran, auf die Toilette zu gehen, und hielt sich währenddessen die Augen zu, dann wartete er, bis sie sich die Zähne geputzt hatte. Während er im Türrahmen lehnte, dachte er darüber nach, wie brav dieses Mädchen war. Sie tat quasi immer, worum man sie bat ... es sei denn, sie hatte die Anweisungen nicht verstanden.

Cade und seine Brüder waren in ihrem Alter echte Teufelsbraten gewesen, hatten ständig Chaos angerichtet, von dem ihre Eltern nur die Hälfte erfahren hatten. Mädchen waren vielleicht von Natur aus zurückhaltender. Aber er ging eher davon aus, dass es einfach Haileys Charakter entsprach und sie auch dann so ruhig und kooperativ gewesen wäre, wenn sie hätte reden können.

Wie ihre Mom.

Aber dafür gab es andere Probleme. Er musste sich zurückhalten, um ihr nicht die Haare hinters Ohr zu streichen, wenn ihr eine Strähne ins Gesicht fiel, da sie keine Berührungen mochte. Und mehr als ein Mal musste er die Hände zu Fäusten ballen, um sie nicht zu umarmen. Da sie keinen Blickkontakt aufnahm und immer abgelenkt wirkte, fiel es schwer, ihr Verhalten zu deuten. Doch langsam lernte er, ihre kleinen Eigenheiten zu verstehen.

Nach einer Stunde allein mit dem Mädchen war er allerdings den Klang seiner eigenen Stimme langsam leid und fragte sich, wie Avery das acht ganze Jahre durchgehalten hatte. Nie ein Gespräch zu führen, nie eine verbale Reaktion zu bekommen, die für andere selbstverständlich war, konnte entmutigend sein. Doch es war toll, wenn er Hailey zum Lachen bringen konnte – so rau das Geräusch auch klingen mochte – oder wenn sie mit den Händen wedelte und begeistert quietschte. Er musste sich dafür ordentlich anstrengen, aber deshalb lohnte es sich erst recht.

Sie spülte sich den Mund aus, dann ging sie brav ins Bett. Er steckte die Decke um sie fest, setzte Seraph neben sie und rief Freeman mit einem Pfiff zu sich. Anders als letzte Woche schloss Hailey die Augen und widersetzte sich nicht.

«Gute Nacht, Krümel.» Er ließ die Tür einen Spalt offen, schnappte sich ein paar Akten, die er auf den neuesten Stand bringen musste, und ließ sich auf die Couch sinken.

Doch nach zehn Minuten verschwammen die Worte vor seinen Augen, und er musste an Avery denken, ihre Miene, als er heute angekommen war. Sie hatte ausgesehen, als hätte ihr jemand eine Ohrfeige verpasst, ihre hübschen Lippen waren leicht geöffnet und ihre braunen Augen weit aufgerissen gewesen. Der Gedanke an Haileys Übernachtung bei ihrer Freundin, etwas, was für andere Mädchen ganz normal und wichtig war, hatte sie in tiefes Staunen versetzt.

Er ließ die Akten sein, ging in die Küche und setzte eine Kanne koffeinfreien Kaffee auf, weil Avery jeden Moment zurückkommen konnte. Sobald die Maschine gluckerte, öffnete er den Kühlschrank, um die Sahne herauszuholen – und erstarrte.

Im Kühlschrank stand ein Sixpack Bier. Er starrte die Flaschen mit seinem Lieblingsbier an und versuchte, sich zu erinnern, ob sie so etwas trank. Bisher hatte er sie nur im Shooters Alkohol trinken sehen, und da hatte sie sich für Wein entschieden.

Er schloss den Kühlschrank wieder und rieb sich den Nacken. Letzte Woche hatte er während des Gesprächs über den Hailey-Milchunfall scherzhaft angemerkt, dass er lieber Bier trank. Hatte sie das wörtlich genommen? Wieder richtete er seinen Blick auf den Kühlschrank. Ja, so musste es sein. Zur Hölle, sie hatte Bier für ihn gekauft.

Er wusste nicht recht, ob er etwas in diese Geste hineinlesen sollte. Es kam ihm irgendwie intim vor. Also kehrte er zu seinen Akten zurück, bis Avery die Hütte betrat und ihre Tasche auf den Küchentisch stellte.

Er stand von der Couch auf und ging zu ihr. «Hey. Wie war das Treffen?»

Schon bevor sie aufgebrochen war, hatte sie ihr Arbeitsoutfit ausgezogen und sich umgezogen, aber erst jetzt konnte er sie in Ruhe anschauen. Ihre Jeans hatten verblasste Nähte und umschmeichelten ihre Kurven, und ihr einfaches blaues T-Shirt reichte nur knapp bis zum Gürtel. Er hätte darauf gewettet, dass er einen Blick auf ihre nackte Haut erhaschen konnte, falls er sie bat, etwas von einem der hohen Schränke herunterzuholen.

Sie lachte, was dafür sorgte, dass er ihr wieder ins Gesicht sah. «Eins muss ich deiner Tante lassen: Wenn sie etwas will, ist sie wirklich unerbittlich. Marie hat nicht nur die Post dazu gebracht, sich am Verkauf der heimlichen Grußkarten zu beteiligen, sie hat auch den Kindern im Freizeitzentrum eingeredet, sie wären Teil einer supergeheimen Geheimdienstmission.»

Cade lehnte sich gegen die Arbeitsfläche und verschränkte die Arme. «Klingt, als wärt ihr produktiv gewesen.»

Sie machte einen zustimmenden Laut, dann sah sie zur Kaffeemaschine hinüber. Nachdem sie die volle Kanne ein paar Sekunden lang mit undurchdringlicher Miene angestarrt hatte, blinzelte sie. «Wie war es mit Hailey?» Sie musterte ihn von oben bis unten. «Ich sehe, dass sie sich diesmal nicht übergeben hat.»

«Ha. Nein, wir haben überlebt. Sie hat mich beim Tic Tac Toe fertiggemacht.»

Ihr Grinsen sorgte dafür, dass ihm das Herz stehenblieb. «Sie ist ziemlich gut in diesem Spiel. Lass mich nur kurz nach ihr sehen. Ich bin gleich zurück.»

Sie verschwand. Er nutzte die Zeit, ihnen beiden eine Tasse Kaffee einzugießen, dann setzte er sich an den Tisch. Als sie zurückkam, beäugte sie die Tassen, dann drehte sie sich zum Kühlschrank um, streckte die Hand nach dem Griff aus – und erstarrte.

Cade stellte fest, dass er die Luft anhielt.

...

Avery schluckte schwer, sie konnte den Blick nicht von dem Blatt am Kühlschrank abwenden, auf dem die Umrisse der kleinen Hände ihrer Tochter prangten. Sie erkannte Cades charakteristische Handschrift aus seinen Akten wieder.

«Ich habe versucht, etwas mit ihr zu malen, aber sie wollte nicht.» Seine tiefe Stimme klang ein wenig unsicher.

«Nein», hauchte sie. «Sie mag es einfach nicht. Die Therapeuten haben mehrmals versucht, sie dazu zu ermuntern. Manchmal malt sie auf dem Tablet.»

Er brummte. «Willst du das Bild die ganze Nacht anstarren?»

Er klang besorgt, also drehte sie sich um. Er musterte sie mit ernstem Blick und gerunzelter Stirn. Machte er sich Sorgen, dass sie wütend werden könnte?

Sie deutete auf das Bild. «Das ist ihr erstes Kunstprojekt.»

Er öffnete und schloss den Mund, doch letztendlich schwieg er.

«Ich habe ein paar Bilder von Lehrern und Therapeuten, aber dabei hat jemand anders ihre Hand geführt. Nichts davon hat Hailey alleine gezeichnet.»

Er rutschte unangenehm berührt auf seinem Stuhl herum. «Das ist auch kein Original. Ich habe die Umrisse ihrer Hand nachgezeichnet.»

Er würde nicht verstehen, dass es sehr wohl etwas Besonderes war, dass er ihre Tochter dazu gebracht hatte, ihre Hände auf eine Art zu gebrauchen, wie es für sie in Ordnung war. Sie öffnete den Kühlschrank und griff nach der Kaffeesahne, dann setzte sie sich neben ihn an den Tisch, erfüllt von dem Gedanken, dass sie morgen gleich einen Rahmen für dieses einfache, herzerwärmende Stück Papier am Kühlschrank kaufen würde.

Schweigen breitete sich aus, während sie an ihrem Kaffee nippten, bis Cade sich schließlich räusperte. «Also hat Hailey nächsten Freitag eine Pyjamaparty, ja? Glaubst du, du wirst auch nur ein Auge zutun?»

Sie musste lachen, was vermutlich auch seine Absicht gewesen war. «Wahrscheinlich nicht. Sie war noch nie von zu Hause weg. Ich brauche möglicherweise ein Beruhigungsmittel, um nicht hundertmal anzurufen.»

Sein Lächeln war zum Dahinschmelzen. «April ist wirklich anständig. Hailey ist bei ihr sicher.» Er lehnte sich vor. «Sie und ihr Ehemann sind vor ungefähr zehn Jahren hierhergezogen. Nette Familie.»

Avery hatte denselben Eindruck gewonnen, sagte aber nichts dazu.

Jetzt verbreitete sich sein Lächeln und wurde dadurch erst recht anbetungswürdig. «Du wirst trotzdem die ganze Nacht auf und ab tigern.»

Sie nickte und wandte eilig den Blick ab, weil sie sonst in Gefahr geriet, ihn einfach anzuspringen. «Das werde ich auf jeden Fall», bestätigte sie. Dann drückte sie sich eine Hand an die Stirn und lachte darüber, wie gut Cade sie nach so kurzer Zeit bereits kannte. Es war verrückt. Noch verrückter als die Tatsache, wie wohl sie sich in seiner Gegenwart fühlte.

«Avery.»

Sie sah auf.

Sein Lächeln verschwand, als sein Blick auf ihren Mund fiel. Er murmelte etwas Unverständliches, streckte das Bein aus und hakte seinen Fuß hinter ein Bein ihres Stuhls. Langsam zog er sie zu sich heran, gab ihren Blick nicht für einen Moment frei, bis ihre Knie aneinanderstießen. Er beugte sich vor, ohne sie zu berühren, doch das hitzige Verlangen in seinen Augen glitt über sie wie eine Liebkosung.

Sie atmete zitternd ein. «Was tust du?»

«Ich schwöre bei Gott, ich weiß es nicht.» Nach diesem geflüsterten Geständnis ließ er seinen Blick über ihr Gesicht gleiten – ihr Haar, ihre Augen, ihren Mund –, als versuchte er, es herauszufinden. «In deiner Nähe weiß ich eigentlich nie, was ich tue.» Er öffnete seinen Mund, als wollte er noch mehr sagen, doch dann schüttelte er nur den Kopf und fing ihren Mund ein.

Wie schon beim ersten Mal ließ er seine Lippen erst sanft über ihre gleiten, ermunterte sie, die Zärtlichkeit zu erwidern. Für einen Moment flackerte Unsicherheit in Avery auf, bevor sich ein Feuer in ihrem Bauch entzündete, ausbreitete und sie bei lebendigem Leib verschlang. Sie atmete tief seinen Duft nach Mann und frischer Wäsche ein, aber es erdete sie nicht, wie sie gehofft hatte.

«Das wollte ich schon die ganze Woche über tun», sagte er an ihrem Mund. «Erwidere den Kuss, Avery. Als würdest du es ernst meinen. Zeig mir, dass du genauso ...»

Sie drückte ihre Lippen auf seine und legte den Kopf schräg, um einen anderen Winkel zu finden. Dann öffnete sie den Mund und leckte unsicher über seine Unterlippe, in der Hoffnung, dass er ihr Einlass gewähren würde. Mit einem Stöhnen tat er ihr den Gefallen. Ihre Zungen trafen sich zum ersten Mal, und etwas in ihr zerbrach. Selbstkontrolle und Vernunft verabschiedeten sich. Sie vergrub ihre Finger in seinem dichten, weichen Haar.

Ohne den Kuss zu unterbrechen, senkte er seine Hände auf ihre Schenkel und umfasste sie. Verlangen schoss direkt in ihre Mitte und erfüllte sie mit einem Sehnen, das sie zu lange nicht gespürt hatte – falls sie es überhaupt jemals empfunden hatte.

Oh ... Seine Hände bewegten sich, glitten unter ihre Oberschenkel. Er hob sie vom Stuhl, als wöge sie nichts, dann setzte er sie rittlings auf seinen Schoß und zog sie an sich. Ihre Weichheit traf seine Härte.

Er löste seine Lippen von ihrem Mund, um sie stattdessen an ihren Hals zu pressen. Sie keuchten beide. «Langsam», murmelte er an ihrer Haut, doch schon einen Augenblick später leckte er sanft die Stelle, unter der ihr Puls raste.

Ein Zittern überlief ihren Körper. Seine Berührung erschütterte sie, doch sie löste ihre Finger aus seinem Haar und lehnte sich ein wenig zurück, um seiner Aufforderung zu folgen.

«Nicht du.» Er umklammerte ihre Hüften. «Ich habe mit mir selbst gesprochen.»

Er hob seinen Kopf, um ihr in die Augen zu sehen. Sie erkannte dasselbe Fieber darin, das sie empfand. Dann fand sein Mund erneut den ihren, und er küsste sie, bis die Welt sich drehte. Verzweifelt. Ihre Brüste wurden schwer und verzehrten sich nach seiner Berührung, also drängte sie sich fester an seinen harten Körper. Doch dann begannen andere Teile ihres Körpers zu pulsieren, und das Verlangen, sich an der harten Wölbung zwischen ihren Körpern zu reiben, wurde beinahe übermächtig.

Sie wimmerte in seinen Mund. Sie brauchte ... etwas. Ihn? Seine Antwort bestand aus einem Stöhnen, dann hob er die Hände zum Saum ihres Shirts. Seine warmen Finger glitten über ihre Haut bis zu ihren Rippen, und sie verspannte sich.

Er spürte ihre Anspannung sofort und hielt inne. Langsam lehnte er sich weit genug zurück, um ihr in die Augen sehen zu können. «Tut mir leid. Zu schnell. Vernunft und Nachdenken stehen gerade nicht ganz oben auf der Agenda.» Seine Stimme war sanft, wenn auch heiser vor Verlangen. Sie hörte eine Entschuldigung heraus, die sie dazu brachte, es erklären zu wollen.

«Es ist nur ...» Sie war seit unglaublich langer Zeit nicht mehr berührt worden, und die harten Brustmuskeln unter ihren Fingern standen in direktem Kontrast zu ihren weichen Kurven. Er bestand nur aus Kanten und Köstlichkeit und sie ... nicht.

«Nur was?»

«Ich habe in letzter Zeit weder regelmäßig trainiert noch Yoga gemacht, und ich bin vermutlich nicht allzu gut in Form. Nicht das, was du gewöhnt bist.» Sie schloss die Augen, als Hitze in ihre Wangen stieg.

Als er mehrere Augenblicke lang nichts sagte, blickte sie zu ihm auf. Er biss die Zähne zusammen, und seine blauen Augen waren eiskalt. Ihr Herzschlag setzte aus.

«Ich schwöre dir, wenn du mir jetzt erzählst, dass dieses Arschloch von Ex-Ehemann dich fett genannt hat – oder etwas in der Art auch nur angedeutet hat –, fahre ich dorthin, wo er wohnt, und schlage ihn zu Brei. Und zwar noch heute Nacht.»

Ihr angehaltener Atem entwich ihren Lungen. Sie hatte nach Haileys Geburt heftig darum kämpfen müssen, ihre Schwangerschaftspfunde wieder loszuwerden, und sie hatte so hart gearbeitet, weil Richards Abscheu deutlich zu spüren gewesen war. Doch letztendlich hatte es keine Rolle gespielt, dass sie ihr Idealgewicht wiedergewonnen hatte, weil er sich als Ersatz im Büro eine viel dünnere, hübschere Frau gesucht hatte. Noch heute spürte sie den Verrat und den Schmerz.

Wenn sie nicht gut genug gewesen war, um Richard zufriedenzustellen, den sie schon im College kennengelernt hatte und der genau wie sie nicht viel Erfahrung mit in die Beziehung gebracht hatte – wie konnte sie dann glauben, dass ihr das bei Cade gelang, der jede Menge Erfahrung besaß?

«Nenn mir seine Adresse», presste Cade hervor, sodass sie ihn wieder ansah.

Ihr Magen rebellierte, und sie wandte den Blick eilig wieder ab. «Er war es nicht.»

Richard trug nicht die Schuld. Egal, wie er sie auch behandelt haben mochte, es lag an ihr, ob sie ihm glaubte oder nicht. Ihre alten Unsicherheiten hatten sie plötzlich wieder fest im Griff. Dabei hatte sie gedacht, sie hätte sie überwunden.

Noch vor wenigen Augenblicken war Cade Feuer und Flamme gewesen. Sein Herz raste immer noch unter ihrer Hand, doch inzwischen wahrscheinlich eher vor Wut als vor Lust. Dabei hatte seine Erektion ihr gezeigt, dass auch er erregt gewesen war. Doch dann hatte sie dieses Feuer in Realität ertränkt, und jetzt war der Moment vorbei.

«Avery …»

«Nein. Ist schon okay.» Sie kletterte von seinem Schoß. Er verzog das Gesicht. Ob es daran lag, dass sie sich nicht mehr berührten oder an etwas anderem, wusste sie nicht. «Es wird sowieso langsam spät.»

Er starrte sie noch ein paar Sekunden an, bevor er aufstand und nach Freeman pfiff. Cade zog sich die Schuhe an und ging ins Wohnzimmer, um die Akten zu holen. Der Hund tapste in die Küche und wartete neben der Hintertür, während sie die Kaffeetassen ausspülte.

Sie drehte sich nicht um, als Cade zurückkehrte, doch sie spürte seinen Blick im Rücken. Als er hinter sie trat und einen kleinen Stapel Akten neben ihr ablegte, klammerte sie sich an der Arbeitsfläche fest.

«Schau mich an.»

Sie schüttelte den Kopf. Übelkeit stieg in ihr auf. Es war eine schlechte Idee, sich mit ihm einzulassen. Er war ein Playboy, der in ihr wahrscheinlich nur eine Herausforderung sah. Wenn es wegen ihrer Romanze zu Unannehmlichkeiten bei der Arbeit käme, würde sie kaum einen anderen Job finden. Die Leute vermuten jetzt schon, dass sie die Anstellung nur bekommen hatte, weil sie mit Cade schlief. Außerdem hatte sie schon genug um die Ohren, und sie war schon einmal so tief verletzt worden, dass sie es eigentlich besser wissen sollte.

Doch sie konnte die Anziehung nicht leugnen, die er auf sie ausübte, genauso wenig wie das Flattern in ihrer Brust, wenn sie sich in Cades Nähe aufhielt. Sie fühlte sich dann wieder jung. Hoffnungsvoll.

Cade ignorierte ihr Kopfschütteln und drehte sie um. Sein Blick war verständnisvoll, seine Lippen jedoch schmal. «Ich bin nicht er.»

Sie seufzte. Nein, er ähnelte Richard nicht im mindesten, und die beiden zu vergleichen, stellte eine Beleidigung für Cade dar.

«Ich weiß. Ich glaube, ich brauche einfach Zeit, um mich an den Gedanken zu gewöhnen, dass sich wieder jemand für mich interessiert. Ist lange her.» Sie lachte nervös, versuchte, sich von Cade zu entfernen.

Er streckte einen Arm aus, um sie aufzuhalten. «Ich bin interessiert, da gibt es keinen Zweifel.»

Sie fing seinen Blick ein, dann stockte ihr der Atem. Plötzlich war sie sich absolut sicher, dass sie noch nie in ihrem Leben jemand mit einem so großen Verlangen und gleichzeitig so viel Geduld angesehen hatte. Diese Sache zwischen ihnen beiden besaß das Potenzial, sie stärker zu verletzen als alles, was ihr Ehemann ihr je angetan hatte.

Cade beugte sich vor und küsste sie. Es war eine sanfte Liebkosung, nicht leidenschaftlich oder hungrig. Aus irgendeinem Grund beschleunigte das ihren Puls stärker als alles, was davor geschehen war.

Er zog sich zurück und sah ihr tief in die Augen. «Ich wollte heute Abend nicht mehr als das, was wir getan haben. Ich werde so langsam vorgehen, wie du willst. Tu mir nur den Gefallen und verdräng diesen Idioten aus deinen Gedanken, wenn wir zusammen sind. Okay?»

Noch bevor sie eine angemessene Antwort auf seine Bitte formulieren konnte, schnappte er sich seine Akten und verschwand.

· 10 ·

Am nächsten Tag um die Mittagszeit trat Cade aus einem Behandlungszimmer, schickte Martha und ihren ‹depressiven› Hamster nach vorne, verdrehte die Augen und ging Richtung Pausenraum, um sich ein Wasser zu holen. Dabei begegnete er Flynn.

Sein Bruder grinste. «*Ich will dir etwas zeigen.*» Er krümmte den Finger, also folgte Cade ihm, da er sowieso in diese Richtung unterwegs war.

Flynn hielt vor dem Kühlschrank an. «*Schau mal rein.*»

Seufzend – weil Cade genau wusste, dass darin zwanzig weitere Aufläufe stehen würden, nachdem er heute einen unnötigen Termin nach dem nächsten abgehandelt hatte – öffnete er den Kühlschrank. Und stellte fest, dass er leer war. Oder fast leer. Die üblichen Wasserflaschen waren noch da, ein paar braune Tüten mit Sandwiches und Drakes Pudding-Vorrat. Aber keine Aufläufe. Er fragte sich immer noch, wieso jede alleinstehende Frau in Redwood es für nötig hielt, ihn mit genug Essen für ein Jahr zu versorgen.

Flynn zog die Augenbrauen hoch. «*Avery erklärt den Tierbesitzern, dass wir kein Essen mehr annehmen dürfen, weil das gegen die Gesundheitsvorschriften verstößt.*»

Cade öffnete und schloss den Mund. «Wieso sollte sie das tun?»

Nicht, dass er sich beschweren wollte. Cade fuhr das Essen regelmäßig zu der Obdachlosenunterkunft in der Nachbarstadt. Aber es verstieß nicht gegen die Gesundheitsvorschriften, solange das Essen im Pausenraum blieb.

«*Du bist ein Idiot.*» Flynn pikte ihn in die Brust. Heftig. «*Sie tut das für dich. Sie weiß, dass all diese unerwünschte Aufmerksamkeit dich stört.*»

Das ließ ihn innehalten. Es stimmte. Er war nicht begeistert von all den Flirtversuchen, den beiläufigen Berührungen oder den anderen Taktiken, sein Herz zu gewinnen, weil er den Dingen eigentlich lieber ihren natürlichen Lauf ließ. Anstatt in die eine oder andere Richtung geschubst zu werden. Aber er hatte das nie gesagt. Kein einziges Mal. Tatsächlich gab er sich die größte Mühe, freundlich zu bleiben, um nur niemanden zu verletzen.

«*Was gab es am Freitag bei ihr zu essen?*»

Cade blinzelte, weil er eine Falle vermutete. «Pizza.» Auf weißen Käse reagierte Hailey nicht, also gehörte Mozzarella zu den wenigen Milchprodukten, die sie in Maßen essen konnte. Cade kniff die Augen zusammen. «Warum?»

Flynn nickte wissend. «*Ich sehe das so: Wenn sie witzig und freundlich ist, Pizza und deinen erbärmlichen Hintern mag und gut im Bett ist, solltest du sie heiraten. Am besten gestern.*»

Himmel. «Wir kennen uns gerade mal seit einem Monat, Mann. Und ich habe noch nicht mit ihr geschlafen.» Den Rest der Aussage seines Bruders ließ er lieber unkommentiert.

Das sorgte nur dafür, dass Flynn – der Mistkerl – noch breiter grinste. «*Danke. Damit beweist du es. Wann hat es das letzte Mal einen Monat gedauert, bis du mit einer Frau geschlafen hast?*»

Cade rieb sich das Gesicht und ging nach vorne, um zu schauen, ob es sicher war, Mittagspause zu machen. Allein.

Avery war noch mit Martha und ihrem Hamster beschäftigt, als er sich näherte. «Vielen Dank für Ihren Besuch. Bitte, nehmen Sie sich doch einen Keks.» Sie deutete auf mehrere Teller mit Keksen auf dem Tresen. Gewöhnlich landete das alles in Cades Büro, da die Sachen ja für ihn bestimmt waren. «Es ist so nett von unseren Kunden, dass sie uns immer mit selbst Gebackenem versorgen, nicht wahr?»

Martha, eine kleine, brünette Zahnarzthelferin aus der Praxis ein Stück die Straße runter, schob sich mit einem Stirnrunzeln einen Keks in den Mund und ging.

Cade hätte seinen rechten Hoden darauf verwettet, dass auch Martha etwas zu den süßen Köstlichkeiten beigetragen hatte, die Avery gerade verschenkte. Sein Magen verkrampfte sich, doch er schob es auf den Hunger.

«Krächz. *Sugar, Sugar.*»

Avery lachte. Sie hatte Cade noch nicht bemerkt und tippte etwas in den Terminplan. «Da liegst du richtig, Gossip. She-Ra, lass den Hund in Ruhe.»

Cade sah hinüber und tatsächlich, die Katze beugte sich auf dem Drucker vor, um den schlafenden Thor vor Averys Füßen zu beäugen.

She-Ra hielt inne, kniff ihre bösartigen Augen zusammen und machte Anstalten zu springen.

«Ah-ah.» Avery wackelte mahnend mit einem Finger, ohne vom PC aufzusehen. «Nähere dich diesem Hund, und du kriegst Ärger.»

She-Ra rümpfte nur die Nase.

Avery streckte den Arm aus, schnappte sich eine Sprühflasche, die Cade bisher nicht bemerkt hatte, und ... bespritzte die Katze mit einem Strahl Wasser. «Ich habe gesagt, lass Thor in Ruhe.»

She-Ra fauchte, blieb aber auf dem Drucker sitzen und stoppte den geplanten Angriff auf den Hund. Sie wischte sich mit einer Pfote über das Gesicht, bedachte Avery mit einem warnenden Blick und legte sich wieder hin.

Cade blieb einen Moment stehen, weil das Kneifen in seinem

Magen sich in seine Brust verlagerte und er sich daran erinnern musste, dass er bei der Arbeit war. Dass sie die Dinge langsam angingen. Doch das Hämmern seines Herzens wollte einfach nicht nachlassen. Er fand sie ... so verdammt heiß, wenn sie so herrisch war. Und sie unterschied sich vollkommen von der verletzlichen Frau von Freitagabend.

«Brauchen Sie etwas, Dr. Cade?»

Verdammt. Er fragte sich, ob er sie wohl dazu bringen konnte, ihn so zu nennen, wenn er sie wieder küsste. Außerhalb der Praxis.

Er schüttelte heftig den Kopf, um diesen Gedanken zu vertreiben, legte die Akte neben Avery und spähte in das leere Wartezimmer. «Ich nehme mir zwanzig Minuten Zeit fürs Mittagessen.»

Sie schloss ihr Programm und stand auf, um auch in die Pause zu gehen. «Das gehört da nicht hin.»

Er sah zu der Akte, auf die sie sich bezog, dann wieder zu ihr. Der Drang, sie zu küssen, war so heftig, dass er fast zusammenzuckte. Er schnappte sich das Dokument und legte es in Averys Eingangskorb, ohne den Blick eine Sekunde von ihr abzuwenden. Die Spannung, die zwischen ihnen in der Luft knisterte, hätte die Stadt eine Woche lang mit Strom versorgen können.

Sie lächelte, drehte sich um und ging den Flur entlang.

Er eilte ihr hinterher und drückte sie an die Wand, was ihr ein überraschtes Quietschen entlockte. Nach einem schnellen Blick, um sicherzustellen, dass niemand sie sah, trat er näher an sie heran, schob einen Oberschenkel zwischen ihre Beine und zog sie so fest an sich, dass er ihre Brüste fühlen konnte.

Ihre großen braunen Augen blinzelten nicht. In diesem Licht konnte er die honigfarbenen Flecken darin erkennen. «Was tust du?»

«Das.»

Er legte die Hände an ihre Taille, um sie festzuhalten, lehnte sich vor und küsste sie. Dies war nicht der süße, verlockende Kuss aus ihrer Küche, sondern eine leidenschaftliche Erkundung, um ihr zu zeigen, wie sehr sie ihn erregte und wie sehr er es zu schätzen wusste, dass sie ihm die weiblichen Haustierbesitzer vom Leib hielt. Und die Katze. Und verdammt, diesen feigen Hund.

Avery drängte sich ihm entgegen, vergrub ihre Finger in seinem Praxishemd und stöhnte in seinen Mund, als er dafür sorgte, dass sie vergaß, wo sie sich befand und welcher Tag heute war. Ihre Zunge berührte seine, einmal, zweimal, jagte alle Gedanken aus seinem Kopf in ... nun ... einen anderen Bereich seines Körpers.

Sie roch süß, schmeckte noch süßer, und wenn sie sich weiter so an seinem Bein rieb ...

Nur mit Mühe gelang es ihm, sich von ihr zu lösen. Keuchend drückte er seine Wange an ihre. Heilige Hölle, was sie mit einem Kuss bei ihm anrichten konnte. Auch sie keuchte an seinem Hals. Seine Erektion drängte sich gegen ihre Hüfte, also wich er langsam zurück und musterte ihre geröteten Wangen und ihre harten Brustwarzen.

Er unterdrückte ein Stöhnen, dann meinte er: «Das wollte ich dir nur sagen. Wir können später intensiver darauf eingehen, ja?»

Sie presste die Handflächen hinter sich an die Wand, ihre atemberaubenden Augen waren verschleiert, und die Lippen hatte sie leicht geöffnet. «Ja.»

Mit einem Nicken verließ er die Praxis durch die Hintertür, statt in den Pausenraum zu gehen. Er musste sich dringend beruhigen. Doch auch mehrere tiefe Atemzüge in der kalten, frischen Luft sorgten nicht dafür, dass sein Herz langsamer schlug.

• • •

Avery schlich sich um Punkt fünf Uhr aus der Klinik. Falls Cade noch in seinem Büro beschäftigt war und daher nicht mitbekam, dass sie ging, nun, dann war das eben so.

Diese Nicht-Verabredungs-Sache, die zwischen ihnen lief, gewann an Fahrt. Sie wusste einfach nicht, wie sie damit umgehen sollte, also verdrängte sie jeden Gedanken daran. Fast jeden. Ihre Lippen waren immer noch geschwollen von seinem Kuss, und jedes Mal, wenn sie daran dachte, wie er sie an die Wand gedrückt und quasi verschlungen hatte, stieg Hitze in ihre Wangen.

Richard hatte sie nie gegen eine Wand gepresst.

Sie straffte die Schultern, ging zu ihrem Auto und fuhr die zwei Kilometer, um Hailey abzuholen. Vielleicht würden sie heute im Diner zu Abend essen. Um mal aus der Hütte rauszukommen. Sie parkte vor dem Freizeitzentrum und zog ihr Handy heraus, um ihre Mom in einer Nachricht zu fragen, ob sie mitkommen wollte.

Anya stand am Empfang und lächelte, als Avery die Tür öffnete. «Hallo. Wie sind die Dates mit dem sexy Tierarzt? Du bringst Herzen in ganz Redwood zum Brechen.»

Sie seufzte. «Zwischen Cade und mir läuft nichts.» Egal, was auf Twitter und im Blog der Stadt auch behauptet wurde. Mal abgesehen von den Küssen. Den wirklich phantastischen, atemberaubenden Küssen.

Eine Menge Frauen in der Stadt waren davon überzeugt, dass Cade ihnen gehörte. Jede Minute wurde auf Pinterest ein weiteres Foto von ihm mit einer willigen Frau gepostet. Das sorgte dafür, dass sie einfach nicht wusste, wie ernst sie ihn nehmen sollte.

«Oh, ich weiß nicht. Die Leute reden. Cade verabredet sich nicht offiziell – wirklich niemals –, also ist das eine ziemlich große Sache.»

Dasselbe galt in einer Kleinstadt wie Redwood für das Trocknen von Farbe auf einer frischgestrichenen Parkbank, aber Avery hielt den Mund, bis Miles Hailey nach vorne brachte.

«Ich habe dich vermisst.» Avery beugte sich vor, um die Jacke ihrer Tochter zu schließen, und drückte ihre Schulter, statt sie zu küssen, wie sie es sich eigentlich wünschte. «Wie macht sie sich? Irgendwelche Probleme?»

«Nein.» Anya schob sich eine blonde Strähne hinters Ohr. «Sie ist wirklich toll. Das Einzige, was sie offenbar aufregt, sind die Basketball-Spiele, also halten wir sie von der Turnhalle fern.»

Avery nickte. «Muss an den quietschenden Schuhen liegen.»

Sie dankte den beiden und führte Hailey zum Auto. Sobald sie ihre Tochter im Kindersitz angeschnallt hatte, sah Avery auf ihr Handy und stellte fest, dass Mom fürs Abendessen zugesagt hatte.

Sie fuhren zum Diner, das erstaunlich leer war. Aber es war auch Montag. Sie bemerkte ein paar Männer aus dem Seniorentreff, die an einem Tisch Dame spielten, aber sonst war das Restaurant fast leer. Schon als sie den Laden vor zwei Wochen zum ersten Mal betreten hatte, war ihr der adrette Fünfzigerjahre-Retro-Charme aufgefallen. Aber auf dem Neonschild und dem Tresen war die Schicht Fett von alldem frittierten Essen nicht zu übersehen. Der Duft nach Pommes und Hamburgern füllte die Luft, und Averys Magen knurrte.

Sie entdeckte ihre Mom in einer Sitznische, ging hinüber und setzte Hailey auf die Bank. «Schön, dass du kommen konntest, Mom.»

«Na ja, ich will dir keine Zeit mit Cade stehlen, also warte ich einfach, bis du dich meldest. Eine Frau braucht Zeit allein mit ihrem Mann.»

Avery gelang es nur mit Mühe, nicht die Augen zu verdrehen. «Er ist nicht mein Mann. Er ist mein Chef.»

Der sie ziemlich häufig küsste. Und dabei mitunter an eine Wand drückte.

Bevor ihre Mutter antworten konnte, erschien eine Kellnerin. Avery hatte die Frau schon in der Stadt gesehen, aber noch nie mit ihr gesprochen. Eilig ließ sie den Blick über die Karte gleiten, um nach etwas zu suchen, was Hailey essen konnte, während ihre Mom Smalltalk machte. Die Frau war vielleicht Ende sechzig, mit vielen kleinen Falten um den Mund herum und einer heiseren Stimme, die verriet, dass sie jahrelang geraucht hatte.

Hailey bewegte sich unruhig, als würde die Stimme sie stören.

«Und was kann ich der süßen Kleinen bringen?» Die Kellnerin, die sich als Mave vorstellte, beugte sich zu Hailey herunter und wuschelte ihr durchs Haar, bevor Avery sie davon abhalten konnte.

Sofort begann Hailey zu kreischen und um sich zu schlagen. Besteck und ein Wasserglas flogen in verschiedene Richtungen. Sie rutschte von der Bank unter die Tischplatte, sodass sich die Blicke der anderen Gäste auf sie richteten, und kreischte dort weiter wie eine Sirene.

Mom lachte nervös und zog den Kopf ein.

Verdammt noch mal.

Hailey tickte nicht besonders oft aus, und ja, es konnte ziemlich peinlich sein, wenn sie es doch tat, doch die Reaktion ihrer Mutter ließ Wut in Avery aufsteigen. Die Leute würden es bemerken und sich genauso verhalten, sie würden glauben, es wäre okay, Hailey anzustarren wie einen Freak.

Maves Augen wurden groß. «Oje. Was stimmt nicht mit ihr?»

Avery spannte ihre Muskeln so fest an, dass es fast weh tat. Ihre Zähne knirschten. Darauf lief es immer hinaus – was mit

Hailey nicht stimmte. Sie war anders, also war es okay, sich zu benehmen wie Trottel, ja?

Statt ihre Gedanken in Worte zu fassen, bat Avery um ein paar Minuten Zeit, dann kauerte sie sich neben Hailey, die inzwischen zumindest nicht mehr kreischte. «Hey, Liebling. Sie ist weg. Alles ist gut. Kannst du wiederauftauchen?»

Ein paar Augenblicke vergingen, dann kletterte Hailey wieder auf die Bank, um aus dem Fenster zu starren. Man merkte ihr nichts mehr an, aber sie wiegte sich wie so häufig leicht vor und zurück.

Avery setzte sich wieder, schloss die Augen und rieb sich die Stirn. «Falls wir dir peinlich sind, können wir auch gehen.» Sie spießte ihre Mom förmlich mit einem Blick auf.

Mom, die gerade Hailey beobachtete, riss die Augen weit auf und sah Avery an. «Das habe ich bei ihr noch nie gesehen. Sie ist sonst immer so still.»

Natürlich hatte ihre Mom noch keinen Ausbruch miterlebt. Jahrelang hieß es *Avery und Hailey allein gegen den Rest der Welt*. Mom war schon vor Haileys Geburt nach Redwood gezogen und hatte sie nur ein paarmal in San Francisco besucht. Bedauern stieg in Avery auf, weil sie auch nie bei ihrer Mom vorbeigeschaut hatte. Mit Richards Terminkalender und Haileys Therapieplänen waren die Jahre nur so an ihr vorbeigerauscht.

«Sie ist mir nicht peinlich.» Mom ergriff Averys Hand und drückte sie. «Es tut mir leid. Ich habe mich einfach erschrocken.»

Avery entspannte sich langsam. «Ist okay.» Mom wusste es nicht besser. Das galt für die meisten Leute, also lieferte Avery Erklärungen, wann immer es möglich war, und tat alles andere achselzuckend ab.

Mave näherte sich vorsichtig wieder, wobei sich ein wachsames Lächeln auf dem faltigen Gesicht abzeichnete. «Ist alles okay?»

Avery zwang sich zu einem Lächeln. «Das ist meine Tochter, Hailey. Sie ist Autistin und wird nicht gerne angefasst, besonders nicht am Kopf. Es ist eine Reizüberflutung für sie, weswegen sie dann so reagiert, wie wir es gerade erlebt haben.»

«Oh. Das tut mir leid. Ich werde darauf achten, es nicht wieder zu tun.»

Lächelnd wandte Avery sich an ihre Tochter. «Hailey, das ist Mave. Willst du mal hallo sagen?»

Hailey brauchte einen Moment, um die Aufforderung zu verarbeiten, dann formte sie mit den Händen: «*Hallo.*»

Als sie gerade fertig gegessen hatten und auf die Rechnung warteten, stiefelte Zoe ins Restaurant. Sie wirkte gehetzt. Ihr blaues Haar stand in alle Richtungen ab, und ihre Hemdbluse hing halb aus der Hose. Und sie trug keinen Mantel. Sie ging zur Kasse, legte ein paar Scheine hin und trommelte ungeduldig mit dem Fuß auf den Boden. Da sie es offensichtlich eilig hatte, sprach Avery die Hundefriseuse aus der Klinik nicht an, als sie zwei To-go-Behälter entgegennahm und wieder verschwand.

«Sie hat es in letzter Zeit wirklich nicht leicht.»

Avery riss ihren Blick von Zoes im Nebel verschwindender Gestalt los und sah ihre Mom an. «Inwiefern?»

Abgesehen von ihrer seltsamen Haarfarbe wirkte Zoe sehr anständig. Sie hatte sie vor einigen Wochen ins Shooters begleitet und kam immer pünktlich zur Arbeit. Sie war nicht so redselig wie Brent oder Gabby, aber trotzdem sehr nett.

«Bei ihrer Mom wurde vor vier Jahren eine frühe Form der Demenz diagnostiziert. Catherine ist erst einundfünfzig Jahre alt. Es gibt keine anderen Verwandten, also muss Zoe das alles allein stemmen.» Mom räusperte sich. «Wir versuchen, regelmäßig vorbeizuschauen und ihr zu helfen, wo wir können. Cat war in unserem Buchclub, aber inzwischen erkennt sie meistens nicht mal mehr Zoe.»

Gott. Wie schrecklich. Avery rieb sich die plötzlich schmerzende Brust, sie konnte sich das kaum vorstellen. «Das ist hart.»

Als sie sich von ihrer Mom verabschiedete, war bereits die Nacht hereingebrochen. Der Nebel hatte nachgelassen, hing aber noch in der Ferne. Avery und Hailey überquerten die Straße Richtung Eisdiele, um Avery noch ein wenig Zucker zu gönnen, bevor sie nach Hause fuhren.

Hank, der Besitzer, der sie beim letzten Mal begrüßt hatte, grinste breit. «Ihr seid wieder da. Schaut euch das an.» Er deutete auf die Eiskarte hinter sich. Bei der Bewegung drängte sich sein runder Bauch gegen seine Schürze.

Avery ließ ihren Blick über die Liste gleiten, und sofort fiel ihr die neue Sorte auf. Sie erstarrte, hin- und hergerissen zwischen dem Drang, in Tränen auszubrechen, und tiefer Dankbarkeit. Er hatte doch nicht wirklich ...

Hatte er doch. Er hatte Hailey ein eigenes Special auf der Karte gewidmet. Orangensorbet mit Marshmallows, freundlicherweise ‹The Hailey› getauft. Er hatte sich daran erinnert, dass sie keine Milchprodukte vertrug. Das war ... verdammt. Das war so nett.

Hank hielt eine Polaroidkamera hoch. Avery hatte nicht gewusst, dass es diese Geräte noch gab.

«Darf ich ein Foto machen? Für unsere Karte?»

Avery öffnete und schloss den Mund. Schluckte schwer. Ihre Brust wurde eng, bis sie kaum noch atmen konnte. Himmel, sie konnte nicht reden, also nickte sie nur.

Als Hank ein Bild von Hailey schoss – mit dem breiten Grinsen, das sie immer aufsetzte, wenn jemand ‹lächeln› sagte –, erklang eine Männerstimme hinter ihnen. Tief und leise glitt sie über Averys Haut wie eine Liebkosung und brachte ihre Nerven in Aufruhr.

«The Hailey. Klingt lecker.»

Sie musste sich nicht umdrehen, um zu wissen, wem die Stimme gehörte. Sie hatte sie in letzter Zeit oft genug herbeiphantasiert. Sie konnte ihm nicht entkommen, selbst wenn sie das eigentlich tun sollte.

«Das schreit nach einer Ghettofaust.» Cade ging breit grinsend neben Hailey in die Hocke. «Denk dran, was ich gesagt habe. Du darfst mich nicht hängen lassen. Mach eine Faust.»

Hailey schloss die Finger und stieß ihre Faust sanft gegen Cades, um dann zu quietschen.

Jetzt war Averys Brust endgültig wie zugeschnürt. Selbst ihre Tochter hatte eine Schwäche für ihn entwickelt.

Hank klebte das Bild von Hailey auf der Karte direkt neben ihre persönliche Eissorte, dann drehte er sich wieder um. «Was soll es sein, Leute?»

Cade trat neben Avery und deutete auf das Bild. «Dreimal ‹The Hailey› bitte, Hank.»

· 11 ·

s ging auf das Ende des Arbeitstages zu, als Zoe sich gegen den Tresen lehnte, vor dem bereits Brent und Gabby standen. «Alle sind ganz aufgeregt wegen des Valentinsballs.»

Brent seufzte verträumt. «Und du, Püppchen, bist ein Genie.»

Averys Wangen brannten. «Freut mich, dass die Leute interessiert sind. Ich habe nur meinen Job gemacht.»

Gabby schüttelte den Kopf. «Es ist mehr als nur das. Ehrlich, du machst dir keine Vorstellung davon, wie langweilig die Veranstaltung in den letzten Jahren war.»

Avery schloss ihr Programm und fuhr den Computer herunter, nachdem Cade gerade den letzten Patienten des Tages untersuchte und Drake seine OP bereits beendet hatte. «Habt ihr schon eine heiße Verabredung?»

Alle schüttelten den Kopf.

«Ich würde sagen, wir gehen als Gruppe, wie in der Highschool.» Brents Augen strahlten bei dieser brillanten Idee. «Wir suchen Schutz in der Masse.»

«Krächz. *Rollin' with my homies.*»

Drake stiefelte heran und gab Avery sein Abrechnungsformular. «Es ging doch schneller als gedacht, also rechne nur eine Stunde ab.»

«Geht klar.»

Er machte Anstalten, wieder zu gehen, doch Brent rief seinen Namen. «Du gehst doch auch auf den Valentinsball, oder? Unsere Avery hat bei der Planung einen super Job gemacht.»

Drake hielt an, dann drehte er sich langsam um und musterte Brent, als wäre er als Kind zu oft auf den Kopf gefallen. «Nein.»

Zoe schob sich eine blaue Strähne hinters Ohr und setzte sich auf die Schreibtischkante. «Wir überlegen, als Gruppe zu gehen. Ohne richtige Verabredungen.»

Drake richtete den Blick auf sie und schüttelte langsam den Kopf.

Avery erinnerte sich daran, was Cade ihr vor einer Weile erzählt hatte: wie schwer es gewesen war, Drake aus dem Haus und in Gesellschaft zu locken, seitdem seine Frau gestorben war. Ein Ball war ein großes gesellschaftliches Ereignis. Quasi die gesamte Stadt wollte kommen. Sie konnte es ihm nicht übel nehmen, dass er darauf keine Lust hatte.

Und da Drake sich ziemlich unwohl zu fühlen schien, versuchte sie, einen Weg zu finden, die Stimmung aufzulockern. «Ich könnte dein Date sein, Drake. Rein platonisch, natürlich. Ich könnte jeden mit einer Keule vertreiben, der mit dir reden will.»

Er legte den Kopf schräg, um sie zu mustern. Und dann passierte es. Er lächelte. Kein echtes Grinsen, aber zumindest ein Zucken seiner Mundwinkel.

Zoe keuchte. «Hast du ... hast du gerade gelächelt?»

Der Ausdruck verschwand und wurde von einer grimmigen Miene ersetzt. «Nein.»

«Ich habe es auch gesehen.» Gabby nickte bestätigend. «Du hast gelächelt.»

Seine Miene wurde noch grimmiger, dann sah er Avery an. «Du hast gesagt, du vertreibst sie mit einer Keule.»

Zoe schlug sich die Hände an die Brust, als hätte sie einen Herzinfarkt. «Und er hat einen Witz gemacht.»

Der arme Drake. Das hatte er nun davon.

Avery seufzte. «Dir bleibt noch mehr als eine Woche, um darüber nachzudenken. Du kannst dich uns jederzeit anschließen. Wir werden versuchen, die Sache schmerzlos zu gestalten.»

Sein Blick wurde weicher, als wollte er ihr danken, dann nickte er und stiefelte davon.

Schweigen breitete sich aus, bis Brent ihr auf den Arm schlug. «Schau dich an, reißt dir einen zweiten Bruder auf. Ich werde Cade erzählen, was du getan hast.» Er grinste verschlagen.

Avery kniff die Augen zusammen, doch bevor sie antworten konnte, traten Cade und sein letzter Patient aus dem Behandlungszimmer.

«Mir was erzählen?» Er gab Avery seine Akte und sah Mr. Townsend an. «Ein paar Tropfen in jedes Auge sollten das Problem lösen. Rufen Sie uns an, falls es nicht hilft.» Sobald der Kunde gegangen war, gab er ihr das Abrechnungsformular und sah die anderen an. «Mir was erzählen?», wiederholte er.

Brent stemmte eine Hand in die Hüfte. «Dein Mädchen hat gerade deinen Bruder zum Valentinsball eingeladen.»

«Ich bin nicht sein Mädchen, und ich habe ihn eingeladen, sich uns allen anzuschließen.» Avery stand auf. «Hör auf, Unruhe zu stiften.»

Cade richtete den Blick auf sie. «Welchen Bruder? Ich werde ihn umbringen.» Sein Grinsen kam mit leichter Verzögerung.

«Klar», sagte Brent trocken. «Nicht sein Mädchen.»

Avery schüttelte den Kopf und steckte den Kakadu in seinen Käfig, um ihn dann für die Nacht abzudecken. «Gute Nacht, Gossip.»

«Krächz. *Enter Sandman.*»

Zoe stieß sich vom Tisch ab. «Lasst uns am Samstag Kleider kaufen gehen. Ich werde jemanden finden, der auf Mom aufpasst.» Sie sah erst Gabby, dann Avery an.

«Ich bin dabei», stimmte Gabby zu.

Cade meinte todernst: «Ich glaube nicht, dass mir Kleider stehen.»

Gabby lachte. «Erinnerst du dich an dieses Halloween in der Highschool, als du als Cheerleader …»

«Nein. Ich erinnere mich nicht, also ist das nie passiert.»

Avery verdrehte die Augen und nickte Zoe zu. «Ich werde meine Mom bitten, auf Hailey aufzupassen. Bin dabei.» Sie besaß kein rotes oder pinkfarbenes Kleid, aber dieses Problem war hiermit gelöst. Und sie war nicht mehr mit Freundinnen einkaufen gewesen, seit … Sie konnte sich nicht erinnern.

Sie machten eine Uhrzeit aus, dann gingen alle. Alle außer Cade, der ein Stück abseits stand und sie beobachtete. Da Avery seine Miene nicht deuten konnte, rief sie Thor, um ihn für die Nacht in den Pausenraum zu bringen.

Cade schnappte sich She-Ra – sehr zum Missfallen der Katze – und folgte Avery. «Das mit dem Cheerleader-Outfit war nur ein Witz.»

Sie grinste. «Okay.»

«War es.» Er setzte die Katze ab und befahl Thor, ihr zu folgen. Sobald die Tiere im Zimmer waren, schloss er die Tür und beäugte Avery.

Plötzlich erschien ihr der Flur viel zu klein. Sie drückte ihren Rücken gegen die Wand, als Cade an sie heranschlich wie ein Raubtier, ganz Muskeln und Grazie.

Er stemmte die Hände rechts und links neben ihren Kopf und lehnte sich vor. Seine Unterarme spannten sich an. «Ich kann plötzlich an nichts anderes mehr denken als an dich in einem Kleid. Ich frage mich, ob du dich für Rot oder Pink entscheidest. Ob du wohl etwas aussuchst, das viel Haut zeigt …» Stirnrunzelnd brach er ab und riss seinen Blick von ihrem Ausschnitt los, um ihr ins Gesicht zu sehen. «Du hast meinen Bruder zum Ball eingeladen?»

Ein Lachen drängte in ihre Kehle, doch sie hielt es zurück. Cade sorgte dafür, dass sie sich wieder jung fühlte. Mit den Küssen und den Witzen und dem nervösen Flattern in ihrem Bauch. Wann immer er in ihrer Nähe war, fühlte sie sich nicht wie eine gestresste, alleinerziehende Mutter mit einem herausfordernden Kind und einem nutzlosen Ex-Ehemann. Nicht bei Cade. Bei ihm war sie ... einfach wieder eine Frau.

Und in diesem Moment gab sie all ihre Bedenken auf. Sie würde es später bereuen, doch im Moment fühlte es sich einfach zu gut an.

Seine blauen Augen glitten zu ihrem Mund, dann wieder nach oben, als erwarte er eine Antwort. Die Hitze in seinen Augen war unübersehbar, aber gleichzeitig wirkte er auch leicht verletzt.

«Drake. Ich habe Drake gefragt, ob er sich nicht unserer Gruppe anschließen will, in der Hoffnung, dass er zusagt. Du hast gesagt, es sei schwer, ihn aus dem Haus zu bekommen, seitdem ...»

Er drückte einen Finger auf ihre Lippen, schnappte nach Luft, als er sie berührte. «Was hat er gesagt?»

«Dass er darüber nachdenken würde.» Zumindest konnte man sein Schweigen so interpretieren.

Cade runzelte die Stirn, und sein Blick richtete sich nach innen, als würde er nicht mehr sie vor sich sehen. Trauer schien in ihm mit Schuldgefühlen zu kämpfen. «Er war nicht bei vielen Gemeindeveranstaltungen, seitdem Heather gestorben ist. Nur bei denen, zu denen Mom ihn zwingt, wie den Weihnachtsfeiern.» Cades Blick richtete sich wieder auf sie, er sah sie zärtlich und traurig zugleich an. «Er wird kommen. Für dich wird er hingehen.»

Sie schüttelte den Kopf. So war es nicht. Nicht so, wie er dachte.

Ein Teil von ihr verstand seinen Bruder, verstand, was Drake durchmachte. Ihr Ehemann war nicht gestorben, aber der Verlust jeglicher Geborgenheit – jemanden um sich zu haben, nur um ihn plötzlich eben nicht mehr zu haben – konnte einer Person das Genick brechen. Danach fiel es jedem schwer, anderen noch zu vertrauen. Bereits die Nähe anderer Menschen erzeugte dann das Gefühl, als geriete das eigene Leben außer Kontrolle. Für Drake musste es besonders schwer sein. Nicht nur war jemand gestorben, den er geliebt hatte, sondern alles um ihn herum erinnerte ihn ständig an diesen Verlust.

«Er schätzt dich sehr.» Cade umfasste ihre Wange und ließ seinen Daumen über ihre Unterlippe gleiten. Dabei ruhte sein Blick unverwandt auf ihrem Mund. «Du bist neu. Du erinnerst ihn nicht an sie.» Er sah ihr in die Augen, erleichtert und voller Dankbarkeit, sodass Avery zum ersten Mal wirklich verstand, wie viel Sorgen sich Cade um seinen Bruder gemacht hatte. «Dafür möchte ich dir danken. Dafür, dass du es versuchst.»

Seine Hand glitt von ihrer Wange zu ihrem Hals, bis seine Finger unter der Bluse leicht über ihr Schlüsselbein glitten. «Seine Liebe zu Heather war wie aus dem Märchen. Ich habe die beiden immer beobachtet und mich gefragt, ob irgendwer in meinem Leben je an diese Liebe herankommen könnte. Dann wurde sie krank und ...» Er schüttelte den Kopf. «Von da an habe ich nicht mehr nach einer festen Beziehung gesucht, um diese Art von Schmerz zu vermeiden. Ich bin mit Frauen ins Bett gesprungen und hatte Spaß, weil das keinen Schmerz nach sich zieht.»

Sie hatten ruhige Gespräche geführt und ein paar heiße Küsse ausgetauscht, aber das hier war eine ganz neue Ebene. Zum ersten Mal zeigte Cade einen Teil von sich, den sonst wohl noch niemand gesehen hatte. Und es war offensichtlich, dass ihm das schwerfiel. Erleichterung und Schmerz standen in seinen Augen, ließen seine Lippen dünn werden. Womit auch immer er kämpfte, er war nicht wirklich glücklich, egal wie es ausging.

Ihr Herz raste. Sie räusperte sich und zwang sich dazu, tief durchzuatmen. «Rot.» Auf seinen fragenden Blick hin führte sie aus: «Ich werde mich für den Ball wahrscheinlich für ein rotes Kleid entscheiden. Pink steht mir nicht.» Und da dieses Geständnis den traurigen Schleier aus seinen Augen vertrieb und stattdessen Sinnlichkeit aufflackern ließ, redete sie einfach weiter, ohne nachzudenken. «Und ich werde mal schauen, ob ich etwas finden kann, das ... Haut zeigt.»

Er biss die Zähne zusammen, schloss die Augen, ließ die Stirn an ihre sinken und atmete zitternd ein. «Ich kann es kaum erwarten, dich zu sehen.» Er öffnete und schloss mehrmals den Mund, bevor er endlich einen Entschluss fasste. «Geh mit mir. Sei meine Verabredung, Avery. Niemand außer uns muss es wissen, solange du ...»

Ihr Herz setzte für einen Moment aus. «Solange ich was?»

Sein Atem glitt über ihre Wange. Er ließ seine Lippen über ihren Hals streifen, hinter ihr Ohr, sodass ein Zittern über ihren Körper lief. Sie hörte das leise Geräusch seiner Bartstoppeln, die sanft über ihre Haut rieben. «Solange du hinterher mit mir nach Hause kommst.»

Er verspannte sich, während er auf ihre Antwort wartete. Reglos stand er da, als besäße sie die Macht, mit ihren Worten über sein Schicksal zu entscheiden.

Ihre Atmung war das einzige Geräusch, so laut, dass es von den Wänden widerhallte. Die Hitze seines Körpers umfing sie. Die Anspannung war so groß, dass sie beide verrückt zu werden drohten. Cades Herz raste, es schlug wie wild an ihrer Brust. Und dann hielt er den Atem an ... und sie zweifelte keinen Moment daran, dass er aus irgendeinem Grund und gegen alle Vernunft genauso nervös war wie sie.

Aber an anderen Dingen zweifelte sie. Würde sie mit seinen vorherigen Eroberungen mithalten können? Richard hatte sie betrogen, und das hatte ihr Selbstvertrauen zerstört. Sie hatte in ihrer Ehe so viel von sich selbst verloren. Sie hatte sich geschworen, dass sie so etwas nie wieder tun würde. Und dann war da noch die Tatsache, dass Cade ihr Chef war. Sie musste auch an Hailey denken ...

Unerwartet umfasste er ihre Wange. Sonst bewegte er sich nicht, als wollte er sie schweigend anflehen, ihm eine Chance zu geben.

Und das drängte einige ihrer Zweifel zur Seite. Sie wollte ihn. Wollte etwas für sich selbst, was nicht durch hässliche Erinnerungen besudelt war oder mit dem in Verbindung stand, was sie zurückgelassen hatte. Was konnte es schon schaden, sich einmal gehen zu lassen? Es musste ja nichts bedeuten. Cade würde dafür sorgen, dass sie sich wohl fühlte, könnte ihr helfen, die Bremse zu lösen, die ihr Leben zum Stillstand gebracht hatte.

Sie öffnete den Mund, um seiner Bitte zuzustimmen, doch in diesem Moment drückte er ihr einen Kuss auf die Stirn und trat zurück. «Denk darüber nach. Es hat keine Eile.»

Ein schweres, Übelkeit erregendes Gefühl breitete sich in ihr aus. Hatte sie ihn gerade verletzt? Ihn zurückgewiesen, obwohl er sich ihr geöffnet hatte? Doch bevor sie diesen Gedanken in Worte fassen konnte, war er ohne einen Blick durch die Tür verschwunden.

Der nächste Tag bestätigte ihren Verdacht. Cade sprach kaum mit ihr, und er suchte auch keine Gelegenheit, sie gegen die Wand zu drängen und schwindelig zu küssen, wie er es in dieser Woche schon mehrmals getan hatte.

Das Seltsamste war, dass die Stadt – abgesehen von Cades Bewunderinnen – offenbar völlig versessen darauf war, sie und Cade als Paar zu sehen. Dabei hatte Avery darauf geachtet, dass sie in der Öffentlichkeit nichts taten, was die Gerüchte befeuern konnte. Sie kapierte es einfach nicht.

Als sie schließlich beim Treffen des Komitees eintraf, war sie vollkommen durcheinander, und ihre Brust schmerzte.

Hailey übernachtete heute Abend bei ihrer Freundin Jenny, also lagen Averys Nerven blank, und ihr war ein wenig übel. Sie hatte April schon mehrere Nachrichten geschickt, um ihr mitzuteilen, wie sie mit Hailey umgehen sollte. April hatte jedes Mal geantwortet, ohne sie aufzuziehen oder ihr zu sagen, dass sie sich beruhigen sollte. Es war schön, dass jemand sie verstand.

Das Komitee traf sich heute im Saal des botanischen Gartens statt im Freizeitzentrum, um über die Anordnung der Tische und die Dekoration zu diskutieren. Doch Avery konnte nur an zwei Dinge denken: Ob es Hailey wohl gutging und dass sie Cade nicht sehen würde, wenn sie nach Hause kam.

Sie freute sich inzwischen darauf – auf seine Anwesenheit im Haus, seinen Duft in den Räumen, von seinen Erlebnissen mit Hailey zu erfahren. Und ihre ruhigen Unterhaltungen in der Küche und die anschließenden leidenschaftlichen Küsse waren auch keine unangenehme Aussicht.

Gott, und er konnte so gut mit Hailey umgehen. Geduldig, nie autoritär. Nie übte er Druck auf sie aus, so zu sein wie normale Kinder. Hätte Richard auch nur ein Quäntchen von diesem Verständnis gezeigt, hätte Avery ihn vielleicht nicht verlassen.

«Was denkst du, Avery?»

Sie schüttelte den Kopf und drehte sich zu Marie um. «Tut mir leid, ich habe nicht zugehört.»

Die anderen Komitee-Mitglieder musterten sie mit einem wissenden Lächeln, doch sie hatte keine Ahnung, warum.

«Wegen der Tische?» Marie deutete an die hintere Wand, ihr Ton durch und durch professionell. So wirkte sie immer. Als Bürgermeisterin war das vermutlich notwendig, auch wenn sie eigentlich zum Drachentrio gehörte und total hinterhältig sein konnte. «Die Tische in einer Reihe an beiden Seiten des Raums? Bar ganz hinten, DJ ganz vorne. Du hast kein Wort mitbekommen, oder?»

Ihre Wangen begannen zu brennen. «Tut mir leid. Hailey übernachtet heute zum ersten Mal bei einer Freundin, und ich bin in Gedanken nicht ganz bei der Sache.»

Die Frauen gaben mitfühlende Geräusche von sich, was dazu führte, dass Averys Wangen noch heißer brannten, denn eigentlich war Hailey ja nur für die Hälfte ihrer Geistesabwesenheit verantwortlich.

«Ich denke, das wäre perfekt.» Avery sah sich um, zwang sich dazu, sich auf das Hier und Jetzt zu konzentrieren.

Der Saal war langgezogen und offen, da die hintere Wand aus Glas bestand und so den Blick in das große Gewächshaus freigab. Unter der Decke zogen sich Holzbalken entlang, die dem Raum eine rustikale Atmosphäre verliehen. Zwei große Kronleuchter schwebten unter der Decke. Sie konnten gedimmt werden, um die richtige Stimmung zu verbreiten. Der Boden bestand aus glänzendem Parkett.

«Es wird ganz schön umständlich, die Luftschlangen da oben aufzuhängen.» Rosa hob stirnrunzelnd den Blick.

Avery bemühte sich, das Gesicht nicht zu heftig zu verziehen. «Ich glaube, wir sollten auf Luftschlangen verzichten. Das ist eine Veranstaltung für Erwachsene – ein Abend für romantische Verabredungen.»

Sie beäugte die Tische, die sich an der Wand entlangzogen, als ihr wieder einfiel, dass Gabby gesagt hatte, dieser Raum würde oft für Hochzeiten genutzt. «Weiße Tischdecken mit Blütenblättern darauf. Weiße Lichterketten an den Balken, die aussehen wie Sternenlicht. Wir können die Deckenbeleuchtung ausschalten, abgesehen von dem Kronleuchter über der Tanzfläche, sodass der Rest des Raums in sanftem Dämmerlicht liegt.»

Jetzt war sie voll bei der Sache. Sie warf einen Blick auf Marie und zuckte zusammen, als sie auch die anderen Frauen ansah. Alle starrten sie mit offenem Mund an.

Avery rieb sich die Stirn. «Oder auch nicht. Was auch immer ihr meint.»

Marie nickte. «Ich glaube, es war absolut richtig, dich anzuwerben.»

Rosa schlug Avery so fest auf die Schulter, dass sie fast in die Knie ging. «Ich finde es toll. So machen wir es.»

Als Avery nach Hause fuhr, war sie vollkommen erschöpft, fragte sich aber trotzdem, ob sie ohne Hailey wohl überhaupt Schlaf finden würde. Und, wer würde es glauben, sie sah auf ihr Handy. Schon wieder. Sie war jämmerlich. Wann hatte sie das letzte Mal eine Nacht für sich gehabt? Noch nie. Aber sie konnte nicht aufhören, ihr Handy zu kontrollieren.

Als sie zur Hütte abbog, stiegen Phantasien von einer heißen Badewanne, einem noch heißeren Buch und einem Glas Wein in ihr auf. Doch als sie schließlich vor der Hütte anhielt, drängte sich eine ganz andere Phantasie in ihre Gedanken.

Eine, die um den sexy Tierarzt kreiste, der auf den Verandastufen gewartet hatte und sich jetzt langsam erhob, seinen treuen, freundlichen Hund neben sich.

Wildes Verlangen breitete sich in Avery aus, so ungewohnt, dass sie Cade ein paar Augenblicke lang nur anstarren konnte. Sie munterte sich selber mit dem Gedanken auf, dass es gut war, überhaupt etwas zu empfinden. Jahrelang hatte sie ihre Bedürfnisse unterdrückt. *Jahrelang.* Offenbar wollten sie die verlorene Zeit jetzt aufholen.

Mit dem denkbar schlechtesten Kandidaten.

Andererseits konnte Cade ihr nicht das Herz brechen. Nicht nur, weil es bereits gebrochen war, er war auch nicht der Typ, der auf eine tiefe Bindung drängte. Ruhe breitete sich in ihr aus und vertrieb ihre Anspannung.

Dann streckte sie mit einem entschiedenen Nicken die Hand nach dem Türgriff aus.

· 12 ·

Cade beobachtete, wie Avery mit fragendem Blick aus ihrem Wagen stieg. Zur Hölle, er wusste ja selbst nicht, wieso er hier war ... abgesehen davon, dass er das Gefühl hatte, etwas beweisen zu müssen. Er wollte ihr beweisen, dass er nicht einfach ein Playboy auf der Suche nach Spaß war. Wollte sich selbst beweisen, dass das zwischen ihnen etwas Besonderes war und er dem eine Chance geben konnte.

Damit, dass er heute Abend hier erschien, wollte er Avery zeigen, dass es bei dieser Sache zwischen ihnen nicht um Hailey ging und auch nicht um die Arbeit. Dass er hier sein *wollte*. Um ehrlich zu sein, dachte er an kaum etwas anderes als Avery, wenn sie nicht in seiner Nähe war.

«Hi», sagte sie, als sie näher kam. «Da musst du mal einen Freitagabend nicht babysitten, und du kommst trotzdem. Erzähl mir nicht, wir hätten dich unbeabsichtigt häuslich gemacht.»

Ihr Grinsen war neckend und ein wenig nervös. Aber ihre Worte sorgten dennoch dafür, dass er sich anspannte. Sie gehörte zu den wenigen Menschen, die ihn nicht wie eine Witzfigur behandelten, sondern als besäße er mehr Tiefgang, als er der Welt zeigte. Doch ihr Kommentar schlug genau in diese Kerbe – und traf ihn.

Aber vielleicht wollte sie nur witzig sein.

Sie beugte sich vor, um Freeman zu streicheln, der die Aufmerksamkeit sichtlich genoss.

Cade drehte sich um, griff nach den DVDs und dem Mikrowellen-Popcorn, die er mitgebracht hatte, und hob den Stapel in die Höhe. «Um dich davon abzuhalten, nervös durch die Hütte zu tigern.» Nachdem er gesehen hatte, wie sehr es sie stresste, Hailey ein paar Stunden mit ihm allein zu lassen, war er davon ausgegangen, dass ein Abend ohne ihre Tochter sie in vollkommene Panik versetzen würde.

Sie streichelte Freeman, erstarrte aber mitten in der Bewegung. Ihr Blick glitt zu den Filmen, dann zu seinem Gesicht. Es schien sie viel Kraft zu kosten, aber sie richtete sich auf und schluckte. Ihr Atem bildete eine Wolke vor ihrem Gesicht und verbarg ihre Augen, doch er hatte das ungläubige Staunen in ihrem Blick wahrgenommen.

Das war das Besondere an Avery. Niemand sonst sah ihn mit dieser Mischung aus Bewunderung und Zuneigung an. Doch sie tat das jedes Mal, wenn er ihr Hilfe anbot, wenn er etwas Nettes sagte ... als hätte sie das noch nie erlebt. Genau das sorgte dafür, dass Stolz ihn erfüllte und er alles ihm Mögliche tun wollte, um sich diesen Blick erneut zu verdienen.

Und es schürte das Gefühl in ihm, ihren Ex umbringen zu wollen.

Wahrscheinlich hatte er ihre Bewunderung nicht verdient. Er hatte durchaus noch andere, weniger ehrenwerte Motive für seine Anwesenheit. Er wollte Zeit mit ihr alleine verbringen. Denn ... na ja. Die Chemie zwischen ihnen ließ sich nicht leugnen. Und die Hitze in ihren Augen bewies, dass er nicht allein so empfand.

Er senkte den Blick auf die Filme in seiner Hand, um die Intensität des Moments zu lösen. «Horror oder romantische Komödie?»

Ihre braunen Augen glänzten im Mondlicht, sodass er den Drang verspürte, näher zu treten, um zu schauen, ob die honigfarbenen Flecken sichtbar waren. Ihre Augen verrieten so viel über sie, ließen die Gefühle erahnen, die sie zu unterdrücken suchte.

«Du hast einen Liebesfilm mitgebracht?»

Er kommentierte die Verwunderung in ihrer Stimme mit einem Achselzucken. «Frauen mögen solche Filme. Und es ist auch eine Komödie, vergiss das nicht.» Wieso sorgte ihr Blick dafür, dass er verlegen mit den Füßen scharren wollte?

«Ich mag unheimliche Filme», sagte sie schließlich und stieg die Verandastufen hinauf, um die Tür für ihn zu öffnen. «Und Popcorn ist mein Lieblingsessen.»

Er lachte und betrat das Haus, Freeman folgte ihm auf den Fersen. Sofort begannen die Hunde, sich im Kreis zu drehen, um sich gegenseitig zu beschnüffeln.

«Ich meine das ernst. Popcorn, Schokolade, Kaffee, Eiscreme und Pizza. Die fünf Ernährungsgruppen. Der ein oder andere Gesundheitsapostel wird sich eines Tages ziemlich dämlich vorkommen, wenn er an nichts und wieder nichts stirbt.»

Okay, damit war es amtlich. Sie war die perfekte Frau.

Er streckte den Arm aus und fing Avery um die Taille ein, um sie an seine Brust zu ziehen. «Es gibt da etwas, was ich dir sagen muss.» Er beugte sich vor und drückte ihr einen schnellen Kuss auf den Mund. Dann zog er sich zurück, bevor die Sache schon gleich zu Anfang vollkommen entgleiste.

Mit großen Augen starrte sie ihn an, dann presste sie eine Hand an die Stirn. «Ich habe dich nicht ganz verstanden. Könntest du das noch mal wiederholen?»

Jep. Die perfekte Frau.

«Vielleicht sollte ich langsamer sprechen.» Er legte die Filme wieder ab, schlang beide Arme um sie und ließ die Hände langsam über ihren Rücken nach oben gleiten, bis er sie schließlich in ihren Locken vergrub. «Kommunikation ist sehr wichtig.»

Sie keuchte, als er ihren Mund eroberte, diesmal langsamer, um ihren Geschmack zu erkunden und ihren süßen Duft in sich aufzunehmen. Avery war überall, ständig. Sie beanspruchte ihn freitagabends, arbeitete in der Klinik. Sie war in seinem Kopf. Und aus irgendeinem Grund machte es ihm nichts aus.

Trotz ihres Größenunterschieds schmiegte sie sich perfekt an ihn, weich und hingebungsvoll. Auch in anderen Bereichen waren sie verschieden und schienen sich doch so gut zu ergänzen. Sie war ernst. Er bemühte sich, so selten wie möglich ernst zu sein. Sie war freundlich und großzügig. Er teilte genauso gut aus, wie er einsteckte. Sie dachte zu viel nach. Er handelte lieber. So seltsam es auch sein mochte: Die Mischung funktionierte.

Sie schlang die Arme um seinen Hals, drängte sich ihm entgegen und ließ die Fingernägel leicht über seine Kopfhaut gleiten. Jetzt war er hart. Schmerzhaft hart. Mein Gott, wie machte ihn das an. Jedes Mal. Er liebte es, wenn eine Frau ihre Finger in seinem Haar vergrub. Er löste seinen Mund von Avery, bevor die Sache endgültig aus dem Ruder lief und sich zu etwas entwickelte, wofür sie noch nicht bereit war. Auch wenn sie gar nicht versuchte, auf die Bremse zu treten.

«Schnapp dir das Popcorn», sagte er an ihren Lippen, wobei er sie immer noch an sich gedrückt hielt.

Sie griff hinter ihn Richtung Tisch. «Warum nimmst du es nicht?»

«Ich trage dich.» Er schob eine Hand unter ihren Po, dann hob er sie hoch und ging Richtung Küche. Er setzte sie auf der Arbeitsfläche ab und warf die Tüte mit Popcorn in die Mikrowelle. «Du solltest übrigens aufhören, mich anzubaggern. Ein Mann ziert sich gerne.»

Sie warf den Kopf in den Nacken und lachte. Zur Abwechslung war sie einmal vollkommen entspannt und schlug die Hände vors Gesicht. Ihr Lachen war das heißeste Geräusch, das er je gehört hatte. Und plötzlich schien jeglicher Sauerstoff aus dem Raum zu entweichen.

Sie schob sich die Haare aus dem Gesicht und wurde wieder ernst. «Ich werde mich bemühen, mich zu zügeln.»

«Tu das. Oder auch nicht.» Er trat vor sie und umfasste ihre Hüften. «Du lachst nicht oft genug. Das ist sexy.»

Ihr Lächeln verblasste, doch ihre Augen leuchteten immer noch. «Ich versuche es.»

«Neubeginn und alles?» Sie nickte, und ihm fiel auf, wie entspannt sie wirkte. «Du verspannst dich nicht mehr, wenn ich dich berühre.»

Sie senkte die Hände auf seine Unterarme und streichelte ihn. «Auch daran arbeite ich. Ich habe so was seit einer Weile nicht mehr getan. Tatsächlich hatte ich mir geschworen, es nie wieder zu tun.» Sie wandte den Blick ab und zuckte mit den Achseln.

«Du wolltest dich nie wieder verabreden?» Sie antwortete nicht, sondern starrte stattdessen sein Hemd an, bis er einen Finger unter ihr Kinn legte und es anhob, sodass sie ihn ansehen musste. «Wie lang ist es her?»

«Dass ich das letzte Mal mit jemandem ausgegangen bin? Im Geheimen oder in aller Öffentlichkeit?»

Er brachte es nicht über sich, ihr zu sagen, dass die Sache zwischen ihnen nicht wirklich ein Geheimnis war und es in einer Stadt wie Redwood auch nie bleiben würde. Für jeden, der ihnen begegnete, war absolut offensichtlich, dass sie sich füreinander interessierten, selbst wenn nicht jedes ihrer Treffen getweetet oder mit einem Hashtag versehen werden würde. Ja, sie besaßen einen eigenen Hashtag. Tante Rose sollte verdammt sein.

Und Avery versuchte, der Frage auszuweichen. Das durfte er nicht zulassen. «Egal.»

Sie stieß ein Geräusch aus, das irgendwo zwischen einem Stöhnen und einem Seufzen lag. «Richard ist der einzige Mann, mit dem ich je zusammen war. Wir haben uns im College getroffen. Er war im Studium zwei Jahre weiter. Wir haben ziemlich schnell geheiratet. Ich glaube, weil er in mir gesehen hat, was er von einer Ehefrau erwartete, und er den Grundstein für sein weiteres Leben legen wollte. Es war klar, dass er nach seinem Examen bald zum Partner in der Firma seines Vaters werden würde.»

Cade war vollkommen egal, was ihr Ex gewollt oder nicht gewollt hatte, bis auf die Punkte, die ihre Sicht auf sich selber beeinflusst hatten. Aber ein Grundstein? Sie war kein Haus, verdammt noch mal. «Und was erwartete er von einer Ehefrau?»

«Sie sollte ein adäquates Accessoire sein. Still, nicht zu hübsch. Jemand, der gesellschaftlich versiert genug war, um ein Gespräch zu führen, ohne ihn herauszufordern.» Avery stemmte die Hände hinter sich auf die Arbeitsfläche und lehnte sich zurück.

Abgesehen von still traf keiner dieser Punkte auf sie zu.

Avery zuckte mit den Schultern. Das tat sie oft: Dinge mit einem Achselzucken abtun. «Ich habe zu viel von mir an ihn verloren, bis ich keine eigenen Wünsche mehr hatte und mir selbst nicht mehr vertraut habe. Er hat sich Zeit gelassen. Ich habe erst erkannt, was vor sich geht, als es schon zu spät war. Zehn Jahre zu spät. Ich werde nie wieder heiraten. Werde niemals zulassen, dass jemand mich auseinandernimmt und so wieder zusammensetzt, wie es ihm gefällt.»

Er war natürlich kein Beziehungsexperte, aber es lag doch nahe, dass in einer Ehe ein Gleichgewicht zwischen Geben und Nehmen herrschen musste. Man sollte niemanden auseinandernehmen oder sich gefügig machen, sondern sich gegenseitig respektieren. Wie die Ehe seiner Eltern oder die von Drake und Heather. Niemand sollte dazu gezwungen werden, jemand zu sein, der er nicht war. Aber so wie es klang, war Avery genau das passiert. Kein Wunder, dass sie so vorsichtig war.

«Ich glaube, deswegen kann ich das mit uns inzwischen akzeptieren.» Sie richtete sich auf und sah über seine Schulter, um seinem Blick auszuweichen. «Es hat nicht das Potenzial, mehr zu werden.»

Cades Schläfen pochten, und er kniff die Augen zusammen. Er hatte keine Ahnung, wieso diese Aussage ihn wütend machte, aber so war es. Es war bereits ‹mehr›, sonst würde er nicht Tag und Nacht und jede Minute dazwischen an sie denken. Trotzdem verstand er, was sie sagen wollte. Er hatte den Ruf, sich auf keine feste Beziehung einzulassen, und sie wollte das auch nicht noch mal. Woher also kam dann dieser Schmerz in seiner Brust?

«Ich werde deine Begleitung auf dem Ball sein.»

Sein Kopf schoss in die Höhe, er suchte ihren Blick. Und hielt ihn.

«Und auch ... hinterher.» Sie biss sich auf die Lippen, ihre Miene war offener als jemals zuvor, ihr Blick klar.

Sie vertraute ihm etwas an, was sie noch niemand anderem anvertraut hatte. Zumindest seit langer Zeit nicht mehr. Cade war sich durchaus bewusst, wie viel Mut sie das gekostet hatte. Er würde alles in seiner Kraft Stehende tun, damit sie es nicht bereute.

«Ich wollte dich nicht unter Druck setzen. Als ich gesagt habe, du sollst mit mir nach Hause kommen, meinte ich das nicht unbedingt wörtlich.» Er musterte ihre Miene. «Ich würde mich sehr darüber freuen, aber ich habe es auch ernst gemeint, als ich gesagt habe, es hätte keine Eile.»

Ein leises Lächeln huschte über ihre Lippen. «Ich wollte schon in der Klinik ja sagen, aber ...» Sie schob sich eine Strähne hinters Ohr. «Du machst mich nervös.»

«Ich mache dich nervös?» Sie ließ sein Herz so heftig schlagen, dass er glaubte, es müsste ihm die Rippen brechen. Er machte sie also nervös? «Du mich auch.»

Sie zog eine ihrer perfekt geschwungenen Brauen hoch, um ihm zu zeigen, dass sie das für eine Lüge hielt. «Du hast zu viel Erfahrung und bist zu charmant, um nervös zu sein.»

Doch da irrte sie sich. So sehr. Er hatte keine Ahnung, was zum Teufel er hier mit ihr trieb. Er hatte keinen Plan. Seine früheren Begegnungen mit Frauen waren vollkommen anders gewesen als das hier. Als Avery.

Und das ... half. Nicht.

Er drückte den Knopf an der Mikrowelle – was er bisher vergessen hatte –, dann sah er sie erneut an. Sie grinste wieder, womit sie sein Herz zum Stillstand brachte, weil sein gesamtes Blut sich nach unten verabschiedete. «Was?»

«Du kochst für mich. Das ist süß.»

Man hörte, wie die ersten Maiskörner aufpoppten, und der Geruch nach Butter verbreitete sich in der Küche. Aber Avery roch besser.

«Ich bin ein Genie bei der Zubereitung von Mikrowellen-Popcorn. Für dich nur das Beste. Ich mache auch die besten Makkaroni mit Käse diesseits der Berge. Natürlich aus der Tiefkühltruhe.»

Sie legte sich die Hand an die Brust, ihr Lächeln verschmitzt und umwerfend. «Schweig still, mein Herz.»

Ja. Dasselbe galt für ihn. Nur dass sie es scherzhaft meinte.

Er seufzte. «Lass uns einen Film schauen. Und falls du Angst haben solltest, darfst du jederzeit auf meinen Schoß klettern. Ich komme damit klar.»

Das brachte ihm ein weiteres Lachen ein. Sie rutschte von der Arbeitsfläche. Da er immer noch vor ihr stand, glitt ihr weicher, geschmeidiger Körper an seinem entlang.

Sie sah von unten zu ihm auf. «Und was passiert, wenn du Angst bekommst?»

Hatte er schon. «Du kannst mich in den Arm nehmen. Mit oder ohne Kleidung.»

...

Avery legte die DVD in das Gerät und kontrollierte ihr Handy. Schon wieder. Cade war eine gute Ablenkung, aber Haileys Zubettgehzeit war vor einer Stunde gewesen, und April hatte nicht angerufen. Sie konnte nur hoffen, dass das bedeutete, dass bei ihrer Tochter alles okay war.

Sie setzte sich neben Cade auf die gemütliche Couch. «Ich habe *Der Exorzist* seit Jahren nicht mehr gesehen. Ich liebe diesen Film.»

«Ich habe ihn noch nie gesehen.»

«Was? Wirklich? Er ist quasi ein Initiationsritus.»

«Werde ich Angst bekommen?» Grinsend wackelte er mit den Augenbrauen.

«Als ich jünger war, hat er mich zu Tode erschreckt.» Wieder sah sie auf ihr Handy.

Cade zog ihr das Gerät aus den Fingern und hielt es außer Reichweite. «Darauf werde ich aufpassen, bis der Film zu Ende ist.»

«Aber ...»

Er schob ihr Popcorn in den Mund und drückte Play. Dann legte er das Handy auf den Beistelltisch neben sich, streckte den Arm aus, legte ihn um ihre Taille und zog sie an sich, bis sie ... kuschelten.

Die ersten fünf Minuten bewegte sie sich nicht. Richard hatte nie gekuschelt, nicht mal zu Beginn ihrer Beziehung. Sie war sich einfach nicht sicher, was sie tun sollte. Doch irgendwann schaltete Cade die Lampe aus, und sie ließ ihren Kopf an seine Schulter sinken, um sich den Film anzusehen.

Seraph wanderte zwischen Haileys Zimmer und der Couch hin und her. Offensichtlich vermisste er seine Freundin. Avery rief den Welpen und hob ihn auf ihren Schoß, um ihn geistesabwesend zu streicheln. Freeman beäugte sie, dann legte er sich neben Cades Füße.

Es war alles so behaglich.

Cade roch unglaublich gut. Frische Kleidung und warmer Mann. Mit Mühe widerstand sie der Versuchung, ihr Gesicht an seiner harten Brust zu vergraben und tief einzuatmen. Stattdessen registrierte sie jede seiner Bewegungen, jeden seiner Atemzüge. Immer wieder glitt ihr Blick zu den muskulösen Schenkeln unter seinen Jeans. Es juckte sie in den Händen, ihn dort zu streicheln. Bei jedem Atemzug berührte ihre Schulter seine Brust.

Seraph sprang zu Freeman auf den Boden. Cade streckte die Beine aus, und sie verlagerte ihr Gewicht, bis sie an seiner Brust lehnte. Seine festen Muskeln lagen direkt unter ihrer Wange, und Cade strich ihr mit dem Daumen gedankenverloren über die Schulter.

Das war verrückt. In ihr tobte ein Feuer. Ihre Brüste wurden schwer. Ihre Mitte pulsierte. Sie wollte ... nein, sie brauchte seinen Kuss. Sie verzehrte sich nach seinem Gewicht und seinen großen Händen auf ihrem Körper. Etwas, irgendwas, um dieses plötzliche Inferno der Lust auszulöschen.

Sie musste ein frustriertes Stöhnen ausgestoßen haben, denn er lachte, den Blick immer noch auf den Bildschirm gerichtet.

«Ja, ich werde auch nie wieder Erbsensuppe essen. Obwohl ich sie ohnehin nie besonders ...» Er brach ab, als sie zu ihm aufsah und er ihre Stimmung erkannte.

Er erstarrte, als müsste er die Veränderung erst verarbeiten. Seine Augen verdunkelten sich, und seine Lider sanken leicht nach unten. Seine Lippen öffneten sich in einem flachen Atemzug. Er umfasste ihre Wange, sein Blick fragend, dann ließ er seine Augen über ihr Gesicht gleiten – ihr Haar, ihre Augen, ihre Wangen ... ihren Mund.

«Avery», sagte er leise, doch es klang mehr wie ein Stoßgebet.

Plötzlich bildete sich Gänsehaut auf ihrem gesamten Körper. Wenn er sie nicht bald berührte, würde sie etwas schrecklich Peinliches tun, zum Beispiel auf seinen Schoß klettern und sich an seinen Schenkeln reiben. Ihm das T-Shirt vom Körper reißen, um sich langsam an seinem Körper nach unten zu lecken.

Langsam senkte er den Kopf. Offenbar kostete ihn seine Zurückhaltung viel Kraft, denn die Hand an ihrem Gesicht zitterte. Er schloss die Augen, dann küsste er sie auf die Stirn, um seine Lippen zu ihrer Schläfe gleiten zu lassen. Als er erneut ihren Namen sagte, zerbrach etwas in ihr.

Sie vergrub die Hände in seinem dichten, weichen Haar und zog seinen Mund auf ihren. Einen Augenblick saß er wie erstarrt, dann neigte er bereitwillig den Kopf. Er vertiefte den Kuss, zog sie fest an sich, ließ seine Zunge über ihre gleiten.

Ja. Sie hörte förmlich eine Explosion.

Sie stöhnte. Sofort glitt seine Hand an ihre Kehle, als suche er dort die Bestätigung, dass das Geräusch wirklich von ihr stammte. Seine Bartstoppeln kratzten mit seinem wilden Kuss über ihre Haut, wunderbar rau.

Er schlang einen Arm um ihren Rücken und senkte sie in die Kissen, ohne sie auch nur einen einzigen Augenblick freizugeben. Er glitt über sie, schob sich zwischen ihre Beine und vergrub seine Finger in ihrem Haar, um sie festzuhalten ... als fürchtete er, sie könne sich in Luft auflösen. Sie schlang ihre Beine um seine Hüften. Die Härte unter seinem Reißverschluss drängte sich gegen ihre Hitze, aber das war nicht mal ansatzweise genug, um ihr Verlangen zu befriedigen.

Mit einem Ruck löste Cade seinen Mund von ihrem, schnappte nach Luft und ließ seine Lippen über ihren Hals gleiten, keuchend und leckend. Sie zitterte vor Erregung und wölbte sich ihm entgegen. Seine harte Brust beendete die Bewegung, doch ihre Brustwarzen jubelten bei dem Kontakt. Er packte ihre Taille und vergrub seine Finger in ihrer Haut, bevor er seine Hand auf ihr Bein legte, um es festzuhalten.

Cade murmelte etwas Unverständliches und schob seine Hüfte nach vorne, was ihr ein tiefes Stöhnen entriss. Sie schnappte nach Luft. Er packte ihr Shirt und schob den Stoff nach oben, bis ihre Brüste freilagen. Dann erstarrte er. Sein gieriger Blick streifte über ihren blauen BH, und er ließ seine Daumen über verhärtete Nippel gleiten, die sich gegen die Spitze drängten.

«So schön», murmelte er.

Zweifel stiegen in ihr auf und verdrängten die Lust. Sie verspannte sich. Er sah sie an, sein Blick viel weicher als der Rest von ihm, verständnisvoll. Sein Haar stand nach ihren Berührungen in alle Richtungen ab.

Sie kämpfte darum, ihre Atmung zu beruhigen und wieder in Stimmung zu kommen, doch der Moment war vorbei. Sie wusste nicht einmal, wie sie es erklären sollte, aber er hatte eine Antwort verdient. Sie legte ihre Hand an die Stirn und schluckte schwer. «Er hat mich betrogen.»

Mist. Das war nicht ... was sie eigentlich hatte sagen wollen. Sie schloss die Augen, um das Mitleid in seinen Augen nicht sehen zu müssen.

Vorsichtig, als könnte sie zerbrechen, zog er ihr Hemd wieder nach unten und lehnte sich über ihr auf seine Arme. «Schau mich an.»

Sie atmete tief durch, bevor sie die Augen öffnete, doch sie erkannte in seinem Blick keinerlei Mitleid ... sondern Geduld. Irgendwie war das noch schlimmer. Und wenn sie nicht ganz falschlag, brannte auch Wut in seinen Augen.

«Wenn du ständig an ihn denkst, mache ich wohl etwas falsch, hm?» Er runzelte frustriert die Stirn, sein Mund eine harte Linie.

«Was? Nein.» Sie versuchte, sich aufzusetzen, doch er wich kein Stück zurück.

«Gib mir eine Sekunde. Ich glaube nicht, dass ich schon laufen kann.» Als er sie endlich wieder ansah, wirkte seine Miene angespannt. «Ich weiß nicht, was ich sagen soll ... außer, dass er unrecht hatte. Nur für den Fall, dass du es nicht bemerkt haben solltest, ich bin hart wie Stahl. Und das liegt ganz allein an dir. Dein Exmann war das Problem, nicht du.»

Jegliche Luft verließ ihre Lunge. Bedauern und Scham ergriffen Besitz von ihr. Was stimmte nicht mit ihr? Ein heißer Kerl machte auf der Couch mit ihr rum, während sie einmal kinderfrei hatte, und sie schaffte es nicht mal bis zur ersten Base. Oder war Petting schon die zweite Base? Spielte keine Rolle. Wenn sie so weitermachte, würde sie nie scoren.

«Das bezweifle ich.» Er schüttelte den Kopf, als hätte er ihre Gedanken gelesen.

«Was?»

«Der Film. Ich bezweifle das.»

Sie drehte den Kopf, um zu erkennen, dass auf dem Bildschirm gerade ein Exorzismus vonstattenging. Der Priester intonierte immer wieder: «Die Kraft Jesu Christi bezwingt dich!»

Ein Lachen stieg in ihre Kehle und bahnte sich seinen Weg nach draußen. Ja, auch sie bezweifelte, dass dieser lustvolle

Rausch, der sie jedes Mal überwältigte, wenn sie zusammen waren, sich mit Religion bezwingen ließe. Allerdings vermutete sie, dass Cade es für sie zu einer religiösen Erfahrung machen konnte, wenn es denn je zu richtigem Sex kommen sollte. Und plötzlich lachte sie wie verrückt, und er schloss sich ihr an.

Die Anspannung ließ nach. Sie war so unglaublich dankbar, dass Cade nicht wütend war. Ein anderer Kerl wäre sauer gewesen oder hätte sie gedrängt. Cade, der offenbar jede ihrer Stimmungen deuten konnte, nahm es einfach, wie es kam.

Er ließ seine Stirn auf ihren Busen sinken und seufzte. «Was für eine Schande. Du hast wirklich tolle Brüste.»

· 13 ·

Nachdem Avery ihre Tochter von April abgeholt hatte, surfte sie ein wenig auf ihrem Laptop, während Hailey mit Seraph Seilziehen spielte. Anscheinend gewann der Welpe, weil Hailey immer wieder das Spielseil fallen ließ.

Die meisten Artikel, die Avery über Hundeerziehung gefunden hatte, waren ziemlich eindeutig. Jetzt, wo es Seraph besser ging, musste sie anfangen, ihn zu erziehen, aber da sie noch nie ein Haustier gehabt hatte, wusste sie nicht, wo sie anfangen sollte. Stubenrein schien er schon zu sein. Ihm war bisher nur ein Unfall im Haus passiert, aber sie ließ ihn auch alle eineinhalb Stunden in den Garten. Und an den Tagen, wo Avery arbeitete, kam ihre Mom, um ihn nach draußen zu lassen.

Vielleicht sollte sie einfach Cade fragen. Aber eigentlich wollte sie ihn nicht damit belästigen. Letzte Nacht war er ohne Frage ziemlich erregt nach Hause gegangen. Ihr war es nicht viel besser ergangen. Sie hatte die halbe Nacht wach gelegen und sich danach gesehnt, beenden zu können, was er angefangen hatte. Aber sie hatte zu viel Angst gehabt, um sich zu entspannen und ans Ziel zu gelangen. Irgendwann würde er die Geduld verlieren.

Hailey stieß ein bellendes Lachen aus, was Seraph dazu brachte, ihr mit seinem Welpenkläffen zu antworten.

Avery lächelte und stellte den Laptop zur Seite. Der Hund folgte Hailey wirklich überallhin. Avery genoss es unglaublich zu sehen, wie Hailey Kontakt zu einem Lebewesen aufbaute. Richtigen Kontakt.

«Magst du deinen Hund sehr, Liebling?»

Hailey quietschte und wedelte mit den Händen. *Es macht so viel Spaß, Mami!*

Sie lachte. «Und was ist mit deiner neuen Freundin, Jenny? April hat gesagt, du hättest bei eurer Pyjamaparty viel Spaß gehabt. Würdest du das gerne noch mal machen?»

Erneut quietschte sie.

Averys Brust wurde eng und ihre Augen feucht. Abgesehen von einem oder zwei Ausrutschern hatte Hailey keinerlei Anzeichen von Stress gezeigt, seitdem sie in Redwood gelandet waren. Die ruhige, abgelegene Stadt wirkte Wunder bei ihnen beiden. Sie befanden sich immer noch in der Eingewöhnungsphase, aber langsam kamen sie an, fanden zu sich selbst. Avery konnte schließlich nicht erwarten, dass die letzten zehn Jahre sich einfach zusammen mit dem Küstennebel auflösten.

Mom kam in die Hütte und zog ihren Mantel aus. Sie beäugte Hailey und Seraph und grinste, bevor sie Avery in eine Umarmung zog, die beinahe weh tat. «Sie sind wunderbar. Schau sie dir an.»

Mom hatte heute mit dem Patschuli nicht gespart. Avery löste sich von ihr, bevor zu viel von dem Duft auf sie übertragen wurde.

Sie kniete sich neben Hailey auf den Boden. «Liebling, ich muss mich jetzt mit Freunden treffen. Sei schön brav bei Oma, ja?»

Ihre Mutter tätschelte Averys Arm. «Was für ein Kleid willst du kaufen? Irgendwas Körperbetontes, hoffe ich? Du kleidest dich viel zu konservativ.»

Avery widerstand der Versuchung, genervt die Augen zu verdrehen. Moms Modeverständnis stammte direkt aus einem Hippie-Katalog. «Ich werde mal sehen, was ich finde. Danke, dass du auf Hailey aufpasst. Sie mag einkaufen nicht besonders, es wäre furchtbar für sie, mitgehen zu müssen.»

Avery fuhr an den Ausläufern der Stadt vorbei und steuerte den Wagen durch gewundene Straßen, rechts lagen die Berge, links das Meer. Zoe und Gabby hatten ihr erklärt, dass das Outlet-Center in einem benachbarten County liege, aber direkt neben dem Highway, es sei ganz leicht zu finden. Bisher war sie kaum woanders hingefahren als zur Arbeit, zu Haileys Schule und zum Freizeitzentrum.

Sie entdeckte das Einkaufszentrum, parkte und betrat die Mall. Zoe und Gabby waren bereits da und durchsuchten die Kleiderständer. Brent war ebenfalls anwesend und bedachte einzelne Stücke mit einem missbilligenden Fingerwackeln.

Als er Avery entdeckte, grinste er und kam zu ihr. «Lass uns was richtig Scharfes für dich suchen. Rrrroar.»

Avery lachte. «Hast du mich gerade angeknurrt? Und wieso sind alle so erpicht drauf, mich in ein scharfes Kleid zu stecken?» Sie ließ sich von Gabby umarmen und nickte Zoe zur Begrüßung zu. «Habt ihr schon was entdeckt?»

Gabby hielt ein rosafarbenes Kleid mit Paillettenbesatz hoch und verdrehte die Augen. «Ich hätte nicht gedacht, dass es so schwer ist, etwas Akzeptables in Pink oder Rot zu finden.»

Zoe seufzte. «Lass es uns im nächsten Geschäft versuchen.»

Als sie den Laden verließen und zum nächsten weiterwanderten, stieß Brent Avery mit der Schulter an. «Ich wollte das eigentlich schon früher anbieten, Püppchen. Wenn du je einen Babysitter brauchst, ruf mich an. Mein Neffe ist Autist, also weiß ich alles Grundlegende. Natürlich bin ich nicht ein bestimmter sexy Tierarzt, aber ich habe auch einen schicken Hintern.»

Gabby lachte und hielt dem Rest die Tür auf. «Ich glaube nicht, dass ein knackiger Hintern eine Voraussetzung zum Babysitten ist.» Als er an ihr vorbeiging, verpasste sie ihm einen Klaps auf seine Kehrseite. «Ist aber wirklich schick.»

Brent verzog theatralisch das Gesicht. «Ich meine es ernst. Ruf einfach an.»

Avery grinste. «Ich hätte Angst, dass du eine Diva aus Hailey machst.»

Er stemmte einen Arm in die Taille. «Und was bitte soll daran falsch sein?»

«Ich habe eins!», rief Zoe aus dem hinteren Teil des Ladens. Sie hielt ein kurzes rotes Spaghettiträger-Kleid hoch, dessen Farbe sich zum Saum hin verdunkelte.

«Phantastisch.» Brent befühlte den satinartigen Stoff. «Probier es gleich mal an.»

Während Zoe Richtung Umkleiden davonging, durchsuchte Gabby einen weiteren Kleiderständer und seufzte. «Ich habe keine Ahnung, was mir das bringen soll, mich bemerkt doch sowieso niemand.»

Diese Bemerkung war so untypisch für Gabby, die eigentlich immer optimistisch war, dass Avery die Stirn runzelte. Gabbys champagnerfarbenes Haar war lang und glänzend. In ihren Augen vermischte sich Grau mit Blau, was ihnen einen besonderen Reiz verlieh. Sie hatte einen kleinen Mund mit vollen Lippen und einen kurvigen Körper. Wieso sollte niemand sie bemerken?

Als Avery ihre Frage laut aussprach, zuckte Gabby mit den Achseln. «Ich bin das Mädchen von nebenan, der gute Kumpel. Nicht die Frau, mit der Männer sich verabreden wollen. Besonders nicht hier, wo ich die meisten Kerle schon seit der Sandkastenzeit kenne.»

Brent und Avery wechselten einen besorgten Blick, aber Avery versuchte nicht, das Thema zu vertiefen. Stattdessen durchsuchte sie einen weiteren Kleiderständer und fand ein scheußliches Kleid mit großen, aufgeklebten Blumen. «Brent, ich habe dein Kleid gefunden.»

Sein Blick glitt über das Teil, dann schüttelte er sich. «Ich bin eigentlich nur hier, um sicherzustellen, dass ihr Mädels am Samstag nicht total scheußlich aussieht. Und jetzt häng das zurück, bevor dich jemand damit sieht.»

Sie lachte und suchte weiter, bis sie ein hellrosafarbenes Etuikleid mit Empire-Taille entdeckte. «Gabby, für dich?» Bei ihrem hellen Teint würde ihr diese Farbe phantastisch stehen.

«Ja!» Sie schnappte sich das Kleid, schaute nach der Größe und hüpfte Richtung Umkleide davon.

Ein paar Minuten später stieß Brent einen begeisterten Schrei aus. «Oh, Avery, Püppchen? Schau dir das an!»

Das rote Slip-in-Kleid war aus einem anschmiegsamen Stoff, hatte einen V-Ausschnitt vorn und einen weich fallenden, tiefen Rücken. Wenn sie bis Samstag nichts aß, könnte es ihr vielleicht passen.

Sie schürzte die Lippen. «Ich werde es mal anprobieren.»

Augenblicke später, in der Umkleide, hatte sie Schmetterlinge im Bauch, als sie sich im Spiegel betrachtete. Das Kleid passte perfekt und hatte wegen des tiefen Rückenausschnitts sogar einen eingenähten BH. Der Rücken war fast vollkommen frei. Ein wenig gewagter als die Kleider, die sie sonst trug, aber warum nicht? Und es machte schlank.

Sie zog sich wieder um, hängte das Kleid zurück auf den Bügel und trat aus der Umkleide. «Gekauft.»

Brent klatschte. «Das war fast schon zu einfach. Lasst uns einen Kleinigkeit zu Mittag essen, dann suchen wir nach Schuhen.»

Als Avery nach Hause kam, war sie erschöpft, aber glücklich. Sie hatte seit Ewigkeiten nicht mehr mit Freundinnen eingekauft. Das fröhliche Gefrotzel hatte ihr Auftrieb gegeben. Es war eine nette Abwechslung, sich nicht ständig anstrengen zu müssen, um den perfekten Kommentar zu machen oder sich auf eine bestimmte Art zu benehmen. Und vom heutigen Tag an würde sie Brent immer mit zum Shoppen nehmen.

...

Am Montag schneite es, als wäre die Apokalypse hereingebrochen. Als Avery zur Arbeit aufbrechen wollte, waren es schon zwanzig Zentimeter, sodass die Schule an diesem Tag ausfiel. Avery setzte Hailey bei ihrer Mom ab und fuhr zur Klinik, wobei sie das Lenkrad so fest umklammerte, dass ihre Knöchel weiß hervortraten.

In ihrer kleinen Nische zwischen dem Meer und den Bergen schneite es gewöhnlich nicht viel, also war das Wetter das Hauptgesprächsthema. Am Ende des Arbeitstages lag schon ein halber Meter Schnee. Avery starrte die weißen Haufen vor dem Eingang an. Alle anderen waren schon weg. Alle bis auf Cade, der in seinem Büro noch ein paar Patientenakten fertig machte. Hailey blieb über Nacht bei Averys Mom, da die Schule auch morgen ausfallen würde.

Dass Hailey woanders schlief, machte Avery nervös, aber die Nacht mit Jenny war so gut gelaufen, und Avery musste sich daran gewöhnen, nicht alles kontrollieren zu können. Es kostete sie viel Kraft, aber sie konnte sich eingestehen, dass sie nicht mehr allein war. Sie hatte Hilfe, sie hatte Freunde, und sich zu öffnen war nur ein weiterer Schritt im Verarbeitungsprozess.

Am Vormittag hatte sie einen Karton mit mehreren Tablet-Computern gefunden, auf denen ein medizinisches Verwaltungsprogramm installiert war. Gabby hatte ihr erklärt, dass sie die Software vor zwei Jahren gekauft hatten, sich bisher aber niemand die Mühe gemacht hatte, die Papierakten einzuscannen und so die Vorarbeit zu leisten, um das Programm wirklich in Betrieb zu nehmen.

Avery traf spontan eine Entscheidung. Sie ging ins Hinterzimmer und schnappte sich den Karton mit den Tablets. So wie sie es sah, konnte sie heute Abend genauso gut ein bisschen Vorarbeit leisten und zumindest schon mal alles einrichten, um die Digitalisierung der Praxis vorzubereiten. In einer Stunde wären die Straßen vielleicht geräumt, und sie bräuchte keine Herzmedikamente mehr, um nach Hause zu fahren. Bis sie nach Oregon gezogen war, hatte sie Schnee nur im Fernsehen gesehen.

Sie setzte sich an ihren Schreibtisch, schloss den Scanner an und installierte das Programm im Computersystem der Klinik. Sie hatte in der kardiologischen Praxis schon dabei geholfen, alles auf elektronische Akten umzustellen, doch das war noch vor Haileys Geburt gewesen, also war sie nicht mehr ganz auf dem neuesten Stand. Dieses System unterschied sich ein wenig von dem anderen, da es als veterinärmedizinisches Programm weniger auf das Gesundheitswesen ausgerichtet war, aber die Bedienung war ähnlich.

Sie warf einen Blick aus dem Fenster. Die Schneepflüge waren noch nicht vorbeigekommen. Also kontrollierte sie die Termine für die nächste Woche und suchte die Patientenakte für den ersten Termin am Montag heraus, um zum Test schon mal ein paar Dokumente einzuscannen. Nach zwei vergeblichen Versuchen schaffte sie es, sämtliche Blätter in das elektronische System zu überführen. Für jedes Tier einen neuen Account anzulegen, wäre sicherlich nervig und zeitaufwendig, aber es würde sich lohnen.

Sie war so auf ihre Arbeit konzentriert, dass sie Cade erst hörte, als er direkt hinter ihr stand. Sie zuckte heftig zusammen und drückte sich eine Hand auf ihr klopfendes Herz. «Verflixter Scheibenkleister, Cade. Du hast mich fast zu Tode erschreckt.»

Er grinste. «Tut mir leid. Was machst du noch hier? Ich dachte, ich wäre allein.»

Sie erzählte ihm von Hailey und ihrem Projekt mit dem Programm. Dann stand sie auf und fuhr den Computer herunter. «Es wird langsam spät. Morgen mache ich weiter. Ich wollte nur schon mal alles installieren, bis die Straßen geräumt sind.»

Das Grinsen auf Cades Gesicht verblasste, als er sie anstarrte. Sein Blick glitt auf diese nervenaufreibende Art über ihr Gesicht, die jedes Mal dafür sorgte, dass sie rot wurde. Richard hatte sie nie so angesehen, selbst als ihre Beziehung noch in Ordnung war. Sie musste dringend damit aufhören, die beiden Männer zu vergleichen. Aber sie war vor Cade nur mit einem Mann zusammen gewesen und wusste einfach nicht, was sie erwarten sollte. Gott, wie sehr sie das hasste, sich so unsicher zu fühlen.

Cade trat näher und zog ihr den Bleistift aus dem Haar, mit dem sie sie hochgesteckt hatte. Einer seiner Mundwinkel zuckte amüsiert. «Sieht heiß aus, aber trotzdem mag ich es lieber offen.» Als wollte er diesen Punkt noch betonen, schob er seine Finger in ihr Haar, bis er ihren Hinterkopf umfasste.

Heiß. Er hatte sie heiß genannt.

Sie blinzelte, war sich seiner Gegenwart so unglaublich bewusst. Jedes Molekül, jedes Atom ihres Körpers spürte seine Nähe. Er machte es unmöglich, anders zu empfinden. Cade füllte den Raum, sei es mit seinem Lachen, seiner Persönlichkeit oder seinem unverschämten Sex-Appeal. Seine Hände waren warm – fast so warm wie sein Lächeln, als er sie ansah – sie konnte einfach nicht anders ... sie ließ sich gegen ihn sinken.

«Langsam entwickele ich ein paar Phantasien über dich und diesen Schreibtisch.» Er senkte den Kopf, ließ seine Lippen über ihre gleiten und seufzte. «Das zwischen uns könnte so gut werden, Avery.»

Er sah sie unverwandt aus diesen blauen Augen an, und sie verwandelte sich in Wachs in seinen Händen. «Ich will es.»

«Aber?»

Wie sollte sie ihre Bedenken in Worte fassen, wenn sie sie doch selbst nicht ganz verstand? Sie sehnte sich mehr nach Cade als nach irgendetwas anderem seit langer Zeit. Aber alte Gewohnheiten ließen sich schwer ablegen, und es wäre nicht leicht, Cade hinterher aufzugeben. Sie würde ihn täglich bei der Arbeit sehen oder in der Stadt. Es gäbe kein Entkommen.

Er schloss die Augen und ließ seine Stirn auf ihre sinken. «Ich hasse das, was dieser Trottel dir angetan hat.»

Sie schlang die Finger um seine Handgelenke. Er hielt immer noch ihren Kopf. «Er hat nichts getan, was ich nicht erlaubt habe. Ich bin kein Opfer.»

Er lachte freudlos. «Du hast ihn darum gebeten, dich zu betrügen? Dich und seine eigene Tochter zu ignorieren? Dein Selbstbewusstsein mit einer Beleidigung nach der anderen zu untergraben?»

Jetzt begann ihr Herz aus ganz anderen Gründen zu rasen. Sie hatten sich unterhalten, aber sie war nicht ins Detail gegangen, was ihre Vergangenheit mit Richard betraf, hatte Cade nicht genug erzählt, dass er all das wissen konnte. Er hatte zwischen den Zeilen gelesen, ihr wirklich zugehört und sich alles zusammengereimt.

In über zehn Jahren hatte Richard kein einziges Mal daran gedacht, dass sie Erbsen hasste. Cade dagegen konnte nach sechs Wochen bereits all ihre Lieblingsspeisen aufzählen. Sie verdrängte diesen Gedanken, war wütend auf sich selbst, weil sie schon wieder Vergleiche anstellte.

«Ich habe ihn nicht darum gebeten, all das zu tun, aber ich habe es zugelassen, weil ich nicht für mich selbst eingestanden bin. Weil ich zugelassen habe, dass sich dieses Verhalten einschleift, statt mich mit ihm zu streiten. Ich habe es zugelassen.» Sie seufzte. «Ich weiß, dass unser Tempo dich frustriert. Und es tut mir leid. Wenn du damit aufhören möchtest ... wenn du mit jemand anderem ausgehen willst ... dann verstehe ich das.»

Nicht, dass sie eine Beziehung hätten. Sie wusste nicht, wie sie das nennen sollte, was zwischen ihnen existierte, aber Beziehung war nicht der passende Begriff. Aber bei dem Gedanken, dass er es beenden könnte, zog sich ihr Magen schmerzhaft zusammen. Doch irgendwann würde es enden. Sein Ruf bewies, dass er eine eher kurze Aufmerksamkeitsspanne besaß, wenn es um Frauen ging.

Er sah sie an, eine Mischung aus Fragen und Wut in seinem Blick. «Ich habe keine andere Frau angesehen, seitdem du in der Stadt aufgetaucht bist. Ich werde dich nicht betrügen oder dafür sorgen, dass du dich wie Abschaum fühlst, und ich werde dich nicht einfach links liegen lassen. Falls wir irgendwann beschließen, die Sache zu beenden, dann werden wir das tun. Aber für den Moment bin ich hier, weil ich das will.»

Sie bekam keine Luft. Er hatte sich ständig bewiesen, war vollkommen ehrlich gewesen, und sie benahm sich wie eine ängstliche Idiotin. Sie wusste nur einfach nicht, wie sie damit aufhören konnte. Wie sie ... vertrauen sollte.

Sie vergrub ihre Finger in seinem Haar. Er berührte sie ständig. Vielleicht konnte sie ihre Zweifel kontrollieren, indem sie selbst die Initiative ergriff.

«Ich liebe es, wenn du das tust.» Seine Handflächen glitten über ihren Rücken, nach unten und wieder nach oben. «Deine Hände in meinem Haar. Das ist unglaublich scharf.»

Ermutigt zog sie leicht an den Strähnen. Er belohnte sie mit einem leisen Keuchen. Genau das brauchte sie. Die Bestätigung, dass sie es richtig machte. «Was magst du sonst noch?»

Er schien sich mit aller Kraft aufs Atmen zu konzentrieren, zögerte vor jedem Atemzug einen kurzen Moment. Doch er hielt unverwandt ihren Blick, und seine Augen waren dunkel vor Leidenschaft.

Er schluckte schwer. «Ich liebe es, wenn deine Wangen erröten. Das verrät mir, dass ich dir unter die Haut gehe.»

Wie jetzt gerade? Denn dieses offene Gespräch trieb ihre Körpertemperatur in kritische Höhen. Aber das war nichts, was sie kontrollieren konnte, sondern reine Biologie. «Was noch?»

«Wenn ich dich küsse, stößt du dieses gierige kleine Wimmern aus. Das ist total heiß. Und alles ist phantastisch, was mit deinen Brüsten zu tun hat. Dieses grüne Top zum Beispiel, das du letzte Woche getragen hast. So enganliegend, dass es die beiden Schönheiten perfekt zur Geltung gebracht hat.»

Memo an mich selbst: engere Oberteile tragen. Das konnte sie tun. Dass sie beim Küssen wimmerte, hatte sie jedoch noch gar nicht gewusst.

Er packte ihre Hüften, scheinbar ohne sich der Bewegung wirklich bewusst zu sein. «Und ich mag es, wenn du in den Befehlsmodus schaltest. Ich werde sofort hart, wenn du Dinge organisierst.»

Interessant.

Aus reinem Übermut griff sie nach dem Bleistift, den er aus ihren Haaren gezogen hatte, und steckte ihn in den Becher zu den anderen Stiften. Dann zog sie herausfordernd die Augenbrauen hoch.

Er stöhnte und musterte sie aus zusammengekniffenen Augen. «Fordere dein Glück nicht heraus, Schatz.»

Schatz. Bisher hatte er sie noch nie mit einem Kosenamen angesprochen. Hitze stieg in ihr auf und breitete sich in ihrem Körper aus. Ihr Herzschlag hämmerte in ihren Ohren. Anscheinend mochte sie es.

Es machte Spaß, ihn an seine Grenzen zu treiben. Also griff sie in seine Hosentasche und zog die Büroklammern heraus, die er geistesabwesend dorthin steckte, wenn er Akten bearbeitete. Ohne den Blick von ihm abzuwenden, legte sie sie zu den anderen in die richtige Schale.

Sekunden später hatten feste Arme sie an seine Brust gezogen. Sein Mund senkte sich auf ihren, forschend und voller Hunger. Anspannung ließ seine Muskeln zittern, als er mit seiner Zunge die ihre suchte. Als er sie mit seinem Kuss eroberte und für sich beanspruchte.

Cade schob sie einen Schritt nach hinten und hob sie auf den Schreibtisch. Sie schlang die Beine um seine Hüfte und hielt ihn fest. Sie vergrub die Finger in seinem Haar – weil er gesagt hatte, dass ihm das gefiel – und neigte den Kopf, um den Kuss zu vertiefen.

Das Telefon klingelte.

Sie erstarrten in der Bewegung, hatten die Lippen noch aufeinandergepresst. Der Anrufbeantworter sprang an, aber es wurde keine Nachricht hinterlassen. Aus reiner Gewohnheit betastete Cade seine Hosentaschen, doch sie wusste, dass er keinen Pager dabeihatte.

Sie ließ den Kopf in den Nacken sinken. «Drake hat diese Woche Rufbereitschaft.»

Sein Blick glitt über ihre Kehle und ihren Mund nach oben, bis er ihr in die Augen sah. Verlangen schlug in Zärtlichkeit um, und da wurde ihr klar, dass es ihn überraschte, dass sie seine Bewegung richtig gedeutet hatte.

«Ich sollte jetzt gehen. Morgen geht es früh los.»

Er nickte und schob ihr eine Strähne hinter das Ohr. «Fahr vorsichtig, ja? Die Straßen sind ein einziges Chaos.»

Sie lächelte, drückte ihm noch einen kurzen Kuss auf den Mund und sprang vom Schreibtisch. Als sie schon den halben Weg zum Pausenraum zurückgelegt hatte, um ihren Mantel zu holen, rief er ihren Namen. Sie drehte sich um.

«Dein Lachen sorgt dafür, dass ich nicht mehr klar denken kann. Ich glaube, das hatte ich noch nicht erwähnt.» Er wandte den Blick ab, fast ... scheu, und rieb sich den Nacken. Sie starrte ihn nur an, die Kehle wie zugeschnürt, und war ernsthaft in Versuchung, ihn hier und jetzt in der Klinik anzuspringen.

Er war gut. Wirklich gut. Ein unglaublicher Charmeur.

Aber er versuchte nicht, sie zu überzeugen oder zu ködern oder zu drängen. Er war einfach ehrlich, weil er verstanden hatte, warum es ihr wichtig war zu erfahren, was ihm gefiel. Er ... sah sie.

Sah. Sie.

«Gute Nacht, Avery.» Damit ging er in sein Büro und schloss die Tür hinter sich.

· 14 ·

«Hey, Krümel. Darf ich dein Tablet mal haben?»
Hailey drückte Cade das Gerät in die Hände und fing an, sich neben ihm auf der Couch zu wiegen. Die Bewegung erschien ihm ruhelos und nervös.

«Ich gebe es dir gleich zurück. Versprochen.»
Eilig verband er das Gerät mit seinem Laptop und rief Haileys Mal-App auf. Er übertrug mehrere ihrer Bilder, löste das Kabel wieder und gab ihr das Tablet zurück.

«Schon fertig, Krümel.»
Sie nahm das Gerät nicht, sondern ließ es auf den Kissen zwischen ihnen liegen. Das Wiegen verstärkte sich, bis echte Sorge in ihm aufstieg.

«Stimmt etwas nicht? Kannst du es mir auf deinem Tablet zeigen? Oder es mir mit Gebärdensprache sagen?»
Sie drehte nicht einmal den Kopf, aber ihre rastlosen Bewegungen wurden langsamer.

Vielleicht brauchte sie Abstand? Er atmete tief durch und ging zu Averys Computer. Mit dessen Hilfe installierte er ihren Drucker auf seinem Laptop und druckte mehrere von Haileys Bildern aus. Fünf sollten reichen. Letztendlich zeigten sie nicht mehr als schnörkelige Linien und verschiedene geometrische Formen ... aber Hailey hatte sie gemalt.

Er druckte noch ein paar für seinen eigenen Kühlschrank aus, dann wandte er sich wieder dem Mädchen zu. Sie wirkte heute Abend irgendwie anders. Avery würde später kommen als gewöhnlich, weil der Valentinstagsball morgen stattfand und es noch letzte Dinge zu regeln gab. Er war auf sich allein gestellt.

Vorsichtig setzte er sich neben Hailey und rief die Sprach-App auf. «Fühlst du dich krank, Krümel?» Er hatte sie keinen Augenblick aus den Augen gelassen, also wusste er, dass sie nichts Falsches gegessen hatte. Als sie nicht sofort reagierte, führte er ihre Hand zum Bildschirm. «Ja oder nein? Fühlst du dich krank? Tut dir was weh?»

Sie zog ihre Hand zurück.

Da er nicht weiterwusste, machte er das Tablet aus und den Fernseher an und schaltete ihre Einschlafsendung an. Vielleicht war sie einfach nur müde. Schließlich war es anstrengend, ein Kind zu sein.

Seine Einschätzung wurde bestätigt, als sie gähnend den Blick auf den Bildschirm richtete. Hinterher ging sie sofort auf die Toilette und putzte sich die Zähne.

Er setzte Seraph zu ihr ins Bett und machte das Licht aus. «Gute Nacht, Krümel. Ich bin gleich hier draußen, ja?»

Cade ging zurück ins Wohnzimmer, verstaute seine Ausdrucke und den Laptop und stellte die Tasche neben die Tür. Dann wanderte er in die Küche und klebte Haileys Bilder an den Kühlschrank. Als er zurück ins Wohnzimmer kam, saß Hailey auf der Couch.

Cade rieb sich den Nacken. «Doch nicht müde?» Mit einem Seufzen setzte er sich neben sie. Wie konnte Avery erkennen, was los war, wo Hailey doch nicht sprach? Es könnte etwas Ernstes sein, ohne dass er den blassesten Schimmer davon hatte. «Werd nicht wütend, Krümel. Ich werde deine Stirn berühren.»

Sie war nicht heiß. Aber seltsamerweise schob Hailey seine Hand nicht zur Seite.

«Ich habe keine Ahnung. Kannst du mir einen Tipp geben? Mir irgendwie zeigen, was los ist?»

Gerade als er aufgeben und sie überreden wollte, zurück ins

Bett zu gehen, sprang Seraph auf die Couch, und Hailey ließ ihren Kopf in Cades Schoß sinken. Er erstarrte, hob die Hände in die Luft wie ein Krimineller. Seraph kuschelte sich in Haileys Armbeuge und schlief ein. Und Haileys Augen fielen ebenfalls zu.

Himmel. Was jetzt?

Er wartete ein paar Sekunden, bis das Mädchen tief und gleichmäßig atmete, dann zog er die Decke von der Rückenlehne der Couch und deckte sie zu. Hailey hatte noch nie versucht, mit ihm zu kuscheln. Sie hatte ihn nicht einmal berührt. Wenn er sich bewegte, würde er sie aufwecken, also ließ er sich tiefer in die Couch sinken. Das Gewicht ihres kleinen Kopfes auf seinem Oberschenkel und der Duft ihres Kindershampoos waren seltsam schön. Sanft legte er eine Hand auf ihre Schulter und schloss die Augen.

Bevor er sich versah, wachte er davon auf, dass jemand ihm aufs Knie tippte. Avery stand vor ihm. Er rieb sich das Gesicht und sah auf seinen Schoß hinab. Hailey hatte sich nicht bewegt. «Wie viel Uhr ist es?»

«Fast neun.» Ihr Blick schoss zwischen ihm und ihrer Tochter hin und her, er war sanft, aber auch verwirrt. «Was ist passiert?»

«Sie war heute Abend irgendwie seltsam.» Er zuckte mit den Achseln. «Ich weiß nicht, weswegen. Ich habe versucht, sie ins Bett zu bringen, aber dann hat sie ... das getan.»

Avery drückte eine Hand an den Mund und räusperte sich. Zweimal. «Ich wette, sie hat dich vermisst. Wegen der Übernachtung hat sie dich letzte Woche nicht gesehen.»

«Glaubst du?» Sein Herz machte einen Sprung. Oder er hatte Sodbrennen. Ihm gefiel die Vorstellung, dass Hailey ihn vermisste. Er wusste nicht das Geringste über Kinder, aber das hier mochte er. Sehr sogar.

Ihre Mom auch, wenn er gerade schon dabei war.

«Ich dachte, sie mag Berührungen nicht.»

Avery schob sich eine kastanienbraune Strähne hinters Ohr und wich seinem Blick aus. «Überwiegend stimmt das. Manchmal kuschelt sie sich in meinen Schoß oder spielt mit meinem Haar. Aber nicht oft.»

Sie schloss die Augen und atmete tief durch, als müsste sie sich sammeln. Langsam öffnete sie sie wieder und hob Hailey von der Couch. Da Avery offenbar eine Minute für sich selbst brauchte, folgte Cade ihr nicht, als sie das Mädchen in sein Schlafzimmer trug.

Er stand auf und streckte sich, dann ging er in die Küche. Er entschied sich gegen Kaffee, schnappte sich ein Bier und ging zurück ins Wohnzimmer. Er stellte die Flasche ab, setzte sich wieder auf die Couch und ließ seinen Kopf in die Hände sinken, fragte sich, was zum Teufel hier vor sich ging. Und wieso ihn dieses seltsame, warme Gefühl in seiner Brust nicht störte, das sich dort eingenistet hatte.

Die Couchkissen neben ihm senkten sich unter Averys Gewicht, aber er ließ seinen Kopf, wo er war.

«Geht es dir gut?»

«Sicher.» Er seufzte, dann ließ er sich nach hinten fallen und starrte an die Decke. «Ich nehme an, es hat mir ein bisschen Angst gemacht, dass sie sich plötzlich so anders benimmt. Ich dachte, irgendetwas stimmt nicht.» Fast hätte er Avery angerufen, aber ehrlich, tiefer erschüttert hatte ihn die Tatsache, dass Hailey auf seinem Schoß eingeschlafen war.

Avery musterte ihn einen Augenblick lang mit diesem ruhigen, nachdenklichen Blick, der jedes Mal dafür sorgte, dass er ihre Gedanken lesen, dass er verstehen wollte, was in ihrem Kopf vor sich ging.

Sie drehte sich zu ihm um, stemmte einen Ellbogen auf die

Rückenlehne und stützte ihren Kopf in die Hand. «Einmal – sie war vielleicht vier Jahre alt – wollte Hailey einfach nicht aus dem Bett aufstehen. Ich hatte panische Angst. Sie wollte keine Gebärdensprache verwenden, und wir hatten noch kein Tablet. Das ging zwei Stunden so, bis sie Fieber bekam und mir klarwurde, dass sie krank war. Nichts Schlimmes, nur ein kleiner Infekt, aber ich war wie gelähmt vor Angst.»

Er wäre vor Sorge wahrscheinlich aus der Haut gefahren. «Wie machst du das? Wie schaffst du es, nicht wahnsinnig zu werden, wenn du nie weißt, was los ist?»

Sie zuckte mit den Achseln. «Ich mache es einfach. So ist es, Mutter zu sein. Es gibt ein paar typische Gesten, unausgesprochene Hinweise. Ich nehme an, ich kenne sie einfach gut genug, um rechtzeitig auf sie zu achten.»

Auch er begann langsam, diese Zeichen zu erkennen. Aber es ging um mehr als das. Hailey war nicht nur stumm. Sie zeigte auch keine Zuneigung. Zumindest nicht auf die übliche Weise. Wie konnte Avery klarkommen, ohne Umarmungen, ohne Lachen und Geplapper?

Und dann dämmerte ihm, wieso Avery so schlecht mit dem umgehen konnte, was zwischen ihnen vorging. Die Erkenntnis traf ihn wie ein Schlag in den Magen. Sie war seit zwei Jahren von ihrem Trottel von Ehemann getrennt, was bedeutete, dass es schon vorher Probleme gegeben hatte. Sie hatte eine Tochter, die nicht sprach, die sie nicht umarmen durfte. Sie hatte Probleme damit, Leuten zu vertrauen und Hilfe anzunehmen.

Weil sie vollkommen, unendlich allein gewesen war.

War er nach all dieser Zeit der erste Mann, der sie berührt, ihr Trost geboten und ihre verletzliche Seite gesehen hatte? Der erste, der das gewollt hatte? Zur Hölle, kein Wunder, dass sie Schutzmauern um sich herum aufgebaut hatte. Stilles Haus, stilles Kind, stille Gedanken. Als hätte sie alles abgeschaltet, um weiterzuexistieren.

Er sah ihr in die Augen und erkannte in den kakaofarbenen Tiefen erneut Stärke und Selbstbeherrschung. Und zum ersten Mal in seinem Leben empfand er das Bedürfnis, für jemanden der Held zu sein. Er wollte der Mann sein, bei dem sie sich fallen lassen konnte. Sein Herz raste, und ein Tropfen Schweiß rann ihm über den Rücken, aber trotzdem streckte er die Arme nach ihr aus.

«Komm her.»

Sie warf ihm einen fragenden Blick zu, rutschte aber näher heran. Er griff nach ihrem Oberschenkel und zog sie auf seinen Schoß, sodass sie rittlings über ihm saß. Dann zog er sein T-Shirt aus und warf es zu Boden. Ihre Lippen öffneten sich, als ihr Blick über seine nackte Brust glitt, über seine Bauchmuskeln – zu flüchtig, um alles in sich aufzunehmen. Dann sah sie ihn mit großen Augen an.

«Flipp mir nicht aus.» Er packte den Saum ihres Pullis und hob ihn an, bis ihr Bauch freilag. «Wir unterhalten uns nur.» Er machte eine schnelle Bewegung, dann gesellte sich ihr Pulli zu seinem T-Shirt auf dem Boden.

Sofort schlug sie sich die Arme vor die Brust, was wirklich eine Schande war. Diese wundervollen Brüste in dem gelben BH bettelten förmlich darum, berührt zu werden. Doch er legte die Hände auf ihre Schenkel und ließ sie dort liegen, als er ihr ruhig in die Augen sah. Es war das Einzige, das ihm einfiel, um sie an sich zu gewöhnen, um dafür zu sorgen, dass sie sich nicht unwohl in ihrer Haut fühlte, wenn sie mit ihm zusammen war. Irgendwann würde sie aufhören, in ihrem Kopf zu leben, und anfangen zu fühlen.

«Wie war das Treffen?», fragte er.

Ihre pinken Lippen öffneten und schlossen sich, dann räusperte sie sich. «Du musstest mir den Pulli ausziehen, um mich das zu fragen?»

Er konnte ein Grinsen nicht unterdrücken. «Wenn es nach mir ginge, würdest du immer so herumlaufen. Schau dich an. Du bist wunderbar.» Das Kompliment war ihr nicht entgangen, das erkannte er an dem ungläubigen Ausdruck, der über ihr Gesicht huschte. Er würde weitermachen, bis sich dieser Ausdruck nicht mehr einstellte. «Aber nein, das ist nicht der Grund, warum ich dich ausgezogen habe. Ich versuche, eine Barriere abzubauen. Also, wie war das Treffen?»

«Ähm, gut. Wir haben einfach …»

Seine Finger zeichneten träge Kreise auf ihre Schenkel, glitten langsam immer höher, um sie von ihrem Unwohlsein abzulenken. Als sie verstummte, hakte er nach: «Ihr habt einfach was?»

«Details. Wir haben noch ein paar Details besprochen.» Ihre Atmung stockte, als seine Hände höher glitten, über die Außenseite ihrer Oberschenkel zu ihrer Taille.

In wenigen Sekunden würde er seine Hose zurechtrücken müssen, doch er hielt still, um seine Mission nicht zu gefährden. «Welche Details?»

«Wer was wann wo aufstellen wird. Solche …» Er ließ seine Fingerspitzen an ihren Seiten nach oben gleiten, was ein Zittern über ihren Körper jagte. «Solche Sachen.»

Sie ließ die Arme sinken, verdeckte ihre Brüste nicht länger. Stattdessen umfasste sie seine Unterarme. Er liebkoste die weiche, warme Haut unter ihren Brüsten, erfüllt von dem Wunsch, sich vorzubeugen und sie dort zu küssen. Zur Hölle, sie überall zu küssen. Ihre Augen verschleierten sich, was ihm verriet, dass sie nicht mehr dachte, sondern einfach nur empfand.

«Und um was genau sollst du dich kümmern, Avery?» Er

senkte seine Stimme um eine gute Oktave, sodass ihr Name eher wie ein Gebet klang. Bald schon würde er Gott um Geduld anflehen müssen. Zu beobachten, wie sie Stück für Stück die Kontrolle verlor, war heißer als alles, was er bisher gesehen hatte.

Ihr Atem stockte, und sie schloss die Augen, als er seine Finger über den oberen Saum ihres BHs gleiten ließ. Langsam senkte er den Mund, küsste und leckte ihre Haut. Verdammt, sie schmeckte so süß, wie sie duftete.

«Beantworte die Frage», sagte er an ihrer Haut, während er seine Hände auf ihren Rücken schob und die Finger spreizte, sodass seine beiden kleinen Finger unter ihre Jeans glitten. «Worum sollst du dich kümmern?»

«Ähm ... das Licht. Ich erzeuge Sternenlicht.»

«Sternenlicht?» Sie legte ihren Kopf in den Nacken, und er drückte einen Kuss auf ihre Kehle. Ihr Puls beschleunigte sich unter seinen Lippen. «Wie erzeugt man Sternenlicht?»

Sie stöhnte, sodass er fast seine Hose sprengte.

«Ich erinnere mich nicht», hauchte sie, als sie die Finger auf seinen Schultern zu Fäusten ballte, als wäre sie sich nicht sicher, was sie mit ihnen tun sollte.

«Berühr mich und erzähl mir, wie man aus Licht Sterne macht.» Ihm persönlich war das vollkommen egal ... aber sie stand kurz davor, über die Klippen der Vernunft zu stürzen, und, bei Gott, er hätte getötet, um ihr das zu ermöglichen.

Ohne Widerstand senkte sie die Hände auf seine Brust. Streichelte ihn. «Es hängt von der Position ab.» Ihre Worte endeten in einem Stöhnen, das sich auf seinen Körper übertrug. Ihre Finger glitten tiefer, über seine Bauchmuskeln zu den Knöpfen an seiner Hose.

Himmel. «Position?» Er keuchte an ihrer Kehle. Gleichzeitig wanderten seine Hände über ihren Rücken nach oben, um ihre

Schultern von hinten zu umfassen. Er drängte sich gegen ihre Mitte, gerade fest genug, dass sie spüren konnte, wie heftig er auf sie reagierte, wie hart er ihretwegen war. «Diese Position, Schatz?»

«Ja. Nein.» Sie krallte ihre Finger in seinen Hosenbund.

Er verdrehte so heftig die Augen, dass er meinte, gleich seinen eigenen Hinterkopf sehen zu können. Seine Lippen glitten über ihre Wange zu ihrem Mund. «Was? Ja oder nein?»

Sie sprachen nicht mehr über das Licht, und das wussten sie beide. Ausnahmsweise zögerte sie einmal nicht. Sie drehte den Kopf, bis ihre Lippen vor seinen schwebten und ihm den Sauerstoff stahlen. Es spielte keine Rolle, was sie sagte. Er würde nicht weitergehen. Sie hatten die ganze morgige Nacht, um sich gegenseitig zu erkunden. Heute ging es nur um die Vorbereitung, um eine Lernkurve, darum, ihr wieder beizubringen, wie es war, berührt zu werden. Er wollte sie daran erinnern, dass sie Bedürfnisse hatte und er mehr als bereit war, diese zu befriedigen. Morgen.

Seine Männlichkeit hatte dieses Memo allerdings nicht gelesen, und als sie ihn küsste, vergaß Cade seinen eigenen Namen und warum sie sich zurückhalten sollten.

Sie presste ihren Mund auf seinen, ihre Brüste an seine Brust, umfasste sein Kinn. Sie brachte ihn völlig aus der Fassung, indem sie die Initiative übernahm. Bisher hatte er sie immer zuerst berührt. Dass sie nun über ihn herfiel, als ließe sie sich nicht aufhalten, raubte ihm den Verstand.

Er vergrub die Hände in ihrem Haar, hielt sie fest, während er ihren Mund eroberte. Für sich beanspruchte. Ein Stöhnen stieg tief aus seiner Brust auf, gleichzeitig fordernd und kapitulierend. Ihre Zungen duellierten sich, sie drängte sich an seine Erektion. Er musste sich von ihr losreißen oder an Sauerstoffmangel sterben.

Schwer atmend starrte er sie an. Ihre dunklen Augen waren vor Verlangen verschleiert und ihre Lippen von seinem Kuss geschwollen. Und verdammt. Eigentlich musste er gar nicht atmen. Wieder zog er sie an sich. Zähne stießen aneinander, Zungen berührten sich leidenschaftlich. Ihre Nägel glitten über seine Kopfhaut, sodass er fast gekommen wäre. Einfach so. In seiner verdammten Jeans.

Diesmal war sie es, die sich losriss, ihren Kopf an seinem Hals vergrub und nach Luft schnappte. «Cade.»

Der raue, leidenschaftliche Tonfall ihrer sonst so ruhigen Stimme sorgte dafür, dass er die Augen schloss und ihre Hüften umklammerte, um sich davon abzuhalten, ihre Hose zu öffnen. «Ja?»

Ihr heißer Atem glitt über seine Haut. «Das war ein wirklich tolles Gespräch.»

Er nahm den Kopf zurück, um sie anzusehen, und hielt lange genug inne, dass ihre Worte auch sein Hirn erreichten. Dann lachte er und ließ seinen Kopf gegen die Couchlehne fallen. «Ich sage ja immer: Kommunikation ist sehr wichtig.» Er schob ihr eine Strähne hinters Ohr, musterte ihre geröteten Wangen und schluckte schwer.

Sie war so verdammt schön.

«Ich hatte recht mit deinen Bauchmuskeln. Daran könnte ich mir die Zähne ausbeißen.»

Wieder lachte er. «Eine Theorie, die wir ein anderes Mal austesten werden.» Morgen zum Beispiel. Er drückte sich die Handflächen auf die Augen, um das Bild von ihr zu vertreiben, wie sie seinen Körper erkundete. Doch es half nicht. Und er wollte sie sowieso lieber anschauen.

«Wir können uns morgen erst auf dem Ball treffen. Ich muss schon früher hin, um noch ein paar Sachen aufzubauen.»

Er seufzte und ließ seinen Daumen über ihre Unterlippe gleiten. «Um Sternenlicht zu erschaffen?»

Sie lächelte, und diesmal brachte der Ausdruck ihre Augen zum Leuchten, wie es sonst viel zu selten geschah. «Ja. Um Sternenlicht zu erschaffen.»

Hätte er eine poetische Ader besessen, hätte er jetzt etwas Romantisches gesagt. Aber er war kein Dichter. Also würde er einfach abwarten, bis seine Erregung so weit abgeklungen war, dass er das Haus verlassen konnte, ohne zu humpeln – was eine Weile dauern konnte.

«Wie sieht dein Kleid aus? Ich hätte danach suchen sollen, während du nicht da warst.»

«Ich stelle mir gerade vor, wie du in meinem Schrank herumschnüffelst.» Sie schüttelte den Kopf, als hätte sie Mitleid mit ihm. «Das Kleid ist nicht hier, sondern bei Gabby. Zoe und ich ziehen uns dort um. Zoe will mir die Haare machen.» Sie hielt inne und biss sich auf die Lippen. «Es fühlt sich fast an wie ein Abschlussball.»

Er wickelte sich eine glänzende Locke um den Finger. «Du wirst nicht zulassen, dass Zoe dir die Haare im selben Blau färbt wie ihre, oder?»

«Ich glaube, sie hat vor, passend zu ihrem Kleid zu Rot zu wechseln. Aber nein. So draufgängerisch bin ich nicht.»

Bevor Avery aufgetaucht war, war er der Draufgänger in seiner Familie gewesen. Bereit, Risiken einzugehen, kalkulierte Risiken. Abgesehen davon, dass er in der Klinik arbeitete und sich ein Haus gekauft hatte, band Cade sich nicht oft an Dinge oder Personen, war zufrieden damit, sich treiben zu lassen, bis er etwas fand, was ihm wirklich gefiel.

Er hatte den Verdacht, dass Avery ihm mehr als nur gefiel. An ihr könnte er hängen bleiben. Statt den Drang zu spüren weiterzuziehen, wollte er immer mehr über sie erfahren, Dinge, die nicht ihren Exmann oder das Chaos in ihrer Ehe betrafen. Dinge aus ihrem Leben davor vielleicht. Also konzentrierte er sich wieder auf ihr Gespräch.

«Mit wem warst du beim Abschlussball?»

Sie biss sich auf die Unterlippe und kniff die Augen zusammen. «Mit einem Jungen aus dem Baseball-Team. Er war Leftfielder und hat geküsst, als hätte er es nie bis zur ersten Base geschafft.»

Er lachte. «Netter Vergleich. Also kein wilder Sex im Auto nach der Party?»

«Nein, Gott sei Dank.»

Er nickte, wobei er sich bewusst war, dass der Themenwechsel funktioniert hatte und er wahrscheinlich wieder ohne Schmerzen aufstehen konnte. Der Valentinstagsball von Redwood war kein Abschlussball, aber er hoffte inständig, dass er selbst einen besseren Eindruck hinterlassen würde als ihr Leftfielder. Und es wäre nicht schlecht, die Nacht mit einem Home-Run zu beenden.

· 15 ·

Avery kämpfte auf der obersten Sprosse der Leiter mit einer Lichterkette, pustete sich eine Haarsträhne aus dem Gesicht und fluchte. Die freiliegenden Balken im Saal des botanischen Gartens waren hoch. Zu hoch für jemanden von ihrer Größe, selbst mit der Leiter. Und sie fühlte sich hier oben ohnehin nicht gerade wohl.

Was jetzt?

Hinter ihr erklangen Schritte. Sie klammerte sich an die Leiter, bevor sie sich umdrehte. Drake und Flynn marschierten gerade herein. Sie warfen ihre Jacken am Eingang auf einen Stuhl und kamen zu ihr.

Flynn erkannte ihr Problem mit einem schnellen Blick und grinste. «*Mir wurde gesagt, du erzeugst Sternenlicht. Brauchst du Hilfe?*»

Sie dachte an das Gespräch mit Cade gestern Abend und wurde rot. Offenbar hatte er seinen Brüdern erzählt, worüber sie gesprochen hatten. Sie war unsicher, wie sie damit umgehen sollte, entschied sich dann aber für eine kecke Antwort und sagte grinsend: «Bist du ein Sternenlicht-Experte?»

«*Ich kann einer sein.*» Flynn zwinkerte ihr zu.

Drake verdrehte die Augen. «Komm runter, bevor du dir den Hals brichst. Und sag mir einfach, was getan werden soll.»

Avery kletterte nach unten und gab Drake die Lichterkette. «Was tut ihr überhaupt hier?»

Flynn ging zur Leiter und seufzte. «*Cade hat angerufen. Er wollte dir helfen kommen, aber Tante Marie hat ihn für irgendetwas eingespannt.*»

Cade hatte seine Brüder gebeten, ihr zu helfen? Wie ... aufmerksam.

Drake, der bereits auf die Leiter gestiegen war, sah zu ihr herunter. «Wie willst du die Lichter haben?»

Okay. Sie richtete sich höher auf und gab Drake Anweisungen. Dann beobachtete sie, wie sein T-Shirt sich über seinen Schultermuskeln spannte. Wie war es möglich, dass alle drei O'Grady-Männer noch solo waren? Selbst Flynn war sehr attraktiv, mit seinem rotblonden Haar und seinem schlanken Körper. Wie ein Läufer. Breite Schultern, schmale Hüften.

Als sie mit dem ersten Balken fertig waren, überlegte Avery, ob sie nicht schon die Tische decken sollte. Es war ziemlich unsinnig, wenn sie nur herumstand, während die Jungs arbeiteten.

Flynn sah sich um. «*Sieht nett aus hier.*»

«Ich bin noch nicht fertig, aber danke.» Wären die beiden nicht gekommen, würde sie immer noch mit der ersten Lichterkette kämpfen. Insgesamt sah der Saal ziemlich gut aus. Sie hatte Drake angewiesen, die Ketten ein wenig hängen zu lassen, sodass der Eindruck von fallenden Sternen entstand. «Wie hat Cade euch dazu überredet? Und danke, übrigens.»

Drake sah von der Leiter mit ernstem Blick auf sie herab. «Es gibt immer jemanden, der helfen kann, Avery. Du musst nur fragen.»

Ihre Brust wurde eng, weil sie diese Worte nicht zum ersten Mal hörte. Doch als Drake sie aussprach, verstand sie es plötzlich besser. Auch wenn er immer noch damit kämpfte, den Tod seiner Frau zu verarbeiten, und eigentlich am liebsten alleine war, er war auch ihr Freund. Wenn sie ihn brauchte, würde er kommen. «Vielen Dank.»

Mit einem Nicken machte er sich wieder an die Arbeit.

Sie zog ihr Handy heraus und schrieb Rosa eine Nachricht, in der sie ihr mitteilte, dass sie wegen der Tische nicht zu kommen brauchte. Sie würde es selbst machen, denn sie hatte jetzt ja Zeit. Dann schrieb sie den anderen Ladys und sprach sie ebenfalls von ihren Pflichten frei. Drake war schon fast fertig, und sie musste erst in zwei Stunden bei Gabby erscheinen.

Als Drake die Leiter wegräumte, drehte sich Flynn zu ihr um. «*Also, du und mein Bruder?*»

Sie war noch so neu in Redwood, und ihre Scheidung war noch so frisch, dass die Gerüchteküche der Stadt sie immer wieder erschreckte. Sie hatte mit Richard ein behütetes, ruhiges Leben geführt und musste sich erst daran gewöhnen, dass sich so viele Leute nicht nur für ihr Liebesleben, sondern auch für alles andere interessierten. Sie konnte kaum eine Straße überqueren, ohne dass jemand sie fragte, wie es Hailey ging, oder ein wenig über Cade reden wollte. Es wirkte fast, als versuche die gesamte Stadt, sie zu verkuppeln. Erst heute Morgen hatte ihr die Frau vom Café erzählt, dass Cade jedes Thanksgiving umsonst fürs Tierheim arbeitete, bevor er zu seiner Mom fuhr. Und direkt danach hatte sie Avery erklärt, was für ein guter ‹Fang› er doch war.

Mit den neuen Freundschaften und dem sozialen Leben hier konnte sie umgehen, aber es fiel ihr schwer zu akzeptieren, dass jeder sich in ihr Privatleben einmischte. Avery hatte keine Ahnung, wo diese Sache mit Cade hinführen würde. Sie hatte kein Interesse an einer weiteren langjährigen Beziehung oder irgendetwas, was über das hinausging, was sie gerade taten. Und er war nicht der Typ, der als Ehemann mit Kindern endet. Wieso konnten sie diese Sache nicht einfach austesten und miteinander Spaß haben, und zwar privat, ohne dass alle sie beobachteten?

Flynn zog fragend die Augenbrauen hoch.

Also entschied sie sich für eine schlagfertige Antwort und tat einfach so, als meinte er den anderen Bruder. «Es könnte Drake ziemlich schockieren, wenn er erfährt, dass er und ich was miteinander haben.»

Flynns Grinsen war ansteckend. «*Nein, ich glaube, du stehst eher auf jemand Jüngeren, der öfter lacht. Habe ich recht?*»

«Lackieren wir uns als Nächstes gegenseitig die Fingernägel, oder was? Ich habe mein Maniküre-Set nicht dabei.» Drake runzelte die Stirn und musterte Flynn durch zusammengekniffene Augen, als wäre er wütend, dass er das Thema angesprochen hatte. Regte Drake sich auf, weil sie – fast, irgendwie – mit Cade ausging, oder hatte Flynn etwas gesagt, was er nicht hätte sagen sollen?

Flynn zuckte mit den Achseln. «*Ich unterhalte mich doch nur ein bisschen.*»

«Dann hör damit auf.» Drakes Miene entspannte sich, als er sich zu ihr umdrehte. «Was soll noch gemacht werden?»

Sie biss sich auf die Unterlippe. «Den Rest kann ich allein erledigen.»

«Oder du kannst uns einfach sagen, was noch ansteht.»

Okay. Es gab immer jemanden, der helfen wollte. Wenn Hailey in die Highschool kam, würde sie sich vielleicht daran gewöhnt haben. «Die Tische?» Sie formulierte es als Frage, weil sie sich nicht sicher war, ob die beiden wirklich bleiben wollten.

Sowohl Drake als auch Flynn winkten sie zur Seite, sobald sie ihnen erklärt hatte, wie die runden Tische stehen sollten. Erneut stand sie nur nutzlos herum, also seufzte sie und ging in den Lagerraum, um die Deko zu holen und wenigstens irgendetwas zu tun. Dann schmückte sie den Eingangsbereich. Sobald sie wieder im Saal war, breitete sie ein weißes Tischtuch auf jedem Tisch aus, den die Jungs an die richtige Stelle geschoben hatten, um schließlich eine Kerze daraufzustellen und Blütenblätter zu verteilen. Dann holte sie die Stühle und stellte zehn davon um jeden Tisch.

Sie wurden am frühen Nachmittag fertig. Die Angestellten sollten dem DJ die Tür öffnen und kümmerten sich um die Bar. Sie musste unbedingt duschen, bevor sie zu Gabby fuhr.

Flynn winkte ihr zu. «*Wir sehen uns heute Abend.*»

«Noch mal vielen Dank für eure Hilfe.»

Er nickte und ging, sodass sie und Drake allein zurückblieben. Sie seufzte und lehnte sich gegen die Wand, bevor sie Drakes steife Haltung wahrnahm. Sein harter Blick wanderte durch den Raum, und er fuhr sich mit der Hand durch das schwarze Haar.

«Heather und ich hatten hier unseren Hochzeitsempfang.»

Ihr Blick schoss zu ihm, und ihr Herz verkrampfte sich. Wieder im Saal zu sein, musste hart für ihn sein, aber er war trotzdem gekommen, um ihr zu helfen. Drake redete nicht viel, aber wenn er doch etwas sagte, hatte jedes Wort Bedeutung. Sie wusste nicht, wieso er das erwähnt hatte, aber sie war froh darüber, froh, dass er sich ein wenig geöffnet hatte.

«Cade hat mir ein paar Bilder von ihr gezeigt. Sie war bezaubernd.»

Er nickte. Langsam sah er sie an, Schmerz und Entschlossenheit in seinen dunkelbraunen Augen. «Brauchst du noch etwas?»

«Nein, vielen Dank.» Sie zögerte kurz. «Ich verstehe, dass es dir schwerfällt, hier zu sein, also bedeutet es mir eine Menge, dass du gekommen bist.»

Seine Miene war hart, doch seine Stimme klang sanft. «Wir sind zusammen hier aufgewachsen. Also gibt es keinen Ort, an dem es nicht schwer für mich ist. Aber ich komme schon klar. Und gern geschehen.»

«Vielleicht kannst du mir irgendwann mal von ihr erzählen. Ich wünschte, ich hätte sie kennengelernt.» Ihr Herz drohte zu brechen. Es war so offensichtlich, wie sehr Drake Heather geliebt hatte.

Seine Augen wurden glasig, als er auf seine Füße starrte. «Sie hätte dich gemocht.» Er verschränkte die Arme und stieß den Atem aus.

Sie hatte Erbarmen mit ihm. «Willst du heute Abend immer noch kommen? Ich habe meine Boxhandschuhe bereitgelegt, um jeden zu vertreiben, der sich mit dir unterhalten will.»

Ein kaum erkennbares Lächeln umspielte seine Lippen. «Ich glaube, ich passe. Aber ich weiß das Angebot zu schätzen.» Er steckte die Hände in die hinteren Hosentaschen.

«Es liegt am Dresscode, richtig? Du kannst es mir ruhig sagen.»

Sein Lächeln verbreiterte sie. «Erwischt. Ich hasse Krawatten.»

Sie beäugte die Jeans und sein T-Shirt. «Wie sehr magst du dieses Shirt?»

Er senkte den Blick. «Ich schreibe ihm keine Sonette. Warum?»

Sie zog einen Edding aus ihrer Hosentasche und öffnete ihn mit den Zähnen. «Halt still.» Sie spannte mit der linken Hand den Stoff und zeichnete eine Krawatte und ein paar Knöpfe auf seine Brust. Dann trat sie zurück. «Ich bin nicht so künstlerisch begabt wie Zoe, aber es wird schon gehen.»

Er sah auf sein T-Shirt, dann zu ihr und schüttelte amüsiert den Kopf. Die tiefe Trauer in seinem Blick verschwand, Stück für Stück. «Ich bin sprachlos.»

«Wenn du willst, kann ich noch ‹Vorsicht: bissig› auf deinen Rücken schreiben.»

Für einen kurzen Moment hallte das heisere, eingerostete Geräusch seines Lachens durch den Raum. «Du hast gewonnen. Ich werde kommen. Eine Stunde, dann bin ich weg.»

Sie schnappte sich ihren Mantel und ihre Tasche aus dem

Eingangsbereich und bemühte sich sehr, die Begeisterung über seinen Sinneswandel nicht offen zu zeigen. «Ich werde dich nicht mal dazu zwingen, mit mir zu tanzen. Aber über Brent habe ich keine Kontrolle.»

Er schlüpfte in seine Jacke und hielt ihr die Tür auf, sein Mund war zu einem schiefen Grinsen verzogen. «Er ist nicht mein Typ.»

Sie grinste die gesamte Heimfahrt über, so zufrieden war sie, dass sie Drake dazu gebracht hatte, zum Ball zu kommen. Sie konnte nur hoffen, dass seine Trauer mit jedem Ausflug ein bisschen mehr nachlassen würde, weil er die alten Erinnerungen durch neue ersetzte.

Der Schnee war größtenteils geschmolzen, und der Nachmittag war mild, was dichten Nebel mit sich brachte. Sie atmete tief den Duft von Kiefern und Salz ein, als sie aus dem Auto stieg. Als sie die Haustür aufschloss, erreichte sie eine Nachricht von Cade.

Cade: Ich habe Seraph mit zu mir genommen.
Dann muss deine Mom nicht extra vorbeikommen,
um ihn rauszulassen.

Und gleich darauf erreichte sie eine weitere Nachricht:

Cade: Damit will ich dich nicht dazu drängen, bei
mir zu übernachten. Du kannst ihn nach dem Tanz
auch abholen, wenn du willst.

Lächelnd schloss sie die Tür hinter sich. Cade hatte sie nicht im Geringsten unter Druck gesetzt, nicht einmal in Momenten, in denen den meisten Männern der Geduldsfaden gerissen wäre. Sie hatte viel über den heutigen Abend nachgedacht ... und darüber, was zwischen ihnen passieren könnte. Sie war angespannt, doch die freudige Erwartung überwog. Cade machte sie nervös, aber auf eine gute Art. Es war so lange her, dass sie das letzte Mal Sex gehabt hatte, dass sie sich Sorgen machte, ihn zu enttäuschen. Oder peinlich zu sein. Richard war nicht gerade sehr abenteuerlustig gewesen, wenn es um Stellungen oder Experimente ging.

Sie schüttelte den Kopf, dann tippte sie eine Antwort.

Avery: Freue mich schon auf heute Abend.

Bevor sie ins Bad ging, rief sie bei April an, um sich nach Hailey zu erkundigen. Nachdem sie erfahren hatte, dass alles in Ordnung war, trat sie in die Dusche.

Als sie bei Gabby ankam – die in einem hübschen Hexenhäuschen im Wald lebte, nicht weit von Averys Ferienhaus entfernt –, warteten bereits alle in der gemütlichen Küche auf sie. Alte Schränke aus Birkenholz und ein grüner Laminatboden – sehr schlicht und rustikal.

Brent reichte ihr einen Sekt mit Orangensaft.

Sie murmelte einen Dank. Im selben Moment piepte ihr Handy. Sie wühlte in ihrer Tasche, während sie den anderen ins Wohnzimmer folgte. Dann zog sie ihr Handy heraus und grinste, als sie Cades Namen sah und die Antwort auf ihren letzten Text.

Cade: Nicht so sehr wie ich.

Brent spähte über ihre Schulter. «Oh, zum Dahinschmelzen. Püppchen, der Mann mag dich sehr.»

Zoe und Gabby fingen an, gleichzeitig auf sie einzureden.

Avery hob eine Hand. «Kein Kommentar, okay?»

Sie sah sich schnell im Wohnzimmer um, musterte den Parkettboden und die farbenfrohen Möbel, in der Hoffnung, das Thema wechseln zu können. Auf dem Kaminsims standen ungefähr ein Dutzend Fotos in verschiedensten Rahmen. Der Raum passte zu Gabby, fröhlich und offen. Große Fenster und viele Dekoelemente. Magazine und Pflanzen. In einer Ecke des Zimmers lag eine fette orangefarbene Katze und ignorierte sie vollkommen.

Zoe ließ sich auf das marineblaue Sofa fallen. Sie hatte sich ihre Haare tatsächlich in grellem Rot gefärbt. «Sag mir zumindest, dass du die wichtigen Stellen rasiert hast. Wenn du mangelnde Vorbereitung als Ausrede nutzt, um keinen Sex mit Cade zu haben ...»

«Kein Kommentar.»

Ihre Wangen brannten lichterloh. Manche Dinge waren einfach zu persönlich. Und sie kannte diese Leute erst seit sechs Wochen. Außerdem gab es in dieser Hinsicht kein Problem. Richard hatte darauf bestanden, dass sie sich einer Laserbehandlung unterzog, nicht nur unter den Armen und an den Beinen, sondern auch in der Bikini-Zone. Damals hatte sie sich darüber geärgert. Jetzt war sie einfach dankbar, dass sie sich nicht ständig rasieren musste. Auch wenn sie das ihren Freunden nicht erzählen würde.

Gabby ließ sich ebenfalls auf die Couch fallen, in ihrem blonden Haar steckten bereits Lockenwickler. «Ach komm schon. Keiner von uns hat solch gute Aussichten auf Sex wie du. Du könntest uns den Gefallen schon tun.»

Avery kippte die Hälfte ihres Drinks hinunter. «Ist denn nichts privat?»

Brent lachte. «Du bist so wunderbar unschuldig. Aber jetzt mal ehrlich: Spuck's aus.»

«Wir haben noch nicht ...» Seufzend wedelte sie mit der Hand. Dann gab sie auf, ließ sich in einen grünen Sessel sinken und rieb sich die Stirn. «Gott, ich bin so nervös. Der einzige Mann, mit dem ich je geschlafen habe, war mein Ex, und selbst das ist schon so lange her, dass ich mir nicht sicher bin, ob alle Teile noch funktionstüchtig sind.»

Sofort fanden alle tröstende Worte für sie.

Brent kauerte sich vor sie. «Das ist wie Fahrradfahren. Ein vibrierendes, nacktes, muskulöses Fahrrad.»

Ein Kichern stieg in ihr auf und verwandelte sich schnell in ein echtes, hysterisches Lachen. «Du bist irre.»

«Auf jeden Fall.» Er stand auf, dann musterte er sie von Kopf bis Fuß. «Der erste Schritt ist, dich sexy zu kleiden. Wenn du sexy aussiehst, fühlst du dich auch sexy. Wir müssen dein Selbstbewusstsein aufpäppeln.»

«Ich mache ihr die Haare», sagte Zoe.

«Ich werde sie schminken.» Gabby stand auf. «Los geht's.»

Sie zerrten Avery zu einem kleinen Schminktisch in Gabbys Schlafzimmer und positionierten sie auf dem Hocker. Zoe machte sich daran, ihre Locken in einem losen Knoten am Hinterkopf zusammenzustecken. Gabby widmete sich ihrem Gesicht. Sie verwendete ein rauchiges Grau, um Averys Augen ein wenig zu betonen, und ein dunkles Rot für die Lippen. Das war mehr Make-up, als sie gewöhnlich trug, aber sie konnte nicht leugnen, dass es gut aussah. Der Abend war etwas Besonderes, also war es wohl okay, sich so richtig schick zu machen.

Aber was, wenn Cade fand, dass es zu gewollt wirkte? Würde ihm der Look gefallen?

Richard hatte zu viel Make-up gehasst. Er hatte verlangt, dass ihre Kleidung und ihr Make-up immer zurückhaltend und kultiviert wirkten. Wie ein Mauerblümchen. Einmal war sie kurz in den Laden gefahren, um Milch zu kaufen, ohne sich vorher zu schminken. Prompt war sie der Ehefrau seines Partners begegnet. Wenig später hatte Richard sie aus der Arbeit angerufen, um zu fragen, ob sie krank sei und wieso sie in einem nicht vorzeigbaren Zustand das Haus verlassen habe.

«Was ist los, Püppchen?»

Sie sah zu Brent auf und verdrängte die Erinnerung. Cade war nicht Richard. Und ihr Ex hatte in ihrem Leben nichts mehr zu sagen. Sie war nach Redwood gezogen, um neu anzufangen. Eigentlich hatte sie nicht vorgehabt, sich auf eine romantische Beziehung einzulassen, aber Cade suchte ja auch nichts Dauerhaftes. Hier ging es nur darum, Spaß zu haben, bis die Anziehungskraft nachließ. Es hatte keinen Sinn, sich wegen des Kontrollverlusts aufzuregen oder sich Sorgen zu machen, dass jemand versuchen könnte, über ihr Leben zu bestimmen.

Sie lächelte. «Nichts. Es geht mir gut.» Sie warf einen Blick auf das Bett, das mit seinem hohen Kopf- und Fußteil vage an einen Schlitten erinnerte und auf dem die Kleider auf einer dicken pinkfarbenen Daunendecke ausgebreitet lagen. «Sollen wir uns jetzt anziehen?»

Zoes Handy klingelte. Sie warf einen Blick auf den Bildschirm und fluchte. «Das ist Mrs. Tetherman. Sie passt für mich auf Mom auf.» Sie ging in den Flur, bevor sie den Anruf annahm.

Gabby wandte sich vom Spiegel ab. «Ich hoffe nur, sie muss nicht absagen. Sie freut sich schon seit Wochen auf heute Abend. Sie kommt kaum noch vor die Tür.»

Avery biss sich auf die Unterlippe, erinnerte sich daran, dass sie Lippenstift trug, und ließ es sein. «Ist die Demenz ihrer Mutter schon sehr schlimm?»

Mit einem Stirnrunzeln drehte Gabby sich wieder zum Spiegel und trug Lidschatten auf. «Es wird jeden Tag schlimmer. Jeder sagt ihr, sie soll sie in einem Heim unterbringen, aber Zoe will das nicht.»

«Ich werde rüberfahren, wenn es ein Problem gibt. Dann kann Zoe trotzdem mitkommen.» Brent setzte sich auf die Bettkante. «Ich habe sowieso keine Verabredung, und ihre Mutter kommt besser mit Männern klar.»

«Das ist seltsam, findest du nicht?» Avery ging zum Bett und setzte sich neben ihn. «Man sollte meinen, Frauen würden mehr Trost bieten.»

«Keine Ahnung. Aber Zoe hat jede weibliche Betreuungskraft in den umliegenden drei Countys ausprobiert. Keine bleibt lange. Wenn ich sie besuche, geht es ihrer Mom gut.»

Sie unterbrachen ihr Gespräch, als Zoe zurückkam. «Falscher Alarm. Mrs. Tetherman wollte nur wissen, wo Moms abendliche Medikamentendosis ist. Ich muss alles in einem Schrank wegschließen ...» Sie wedelte mit der Hand. «Wir sollten dich jetzt anziehen, Avery, du musst schließlich früher aufbrechen.»

Sie musste schon in knapp einer Stunde im Saal sein, um die letzten Vorbereitungen zu überwachen und um sicherzustellen, dass die Damen am Empfang alles hatten, was sie brauchten. Sie trat ins Bad, verstaute ihre Kleidung für morgen in einer kleinen Tasche und zog vorsichtig das Kleid vom Bügel.

Avery schloss den Reißverschluss am Rücken und sah in den Spiegel. Sie erkannte sich selbst kaum wieder. Das Kleid ließ ihre Brüste voller und ihre Taille schlanker wirken. Das leuchtende Rot passte zu ihrem Lippenstift und betonte die leichten Rottöne in ihrem kastanienbraunen Haar.

Vielleicht hatte Brent recht. Sie sah gut aus. Anders, aber gut. Ihre Nervosität ließ ein wenig nach. Sie war jung, halbwegs attraktiv, und heute Abend wartete ein Mann auf sie. Sie würde zur Abwechslung einfach mal Spaß haben und sich keine Sorgen machen.

· 16 ·

Cade gab am Eingang seine Jacke bei Tante Rosa ab und wartete, bis seine Brüder dasselbe getan hatten. Er ließ einen Kuss seiner Mom über sich ergehen und begrüßte ein paar Leute, bevor er den Ballsaal betrat.

So wie es aussah, hatte sich bereits die halbe Stadt versammelt. Das Licht war gedimmt, und auf den Tischen flackerten Kerzen. Zu seiner Rechten spielte der DJ Hintergrundmusik, während die Leute sich unterhielten. Links von ihm war die Bar.

Bingo.

Er bestellte ein Bier, dann lehnte er sich an die Bar, seine Brüder rechts und links neben sich. Von hier aus konnte er den gesamten Raum beobachten. Und was viel wichtiger war: Er konnte nach Avery Ausschau halten. Er wusste, dass sie noch beschäftigt war und er sie erst für sich haben würde, wenn der Ball wirklich in Gang gekommen war. Also würde er einfach hier warten und hoffen, dass er sie im Organisationsmodus erlebte.

Das war so heiß.

Flynn stieß ihn mit der Schulter an und deutete an die Decke.

Ein Grinsen umspielte seine Lippen. Er wollte verdammt sein. Es sah wirklich aus, als ergieße sich Sternenlicht von der Decke. Tatsächlich war quasi alles anders als in den vorherigen Jahren. Wären da nicht all die pinken und roten Kleider gewesen, hätte man glauben können, man wäre auf einer Hochzeit.

Und wo er gerade von Kleidern sprach: Gabby und Zoe kamen auf sie zu, Zoe in einem roten Kleid, das zum Saum hin immer dunkler wurde, und Gabby in einem fahlen Pink.

«Ihr seht wunderbar aus, Ladys.» Cade toastete ihnen mit seiner Flasche zu.

Gabby hob ihr Champagnerglas. «Danke. Avery hat sich selbst übertroffen. Ist es nicht toll?»

Flynn nickte. In seinen Augen blitzte der Schalk. *«Drake hat die Lichterketten aufgehängt.»*

Zoe riss den Kopf zu Drake herum. «Wirklich?»

Cades älterer Bruder zuckte mit den Achseln, ohne sie wirklich anzusehen. «Nach Averys Anweisungen.»

Sie starrte ihn einen Augenblick zu lang an, bevor sie schließlich nickte. «Ich bin froh, dass du gekommen bist.»

Drake räusperte sich. «Wir sollten uns einen Tisch suchen.»

Die Ladys hatten sich bereits einen Tisch in einer Ecke neben der Tanzfläche gesichert. Cade folgte ihnen durch die Menge, wobei er ständig den Hals reckte, um Avery zu finden. Er verzehrte sich danach, sie zu sehen und herauszufinden, ob ihm beim Anblick dieses geheimnisvollen Kleides tatsächlich der Mund offen stehen blieb. Obwohl er sie selbst dann begehren würde, wenn sie nur mit einer Papiertüte bekleidet auftauchen sollte.

«Avery wird gleich da sein.» Brent setzte sich lächelnd, er hatte Cade anscheinend durchschaut. «Sie hat uns hoch und heilig versprochen, dass sie aufhören würde zu arbeiten, um sich in den Spaß zu stürzen, sobald die Tanzmusik einsetzt.»

Das bezweifelte Cade schwer.

Sie unterhielten sich ein paar Minuten über dies und das. Cade biss die Zähne zusammen und zwang sich still zu sitzen, obwohl er nichts anderes tun wollte, als den Raum nach Avery abzusuchen. Seine Haut kribbelte, und er war angespannt.

Er wusste nicht, ob es an der Vorfreude auf die Zeit nach dem Ball lag oder einfach nur daran, dass sie sich nicht in seiner Nähe aufhielt. Dabei sah es ihm gar nicht ähnlich, so auf eine Frau zu reagieren. Irgendwann in den letzten sechs Wochen hatte Avery sich in seinen Kopf geschlichen und war nicht mehr gegangen. Sie beanspruchte Platz für sich. Sorgte dafür, dass er seltsame Dinge empfand. Cade rieb sich den Nacken und ließ seinen Blick über die Menge gleiten.

Dann entdeckte er sie.

Ihre Lippen hatten dasselbe dunkle Rot wie ihr Kleid. Der Stoff öffnete sich über ihren Brüsten zu einem V, umschmeichelte die Rundungen ihrer Taille und Hüften und fiel bis auf die Knöchel. Ein seitlicher Schlitz deutete die langen Beine unter dem Stoff an, ohne tatsächlich Einblick zu gewähren. Ihr Haar war hochgesteckt, sodass ihr schlanker Hals zur Geltung kam, und sie hatte irgendetwas mit ihren Augen angestellt, was dafür sorgte, dass sie warm wirkten, wie Milchschokolade.

Elegant glitt sie auf ihn zu, in – oh verdammt – hohen roten Pumps. Sie ließ sich auf den Stuhl zwischen ihm und Drake nieder.

«Hey, Jungs. Ihr seht toll aus.»

Da es anatomisch fast unmöglich war, die eigene Zunge zu verschlucken, musste der Kloß in seiner Kehle wohl Nervosität sein. Nervosität? Er? Er räusperte sich. «Genau wie du. Du bist wunderschön.»

Das Lächeln ließ ihre Augen leuchten und traf ihn irgendwo unter der Gürtellinie. «Danke.»

Als sie sich Drake zuwandte, vergaß Cade zu atmen. Das Kleid ließ ihren gesamten Rücken frei. Die helle, glatte Haut bettelte förmlich darum, gestreichelt zu werden. Und geküsst. Langsam.

Ihre ruhige Stimme bewirkte, dass er seinen Bruder ansah. «Da habe ich mir so viel Mühe gegeben, dir eine Krawatte zu machen, und jetzt trägst du doch einen Anzug?»

Drake ließ eine Hand über sein weißes Hemd gleiten. Er hatte die Krawatte bereits gelockert, und der erste Knopf stand offen. «Ich bewahre sie für den nächsten förmlichen Anlass auf.» Einer seiner Mundwinkel hob sich zu ... verdammt. Drake lächelte. Avery hatte ihn dazu gebracht, zum Ball zu kommen, und ein Lächeln auf sein Gesicht gezaubert.

Der Rest des Tisches hatte das ebenfalls bemerkt, zumindest ließ sich das aus den weit aufgerissenen Augen und den offen stehenden Mündern schließen. Aber niemand sagte etwas. Drake schien sich der Aufmerksamkeit nicht bewusst zu sein. Cade suchte über den Tisch hinweg Flynns Blick. Sein Bruder nickte verständnisvoll.

Moment. Avery hatte eine Krawatte für seinen Bruder gemacht?

Er musste die Frage laut ausgesprochen haben, weil Avery sich zu ihm umdrehte und leise lachte. «Eigentlich nicht. Ich ...»

«Sie hat mit einem Edding eine Krawatte auf mein T-Shirt gemalt.» Drakes anderer Mundwinkel hob sich und verwandelte sein schiefes Lächeln in ein Grinsen.

Cade blieb die Luft weg. Sofort wurde er zurückkatapultiert in seine Kindheit, zu Baseballspielen und Schneeballschlachten. Zu Drakes und Heathers Hochzeit, wo das Grinsen keinen Augenblick vom Gesicht seines Bruders verschwunden war. Es war so lange her – so verdammt lange –, dass er ein echtes Lebenszeichen von Drake gesehen hatte. Hin und wieder ein Aufblitzen, das zu schnell verschwand, um wirklich Eindruck zu hinterlassen.

Offensichtlich gab es eine Geschichte zu diesem T-Shirt, aber Cade interessierte sich nicht im mindesten dafür, weil er nur daran denken konnte, Avery zu küssen – jeden Zentimeter ihres Körpers. Dafür, dass sie Drake zum Lächeln gebracht hatte. Dafür, dass sie die Abläufe in der Klinik und dieses Event organisiert hatte. Dass sie eine tolle Mom war. Für den Mut, ihr komfortables, privilegiertes Leben zu verlassen und neu anzufangen.

Dafür, dass sie Cades Herz zum Rasen brachte, bis es aussetzte, um dann weiterzurasen.

Das Kreischen eines Mikrophons hallte durch den Raum. Cade zuckte zusammen. Er schüttelte den Kopf, nahm einen tiefen Schluck von seinem Bier und zwang sich, seine Aufmerksamkeit nach vorne zu richten. Tante Marie stand im vollen Bürgermeisterinnen-Modus auf der DJ-Bühne. In den letzten Jahren hatte sie immer ein paar Worte gesprochen, um die Veranstaltung offiziell zu eröffnen. Cade lehnte sich zurück und gab vor, ihr zuzuhören.

Und dann rief sie Averys Namen.

Avery murmelte «Oh, Scheiße» und stand auf. Alle im Raum jubelten, als sie zu Marie ging und sich neben sie stellte. Seine Tante zerrte Avery ins Rampenlicht, obwohl sie sich dort offensichtlich nicht wohl fühlte, wenn man nach ihren geröteten Wangen und ihrer steifen Haltung ging. Doch sie kleisterte sich ein Lächeln ins Gesicht und winkte.

«Habt ihr Spaß?», fragte Avery den Saal.

Alle Anwesenden klatschten und pfiffen.

«Gut. Ich bin froh, dass ihr gekommen seid. Ich habe schon eine Menge Komplimente bekommen, aber ich habe diesen Abend nicht allein organisiert. Daran war ein ganzes Komitee beteiligt, also würdigt bitte auch die anderen.»

Wieder folgte Applaus. Avery verdrehte die Augen und machte eine auffordernde Geste, um klarzustellen, dass die Lautstärke zu wünschen übrig ließ. Der Raum explodierte, und sie lächelte.

«Schon besser. Zusätzlich möchte ich zwei besonderen Männern danken, die mir vorhin beim Aufbau geholfen und mich vor einem Sturz von der Leiter bewahrt haben. Flynn O'Grady.»

Gabby übersetzte für Flynn in die Gebärdensprache, und

Flynn stand auf, um sich theatralisch zu verbeugen, was ihm ein Lachen von Avery einbrachte.

«Und», sprach sie weiter, wobei sie ihre Stimme zu einem verschwörerischen Flüstern senkte, «was auch immer geschieht, ihr dürft dem anderen Mann nicht verraten, dass ich euch erzählt habe, dass er mir geholfen hat. Drake O'Grady wäre es total peinlich, dass ich überhaupt etwas sage.»

Alle Blicke richteten sich auf Drake. Und zur Hölle ... sein Bruder grinste immer noch. Er hielt den Blick auf Avery gerichtet und schüttelte amüsiert den Kopf.

Die Zeit schien stillzustehen, als alle im Raum den Atem anhielten. Dann explodierte erneut Applaus. Avery stoppte den Ausbruch mit einer Geste, dann nickte sie dem DJ auffordernd zu, raffte ihr Kleid und stieg von der Bühne.

Cade hätte nicht sagen können, welches Lied gespielt wurde oder wer gerade was tat, da er verfolgte, wie sie durch den Saal eilte und sich wieder setzte.

«Ich kann nicht glauben, dass Marie mich so in Verlegenheit gebracht hat.» Ihre Wangen leuchteten fast in demselben Rot wie ihr atemberaubendes Kleid.

«Glaub es ruhig, Püppchen.» Brent hob in einem spöttischen Toast sein Glas. «Und du hast dich gut geschlagen.»

Sie wandte sich an Drake. «Bist du sauer, dass ich deinen Namen genannt habe?»

Drake zog eine Augenbraue hoch. «Wirke ich sauer?»

Flynn grinste. *«Woran sollte sie den Unterschied erkennen?»*

Brent erhob sich und griff nach Zoes Hand. «Ladys, wir werden jetzt tanzen.» Mit der anderen Hand griff er nach Gabby. «Avery?»

«Gleich», sagte sie und ließ sich tiefer in ihren Stuhl sinken. «Macht nur.»

Und so verging die nächste Stunde. Flynn tanzte ein oder zwei Songs lang mit den anderen, doch die übrigen drei blieben sitzen, ohne sich groß zu unterhalten, und beobachteten die Menge.

Schließlich wurde ein langsames Lied gespielt. Cade wandte sich Avery zu, um sie zum Tanz aufzufordern, doch sie unterhielt sich mit Drake. Und man sollte niemanden stören, der seinen Bruder zum Reden bringen konnte, also legte er nur den Arm über ihre Stuhllehne und ließ seinen Daumen über die glatte, weiche Haut ihres Rückens gleiten.

Ein Schauder lief über ihren Körper. Er grinste.

Flynn stand auf, um mit Gabby zu tanzen. Brent hatte bereits Zoe in seine Arme gezogen und wirbelte mit ihr über die Tanzfläche. Er ließ alle anderen schlecht aussehen.

«Pass auf, dass du dich nicht in einen Kürbis verwandelst. Es ist schon neunzig Minuten her, seit du den Saal betreten hast.» Avery lachte und nahm einen Schluck von ihrem Champagner.

Drake zuckte mit den Achseln. «Wenn wir dem Cinderella-Film glauben, würde sich mein Auto in einen Kürbis verwandeln, nicht ich.» Er ließ den Blick durch den Raum schweifen. «Ich werde demnächst gehen.»

«Ruft das hier schlechte Erinnerungen wach?», fragte sie so leise, dass Cade sie über die Musik hinweg kaum verstand.

Drake schluckte schwer und sah sie mit leerem Blick an. Cade glaubte schon, er würde nicht antworten, da verschränkte Drake die Arme und schüttelte den Kopf. «Es erinnert mich an gute Zeiten, und das ist schlecht.»

Cade erstarrte. In den vier Jahren seit Heathers Tod hatte er alles versucht – außer Drake an einen Stuhl zu fesseln –, um ihn dazu zu bringen, sich zu öffnen und über seine Trauer zu reden, damit er sie irgendwann hinter sich lassen konnte. Avery schien ihn so mühelos zum Reden zu bringen, als würden sie sich schon ein Leben lang kennen. Oder vielleicht konnte Drake gerade deswegen mit Avery reden, weil es eben nicht so war.

«Wo hast du Heather kennengelernt?»

Ein humorvolles Glitzern erschien in Drakes Blick. «Im Sandkasten. Ich war vier. Sie war drei.»

Avery lachte auf diese perlende Art und Weise, sodass Cades Herz einen Sprung machte. «So früh. War es Liebe auf den ersten Blick?»

Drake schüttelte den Kopf und senkte den Blick, aber seine Lippen waren zu einem vagen Lächeln verzogen. «Nein, das kam erst später.» Er atmete tief durch und sah zur Tanzfläche.

Cade folgte seinem Blick. Die anderen kamen zum Tisch zurück. Es lief ein langsamer Song, aber Cade blieb sitzen. Er würde die nächste Chance nutzen, um mit Avery zu tanzen.

Zoes Augen glitzerten hinterhältig, als alle sich setzten.

Brent musterte sie aus zusammengekniffenen Augen. «Was hat dieser Blick zu bedeuten?»

Zoe zuckte mit den Achseln. «Kannst du den Electric Slide tanzen, Avery?»

«Ähm ... ja. Wer nicht?»

Gabby warf ihren Kopf in den Nacken und lachte. «Gut. Weil Zoe sich gerade die Musik dazu gewünscht hat. Wir holen deinen Hintern von diesem Stuhl.»

Avery wandte sich an Drake. «Unsere Abmachung gilt für uns beide. Ich habe gesagt, ich würde dich beschützen. Jetzt hilf du mir hier raus.»

Drake lehnte die Unterarme auf den Tisch. «Gegen den Electric Slide gibt es keinen Schutz. Tut mir leid.»

Der langsame Song endete, und die ersten Takte von Zoes Wunschmusik füllten den Saal. Jubel erhob sich, und die Tanzfläche füllte sich.

Brent ließ Avery keine Zeit zu reagieren. Er stand auf, kam um den Tisch und schlang einen Arm um ihre Taille. «Los geht's.»

Avery schüttelte den Kopf.

Brent zerrte sie auf die Beine. Zoe und Gabby traten ebenfalls in Aktion und zogen an ihren Händen, bis sie keine andere Wahl hatte, als ihnen zu folgen. Auf der Tanzfläche stand sie einen Moment einfach nur da, während die anderen bereits um sie herumtanzten, bis Brent sie mit der Hüfte anstieß.

Sobald sie nachgab, stimmte Cades Herz in seiner Brust einen so heftigen Rhythmus an, dass er keine Luft mehr bekam. Mit geröteten Wangen bewegte sie sich anmutig über die Tanzfläche. Ihr Lächeln war so breit, dass es ihr ganzes Gesicht einzunehmen schien. Endlich ließ sie ihre Zweifel los und entspannte sich. Man konnte förmlich zusehen, wie eine Hülle von ihr abfiel, wie ihre Mauern in sich zusammenbrachen. Er fragte sich, ob das die echte Avery war ... die sie so tief in sich begraben hatte, dass sie diesen Teil von sich tatsächlich vergessen hatte. Falls das der Fall war, reichte dieses kurze Aufblitzen, dass er sich schwor, wenn nötig den Mond vom Himmel zu holen, um diese Seite dauerhaft sichtbar zu machen.

Denn verdammt. Er konnte nicht atmen. Konnte den Blick nicht von ihr abwenden.

«Sei vorsichtig, kleiner Bruder. Deine Miene sagt, dass du mehr als nur Spaß willst.»

Er blinzelte und zwang sich, einmal tief durchzuatmen. «Und wenn schon?» Als Drake nicht antwortete, riss Cade seinen Blick von Avery los, um festzustellen, dass sein Bruder die Zähne zusammengebissen hatte und fast etwas Mörderisches in seinem Blick lag. «Was?»

«Sie ist ein guter Mensch. Ich mag sie.»

Cade hätte gerade selbst einen Mord begehen können. Er kontrollierte den Impuls und holte ein weiteres Mal tief Luft, um das Pochen in seinen Schläfen zu beruhigen. «Vielleicht solltest du dann mit ihr ausgehen.»

Drake erstarrte, und seine Augen wurden schmal.

Was zur Hölle stimmte nicht mit ihm, dass er seinen Bruder so anging? Er wusste, dass Drake das nicht gemeint hatte. Aber auch wenn sein großer Bruder eine Menge Leute mochte, hatte er sich in der Vergangenheit selten daran erinnert.

«Tut mir leid. Das war unangebracht.» Cade kratzte sich am Kinn, legte seine Beine auf den Stuhl neben sich und verschränkte Arme und Beine. «Es ist nur ...» Himmel. Er wollte verdammt sein, wenn er wusste, wo das Problem lag – er wusste nur, dass es mit einer Brünetten zu tun hatte, die gerade fünf Meter entfernt tanzte. «Ihr Ex war ein echtes Arschloch. Wie in: Wenn ich ihm je begegne, bleibt nichts von ihm übrig.»

Drake zog die Augenbrauen hoch. «Und? Willst du jetzt der Kerl sein, der ihr beweist, dass nicht alle Männer Arschlöcher sind? Willst du derjenige sein, der alles besser macht?»

Cade rieb sich das Gesicht. «Vielleicht.»

Nur dass es kein Vielleicht gab. Vom ersten Tag an hatte Cade sich quasi umgebracht mit der Geduld, die er ihr gegenüber aufgebracht hatte. Er hatte sie nicht gedrängt. Hatte auf sie gewartet. Hatte für die Momente gelebt, wo er ihr ein Lachen entlocken konnte oder sich ihr Blick unter seiner Berührung verschleierte. Er wünschte sich nichts mehr, als ihr zu zeigen, dass jemand ihre Gegenwart schätzte, ihren selbstironischen Humor und ihre unendliche Fähigkeit, sich um andere zu kümmern – selbst um Menschen, die sie verletzt hatten.

Himmel. Er hatte alles getan, damit sie ihm vertraute. Damit sie sich bei ihm fallen ließ. *Damit sie sich in ihn verliebte.* Und er wurde das nagende Gefühl nicht los, dass er bei sich selbst mehr Erfolg gehabt hatte als bei ihr.

«Verdammt noch mal.»

Cade starrte Drake böse an, bemerkte seinen ungläubigen Blick und seinen offen stehenden Mund. «Was?»

«Du stehst auf sie. Ich meine, so richtig.»

Ernsthaft? Und er hatte sich gefreut, dass Avery seinen Bruder wieder zum Reden gebracht hatte. «Wo warst du? Das habe ich dir schon vor Wochen erzählt. Ich meine, wenn du mir einmal in meinem Leben etwas zutrauen würdest ...»

«Halt die Klappe.» Drake schüttelte den Kopf, als verstünde er die Welt nicht mehr. «Du verliebst dich in sie.» Als Cade den Mund öffnete, hob Drake einen Finger. «Ich habe gesagt, du sollst die Klappe halten. Es dauert nicht mehr lange, und du liegst auf dem Rücken wie ein junger Welpe und lässt dir den Bauch kraulen. Du bist total verknallt in sie!»

«Hast du verdammt noch mal den Verstand verloren?» Sein Kopf begann zu hämmern. Das bedeutete nicht, dass sein Bruder recht hatte. Oder etwa doch? «Ich habe niemals von Liebe gesprochen, habe nicht mal etwas in der Art angedeutet. Es ist zu früh. Ich mag sie, sicher, aber ...»

«Verknallt wie ein junger Welpe. So fängt es an. Und am Ende wirst du sie so heftig lieben, dass die Zeit, als es sie noch nicht gab, keine Rolle mehr spielt.» Drake stand auf.

«Wo willst du hin?»

«Nachsehen, ob mein Wagen schon zu einem Kürbis geworden ist.» Ein seltsames Lächeln huschte über sein Gesicht, dann sah er Cade an. «Viel Glück. Von jetzt an geht es nur noch bergab.»

Cade öffnete den Mund, doch Drake hatte schon den halben Weg zur Tür zurückgelegt. Cade knirschte mit den Zähnen, ohne zu wissen, warum er so wütend war. Aber vielleicht war das Gefühl, das ihm die Brust zusammenschnürte, sodass ihm der kalte Schweiß ausbrach, ja auch Angst.

Cade wusste nicht, wie lange er dort vor sich hin kochte. Voller Panik. Nein, es war Wut. Als er schließlich aufsah, lief im Hintergrund ein langsames Lied. Und seine Freunde saßen wieder auf ihren Plätzen und starrten ihn mit einer Mischung aus Neugier und Beklommenheit an.

Alle außer Avery, die am Nebentisch stand und sich mit den Feuerwehrmännern unterhielt. Ihn ignorierte. Lachte. Sich eine lose Strähne hinter das Ohr schob. Noch einmal lachte. Ihn überhaupt nicht zur Kenntnis nahm. Lachte …

Flynn klopfte auf den Tisch, um auf sich aufmerksam zu machen. «*Geht es dir gut?*»

«Definiere gut.» Gut wie in Sonnenschein und Regenbogen? Trudelte er immer noch durch sein Leben, auf der Suche nach der nächsten Frau, mit der er Spaß haben konnte? Hatte er noch Spaß und machte Eroberungen?

Flynns Lächeln verrutschte. «*Wo ist Drake? Was ist passiert?*»

Dreck. Cade seufzte. «Er ist nach Hause gegangen. Alles in Ordnung. Es geht mir gut.» Sobald Avery wieder neben ihm sitzen würde zumindest.

Er schob seinen Stuhl vom Tisch zurück, stand auf und ging zu ihr. Sie unterhielt sich immer noch mit den Feuerwehrmännern. Bis eben hatte er diese Kerle noch gemocht.

Bevor sie protestieren konnte, schlang er einen Arm um ihre Taille, hob sie hoch und setzte sie erst wieder ab, als sie mitten auf der Tanzfläche standen. Dann legte er die Arme um sie, zog sie enger an sich und begann, sich in langsamen Tanzschritten zu wiegen. Er atmete tief ihren Beerenduft ein und schloss die Augen.

Ja. So war es viel besser.

· 17 ·

Avery kuschelte sich während des Tanzes tiefer in Cades Umarmung, um seine Wärme in sich aufzunehmen. Sein harter Körper an ihrem erregte sie. Ihr Puls raste immer noch, nachdem er sie in Höhlenmensch-Manier auf die Tanzfläche geschleppt hatte. Urtümlich. Besitzergreifend.

Sie legte den Kopf in den Nacken, um ihn anzusehen, und bemerkte eine gewisse Anspannung in seiner Miene. «Stimmt etwas nicht?»

Er sah ihr in die Augen. «Jetzt ist alles in Ordnung.»

Aber vorher hatte etwas nicht gestimmt? «Ich hatte ein wirklich nettes Gespräch mit den Feuerwehrmännern.»

«Das habe ich bemerkt.»

War er eifersüchtig? Das erschien ihr so lächerlich, dass sie fast gelacht hätte.

«Entspann dich, Avery. Ich wollte einfach nur mit dir tanzen. Du hast einen Großteil des Abends damit verbracht, dich mit meinem Bruder zu unterhalten. Und wir waren noch keine Sekunde allein.»

«Tut mir leid. Ich habe versucht, dafür zu sorgen, dass Drake sich wohler fühlt...»

«Das habe ich nicht gemeint.» Cade atmete tief durch. «Er war heute Abend hier, was an sich schon ein Wunder ist. Entschuldige dich nie für irgendetwas, was du tust, um Drake dazu zu bringen, sich zu öffnen.» Mit einem Seufzen ließ er seine Stirn auf die ihre sinken. «Ich wollte einfach nur mit dir tanzen», wiederholte er.

«Na, dann bin ich ja froh, dass du mich fast gefragt hast.»

Sein Grinsen ließ sie dahinschmelzen. «Fast?»

«Eigentlich hast du gar nicht gefragt. Du hast einfach in den Alphamännchen-Modus geschaltet.»

«Alphamännchen, hm?» Er drückte ihr einen Kuss auf die Nasenspitze. «Ich werde dir später zeigen, wie Alpha ich sein kann.»

Gott. Einfach ... wow. Verlangen und Vorfreude stiegen in ihr auf, und ihre Haut kribbelte. «Versprechungen, nichts als Versprechungen.»

Er knurrte förmlich, als er seine Lippen an ihr Ohr führte. Sein Atem war so heiß. «Ich halte meine Versprechen immer, Schatz.» Seine Hand glitt über ihren Rücken und wieder nach oben. Das Gefühl seiner rauen Handfläche auf ihrer nackten Haut ließ sie erschaudern.

Plötzlich stand ihr ganzer Körper in Flammen. Pulsierte, brannte. Ihr stockte der Atem. Ihr Pulsschlag raste. Sie ließ die Hände von seiner Brust zu seinem Hals gleiten, wobei sie das wilde Pochen seines Herzens fühlte. Die Wölbung in seiner Hose drückte sich beim Tanzen gegen ihre Hüfte.

Er war genauso erregt wie sie.

Sie hatte den Verdacht, dass alle Blicke im Saal auf sie gerichtet waren. Es gab seit Wochen Gerüchte über sie beide, aber bisher hatten sie der Stadt keinen Grund für Spekulationen geliefert. Bis jetzt. Wie er sie hielt, so nahe, und die Art, wie er sie ansah, voller Hunger, ließen keine Zweifel mehr zu.

«Sie spielen dein Lied», sagte er rau.

Sie legte den Kopf schräg und konzentrierte sich auf die Musik. «Lady in Red ist mein Lied?» Sie hatte nicht gewusst, dass es ein bestimmtes Lied für sie gab. Wusste nicht, was sie davon halten sollte, dass er ihr eines zusprach. Das deutete auf ... mehr hin.

«Du trägst Rot, und soweit ich das einschätzen kann, bist du eine Lady.» Erheiterung gesellte sich zu der Leidenschaft in seinem Blick, sodass das Blau seiner Augen sich in stürmisches Grau verwandelte. «Und du tanzt mit mir. Die Tatsachen sprechen für sich.»

Sie lachte leise, schüttelte den Kopf. «Ja, Tatsachen kann man kaum widersprechen.»

«Ich hätte noch mehr anzubieten.» Er drückte seine Wange an ihre. «Tatsache: Du bist so schön, dass ich kaum atmen kann, wenn ich dich zu lange ansehe. Tatsache: Ich war eifersüchtig auf einen Schwulen, weil Brent heute Abend mehr Zeit mit dir auf der Tanzfläche verbracht hat als ich.» Er drehte den Kopf, sodass sein Kinn über ihre Wange kratzte. «Tatsache: Ich begehre dich so sehr, dass es weh tut.»

Averys Knie wurden weich. Sie wimmerte, weil sie plötzlich den Druck seines Oberkörpers an ihren Brüsten, das Pulsieren zwischen ihren Beinen, die feuchte Hitze seines Atems und seinen sauberen Geruch überdeutlich wahrnahm. Ihr gesamter Körper spielte verrückt.

«Wie lang müssen wir noch bleiben? Musst du hinterher beim Aufräumen helfen?»

Sie blinzelte bei dem plötzlichen Themenwechsel, dann blieb sie stehen. «Nein, das Komitee schaut morgen vorbei. Sie haben mir den Rest des Abends freigegeben, nachdem ich aufgebaut habe und ...»

Er packte ihre Hand und führte sie Richtung Ausgang, wobei er sich eilig an anderen Leuten vorbeidrängte. In ihren hohen Schuhen musste sie sich anstrengen, mit ihm Schritt zu halten. Er bemerkte es und verlangsamte sein Tempo. Ein wenig.

Cade führte Avery aus dem Saal zur Garderobe, dann warteten sie Seite an Seite schweigend, während Tante Rosa ihre Jacken heraussuchte. Er trommelte mit dem Fuß auf den Boden und mit den Fingern auf seinen Oberschenkel.

Sie konzentrierte sich auf ihre Atmung, damit sie nicht aufgrund von Sauerstoffmangel umkippte. Es war so weit. Sie würden zu ihm fahren. Sie würden Sex haben. War es seltsam, dass sie jetzt in Cades Gegenwart nervöser war als damals, als sie ihre Jungfräulichkeit an Richard verloren hatte?

Rosa übergab ihnen mit einem wissenden Grinsen Averys Mantel und Tasche. Cade schlüpfte in seine Jacke, dann hielt er den Mantel für sie. Ohne Zeit zu verschwenden, nickte er seiner Tante zu, legte eine Hand an Averys Kreuz und führte sie zur Tür.

Kühler Wind umspielte ihr Gesicht, und sie holte mehrfach tief Luft, als sie den Parkplatz überquerten. Erst als sie schon neben Cades Wagen standen – er bereits die Beifahrertür für sie aufhielt –, wurde ihr klar, was das bedeutete. Wenn sie mit ihm fuhr, würde er sie morgen früh hierher zurückfahren müssen, damit sie ihr Auto und anschließend Hailey abholen konnte. Und wenn ihr Auto über Nacht auf dem Parkplatz stand, würden alle wissen, dass sie die Nacht mit ihm verbracht hatte.

«Avery?»

Sie sah ihn an. «Mein Auto steht da drüben.»

Cade starrte sie einen Moment mit fragendem Blick an, während ein Ausdruck der Unsicherheit über sein Gesicht huschte. Er öffnete den Mund, als wollte er etwas sagen, nur um ihn wieder zu schließen. Dann senkte er die Lider und atmete tief durch. Ein ungutes Gefühl stieg in ihr auf. Offensichtlich hatte er ihre Aussage als Zurückweisung verstanden.

«Kann ich hinter dir herfahren? Damit ich morgen früh mein Auto habe?» Oder später heute Nacht. Sollte sie bei ihm übernachten? Wollte er, dass sie nach Hause ging, sobald sie ... fertig waren? Sie kannte die Regeln nicht.

Er öffnete die Augen wieder und sah sie an. Die Erleichterung in seinen Augen stand in heftigem Widerspruch zu seinen zusammengebissenen Zähnen. Dann nickte er und schloss die Tür wieder. «Ich wohne in einer Seitenstraße in der Nähe von Gabbys Haus.»

«Okay. Gib mir eine Minute, dann folge ich dir.»

Auf der kurzen Fahrt kontrollierte Avery ihr Handy und stellte sicher, dass April nicht wegen Hailey angerufen hatte. Erleichterung stieg in ihr auf, nur um sofort wieder der Nervosität zu weichen. Sie lenkte ihren Wagen durch die Stadt, kam an der Straße zu ihrer Hütte vorbei und fuhr Gabbys Straße entlang. Schließlich folgte sie Cade auf einen Privatweg, der sich durch dichten Wald schlängelte. Links stand eine bescheidene, zweistöckige Hütte. Das Licht aus ihren Fenstern war die einzige Lichtquelle in der Nacht.

Cade fuhr noch eine Weile weiter, dann bog er auf eine Kieseinfahrt ab. Sie folgte ihm, schaltete den Motor aus und blieb einen Moment sitzen, um das Haus zu betrachten. Ähnlich wie ihr Ferienhaus war auch dies eine Blockhütte, wenn auch viel größer. Zwei Stockwerke und jede Menge Fenster, versteckt zwischen Kiefern, Birken und Mammutbäumen. Eine Veranda zog sich um das ganze Haus, und sie konnte zwei einfache Holzschaukelstühle darauf erkennen.

Als er die Autotür öffnete, atmete sie tief durch und folgte seinem Beispiel. Mit angespannten Muskeln und zusammengebissenen Zähnen wartete er darauf, dass sie zu ihm kam. Sie wusste nicht, ob die Situation ihn genauso nervös machte wie sie oder ob er wegen etwas anderem so angespannt war. Aber es war auch egal, weil nichts das Chaos in ihrem Kopf beruhigen konnte.

Sie blickte zum Haus hinüber. «Gefällt mir.»

Er räusperte sich. «Danke. Ich muss die Hunde rauslassen, aber wie wäre es, wenn ich dich hinterher durchs Haus führe?»

Avery deutete die Aussage, wie sie gemeint war: als Ablenkung und Hilfe beim Übergang zu etwas Neuem. Es schockierte sie immer wieder, wie gut er sie kannte, wie gut er ihre Eigenheiten verstand. «Sicher. Das wäre toll.»

Sie folgte ihm auf die Veranda, und als er sie mit einer Geste aufforderte vorzugehen, betrat sie das Haus. Er hatte ein paar Lampen angelassen, sodass sie mühelos den Weg durch einen kleinen Eingangsbereich in ein offenes Wohnzimmer fand. Ein glänzender Parkettboden erstreckte sich bis zu einem Kamin aus Stein in der Ecke. Waldgrüne Ledersofas bildeten ein L in der Mitte des Raums, ergänzt durch Beistelltische aus unbehandeltem Holz. Der Raum wirkte sauber und gepflegt, Gemälde mit Waldszenen waren geschmackvoll an den Wänden und offen liegenden Balken arrangiert.

«Ein Mann, der etwas vom Einrichten versteht.»

Er lachte. «Gabby und Zoe haben mir dabei geholfen. Aber den Grundriss habe ich zu verantworten. Dad gehörte ein riesiges Grundstück. Ursprünglich wollte er die Klinik hier bauen, doch letztendlich hat er sich doch für die Stadt entschieden. Auf dem Weg sind wir an Moms Haus vorbeigekommen. Drake und Flynn wohnen ein Stück weiter die Straße rauf.»

Es war wirklich nett, dass die Geschwister so nahe beieinander lebten. Und die Lage war auch perfekt: eingebettet in die Wälder, aber nicht weit von der Stadt entfernt. Friedlich und ruhig, aber nicht vollkommen isoliert.

«Mach es dir gemütlich. Ich lasse kurz die Hunde raus.»

Als ihr wieder einfiel, dass er Seraph abgeholt hatte, sah sie sich im Raum um, konnte die Hunde aber nirgendwo entdecken.

«Ich habe sie im Vorraum neben der Küche eingeschlossen.»
Sie nickte. Als er verschwunden war, wanderte sie durch den Raum und entdeckte einen Flachbildfernseher in einem Eckschrank und Fotos seiner Familie auf dem Kaminsims. Sie grinste, als sie ein Bild von Cade und seinen Brüdern sah, auf dem er nicht älter als sieben sein konnte. Zu dritt standen sie neben einem Flusslauf und hatten die Arme um die Schultern der anderen gelegt. Daneben standen ein Foto von Heather und Drake bei ihrer Hochzeit sowie ein Bild von Cade und einem älteren Mann. Ihre Augen sahen sich so ähnlich, dass sie sofort wusste, dass es sein Vater sein musste. Drake hatte sein dunkles Haar geerbt und Flynn sein Lächeln.

Sie hörte das Geräusch von Krallen auf Parkett und drehte sich gerade noch rechtzeitig um, um Seraph mitten im Sprung aufzufangen. Sie kniete sich hin und kraulte den Welpen, um anschließend Freeman dieselbe Höflichkeit zu erweisen. Die Hunde leckten ihr das Gesicht ab, und sie lachte, dann blickte sie zu Cade auf, der im Türrahmen stand.

Auf seiner Schulter saß ein kleines graues Kätzchen, das an seinem Hals schnüffelte. Cade schien sich des süßen Fellknäuels gar nicht bewusst zu sein. Seine Aufmerksamkeit war ganz bei Avery, ein Lächeln lag auf seinen Lippen. Dann blinzelte er, schien ihre Überraschung erst jetzt zu bemerken, denn er hob die Hand, um das Kätzchen zu streicheln.

«Das ist Candy. Sie wurde im Schnee ausgesetzt. An dem Abend, an dem wir uns kennengelernt haben, um genau zu sein. Sie war einer der Gründe für meine schlechte Laune. Ihre Geschwister haben es nicht geschafft.»

Oh Gott. Als wäre er nicht so schon sexy genug. Wie er da stand. Dieser unglaubliche Körper. Und er streichelte ein Kätzchen. Seufz.

Cade zuckte mit den Schultern. «Aus irgendeinem Grund sitzt sie gerne auf meiner Schulter. Soll ich dich rumführen?»

Avery wollte Cade die Kleidung vom Körper reißen und ihn von Kopf bis Fuß ablecken, doch stattdessen stand sie auf, wobei es ihr irgendwie gelang, nicht in Ohnmacht zu fallen, obwohl sie sich ganz schwindelig fühlte. «Ja.»

Sie gingen vom Wohnzimmer direkt in eine große Küche, die sie mit Neid erfüllte. So ungefähr das Einzige, das sie aus ihrem Leben mit Richard vermisste, war die riesige Küche. Sie hatte es geliebt, morgens am Tisch zu sitzen, Kaffee zu trinken und den Sonnenaufgang zu beobachten. Wann immer sie sich einsam gefühlt hatte, hatte sie Kekse gebacken oder ein Abendessen gekocht, zu dem er so gut wie nie aufgetaucht war. Aber das Kochen selbst hatte sie entspannt.

Cades Einrichtung war allerdings vollkommen anders. Schwarze Geräte, Arbeitsflächen aus grünem Marmor und helle Eichenschränke. Eine Glastür öffnete sich auf die weite Veranda, direkt daneben musste die Tür zum Vorraum sein. An der Kücheninsel standen vier Stühle, und in einer Nische befand sich ein Tisch, an dem acht Leute Platz finden konnten.

Sie stellte sich vor, wie er hier mit seinen Brüdern saß und ein Bier trank. Oder wie die Schar seiner zukünftigen Kinder sich um den letzten Hühnerschenkel stritt, während seine Frau über etwas lachte, das er gesagt hatte. Normale Dinge, alltägliche Bilder. Dinge, die sie nie erlebt hatte, weil Richard kein Interesse daran gehabt hatte, Zeit mit ihr und Hailey zu verbringen. Momente, die nie Teil ihres Lebens sein würden, weil sie sich alle Träume in diese Richtung abgeschminkt hatte, um auf keinen Fall wieder verletzt zu werden.

Trotzdem spürte sie einen Stich in der Brust.

«Wohin bist du gerade abgedriftet?» Cade trat näher und ließ seine Finger sanft über ihre Arme gleiten. «Du hast gewirkt, als wärst du Kilometer entfernt.»

Sie lächelte und hob die Hand, um das Kätzchen auf seiner Schulter zu streicheln. «Nirgendwohin. Ich habe nur nachgedacht.» Candy miaute und stieß mit dem Kopf gegen ihre Finger. Ihr Lächeln wurde noch breiter. Das war wirklich ein anbetungswürdiges Fellknäuel.

Er nickte, auch wenn er nicht wirkte, als würde er ihr glauben. Doch statt nachzufragen, deutete er in die Richtung, aus der sie gekommen waren. Er zeigte ihr eine Gästetoilette unter der Treppe, dann stieg er die Stufen hinauf.

Sie folgte ihm, und ihr Magen verkrampfte sich bei jedem Schritt.

Er führte sie nach rechts. «Bad.» Er betrat ein Schlafzimmer, das mit einem einfachen Bett und einer Kommode eingerichtet war, um dort die Katze abzusetzen. «Gästezimmer. Aber da ich eigentlich nie Gäste habe, sollte ich das vielleicht noch mal überdenken.» Er kratzte sich am Kinn.

Sie lachte und folgte ihm in einen weiteren Raum.

«Zimmer, von dem ich noch nicht weiß, was ich daraus machen soll.» Jetzt ging er nach links, an der Treppe vorbei, um kurz die Tür zu einem kleinen Loft zu öffnen, in dem ein Schreibtisch und zwei Bücherregale standen.

«Und das ist das eigentliche Schlafzimmer.» Er hielt vor einer Tür und suchte ihren Blick, hatte die Stirn gerunzelt, als wartete er darauf, dass sie ihm einen Hinweis gab, was er als Nächstes tun sollte. Er räusperte sich. «Mein Schlafzimmer.»

Sie betrat den Raum mutiger, als sie sich tatsächlich fühlte. Hinter ihr hörte sie, wie er zischend den Atem ausstieß, und ein Teil ihrer Unruhe löste sich in Luft auf. Er schien auch nervös zu sein, und so fühlte sie sich nicht mehr so allein.

Sein Schlafzimmer war unglaublich. Ein Himmelbett aus Mahagoni in der Mitte des Raums, mit zwei passenden Kommoden und zwei Nachttischen. Die Bettbezüge hatten ein schiefergraues Muster, das perfekt zu den mitternachtsblauen Wänden passte. Die Farben hätten den Raum klein wirken lassen können, hätte es da nicht die Glastüren zum Balkon und ein großes Fenster gegenüber dem Bett gegeben, durch die natürliches Licht in den Raum fallen konnte. Vom Balkon aus hatte man einen phantastischen Blick auf den Wald und die Ausläufer der Berge.

Sie ging zu der Schiebetür und betrachtete mit verschränkten Armen den im Mondlicht glänzenden Fluss und die Bäume. Nebel hatte sich am Fuß der Berge gebildet, schwebte dicht und fast surreal in der Ferne.

«Das ist wirklich unglaublich, Cade.»

Er trat hinter sie, legte die Hände auf ihre Schultern und drückte ihr einen Kuss auf die Schläfe. «Ich mag die Aussicht auch.» Seine Stimme war leise und heiser, voller Verlangen. Seine Hände glitten tiefer, über ihre Schlüsselbeine, sodass ihre Haut sich erhitzte. «Und ich meine nicht die Aussicht, die sich mir bietet, wenn ich aus dem Fenster schaue. Ich habe mir schon öfter vorgestellt, dich hier zu sehen, als ich zugeben sollte.»

Als er einen Kuss auf ihren Hals drückte und seine Lippen einen Moment lang auf ihrer Haut verweilen ließ, schloss Avery die Augen und lehnte sich an ihn, um seine Wärme in sich aufzunehmen. Er bahnte sich einen sinnlichen Pfad von ihrem Hals zu einer Stelle hinter ihrem Ohr, bevor er mit der Hand ihr Kinn umfasste. Seine Erregung drängte sich an ihren Po. Ihre Brüste wurden schwer, und ein Schauder überlief ihren Körper.

Doch dann begann sie, am ganzen Körper zu zittern, und konnte nichts dagegen tun. Sie drehte sich in seinen Armen, vergrub ihr Gesicht an seinem Hals, atmete seinen inzwischen so vertrauten Duft ein und versuchte, so Ruhe in ihrer Leidenschaft zu finden. Doch ihr Körper hatte seinen eigenen Willen. Das Zittern wurde fast übermächtig.

Cade ließ seine Hände über ihre Oberarme gleiten und drückte ihr einen Kuss auf die Wange. «Dir ist kalt. Ich werde ein Feuer machen. Warte kurz.»

Er löste sich von ihr. Nur mit Mühe gelang es ihr, sich ohne seinen Körper als Stütze auf den Füßen zu halten. Er warf sein Jackett auf einen Stuhl, löste seine Krawatte, schmiss sie ebenfalls zur Seite und rollte die Ärmel auf. Dann kniete er sich vor einen kleinen Kamin, der auf das Fußende des Bettes ausgerichtet war, und entzündete ein Feuer. Danach verschwand er in einem Raum, von dem sie vermutete, dass es ein Bad war, um sich die Hände zu waschen.

Avery stand da wie ein nervöser Teenager, wusste nicht, was sie tun sollte. Das war Wahnsinn. Sie wollte ihn – wollte das hier –, aber sie konnte ihren Körper nicht dazu bringen, mit dem Zittern aufzuhören. Sie biss die Zähne zusammen, bis sie knirschten. Ballte die Hände zu Fäusten. Doch auch das unterband das allumfassende Beben nicht.

Er kam zurück und trat vor sie, sein Blick war voller Zärtlichkeit. Dann umfasste er sanft ihre Wange. «In einer Minute wird es warm.»

Endlich fand sie ihre Stimme und sagte das Erste, was ihr in den Kopf kam. «Mir ist nicht kalt.»

Er erstarrte, seine Lippen nur Zentimeter von ihren entfernt. Anspannung knisterte zwischen ihnen. Und immer noch wollte das Zittern nicht verklingen. Cade schloss fest die Augen. An seinem Kinn zuckte ein Muskel. So blieb er stehen, während er offensichtlich versuchte, zu einer Entscheidung zu kommen. Hunderte Gedanken mussten durch seinen Kopf schießen, denn die verschiedensten Empfindungen huschten über sein Gesicht, zu schnell, als dass sie sie hätte deuten können.

Langsam richtete er sich auf und öffnete die Augen wieder, sein Blick starr auf die Glastür hinter ihr gerichtet. Sie wusste nicht, zu welchem Schluss er gekommen war, doch ihr Instinkt verriet ihr, dass seine Entscheidung nicht mit ihren Wünschen übereinstimmte. Ihr Magen verkrampfte sich, als er die Hände senkte und langsam zurückwich.

Verwirrt beobachtete sie, wie er zur Kommode ging und ein T-Shirt hervorzog, um es aufs Bett zu werfen. Nachdem er das Kleidungsstück eine Sekunde angestarrt hatte, senkte er das Kinn. «Das Bad ist hinter dieser Tür. Du kannst zum Schlafen mein T-Shirt tragen. Bitte ...»

Er seufzte, dann sah er sie endlich an. In seinen Augen erkannte sie Geduld und Verlangen und Schuldgefühle. «Bitte bleib. Wir gehen schlafen. Ich werde dich im Arm halten, mehr nicht.»

Und da verstand sie. Es hatte sie eine Weile gekostet, aber sie verstand. Verstand, was er dachte. Sie folgte seinem Gedankengang bis zum Ende. Wenn sie das nicht richtigstellte, wenn sie nicht den ersten Schritt tat, würden sie nie herausfinden, wie explosiv sie zusammen sein konnten. Er war zu anständig, um sie zu drängen. Und sie besaß zu wenig Erfahrung. Aber verdammt, so sollte die heutige Nacht nicht verlaufen.

Er wandte seinen Blick keinen Augenblick von ihr ab. «Avery?» Es war kaum mehr als ein Flüstern, eine Mischung aus Frage und Flehen.

Sie zwang ihre Beine dazu, sich zu bewegen, ging zum Bett, nahm das T-Shirt und trat dann vor ihn. Er folgte jeder ihrer Bewegungen mit den Augen, schien aber kaum zu atmen. Sie gab ihm das T-Shirt. Fast automatisch nahm er es entgegen, knüllte den Stoff in seiner Faust zusammen.

«Mir ist nicht kalt, und ich habe keine Angst. Mit dir zusammen zu sein, macht mir keine Angst, Cade.» Er schien diese Bestätigung zu brauchen, also wiederholte sie es noch einmal. «Ich habe keine Angst. Ich bin nervös. Das ist alles. Nur ... nervös. Ich habe nicht so viel Erfahrung wie du, und es ist lange her ...»

«Avery, Schatz.» Er ließ das Shirt zu Boden fallen und zog sie an sich, um seine Arme um sie zu schlingen. «Verstehst du denn nicht?»

Nein, das tat sie nicht. Aber es spielte auch keine Rolle, weil er seinen Mund auf den ihren drückte.

· 18 ·

Cade zog Avery an sich und küsste sie. Mit klopfendem Herzen ließ er seine Hände über die glatte Haut ihres Rückens gleiten, die dank des Kleides freilag, und umfasste ihren Nacken, um sie festzuhalten.

Ich habe keine Angst. Ich bin nervös.

Das hatte er hören müssen. Einen schrecklichen Moment lang hatte er geglaubt, sie wollte einen Rückzieher machen. Hatte geglaubt, sie wollte nicht, was er für unvermeidlich hielt. Wollte *ihn* nicht. Er hatte sich noch nie einer Frau aufgezwungen und würde das auch niemals tun. Und hätte er auch nur vermutet, dass sie nicht die Wahrheit sagte, hätte er den Raum verlassen und im Gästezimmer geschlafen.

Was ihn nur daran erinnerte, dass er mit Avery seine Regeln brach. Bei seinen bisherigen Geliebten hatte der Sex – wenn sie nicht gleich in die Wohnung der Frau gegangen waren – selten woanders stattgefunden als im Wohnzimmer. Und wenn es doch einmal weiterging – und diese Gelegenheiten konnte er an den Fingern einer Hand abzählen –, waren sie im Gästezimmer gelandet. Aber nie zuvor in seinem Schlafzimmer. Avery war die Erste. Er wusste nicht, warum. Wusste nicht, ob er überhaupt darüber nachdenken sollte, aber so war es. Sie war in seinem Schlafzimmer, wie er es sich bereits viel zu oft vorgestellt hatte.

Er neigte den Kopf und vertiefte den Kuss, vergrub seine Finger in ihrem Haar und entfernte die Nadeln, mit denen ihre seidigen braunen Strähnen aufgesteckt waren. Sie fielen ihr über die Schultern bis auf den Rücken und der unverwechselbare Duft ihres Shampoos stieg ihm in die Nase.

Verlangen wallte auf, doch er ging langsam und methodisch vor, bis er fühlte, dass sie sich entspannte. Bis sie ihm den Körper entgegendrängte und ihr Zittern nachließ.

Ohne den Mund von ihrem zu lösen, öffnete er sein Hemd. Dann ergriff er ihre Hände und ermutigte sie, ihn auszuziehen, weil er wollte, dass sie so viel Kontrolle fühlte wie nur möglich. Er sorgte dafür, dass seine Kleider zuerst fielen, damit sie sich sicherer fühlte. Er konnte nur hoffen, dass es funktionierte.

Sie zögerte kurz, bevor sie den Stoff von seinen Schultern schob, über seine Arme nach unten, bis das Hemd zu Boden fiel. Er zog ihre Hände wieder an seine Brust und drückte seine Handflächen auf ihre Finger, um sie langsam nach unten zu schieben. Ihre Daumen berührten seine Brustwarzen, sodass er sich von ihrem Mund löste, um nach Luft zu schnappen.

Sie hob den Blick, ihre Lider waren halb gesenkt, um ihre verschränkten Hände zu betrachten. Dann atmete sie zitternd ein. Ohne sein Zutun ließ sie ihre Finger tiefer gleiten, über seine Brust und Bauchmuskeln zu den Knöpfen seiner Hose. Ihre Knöchel glitten über die Haut unter seinem Nabel, was ihm ein Stöhnen entriss. Die Berührung ihrer Hände, die mit seinen Fingern verschränkt waren, wirkte unglaublich erregend, intim, wie die Vereinigung selbst.

Das Stöhnen schien ihr die Ermunterung zu geben, die sie brauchte. Mit leicht zitternden Fingern öffnete sie seine Hose und schob den Reißverschluss nach unten, wobei ihre Knöchel über die Unterseite seiner harten Erektion glitten.

Er biss die Zähne zusammen, um die Kraft zu finden, stillzuhalten. Heute ging es um sie, nicht darum, ins Ziel zu gelangen. Aber es fiel ihm schwer, sich zu zügeln, während ihr Duft ihn umwehte, während sie ihn berührte.

Sie schob seine Hose über die Schenkel nach unten, zusammen mit seiner Unterhose, dann drückte sie ihm einen Kuss auf die Brust. Gefühle wallten in ihm auf, und er fühlte sich, als müsste er vor Zärtlichkeit explodieren. Er schob seine Kleidung zur Seite und vergrub erneut die Finger in Averys Haar. Der glatte Stoff ihres Kleides liebkoste seinen Schaft, seidig, weich, und er pulsierte an ihr.

Er ließ eine Hand in ihren Locken ruhen. Den anderen Arm schlang er um ihre Taille und ging rückwärts, bis er die Matratze an seinen Beinen spürte. Er schob die Decke zur Seite, packte ihre Schenkel, hob sie an und setzte sich, sodass sie rittlings auf ihm hockte. Mit ihr auf sich rutschte er höher, bis er am Kopfende lehnte und sie auf seinem Schoß ruhte.

In dieser Stellung rutschte ihr Kleid bis über die Schenkel. In einer Mischung aus Verlangen und Zögern suchte Cade ihren Blick. Er ließ seine Hände von ihren Knien zu ihren Knöcheln gleiten, um über den Riemen ihrer Schuhe innezuhalten. Er öffnete die Schnallen, ohne ihren Blick freizugeben, und warf die Schuhe zur Seite. Er würde Avery ein anderes Mal bitten, sie anzubehalten, weil diese Absätze bei ihm mehr als nur eine Phantasie auslösen.

Dann beugte er sich vor, um ihr Kleid zu öffnen, doch ihm fiel ein, dass es rückenfrei war. «Wo ist der Reißverschluss?»

Sie lächelte, sodass ihre braunen Augen zu leuchten begannen und die goldenen Flecken darin sichtbar wurden. «An der Seite.»

Bevor er sich bewegen konnte, öffnete sie den Reißverschluss selbst. Das leise Sirren vermischte sich mit dem Klang ihres keuchenden Atems.

Er umfasste ihre Ellbogen und sah ihr tief in die Augen. «Ich wollte dir dieses Kleid seit dem Moment ausziehen, in dem ich dich das erste Mal darin gesehen habe.»

Er ließ seine Hände an ihren Armen höher gleiten, hakte seine Finger unter die Träger und schob sie langsam über ihre schlanken Schultern nach unten. Er riss den Blick von ihrem Gesicht los, weil er sehen wollte, wie er sie Stück für Stück entblößte.

Das Kleid fiel auf ihre Taille, sodass ihre perfekten Brüste endlich offen vor ihm lagen. Avery zuckte zusammen, als wollte sie sich bedecken, doch er fing ihre Hände ein, drückte ihr einen Kuss auf die Innenseiten beider Handgelenke und suchte ihren Blick. «Wunderschöne Avery. Versteck dich nicht.»

Damit beugte er sich vor und sog einen rosafarbenen Nippel in seinen Mund. Ihre sofortige Reaktion brachte ihn zum Stöhnen. Sie vergrub ihre Hände in seinem Haar, hielt ihn fest und drängte sich ihm entgegen. Er ließ seine Zunge um die harte Knospe gleiten. Seine Erektion pulsierte, als sie ihre Fingernägel über seine Kopfhaut zog.

Das. Verdammt, das liebte er. Innerhalb einer Sekunde war er nicht mehr einfach hart, sondern eher … verdammt hart.

Er wandte sich der zweiten Brust zu, um ihr dieselbe Aufmerksamkeit zu schenken. Dann schoss ihm ein Gedanke durch den Kopf: Sollte er jetzt sterben, stürbe er glücklich. Avery schmeckte so süß, wie sie roch, war so weich wie der Stoff des Kleides, in den er die Finger vergraben hatte.

Cade zog eine Spur aus Küssen über ihr Schlüsselbein zu ihrem Hals, dann leckte er die Stelle, unter der ihr Puls raste. Mit einem leisen Stöhnen ließ sie den Kopf in den Nacken sinken. Er grinste an ihrer Kehle, während er das Kleid langsam über ihre Taille nach oben schob, bis er es ihr über den Kopf ziehen konnte.

Oh, Hölle. Ein schwarzes Spitzenhöschen. Es tat ihm fast leid, dass er es ihr ausziehen musste.

Sie suchte seinen Blick, verzweifelt, nervös und voller Begierde. Ihr Verlangen traf ihn mit unglaublicher Macht. Sie mochte die Dinge gerne geordnet, auf ihre Weise und in genau der Geschwindigkeit, die ihr entsprach. Es sei denn, sie beide waren zusammen. Ihr Blick flehte stumm darum, dass er die Kontrolle übernahm.

Und das war für ihn in Ordnung. Er würde ihr alles geben, was sie sich wünschte, und würde es genießen. Eine kleine Stimme in seinem Hinterkopf mahnte, dass das schon lange nicht mehr nur fürs Schlafzimmer galt.

Es spielte keine Rolle. Er umfasste Averys Hinterkopf und drehte sie, sodass sie unter ihm lag. Ihre kastanienbraunen Locken breiteten sich auf dem Kissen aus. Der Anblick sorgte dafür, dass seine Brust eng wurde. Um den Schmerz zu verdrängen, küsste er sie, zuerst sanft … bis sie die Finger in seinem Haar vergrub und er nur noch Sterne sah.

Langsam, O'Grady. Sie hatte zu lange keinen Mann mehr gehabt. In sie einzudringen, war vergleichbar mit einem ersten Mal, als wäre sie noch Jungfrau. Gott, er wollte ihr auf keinen Fall Schmerzen bereiten. Er würde sie vorbereiten. Wenn er seinen verdammten Körper dazu bringen konnte, auf seinen Kopf zu hören, würde alles gut werden.

Die Spur seiner Küsse sank tiefer. Als er auf halber Höhe ihres weichen, warmen Körpers angekommen war, stöhnte sie seinen Namen. Er knurrte fast.

«Ja.» *Ich, nicht dieser Mistkerl. Ich.*

Er umkreiste mit der Zunge ihren Nabel, während er gleichzeitig ihr Höschen nach unten schob und über seine Schulter nach hinten warf. Ihm blieb die Luft weg, als er das winzige Dreieck aus Locken sah, das nichts vor seinem Blick verbarg. So heiß, so feucht. Sanft spreizte er ihre Beine – und spürte Widerstand. Sie verspannte sich und gab ein protestierendes Geräusch von sich.

Er sah auf und fing ihren erschrockenen Blick auf. Er hasste die Sorge, die er darin erkannte, genauso wie den Trottel, der dafür verantwortlich war. Er hielt inne, um ihr zu zeigen, dass er nichts tun würde, was sie nicht wollte. Langsam verschwand die Zögerlichkeit aus ihrem Blick. Sie biss sich auf die Unterlippe, war offensichtlich immer noch unsicher. Erst da wurde ihm klar, dass sie so etwas vielleicht noch nie getan hatte. Dass in ihrem gesamten kurzen Leben vielleicht noch kein Mann nur auf ihre Bedürfnisse geachtet hatte.

Himmel.

Er drückte seine Wange an die Innenseite ihres Schenkels und unterdrückte ein Seufzen. «Vertrau mir.» Er ließ sie nicht aus den Augen, als er den Kopf leicht drehte, um die Stelle zu küssen, an der gerade noch seine Wange gelegen hatte. «Vertrau mir.»

Wieder verging ein Moment, bevor sie nickte.

«Beobachte mich, Avery.» *Sieh mich, nicht ihn.*

Ohne ihren Blick freizugeben, spreizte er ihre Beine und senkte den Kopf, um erst ganz leicht ihre Scham, dann ihre Mitte zu küssen. Sie bewegte sich nicht, doch die Muskeln unter seinen Händen entspannten sich ein wenig. Er ließ seine Zunge von ihrer Öffnung zu ihrer Klitoris gleiten, und Avery stieß zischend den Atem aus.

Sie warf den Kopf in den Nacken, drückte den Rücken durch, und der Moment des Zögerns war vorüber. Sie war erneut ganz sein, war hier mit ihm in diesem Raum, wo die Unsicherheit sie nicht länger quälte.

Er umfasste ihre Pobacken und liebkoste ihre Klitoris mit der Zunge, bis ein fiebriges Jammern über ihre Lippen kam, dann schob er einen Finger in ihre Hitze. Himmel, sie war eng. Ihre Muskeln verkrampften sich um ihn, verlangten nach mehr, also führte er einen weiteren Finger ein und knabberte sanft an ihrer Klitoris.

Sie schrie heiser auf, vergrub die Hände im Laken neben ihrer Hüfte und wimmerte seinen Namen. Und er hätte schwören können, dass er noch nie etwas Schöneres gehört hatte.

Das Blut rauschte in seinen Ohren. Sein Puls raste. Sein Blick verschwamm. Er blinzelte, um sie weiter beobachten zu können, weil er auf keinen Fall etwas verpassen wollte.

Noch ein paar Bewegungen seiner Zunge, ein paar Stöße seiner Finger, und sie erreichte ihren Höhepunkt. Ihr Mund öffnete sich zu einem stummen Schrei, ihre Miene verzückt. Sie erstarrte für einen kurzen Moment, dann begann ihr Körper zu zittern. Ihre helle Haut errötete, ihre Brustwarzen verhärteten sich, und ihre Brust hob und senkte sich in schweren Atemzügen.

Langsam brachte er sie auf den Erdboden zurück. Er musste gegen den Drang kämpfen, ihren Orgasmus zu verlängern, sie noch ein weiteres Mal zum Höhepunkt zu führen, nur um zusehen zu können. Aber er war zu hart, stand selbst zu kurz vor der Explosion.

Das nächste Mal. Das nächste Mal würde er mehr Mühe darauf verwenden, ihnen beiden Freude zu bereiten. Im Moment begehrte er sie einfach zu sehr.

Mit geschlossenen Augen lag sie keuchend da, als er sich über sie schob und ein Kondom aus der Nachttischschublade holte. Er rollte es sich über, dann umfasste er sanft Averys Kinn.

Er ließ seinen Daumen über ihre Unterlippe gleiten, die geschwollen davon war, dass sie sich daraufgebissen hatte. «Mach die Augen auf, Schatz.»

• • •

Auf seine leise Aufforderung hin öffnete Avery die Augen und fing seinen stürmischen, blauen Blick auf. Ihr Körper zitterte immer noch von den Nachbeben ihres Orgasmus. Ihre Mitte pulsierte.

Niemand hatte sie je mit dem Mund verwöhnt. Richard war ihr einziger Liebhaber gewesen, und er hatte Oralsex nicht gemocht. Er hatte ihr sogar erklärt, dass kein Mann das mochte, sondern es nur tat, wenn es unbedingt nötig war.

Aber Cade hatte nicht gewirkt, als würde es ihn abstoßen. Er hatte sich so verhalten, als wollte er es auch, als würde es ihm genauso viel Vergnügen bereiten wie ihr. Und oh, wie hatte er ihr Vergnügen bereitet. Ihre Nervosität war verschwunden, Verlangen und Befriedigung waren an ihre Stelle getreten. Sie streckte ihre schlaffen Muskeln.

Cade schob sich über sie, ließ sein wunderbares Gewicht zwischen ihre Schenkel sinken und drückte mit seiner Brust gegen ihren Busen. Seine leichte Brustbehaarung glitt über ihre empfindlichen Nippel, jagte einen Schauder über ihren Körper und fachte ihr Verlangen neu an.

«Da bist du ja», flüsterte er, als wäre sie woanders gewesen. Als wäre das überhaupt möglich.

«Ich war nie weg.» Sie lächelte und ließ die Fingerspitzen über den Bartschatten an seinem Kinn gleiten.

Er schluckte, und seine Augen verdunkelten sich. Eine winzige Falte bildete sich zwischen seinen Augenbrauen, als dächte er über etwas nach, doch bevor sie sich dessen sicher sein konnte, glättete sich seine Miene wieder.

Ohne den Blick von ihr abzuwenden, griff er zwischen sie, um sich selbst an ihre Öffnung zu führen. Die Spitze berührte sie, glitt ein kleines Stück in sie, dann hielt er inne und wartete, als wollte er um Erlaubnis bitten.

Da Avery sich danach verzehrt hatte, ihn zu erkunden, ließ sie nun die Hände über die sehnigen Muskeln seiner Schultern gleiten, über seinen wohlgeformten Bizeps weiter nach unten. Seine Lider sanken herab, als gefiele ihm, was sie tat. Sie wandte sich seiner Brust zu, streichelte mit den Daumen über seine Brustwarzen, was mit einem scharfen Einatmen belohnt wurde. Dann schob sie die Hände noch tiefer, genoss das Gefühl seiner harten Bauchmuskeln unter ihren Fingerspitzen.

Wow, sein Körper war atemberaubend. Durchtrainiert und schön, ohne unecht zu wirken wie bei einem Bodybuilder. Eine wunderbare Kombination aus hart und weich. Sie ließ ihre Finger über seine Seiten gleiten, auf seinen Rücken, dann hob sie den Kopf, um einen Kuss auf seinen Hals zu drücken.

Er hielt still, während sie ihn erkundete, doch auf seinem Gesicht zeichnete sich die Anstrengung ab, die ihn das kostete. Sie vermutete, dass er nah dran war, die Kontrolle zu verlieren. In dem Wunsch, ihn endlich in sich spüren, schlang sie die Beine um seine Hüften und drängte sich an ihn, sodass er ein kleines Stück tiefer in sie glitt.

Er atmete heftig ein und schloss die Augen, verzog das Gesicht, als empfände er in seinem eigenen Paradies eine Mischung aus Lust und Schmerz. «Avery.» Er küsste ihre Stirn, ihre Lippen.

Langsam drang er tiefer in sie ein ... so langsam, dass sie jeden Zentimeter spüren konnte. Er war breit und lang, doch nicht zu groß für sie. Weil es schon eine Weile her war, spürte sie einen gewissen Druck. Aber keinen Schmerz.

Als Cade sie erfüllte, vollkommen erfüllte, hielt er inne, bis zum Ansatz in ihr vergraben. Sie stieß den Atem aus – hatte nicht gewusst, dass sie ihn angehalten hatte – und schlang die Arme um seinen Rücken. Sie liebte es zu fühlen, wie seine Muskeln sich unter seiner Haut bewegten.

Er seufzte an ihren Lippen, sein Atem war heiß, sein Körper angespannt, als er bewegungslos über ihr schwebte. «Gott, Avery. Ich kann nicht ...»

Sie hatte nicht mit Zärtlichkeit gerechnet, nicht damit, dass die Lust sich mit Gefühlen verbinden würde. Ihr Herz verkrampfte sich fast schmerzhaft. Ihre Kehle wurde eng, und ihr wurde klar, dass sie diesen Moment unterschätzt hatte. Es konnte keine zwanglose Beziehung mit Cade geben, es war unmöglich, eine Weile Spaß mit ihm zu haben und dann weiterzuziehen. Irgendwie hatte sie sich auf ihn eingelassen. Nicht so sehr, dass sie nicht mehr dagegen ankämpfen konnte, aber die Gefühle waren da und verlockten sie.

Er senkte den Kopf und vergrub sein Gesicht an ihrem Hals. «Ich kann nicht ...», sagte er wieder, aber sie wusste es bereits. Sie verstand.

«Dann warte nicht.»

Als wäre das die Erlaubnis, die er brauchte, zog er sich zurück und stieß wieder in sie, immer noch unglaublich sanft, unglaublich vorsichtig. Sie erinnerte sich daran, dass er es mochte, ihre Hände in seinem Haar zu fühlen, also ließ sie die Finger über seinen Rücken höher gleiten und vergrub sie in seinen Strähnen.

Er stieß ein tiefes Stöhnen aus, dass sich über seine Brust auf sie übertrug. Seine Atmung beschleunigte sich, bis er an ihrem Hals keuchte. Er packte ihren Schenkel und zog ein Bein höher, sodass er tiefer in sie eindrang und eine Stelle tief in ihr traf, die sie Sterne sehen ließ. Sein anderer Arm schob sich unter sie und hob ihre Hüfte an.

Jetzt bewegte er sich mit mehr Kraft. Ihre feuchte Haut traf sich, ihre Herzschläge fanden einen gemeinsamen Rhythmus. Averys Körper erbebte jedes Mal, wenn sie sich seinen Stößen entgegenhob. Cade hielt sie eng an sich gedrückt, als würde der Zauber vergehen, wenn sie sich trennten, wenn sich auch nur ein

Hauch von Luft zwischen sie schob. Sie bewegten sich als Einheit, als hätten sie das schon oft getan, erfüllt von ganz neuen und alten Empfindungen.

Sie passten zusammen. Passten einfach ... zusammen.

Ein scharfes Kribbeln tief an ihrer Wirbelsäule war die einzige Vorwarnung, dass ihr Orgasmus nahte. Der Schock, die schiere Unwahrscheinlichkeit, sorgte dafür, dass sie sich versteifte. Sie kam nie während des Sex. Niemals. Sie klammerte sich an ihre Kontrolle. Wehrte sich.

«Lass dich fallen, Schatz.» Er hob den Kopf, suchte ihren Mund und küsste sie, bis die Welt um sie verschwamm. Seine Zunge imitierte die Stöße seiner Hüften. «Lass dich fallen», wiederholte er, diesmal stöhnend, bevor er seine Stirn auf ihre sinken ließ. «Komm mit mir.»

Nicht *für mich*, sondern *mit mir*. Zusammen. Er wollte, dass sie gemeinsam kamen.

Selbst diese kleine Geste – eine Aussage, deren Bedeutung ihm wahrscheinlich nicht einmal bewusst war – bewies, dass er vollkommen anders war als alles, was sie bisher gekannt hatte. Es ging nicht um ihn oder sie, sondern um sie beide. Cade war selbstlos und großzügig. Sie konnte sich nicht gegen ihn wehren.

«Avery, mein Schatz.» Seine angespannte, raue Stimme erschütterte sie.

Und da gab sie ihren Widerstand auf, weil er bedeutungslos wurde, als die Gefühle sie übermannten. Sie explodierte zitternd in seinen Armen, während sie sich an seine Schultern klammerte.

Sie bog sich ihm entgegen, fand Erlösung.

Starb sie? Vielleicht. So musste sich der Himmel anfühlen.

Ein ursprünglicher Laut drang aus seiner Kehle, als sich jeder Muskel in seinem Körper anspannte. Cade stieß noch zweimal in sie, dann erstarrte er, pulsierte tief in ihr, während er sich ergoss.

Noch bevor dieses Gefühl endete, noch bevor sein Orgasmus abklang, erkannte sie Staunen und Entschlossenheit in seiner Miene. Seine blauen Augen suchten ihren Blick. Anklagend, und doch voller Akzeptanz. All diese Gefühle blitzten auf und verschwanden wieder.

Dann brach er auf ihr zusammen. Sie hielt ihn fest, während sie beide nach Luft schnappten. Als sie schließlich wieder Luft bekamen, stützte er sich auf die Unterarme und vergrub sein Gesicht zwischen ihren Brüsten, als könnte er sie nicht ansehen.

Und dort blieb er so lange, dass Sorge in ihr aufflackerte. «Cade?»

Mit gesenktem Kopf zog er sich aus ihr zurück und erhob sich vom Bett, ohne sie noch einmal anzusehen. «Ich bin gleich zurück.»

Dann verschwand er im Bad und schloss die Tür hinter sich.

· 19 ·

Cade warf das Kondom in den Mülleimer und drehte den Wasserhahn auf. Kalt. Er spritzte sich Wasser ins Gesicht und musterte sein Spiegelbild, biss die Zähne zusammen und spritzte sich noch mehr Wasser auf die Wangen.

Dann umklammerte er den Waschbeckenrand und lehnte sich vor, um sich zum Atmen zu zwingen, bevor das Schwarz an den Rändern seines Gesichtsfeldes alles in Dunkelheit hüllen würde.

Verdammt sollten Drake und seine kryptischen Bemerkungen sein. Er hatte Unsinn übers Verknalltsein geredet und über ... na ja, Dreck. Das passierte hier gerade. Eine Panikattacke, die von seinem Bruder ausgelöst worden war. Das wilde Rasen seines Herzens und die Enge in seiner Kehle hatten nichts mit Avery und dem phantastischen, atemberaubenden, unglaublichen Sex zu tun, den sie gerade gehabt hatten.

Sex, der sich nicht wie Sex angefühlt hatte. Daher seine Panik. Ausgelöst von seinem Bruder.

Oder auch nicht.

So war es noch nie gewesen. Sex war etwas Körperliches, was eine Menge Spaß machte. Aber mehr eben auch nicht. Es war und blieb eine rein körperliche Sache. Es hatte nie ein emotionales Element gegeben. Niemals. Cade genoss Sex, genoss Frauen. Er konnte ihre Bedürfnisse und Begierden erahnen und alles sein, was sie brauchten, in jeder Stellung, zu jeder Zeit. Er hatte seinen Spaß und zog weiter.

Nur dass das, was gerade in seinem Schlafzimmer geschehen war, so viel mehr als eine rein körperliche Sache gewesen war. Es war unabdingbar, ihre Bedürfnisse über seine eigenen zu stellen. Und eine Selbstverständlichkeit, dafür zu sorgen, dass sie sich mit ihm wohl fühlte. Doch danach, als sie ihrem Hunger nachgegeben hatte, hatte er ... in einem anderen Punkt nachgegeben. Als hätte er einen Teil von sich selbst aufgegeben. Er hatte nicht darüber nachgedacht, hatte nicht denken können. Er hatte einfach nur ... empfunden. Und sich selbst verloren. In ihr.

Langsam und zitternd stieß Cade den Atem aus. Okay, er hatte gewusst, dass Avery anders war. Check. Er hatte sie besser kennengelernt als jede andere Frau, bevor sie im Bett gelandet waren. Check. Er hatte in den letzten Wochen viel Vorarbeit leisten müssen, hatte das Vorspiel unendlich in die Länge gezogen. Check. Er hatte sich verdammt anstrengen müssen, bis sie ihm und sich selbst genug vertraute, um das hier zuzulassen. Check.

Das alles war rational. Erklärbar.

Es ging ihm gut. Alles war in Ordnung.

Nein, verdammt, war es nicht. Aber er konnte nicht die ganze Nacht in diesem dämlichen Bad bleiben, um darüber nachzudenken und gleichzeitig auszurasten.

Er richtete sich auf, spritzte sich noch einmal kaltes Wasser ins Gesicht, trocknete sich ab und vermied es auf dem Weg zur Tür, in den Spiegel zu sehen.

Als er ins Schlafzimmer trat, kniete Avery auf dem Boden, die Bettdecke hatte sie sich um den Körper gewickelt. Ihr hübscher runder Hintern reckte sich in die Luft, als sie unters Bett starrte.

Cade hielt inne und beobachtete sie. Ihm gefiel nicht, wie sein Magen sich dabei verkrampfte. Aber Himmel, sie war einfach ein unglaublicher Anblick. Ihr Haar stand in einem lockigen Chaos von ihrem Kopf ab, ihre Wangen leuchteten rot, und ihre Lippen waren von seinen Küssen geschwollen. Er konnte unter der Decke den Ansatz ihrer perfekten Brüste erahnen, und sie sah einfach anbetungswürdig aus, wie sie da über den Boden kroch.

Wo er gerade dabei war ... «Was tust du da?»

Sie riss den Kopf hoch und pustete sich eine Strähne aus dem Gesicht. «Ich kann meine Unterhose nicht finden.» Sie zog die Decke enger um sich. «Und meinen zweiten Schuh. Meine Tasche mit den Klamotten ist im Auto, und so kann ich kaum nach draußen.»

Er lehnte sich gegen den Türrahmen und verschränkte die Arme, um sie nicht an den Schultern zu packen und zu schütteln. «Wieso brauchst du deine Kleidung?»

Oh, er wusste es. Er war kein Idiot – anders als seine Brüder anscheinend glaubten. Aber er wollte verdammt sein, wenn er es ihr leicht machte. Er war ihr entgegengekommen, weiter als bis zur Mitte, und sie erwartete immer noch, dass er sie von einem Moment auf den anderen fallenließ.

«Damit ich nach Hause fahren kann», sagte sie langsam, als spräche sie mit einem Kleinkind. «Ich nehme an, ich könnte das Kleid auch einfach so wieder anziehen», murmelte sie, eher zu sich selbst.

Selbst das fand er süß, was ihn unglaublich auf die Palme brachte. «Ich habe doch gesagt, ich bin gleich zurück. Was ist in den zwei Minuten, die ich im Bad war, passiert, dass du verschwinden willst?»

Sie lehnte sich auf die Fersen zurück, hatte die Stirn gerunzelt, Verwirrung sprach aus ihrem Blick. «Eine Viertelstunde. Du warst eine Viertelstunde weg. Ich mag ja nicht so viel Erfahrung haben wie du, aber diesen Hinweis habe ich verstanden.»

«Ich wollte keine Hinweise geben. Ich bin nur ...» *Ausgerastet.* Er seufzte.

«Ausgetickt», sagte sie, als hätte sie seine Gedanken gelesen, bevor sie wieder begann, über den Boden zu krabbeln. «Hör mal, ich hab schon verstanden. Kein Problem.»

«Kein ...» Er massierte sich den Nasenrücken. «Du warst auch in diesem Bett. Und es hat dir gefallen.» *Ich habe dir gefallen.*

Es war, als hätte sie ihn gar nicht gehört. Sie schob den Kopf unters Bett. «Ich habe versucht, dich zu warnen, dass ich nicht gut bin. Ein Ehemann geht nicht fremd, wenn nicht ...» Sie tauchte mit ihren Schuh in der Hand wieder auf. «Da ist er ja.»

Er blieb stehen, wo er war, weil er wahrscheinlich vollkommen die Kontrolle verlieren würde, wenn er sich jetzt bewegte. Wie oft würde sich ihr verdammter Exmann noch zwischen sie drängen? «Und wer tickt jetzt aus?»

«Cade.» Sie seufzte schwer und ließ ihre Stirn gegen die Matratze sinken, immer noch auf den Knien. «Es tut mir leid, dass ich schlecht war.»

«Warst du im selben Raum wie ich?», wollte er ungläubig wissen. «Warum auch immer du nach deiner Kleidung suchst, hat absolut nichts damit zu tun, dass du schlecht gewesen wärst, sondern mit dem Dreck, den dieser Trottel dir eingeredet hat. Und das warst du nicht. Schlecht, meine ich.»

Es gab viele, viele Adjektive, mit denen er beschreiben könnte, was sie geteilt hatten, das Wort *schlecht* kam in dieser Auflistung definitiv nicht vor. Tatsächlich war er sich ziemlich sicher, dass die Hälfte der Begriffe, die ihm einfielen, nicht im Wörterbuch zu finden waren.

«Wieso hast du dich dann im Bad versteckt?»

«Ich habe mich nicht versteckt.» *Nur ein bisschen.*

Sie zog ihre Augenbrauen fast bis zum Haaransatz hoch, ihr zynischer Ausdruck machte klar, dass sie ihm nicht glaubte. Sie schüttelte den Kopf und schnappte sich ihr Höschen vom Bett. In einem verrückten, weiblichen Manöver gelang es ihr, es anzuziehen, ohne die Decke loszulassen. Als hätte er sie nicht bereits nackt gesehen, hätte nicht jeden Zentimeter ihrer wunderbaren, weichen Haut geküsst.

Panik stieg in ihm auf. Er durchquerte den Raum, nahm ihr die Decke ab, hob sie hoch und platzierte sie auf dem Bett. Bevor sie sich bewegen konnte, legte er sich neben sie und zog die Decke über sie beide.

Sie drehte sich auf die Seite, um ihn anzusehen, versuchte aber glücklicherweise nicht, wieder aufzustehen.

Er musterte ihre beschämte Miene – die sie hinter einem neutralen Ausdruck zu verstecken versuchte – und kämpfte darum, die richtigen Worte zu finden. Sie konnte ihn so mühelos aus der Fassung bringen, dass er sich seinem Geschmack nach viel zu oft bei ihr entschuldigen musste.

Er schob ihr eine Strähne hinter das Ohr, dann ließ er seine Finger an ihrem Hals liegen. «Beim Sex sind immer zwei Personen anwesend. Wenn eine davon es nicht wirklich will, dem Erlebnis nicht offen gegenübersteht oder nicht bereit ist, so viel Vergnügen zu schenken, wie sie empfängt, dann ist der Sex schlecht. Aber wir waren wirklich zusammen, Avery. *Wir* waren nicht schlecht.» Er schluckte schwer. «Und wenn ein Mann eine Frau betrügt, dann ist das allein *seiner* Unsicherheit geschuldet.»

Sie schob eine Hand unter ihre Wange und starrte ihn an. Ihr Blick wurde sanft, und sie verwandelte sich wieder in die zärtliche Frau, mit der der Abend begonnen hatte. Jetzt war sie nicht mehr die unsichere Person, die ihr Ex aus ihr gemacht hatte. Cade war sich fast sicher, dass sie den Dreck dieses Mistkerls nicht mehr glaubte ... falls sie das je getan hatte. Eigentlich war sie dafür zu stark. Doch er vermutete, dass noch niemand versucht hatte, ihr Selbstbewusstsein zu stärken. Es war dieses Ungleichgewicht, das sie aus der Balance brachte.

Sie biss sich kurz in die Unterlippe. «Was ist im Bad passiert?»

«Ich habe das Kondom weggeworfen und mir das Gesicht mit kaltem Wasser gewaschen.» *Bin ein wenig ausgeflippt und habe mir selbst einen aufmunternden Vortrag gehalten.* Er schloss für einen Moment die Augen. Sie war ihm gegenüber immer ehrlich gewesen und hatte es verdient zu hören, dass der Mangel an postkoitaler Glückseligkeit nichts mit ihr zu tun hatte.

Er ließ seinen Daumen über ihre Lippen gleiten. «Du bedeutest mir etwas. Sex war für mich nie besonders emotional. Ich brauchte einfach nur einen Moment, um mich zu sammeln. Das ist alles.» Und könnte er es noch mal tun, würde er es anders machen, allein schon, um nicht auch zu den Menschen zu gehören, die sie an sich selbst zweifeln ließen.

«Heute Abend sollte es doch nur um Spaß gehen.» Sorge stieg in ihre Augen, doch er hätte schwören können, dass er dahinter auch Hoffnung erkannte.

Er entschied sich für Humor, weil er davon ausging, dass keiner von ihnen schon bereit war für mehr. «Ich weiß ja nicht, wie es dir geht, aber ich habe Spaß.»

Ein träges Lächeln stahl sich auf ihre Lippen. Sie hob die Hand, um ihm die Haare aus der Stirn zu streichen, eine eher mütterliche als sexuelle Geste. «Ich auch.»

Er rutschte ein wenig näher an sie heran, bis sie dieselbe Luft atmeten. «Deine Ehe war nicht nur schlecht, oder?» In seiner Brust kämpfte Irritation mit etwas anderem, was er nicht benennen konnte. Empathie vielleicht. Er hatte keine Ahnung. Aber der Gedanke, dass sie zehn Jahre mit einem Mann verbracht hatte, der sich nicht genug für sie interessierte, um für etwas so Gutes wie sie zu kämpfen, gefiel ihm nicht.

Ihr Lächeln verrutschte etwas. «Nein. Es gab auch viel Gutes. Wir haben unsere Jahrestage oder Weihnachten nicht groß gefeiert, aber er hat kein einziges Mal meinen Geburtstag vergessen. Wir haben uns an meinem Geburtstag auf dem Campus kennengelernt, und er hat mir jedes Jahr einen Blumenstrauß geschickt.»

Blumen waren kein Geschenk. Sie waren eine Geste. Und welcher Mann wollte nicht den Tag feiern, an dem er geheiratet hatte?

Doch er behielt diese Gedanken für sich, als ihre Miene versonnen wurde. Mondlicht fiel durch das Fenster in ihrem Rücken, sodass ihr Gesicht überwiegend im Schatten lag, doch ihr Duft vermischte sich mit seinem und beruhigte ihn.

Sie suchte seinen Blick. «Als wir uns kennengelernt haben, stand Richard unter heftigem Druck vonseiten seiner Familie. Reiche Verwandte, große Anwaltskanzlei. Auf dem Papier passten wir gut zusammen. Meine Mom war in meiner Kindheit ziemlich flatterhaft. Sie hat mich geliebt – liebt mich immer noch –, aber sie ist eine Träumerin. Ich habe in Richard die Beständigkeit gesehen, die mir immer gefehlt hat. Zuerst konnte unsere Freundschaft den Mangel an sexuellem Kribbeln ausgleichen. Als wir geheiratet haben, schien es irgendwie zu spät, um noch auszusteigen. Mit der Zeit hat seine Familie ihn verändert, ihn zynisch werden lassen.»

Sie seufzte. «Ich weiß, dass es nicht meine Schuld ist, dass Richard mich betrogen hat. Aber in gewisser Weise kann ich es ihm auch nicht übel nehmen. Keiner von uns hatte je die Chance, wirklich jung zu sein. Sorgenfrei zu leben.» Der Ausdruck auf ihrem Gesicht ließ ihn vermuten, dass sie erneut Vergleiche anstellte. «Ich nehme an, meine Unsicherheiten haben die Oberhand gewonnen, als du nichts gesagt hast. Als du ins Bad gegangen bist, um dich zu … sammeln.»

Cade verstand jetzt besser, wie sie und ihr Mann zueinander

gestanden hatten, aber seine Meinung änderte das nicht im Geringsten. Der Kerl hatte das Gute, das er besaß, weder erkannt noch zu schätzen gewusst. Sein Verlust, Cades Gewinn.

Avery hatte in Bezug auf ihren Ex nicht ein einziges Mal das Wort ‹Liebe› verwendet. Und so wie sie ihre Ehe beschrieb, hatte Liebe auch keinerlei Rolle gespielt. Auf keiner Seite. Er dachte an seine eigenen romantischen Beziehungen zurück. Er war nie von der Liebe überrumpelt worden, aber er war nicht immun dagegen. Das war niemand.

Drakes Worte hallten in seinem Kopf wider, und er musste sich fragen, ob sein Bruder vielleicht recht hatte. Seine Gefühle für Avery – dass er überhaupt so für sie empfand – waren ganz anders als alles, was er bisher erlebt hatte. Aber was spielte das für eine Rolle? Sie hatte ihm schon vor Wochen erklärt, dass sie sich nie wieder in einer Beziehung verlieren wollte.

Fast hätte er gelacht. Sie mochten es beide leugnen, aber sie hatten bereits eine Beziehung.

Er schlang einen Arm um ihre Taille und zog sie an sich, bis ihre Körper sich auf voller Länge berührten. Er schob ihr Höschen über ihre Beine nach unten und warf es über ihre Schulter. Dann rollte er sich auf den Rücken und zog sie an seine Seite, ermunterte sie, ihren Kopf an seine Schulter zu kuscheln.

«Willst du schlafen?» Ihr warmer Atem glitt über seine Haut.

Mit geschlossenen Augen lächelte er. «Jep.»

«Wieso hast du mir dann die Unterhose ausgezogen?»

Sein Grinsen wurde breiter. «Das werde ich dir in ein paar Stunden zeigen, wenn wir uns erholt haben.»

Sie hielt inne. Er konnte förmlich hören, wie sich die Zahnräder in ihrem Kopf drehten. Schließlich legte sie einen Arm über seine Brust und gähnte. «Versprechungen, nichts als Versprechungen.»

Er lachte und drückte ihr einen Kuss auf den Scheitel. «O. k., mein Schatz. Herausforderung angenommen.»

Als Cade die Augen das nächste Mal öffnete, drang das erste Licht des Morgens durch das Fenster, und er hielt eine warme, weiche Frau im Arm. Avery hielt seine Hand an ihren Busen gedrückt, während sie tief und gleichmäßig atmete. Sein Bein lag zwischen ihren Schenkeln. Und der Beweis, wie sehr er sich darüber freute, drängte gegen ihren Po.

Er überlegte einen Moment und kam zu dem Schluss, dass es gar nicht so schlecht war, zusammen mit einer Frau im Bett zu schlafen. Also einfach nur zu schlafen. Eingehüllt in ihren Duft und ihre Wärme aufzuwachen, hatte einen gewissen Suchtfaktor. Im Grunde machte alles an Avery süchtig.

Sie bestand nur aus Kurven, ohne harte Kanten. Das gefiel ihm. Er mochte es, dass sie kein dürres Klappergestell war, an dem man keinen Halt fand. Sowohl ihr Körper als auch ihr Herz waren weich, großzügig – vollkommen anders als bei vielen Frauen, mit denen er zusammen gewesen war. Sie war nicht perfekt – das hätte er auch gar nicht gewollt –, aber selbst ihre Fehler waren süß und machten sie ... perfekt *für ihn*. Verdammt.

Er senkte den Kopf und drückte ihr einen Kuss auf die Schulter, dort wo sich winzige Sommersprossen über ihre helle Haut zogen. Gestern in der Dunkelheit hatte er sie gar nicht richtig betrachten können. Das holte er heute Morgen nach. Er vergrub sein Gesicht in ihrem Haar und atmete tief ein, weil er einfach nicht anders konnte. Sie roch so verdammt gut.

Avery rührte sich, drückte den Rücken durch und brummte auf die süßeste Weise. Ihre langen, dunklen Wimpern hoben sich flatternd, dann drehte sie den Kopf und lächelte ihn verschlafen an. «Guten Morgen. Wie viel Uhr ist es?»

«Es ist noch früh.» Er sah über seine Schulter auf den Wecker.

«Kurz vor sechs.» Er vergrub sein Gesicht an ihrem Hals und ließ seine Zunge über ihren Pulspunkt gleiten, lächelte, als ihr Herzschlag sich sofort beschleunigte. «Ich glaube, ich habe dir gestern Nacht etwas versprochen. Könntest du mir noch mal sagen, was das war?»

Sie streckte den Arm nach hinten und vergrub ihre Finger in seinem Haar. «Ich glaube, es hatte irgendwas mit meinem verschwundenen Höschen zu tun.»

Sein Penis zuckte. Bei allem, was ihm heilig war, wenn sie die Hand niemals mehr aus seinem Haar nahm, würde er als zufriedener Mann sterben. «Ah. Allmählich fällt es mir wieder ein.»

Er umfasste eine ihrer Brüste, wog die perfekte Rundung in seiner Hand und ließ den Daumen über ihren Nippel gleiten. Sie schnappte nach Luft und drängte ihren Po an seine harte Erektion. Gleichzeitig kratzten ihre Fingernägel über seine Kopfhaut.

Das war noch so etwas. Sie reagierte immer prompt auf ihn. Ob es um seine jämmerlichen Versuche ging, witzig zu sein, um seine ständigen Fragen oder um ihren Körper. Egal, worum es ging, sie reagierte auf ihn. Er presste sich an sie und wurde mit einem weiteren Stöhnen belohnt. Einfach so. Aktion, Reaktion.

Un-glaub-lich sexy.

Bevor er vollkommen den Verstand verlor, griff er hinter sich in den Nachttisch, zog ein Kondom heraus und riss die Verpackung mit den Zähnen auf. Sobald die schützende Hülle ihren Platz gefunden hatte, drückte er eine Hand auf ihren Bauch, begeistert von dem Zittern, das über ihren Körper lief.

Cade knabberte an ihrem Ohr. «Leg deine Hand auf meine.»

Ohne zu zögern folgte sie seiner Aufforderung und verschränkte ihre Finger mit seinen. Er schob die vereinten Hände tiefer, über ihre Scham und zwischen ihre Falten. Cade stöhnte, als er fühlte, wie feucht sie bereits für ihn war. Sie warf den Kopf zurück, als er sie teilte und einen Finger in ihr versenkte. Ihre verschränkten Hände machten die Geste unglaublich intim, als entfachten sie gemeinsam ihr Verlangen. Cade umkreiste mit dem Daumen ihre Klitoris, und sie drängte sich seiner Berührung entgegen, begleitet von einem heißen Wimmern.

Letzte Nacht hatte sie nicht viele Geräusche von sich gegeben. Abgesehen von einem Keuchen oder einem leisen Stöhnen war sie still gekommen. Er fragte sich, ob sie sich zurückgehalten hatte oder einfach so gestrickt war. «Gefällt dir das?»

«Ja», hauchte sie, während sie sich an seiner Hand wand.

Sie war mehr als bereit für ihn, und er war hart wie Stein. Er zog seine Hand aus ihrer Hitze zurück, positionierte sich und drang langsam von hinten in sie ein. Dann hielt er inne und wartete mit zusammengepressten Augen darauf, dass sie sich an ihn gewöhnte. Und verdammt, sie war in dieser Stellung so eng, dass ihm fast die Luft wegblieb.

Als er sich nicht länger zurückhalten konnte, packte er ihren Schenkel, hob ihn leicht an und stieß nach vorne. Sie schrie auf und vergrub das Gesicht im Kissen, als wollte sie das Geräusch ersticken. Er schob einen Schenkel vor, legte ihr Bein darauf und umfasste ihre Wange, nur um festzustellen, dass sie brannte. Ob vor Verlegenheit oder Verlangen konnte er nicht sagen.

«Versteck dich nicht vor mir. Und sei so laut, wie du willst. Wir sind allein.» Er ließ ihr keine Zeit für eine Reaktion, sondern stieß wieder in sie. So heiß, so eng. Perfekt.

Sie riss den Kopf nach hinten, sodass ihre Kehle freilag. «Ich … gewöhnlich bin ich nicht so laut. Tut mir leid.»

«Wieso zur Hölle solltest du dich dafür entschuldigen? Ich will dich hören, mein Schatz.»

Mit ihrer Entschuldigung hatte sie nur bewiesen, dass sie bisher nie richtig geliebt worden war. Er war mehr als bereit, dieses

Versäumnis wiedergutzumachen. Immer wieder. Er beschleunigte seine Bewegungen, drang tiefer in sie ein.

Gleichzeitig schob er Averys Haar beiseite, drückte seinen Mund an ihren Nacken und biss sanft zu. Ohne in seinen Bewegungen innezuhalten, vertrieb Cade den leichten Schmerz mit einem Kuss.

Wieder entrang sich ihrer Brust ein Stöhnen, und er wusste, dass sie kurz vor dem Höhepunkt stand. Und auch er würde nicht mehr lange durchhalten. Er schob seine Hand zwischen ihre Beine und umkreiste ihre Klitoris, bis sie zitterte wie im Fieber.

Sie drängte sich ihm entgegen, verspannte sich an seiner Brust, ihr Mund war in einem stillen Schrei geöffnet. Ihre Hand vergrub sich im Laken, ihr Innerstes umklammerte ihn so fest, dass auch er sich nicht mehr zurückhalten konnte. Seine Hoden zogen sich zusammen, als sie in seinen Armen zitterte.

Er ließ die Stirn auf ihren Hals sinken, als er so heftig kam, dass er kaum atmen konnte.

Er hielt sie während der letzten Beben im Arm, ausgelaugt, aber entschlossen, es heute Morgen besser zu machen als gestern Abend. Der Sturm der Gefühle im Tageslicht unterschied sich nicht von dem der Nacht. Seine Brust verengte sich fast schmerzhaft, sodass er die Augen fest schließen musste, doch diesmal zwang er sich, tief durchzuatmen und sich später mit den Gründen für die Panik auseinanderzusetzen.

Als sie sich langsam entspannte, zog er sich aus ihr zurück und ließ das Kondom in den Mülleimer neben dem Bett fallen. Dann rollte er sich auf den Rücken und zog Avery auf sich. Ihr Haar breitete sich auf seiner Brust aus, und ihr keuchender Atem glitt warm über seine Haut. Er schlang die Arme um ihren Rücken, schob eine Hand in ihr Haar und drückte sie an sich.

Himmel. Das war besser als jede Decke.

· 20 ·

Avery kämmte ihr Haar mit den Fingern aus, so gut es eben ging. Ihr war es ein wenig peinlich, dass sie wieder eingeschlafen war. Besonders, nachdem sie in einem leeren Bett aufgewacht war.

Nach einem Ausflug ins Bad zog sie sich das T-Shirt über, das Cade ihr gestern Nacht angeboten hatte, und folgte dem Geruch von gebratenem Speck und Kaffee ins Erdgeschoss. Sie blieb in der Küchentür stehen, um Cade zu mustern, der in einer tiefsitzenden Jogginghose vor dem Herd stand, wo er in einer Pfanne Speck briet. Seine Rückenmuskeln waren atemberaubend. Sein blondes Haar stand in alle Richtungen ab – er sah phantastisch aus. Und er war barfuß? In der Küche?

Verflixter Scheibenkleister.

Die Hunde saßen hinter ihm und bettelten schwanzwedelnd um Essen. Cade führte ein Gespräch mit ihnen. Jedes Mal, wenn er ‹Speck› sagte, bewegten sich ihre Hinterteile heftiger. Das Kätzchen saß auf seiner Schulter.

Gott. Sie presste die Schenkel zusammen und beobachtete ihn noch einen Augenblick lang, bevor das Bedürfnis nach Koffein alles andere aus ihren Gedanken verdrängte.

Er drehte sich um und grinste, als er seinen Blick über ihren Körper gleiten ließ. Aus einem liebevollen Lächeln wurde ein raubtierhaftes Grinsen. Geistesabwesend nahm er Candy von seiner Schulter und setzte sie auf den Boden, ohne Avery dabei aus den Augen zu lassen. «Mir gefällt, wie du morgens aussiehst.»

Wirklich? Sie fuhr sich mit der Hand durchs Haar. «Der Monsterlook? Klar, sehr anziehend.»

Er lachte, dann kam er zu ihr und umfasste ihre Taille, um sie auf die Kücheninsel zu heben, als wäre sie leicht wie eine Feder. «Ich stelle eine neue Regel auf. Wenn du nicht nackt bist, darfst du nichts anderes tragen als meine Shirts.»

Sie lächelte, als er zwischen ihre Beine trat und sie an sich zog. «Das wird in der Klinik sicher gut ankommen.»

Er drückte einen Kuss auf ihren Hals und stöhnte. «Das erinnert mich an eine andere meiner Phantasien.» Er ließ seine Zunge über ihren Puls gleiten, dann zog er knabbernd einen Pfad zu ihrem Ohr.

Gott, das konnte er wirklich gut. Ihre Nervenenden standen in Flammen. Verlangen stieg in ihr auf und sammelte sich zwischen ihren Beinen.

«Was wäre nötig, um dich dazu zu bringen, mich auch außerhalb der Arbeit Dr. Cade zu nennen? Nicht immer, versteh mich nicht falsch. Nur hin und wieder. Etwa ‹Oh, Dr. Cade, genau da! Ja, das ist so gut.›»

Sie schlang die Arme um seinen Hals und lachte, bis ihr der Bauch weh tat. «Darf ich dabei deinen weißen Arztkittel tragen?»

Er stöhnte tief. «Zur Hölle, ja.»

«Ich würde sagen, dann stehen die Chancen nicht schlecht.»

«Das werde ich mir definitiv merken.» Er lehnte sich zurück und drückte ihr einen Kuss auf die Stirn, bevor er sich von ihr löste. «Magst du gebratenen Speck?» Er kehrte zum Herd zurück und legte die Streifen zum Abtropfen auf einen Teller.

Sie schwankte leicht, weil der plötzliche Verlust seiner Hitze und seiner Umarmung eine Lücke hinterließ. «Gibt es tatsächlich Menschen, die keinen Speck mögen?»

Er lachte. «Wenn ja, dann will ich sie nicht kennenlernen.»

«Ich auch nicht.» Ihr Blick glitt durch die Glastür nach draußen, wo dichter Nebel über dem feuchten Gras schwebte.

Die Sonne bemühte sich vergeblich, die dicke Wolkendecke zu durchdringen. Zumindest war dank der milderen Temperaturen in den letzten Tagen ein Großteil des Schnees geschmolzen, doch der Frühling würde trotzdem noch eine Weile auf sich warten lassen.

Cade goss Avery eine Tasse Kaffee ein und hielt sie ihr hin, knapp außer Reichweite. «Erst einen Kuss, dann der Kaffee.»

Erpressung der übelsten Sorte. Auch wenn es ihr nicht das Geringste ausmachte.

Cade ließ seine Lippen über ihre gleiten. Der Kuss begann sanft, gewann aber schnell an Leidenschaft. Er erhöhte den Druck seiner Lippen, damit sie den Mund öffnete. Dann begann er eine langsame Verführung, bis sie dahinschmolz und die Beine um seine Hüften schlang.

«Unanständiges kleines Ding.» Cade trug ihren Kaffee zum Tisch, hob sie wieder hoch und setzte sie auf einem Stuhl ab. «Diesen Gedanken werden wir nach dem Frühstück weiterverfolgen. Eine gewisse Brünette hat mir gestern Abend alle Energie geraubt. Und heute Morgen. Ich brauche etwas zu essen.»

«Willst du dich etwa beschweren?»

Er beugte sich vor, bis ihre Nasen sich berührten, dann erschien ein unglaublich verführerisches Lächeln auf seinem Gesicht. «Oh, Schatz. Das habe ich definitiv nicht vor.»

Als er ihr den Rücken zuwandte, grinste sie. Es war wunderbar, wie mühelos das Zusammensein mit Cade war. Gute Unterhaltungen, Humor, Leidenschaft im Bett. Er konnte gut mit Hailey und Tieren umgehen, liebte seine Familie und war ein phantastischer Beobachter.

Wenn sie nicht aufpasste, könnte es dazu kommen, dass sie ihre eigene Regel brach, sich nie wieder ernsthaft auf jemanden einzulassen. Sie hatte diese Regel aus sehr gutem Grund aufgestellt, aber langsam, Stück für Stück, ließ Cade diese Gründe unwichtig erscheinen. Sie nippte an ihrem Kaffee, wusste nicht, was sie denken sollte, ob sie überhaupt so intensiv über etwas nachdenken musste, was eigentlich ganz einfach sein sollte.

Er stellte eine Pfanne mit Rührei und ein paar Streifen gebratenem Speck auf dem Tisch ab, durchsuchte den Kühlschrank, fand auch noch eine Schüssel mit Melonenstücken.

Ihr Blick saugte sich an den Zeichnungen am Kühlschrank fest, die sie bisher noch gar nicht bemerkt hatte. Haileys Bilder. Diejenigen, die Cade auch für Averys Kühlschrank ausgedruckt hatte.

Gott. Er … Verdammt. Er hatte die Bilder ihrer Tochter an seinen eigenen Kühlschrank gehängt. Sie schluckte schwer, hin- und hergerissen zwischen dem Drang, ihn in eine Umarmung zu ziehen, und dem Wunsch, sich von den in ihr tobenden Emotionen zu distanzieren.

Cade legte zweimal Besteck auf den Tisch, stellte jedem einen Teller hin und setzte sich neben sie.

Sie schüttelte den Kopf, um ihre Gedanken zu ordnen.

Richard hatte nie für sie gekocht, nicht einmal etwas so Einfaches wie Rührei. Sie hatten sich niemals morgens geliebt oder halb angezogen ihr Frühstück genossen. Wenn sie jetzt auf die letzte Dekade ihres Lebens zurücksah, wurde ihr klar, dass ihre Ehe eher auf Bequemlichkeit beruht hatte als auf Liebe.

Sie war noch nicht lange mit Cade zusammen, und sie war sich nicht einmal sicher, ob sie das, was sie beide miteinander trieben, als Zusammensein ansehen konnte, aber die Unterschiede trafen sie wie ein Schlag. Heftig. Sein Mitgefühl im Kontrast zu Richards Desinteresse. Cades Humor im Kontrast zu Richards Sarkasmus. Cades Aufmerksamkeit und Zuneigung im Kontrast zu Richards ständiger Missachtung.

Fühlte es sich so an, jemandem etwas zu bedeuten? War Cade und die Art, wie sie ihre gemeinsame Zeit verbrachten, normal? Sie schluckte schwer, weil sie sich fragte, ob sie eine normale Beziehung überhaupt erkennen würde, selbst wenn sie ihr auf den Kopf fiele.

Er schaufelte Rührei auf ihren Teller, sah sie an und zuckte leicht zusammen. «Avery?»

Als sie die Sorge in seinen blauen Augen sah, schüttelte sie lächelnd den Kopf. «Ich dachte, du kochst nur Mikrowellen-Popcorn oder Makkaroni mit Käse.» Sie schob sich einen Bissen in den Mund, auch wenn sie eigentlich keinen Appetit mehr hatte.

Einen Moment lang saß Cade bewegungslos da und musterte sie, als versuchte er, ihre Lüge zu durchschauen. «Grundlegende Kochkenntnisse sind vorhanden.» Er verteilte den Speck und die Melone auf den Tellern, schloss die Augen und seufzte. Er runzelte frustriert die Stirn, bevor er sie mit einem skeptischen Blick bedachte, der fast schon hilflos wirkte. «Eines Tages wirst du dich so weit entspannen, dass du mir verraten kannst, wohin deine Gedanken wandern. Ich finde es schrecklich, nicht zu wissen, was ich getan habe, um eine so tiefe Nachdenklichkeit auszulösen.»

Verdammt. Wie konnte er glauben, er hätte etwas falsch gemacht? Und so, wie er redete, klang es, als wäre ihre Beziehung auf längere Zeit angelegt.

Vielleicht musste sie ihm gegenüber offen sein. Ihr Selbsterhaltungstrieb und alte Gewohnheit hatten dafür gesorgt, dass sie einen Teil von sich zurückgehalten hatte. Sie war nicht an Offenheit gewöhnt, nachdem sie ihre Gedanken und Wünsche jahrelang tief in sich begraben hatte, weil die Person, mit der sie zusammen gewesen war, sich nicht dafür interessiert hatte.

Nachdem sie sich gestern Nacht geliebt hatten, hatte Cade erklärt, sie bedeute ihm etwas, die Erfahrung sei sehr emotional für ihn gewesen. Er war kein Mann, der log oder eine Frau absichtlich in die Irre führte. Das allerdings ließ Avery mit mehr Fragen als Antworten über das zurück, was sie hier taten. Aber wenn sie weitermachten – wollte sie das? –, dann musste sie ihm klarmachen, dass nicht er derjenige war, der Probleme aus dem Nichts verursachte.

«Iss, Schatz.» Sein Blick war auf den Teller gerichtet, während er sich fast widerwillig Rührei in den Mund schaufelte.

Sie schaffte es, den gebratenen Speck zu essen, dann schob sie sich ein Stück Melone in den Mund und zwang sich, es herunterzuschlucken. «Wenn ich dir sagen würde, dass es an mir liegt, nicht an dir, würdest du mir glauben?»

Er drehte nicht einmal den Kopf. «Nein.»

Sie rieb sich die Stirn. «Wenn wir zusammen sind, dann ...»

Er verspannte sich. «Was?»

Gott. Sie atmete zitternd durch. «Du bist ... nicht, was ich erwartet habe, nehme ich an. Du bist anders als ...»

Cades Gabel fiel klappernd auf den Teller. Er starrte sie böse an, der Inbegriff eines wütenden Mannes. «Darum geht es also? Um ihn?» Er drehte sich zu ihr um. «Ich habe Neuigkeiten für dich, Avery. Falls du darauf wartest, dass ich mich wie dieser Trottel von Ex-Ehemann benehme ... das wird nie passieren.»

«Das wollte ich nicht ...»

«Irgendwie musst du es schaffen, mich anzuschauen und dabei nicht ihn zu sehen.» Seine Stimme wurde immer lauter. «Ich weiß nicht, ob du aus einer Art verdrehtem Schuldgefühl heraus das Bedürfnis verspürst, dich selbst zu foltern, oder ob du wirklich denkst, du hättest nicht mehr verdient ... aber ich werde keine Hundertachtzig-Grad-Wende hinlegen. Ich weigere mich, dich zu behandeln, als wärst du unwichtig.» Er stand auf und trug seinen Teller zur Spüle, mit steifem Rücken und verärgerter Ausstrahlung.

«Cade ...»

Er fuhr sich mit den Händen durch die Haare, senkte den Kopf und atmete ein paarmal tief durch. So blieb er stehen, mit dem Rücken zu ihr, als versuchte er, seine Wut zu zügeln und sich zusammenzureißen, während sie wenig anderes tun konnte, als sich auf die Lippe zu beißen, um die Tränen zurückzuhalten. Nicht, weil er sie angeschrien hatte, und nicht wegen der plötzlichen Distanz zwischen ihnen. Sondern weil er recht hatte.

Avery verschränkte die Finger im Schoß. «Ich vergleiche dich nicht mit ihm, um dich wütend zu machen oder damit du dich minderwertig fühlst.» Cade bewegte sich nicht, und ihr wurde ganz mulmig zumute. «Er ist einfach nur so, dass ich nichts anderes kenne. Also ja, ich vergleiche dich, um mich daran zu erinnern, wie sehr du dich von ihm unterscheidest.» Seufzend rieb sie sich die Stirn. «Ununterbrochen überraschst du mich mit einem Kompliment oder einer freundlichen Geste oder ...»

Es hatte keinen Sinn, es zu erklären. Er würde es nicht verstehen. Er verstand einfach nicht, dass er ein so viel besserer Mann war, als Richard je hoffen konnte zu sein. Dass der Vergleich sie dazu zwang, sich für diese neue Beziehung zu öffnen. Ohne zu vergleichen, könnte sie die Verletzungen nie hinter sich lassen, um das Gute zu sehen.

«Ist das wahr?»

Ihr Blick landete auf seinem steifen Rücken. Sie wünschte sich so sehr, sie könnte die letzten zehn Minuten ungeschehen machen und das Gespräch noch einmal von vorne beginnen. «Ja.»

Er schwieg noch einen Moment, doch sie hatte das Gefühl, dass seine Schultern sich leicht entspannten. Er drehte sich um und lehnte sich mit über der nackten Brust verschränkten Armen an die Arbeitsfläche.

«Ich will nicht einfach nur Spaß.» Seine Stimme war leise und heiser, doch seine Worte hallten in ihren Ohren wider wie ein Schrei. «Du hast gesagt, du würdest dich niemals wieder von jemandem so brechen lassen. Ich will dich nicht brechen. Ich will mit dir ausgehen.»

Verdammt. Feuchtigkeit stieg ihr in die Augen. Sie versuchte, dagegen anzublinzeln, doch es war hoffnungslos. Die Tränen rannen in heißen Bahnen über ihre Wangen. Ihre Kehle war wie zugeschnürt, doch sie weigerte sich, den Blick abzuwenden, weigerte sich, sich vor seiner Ehrlichkeit zu verstecken.

Für einen Moment glaubte sie, er würde zu ihr kommen, so gequält wirkte seine Miene, doch stattdessen umklammerte er die Arbeitsfläche neben sich, bis seine Knöchel weiß hervortraten.

«Du bist inzwischen lange genug in Redwood, um zu wissen, was für einen Ruf ich habe.» Er hielt ihren Blick, hatte das Kinn entschlossen vorgeschoben. «Frag mich, warum ein Playboy wie ich plötzlich andere Saiten aufziehen will.»

Zitternd wischte sie sich mit dem Handrücken die Feuchtigkeit aus dem Gesicht und verschränkte die Arme. Unfähig zu sprechen, starrte sie ihn an. Sie konnte nur verwirrt den Kopf schütteln. Die Tatsache, dass sein Geständnis sie zum Weinen brachte, war ihrer Meinung nach Antwort genug. Sie hatte nicht eine Träne vergossen, als ihre Ehe zu Ende gegangen war. Sie nahm an, dass sie eine tiefere Zuneigung für Cade empfand als jemals für ihren Ehemann – was eine Menge über sie verriet. Und zwar nichts Gutes.

Ihr Herz raste, als er den Raum durchquerte und sich vor ihr auf einen Stuhl setzte. Er stemmte die Unterarme auf die Oberschenkel und beugte sich vor. Senkte den Kopf, um ihr tief in die

Augen zu sehen. Er kam ihr ganz nah, ohne sie zu berühren. Das Mitgefühl, das Verständnis, das sie in seinem Blick erkannte, ließen neue Tränen aufwallen.

Er schluckte schwer, plötzlich verriet sein Blick Unsicherheit. «Keine meiner bisherigen Geliebten hat mich dazu gebracht, mehr zu wollen.» Er schüttelte leicht den Kopf, es wirkte wie eine unbewusste Geste. Offensichtlich tobte in seinem Kopf ein Kampf. «Mehr Zeit, mehr Morgen wie heute oder Nächte wie die letzte. Einfach ... mehr.»

Er richtete sich auf und umfasste mit seinen warmen, rauen Händen ihre Wangen. «Gib mir mehr. Das ist alles, worum ich dich bitte. Eine Chance, das hier zu verstehen, herauszufinden, wo es hinführen könnte.» Sie hörte ein Flehen in seiner Stimme, aber auch Entschlossenheit. Seine blauen Augen wirkten offen, ohne einen Hauch des Schalks oder des Hungers, der sonst immer darin zu erkennen war.

Bei Richard war Avery schwach gewesen. Und obwohl sie sich ermahnte, jetzt nicht schwach zu sein, stimmte es doch auch, dass Cade sie nur stärker machte. Warum sollte sie sich zur Abwechslung nicht einfach einmal gut fühlen dürfen? Sie würde nie wahres Glück finden, wenn sie alles von den schlechten Erfahrungen der Vergangenheit abhängig machte.

Schniefend flüsterte sie: «Okay.»

Er schob kampfbereit das Kinn vor. Oder ungläubig. «Okay?»

Sie holte tief Luft und lächelte. «Ja.»

Seine Augen wurden schmal, als er mit den Daumen die Reste der Tränen von ihren Wangen wischte. «Das war fast zu einfach. Und mit *fast* meine ich, dass du wirklich weißt, wie man einen Mann leiden lässt.»

Sie lachte atemlos und legte ihre Hände auf seine, die immer noch ihr Gesicht umfassten. «Aber es gibt Regeln.»

Er stöhnte und schloss kurz die Augen, doch als er sie wieder öffnete, lächelte er. «Ich wusste es doch. Dann mal los. Wie lauten diese ... Regeln?» Er ließ die Hände in den Schoß sinken und schüttelte sich theatralisch.

Hailey musste an erster Stelle stehen. Niemand war wichtiger als ihre Tochter. «Keine Übernachtungen, wenn Hailey im Haus ist. Das könnte sie verwirren oder ihr den falschen Eindruck vermitteln. Sie hat den Umzug gut verarbeitet, aber sie braucht Routine.» Ihre Tochter hatte sich bereits an Cade gewöhnt. Wenn sie den Eindruck bekam, dass sie ein Paar waren, würde sich Hailey von der möglichen Enttäuschung vielleicht nie wieder erholen.

Er nickte zustimmend. «Kein Problem. Was noch?»

«Keine Zuneigungsbekundungen bei der Arbeit.»

Jetzt verzog sich sein Mund. «Aber ich darf dich in einen Flur locken und mir Küsse stehlen?»

Sie biss sich auf die Unterlippe. Ihre Wangen brannten, und Schmetterlinge flatterten in ihrem Bauch. «Ja.»

«Dann stimme ich zu. Weiter.» Sein Bemühen, ernst zu bleiben, war unglaublich süß. Er versagte vollkommen, aber allein der Versuch brachte ihre Entschlossenheit ins Wanken.

«Ich will nicht, dass die ganze Stadt von uns erfährt.» Sie liebte diese kleine Gemeinde und das Gefühl der Geborgenheit, das ihr die Stadt vermittelte, aber sie brauchte ihre Privatsphäre. Raum zum Atmen. Zumindest noch für eine Weile.

«Ist es dir peinlich, mit mir zusammen zu sein?» Sein Tonfall klang locker, aber etwas in seinem Blick verriet ihr, dass seine Worte nicht scherzhaft gemeint waren.

«Nein, natürlich nicht. Ich würde nur einfach lieber erst einmal schauen, was geschieht, bevor wir es öffentlich machen.»

Cade kratzte sich am Kinn, das ein dunkler Bartschatten überzog. «Ich weiß nicht, wie ich dir das sagen soll ... aber es wissen bereits alle von uns. In dieser Stadt kann man nichts geheim halten.»

Das war eine Botschaft, die sie bereits am ersten Tag laut und deutlich empfangen hatte. Aber es bestand ein Unterschied zwischen Gerücht und Tatsache. «Für den Moment sind mir die Gerüchte lieber.»

Er seufzte müde. «Du bist kein dreckiges kleines Geheimnis, und ich werde dich auch nicht so behandeln. Aber okay. Kein Wort darüber.» Er musterte ihr Gesicht. «Noch etwas? Muss ich den Mond anheulen, wenn ich mit dir Händchen halten will? Oder Rauchzeichen geben, wenn ich dich sehen möchte?»

Gott, er war wirklich ein Charmeur. Sie war verloren. «Nein.»

«Wunderbar. Dann werde ich dich jetzt küssen, okay?»

Vollkommen verloren. Sie mochte es sogar, wenn er den Satz mit einem ‹Okay› abschloss, als könnte er sich damit selbst die Erlaubnis geben.

Er sagte nichts mehr, legte nur eine Hand an ihren Nacken und zog sie an sich. Sie kam ihm willig entgegen, legte ihre Hände auf seine Schultern und drückte die Lippen auf seine. Der Kuss war nicht verführerisch oder leidenschaftlich. Stattdessen erkundete Cade ihren Mund, als wollte er eine Geschichte erzählen – ihre Geschichte – voller Zärtlichkeit und Sehnsucht und Zuneigung.

Als er sich von ihr löste, zitterte sie. Das Ausmaß an Gefühlen, die er in ihr auslösen konnte, machte ihr Angst. Er war das Kribbeln, das ihr über den Rücken lief, der Druck in ihrer Brust, die Schmetterlinge in ihrem Bauch. Er war überall gleichzeitig. Verzehrend. Zerstörerisch.

Er drückte ihr einen zärtlichen Kuss auf die Schläfe, wo seine Lippen verweilten, während die Linie seines Kiefers an ihrer Wange entlangstrich. «Wann musst du Hailey abholen?»

Sie blinzelte, dann räusperte sie sich. «Um zehn Uhr.»

Er warf einen Blick auf die Wanduhr. «Also bald. Was macht ihr beide später?»

Argwohn stieg in ihr auf. «Ich muss waschen.»

Er brummte. «Könnte ich dich dazu überreden, etwas Unterhaltsameres zu unternehmen?»

Da nicht mehr genug Zeit blieb, um wieder ins Bett zu gehen, bevor sie Hailey abholen musste, brauchte Avery etwas Distanz. Also stand sie auf und trug ihren Teller zur Spüle. «Waschen kann Spaß machen.»

Er schnaubte ungläubig. «Ach, wirklich?»

Mit dem Rücken zu ihm spülte sie grinsend den Teller ab. Sie war niemand, der hemmungslos flirtete, aber er brachte ihre unbeschwerte Seite zum Vorschein, den Teil in ihr, der das spöttische Geplänkel zwischen ihnen liebte. «Ja, wirklich. Ich trage zum Beispiel nur mein Nachthemd, wenn ich wasche und alles falte. Und zwar ohne Höschen. Das macht die Dinge deutlich einfacher, wenn...»

Cade stand hinter ihr, schlang die Arme um ihre Taille und presste den Mund an ihren Hals, bevor sie lachen konnte. «Ich bin dafür, dass jeder Tag Waschtag ist. Und am Sonntag zweimal.»

Sie legte den Kopf in den Nacken, und ihr Lächeln verblasste, als er seine Zunge und Zähne über die empfindliche Stelle an ihrem Hals gleiten ließ. Ihr Körper begann zu zittern. Ihre Knie wurden weich, doch er hielt sie an seinen harten Körper gedrückt.

«Himmel.» Er hob den Kopf. Drückte ihr einen Kuss auf den Scheitel. «Wir haben keine Zeit.» Er drehte sie in seinen Armen, sodass sie zwischen ihm und der Arbeitsfläche festsaß. «Ich würde dich und Hailey heute Nachmittag gern zu einem Ausflug mitnehmen. Es soll eine Überraschung sein», erklärte er, bevor sie nachfragen konnte. «Aber hinterher müssen wir definitiv

Wäsche waschen. Und zwar mehr als eine Ladung. Darauf bestehe ich.»

Sie würde nie verstehen, wie er in einer Zeitspanne von nur wenigen Sekunden erst diese unglaubliche Lust in ihr auslösen konnte, um sie dann zum Lachen zu bringen. «Du bestehst darauf? Dann bleibt mir wohl nichts anderes übrig, als zuzustimmen.»

· 21 ·

Cade sog tief die frische Luft in seine Lunge und sah sich auf dem schneebedeckten Hügel um. Im Westen erhoben sich steil die Klamath Mountains. Im Osten lag der Pazifik. Das Meer war zwar von hier aus nicht zu sehen, doch die Luft war salzig, und weit in der Ferne hörte man das Rauschen der Wellen, das einen daran erinnerte, wie nah das Meer war.

Das Wetter war perfekt für einen Ausflug, der Himmel zeigte sich in einem hellen Grau, sodass der Schnee nicht zu grell leuchtete, und die Temperatur lag knapp unter null Grad.

Er war mit Avery und Hailey eine Stunde in die Berge gefahren, zu dieser wunderschönen Stelle, die fast nur Einheimischen bekannt war. In Redwood war der meiste Schnee schon geschmolzen, doch hier im Norden, in den Bergen, gab es noch ganz viel von der weißen Pracht. Auf der anderen Seite des Bergkamms gab es einen kleinen Gasthof für Touristen, doch diese Gegend lag etwas versteckt.

Kinder sausten mit ihren Schlitten den Hügel hinunter. Der Anblick machte ihn plötzlich nostalgisch. «Mein Dad hat mich und meine Brüder als Kinder hierhin mitgenommen. Ich war schon seit Jahren nicht mehr hier.»

Cade erinnerte sich an seinen Dad, der seinen Söhnen grinsend beim Spielen zugesehen hatte, während er auf den perfekten Moment wartete, um sie mit einem Schneeball zu bewerfen. Dann hatte er laut gelacht und sich dabei den Bauch gehalten.

Verdammt, er vermisste seinen Dad so sehr. Neun Jahre, und trotzdem tat es immer wieder weh.

Avery lächelte, ihre Wangen waren vom Wind gerötet. «Wie viele Knochen habt ihr euch gebrochen? Für gewöhnlich nehme ich an keinerlei Unternehmungen teil, die am Ende einen Krankenwagen erfordern.»

Er lachte. «Ganz die Mami.»

Ein Stück entfernt, in der Nähe eines kleinen Kiefernwäldchens, gab es einen Stand mit heißem Kakao und ein paar Tischen. Einige Kinder nutzten den feuchten Schnee, um Burgen und Schneemänner zu bauen.

Er beobachtete die Familien einen Moment lang, und die Erkenntnis, wie sehr er sich eines Tages eine eigene Familie wünschte, erschütterte ihn. Er hatte nicht groß über Hochzeit und Familie nachgedacht, weil er damit zufrieden gewesen war, die Dinge zu nehmen, wie sie eben kamen. Aber er hatte immer gewusst, dass er es wollte. Eines Tages.

Jungs, mit denen er Ball spielen konnte, oder Mädchen, für die er ein Puppenhaus bauen und so tun würde, als wären Teekränzchen das Größte. *Oder auch andersherum*, dachte er, als ihm auffiel, wie sexistisch seine Gedanken waren. Zoe würde ihn dafür schlagen. Und das zu Recht, wenn man bedachte, dass sie die beste Baseballspielerin in ihrer Hobby-Liga war.

Doch die Wärme in seiner Brust bedeutete auch, dass die Zeit gekommen war, über die Zukunft nachzudenken. Er war davon überzeugt, dass er diese plötzliche Veränderung Avery und ihrer frischen Beziehung zuschreiben konnte. Vielleicht lag es daran, dass sie bereits eine Tochter hatte – auch wenn er das für unwahrscheinlich hielt. Zum ersten Mal in seinem Leben verspürte Cade nicht den Drang weiterzuziehen, um ein neues Abenteuer zu finden. Er war nicht gelangweilt und fühlte sich auch nicht ruhelos.

Avery beruhigte irgendetwas in ihm. Es spielte keine Rolle, ob sie auf ihrer Couch einen Film schauten, sich in seinem Schlafzimmer liebten oder zusammen bei ihr Abendessen kochten. Nichts davon wurde ihm langweilig. Zur Hölle, er konnte nicht aufhören, an Avery zu denken … oder daran, wann er sie das nächste Mal sehen würde. Er dachte ständig darüber nach, wann er wieder ganz normale, alltägliche Dinge mit ihr unternehmen konnte.

Als Mom Dad verloren hatte – und das so plötzlich –, hatte er mit ansehen müssen, wie schwer es ihr fiel, ohne ihn weiterzuleben. Die beiden waren Cades gesamtes Leben über eine Einheit gewesen. Es war, als wüsste seine Mutter plötzlich nicht mehr, wie sie funktionieren sollte. Und als Drake Heather verloren hatte, nun … Drake war bis heute, fast vier Jahre später, noch nicht wieder ganz er selbst. Der Verlust hatte ihn zerstört, sodass Cade sich fragte – und das nicht zum ersten Mal –, ob es wirklich klug war, sich auf eine Beziehung einzulassen, an deren Ende all dieser Schmerz wartete. Aber er konnte doch nicht durchs Leben gehen und ständig mit dem Schlimmsten rechnen, oder?

Eine kleine Hand schob sich in seine, und er senkte den Blick. Hailey schwang ihre Arme, wobei sie ihren Blick über alles gleichzeitig gleiten ließ, auf ihre ganz eigene, abgelenkte, bezaubernde Art und Weise.

Das war noch so etwas. Kinder jagten ihm keine Angst ein, doch schrecklich warm ums Herz wurde ihm in ihrer Anwesenheit normalerweise auch nicht. Aber dieses Mädchen hier? Sie sprach einen Beschützerinstinkt in ihm an, von dem er gar nicht gewusst hatte, dass er ihn besaß. Und jedes Mal, wenn sie die Grenzen ihres Handikaps überwand und Verbindung zu ihm aufnahm, wurde seine Kehle eng.

Wenn sie zum Beispiel seine Hand hielt. Oder auf der Couch mit ihm kuschelte.

«Ich weiß nicht, ob ihr der Schnee gefallen wird», sagte Avery.

Ihr Blick glitt zum Horizont, dann wieder zu ihm. «Könnte eine Reizüberflutung für sie sein, wie Sand. Hailey kann Sand nicht leiden.» Falls ihr aufgefallen war, was Hailey getan hatte, kommentierte sie es nicht. Averys Lächeln war warm und brachte ihre Augen zum Leuchten. Dann zuckte sie mit den Achseln. «Aber wir können es versuchen.»

Er blickte auf die winzige Person neben sich herunter. «Was denkst du, Krümel? Willst du mal Schlitten fahren oder einen Schneemann bauen?» Er wusste, dass sie nicht antworten würde, aber manchmal konnte er an subtilen Signalen ablesen, was sie wollte. Diesmal allerdings nicht.

Unbeirrt führte er das Mädchen näher zu dem Kiefernwäldchen, weil es dort ruhiger war, und hob ein wenig Schnee hoch. Dann drehte er Haileys Handfläche nach oben und ließ den frischen Pulverschnee hineinfallen. Sofort ließ sie alles fallen und fing an, sich zu wiegen. Nicht gut.

Avery zog Handschuhe aus der Tasche und zog sie Hailey an. «Versuch es jetzt noch mal.»

Er wiederholte das Ganze, mit demselben Ergebnis. «Anscheinend nicht.»

Er setzte sich in den Schnee und sammelte so viel von dem weißen Puder, dass er die Basis für einen Schneemann errichten konnte, wobei er Hailey aus dem Augenwinkel beobachtete. Sie schien sich nicht für sein Vorhaben zu interessieren, aber sie ging auch nicht weg. Als er schließlich beim Kopf angekommen war, war Hailey näher gekommen, und Avery schoss Fotos mit ihrem Handy.

Cade formte einen Schneeball und drückte ihn Hailey in die Hand. «Lass ihn diesmal nicht fallen. Wirf ihn.» Als sie nicht reagierte, umfasste er sanft ihr Handgelenk und führte ihren Arm in die Bewegung. Der Schnee traf Avery über der Brust.

Sie erstarrte mit dem Handy in der Hand und kniff die Augen zusammen. «Nicht witzig.»

Cade war da anderer Meinung. Er formte noch einen Schneeball und half Hailey erneut beim Werfen. Diesmal stieß das Mädchen ein bellendes Lachen aus. «Hailey findet es witzig.»

Avery sagte nichts dazu, aber ihr Lächeln war ihm Belohnung genug.

Sie versuchten es auch mit Schlittenfahren. Hailey setzte sich zwar auf den Schlitten, aber mehr war ihr offensichtlich zu viel. Nach einer Stunde machten sie Schluss und packten den Schlitten wieder ein.

Auf der Rückfahrt wandte sich Avery ihm zu. «Tut mir leid, dass sie nicht so begeistert war.»

Er zuckte nur mit den Achseln. «Macht doch nichts.» Er hatte trotzdem Spaß gehabt.

Sein Handy klingelte in seiner Hosentasche, und er fluchte, weil er vergessen hatte, es mit der Freisprechanlage zu verbinden. Er zog das Handy heraus und hob ab, ohne aufs Display zu schauen, den Blick hatte er auf die Straße gerichtet.

Drakes Stimme erklang an seinem Ohr. «Das Familienessen wurde um eine Stunde vorverlegt.»

«Sind schon auf dem Rückweg. Das schaffen wir.»

Cade warf einen Blick auf Avery, doch sie sah aus dem Seitenfenster. Er hatte ihr noch nichts von dem Abendessen erzählt, weil er noch nicht den richtigen Augenblick gefunden hatte. Jeden zweiten Sonntag besuchten er und seine Brüder seine Mom. Heute würde er zum ersten Mal jemanden mitbringen.

Drake brummte zustimmend und legte auf.

Cade legte das Handy in seinen Schoß und konzentrierte sich auf den gewundenen Highway, während er darüber nachdachte, ob Avery wohl austicken würde, wenn er sie zum Abendessen mit seiner Familie einlud. Eigentlich kannte Avery sie ja schon. Aber zusammenzuarbeiten oder mal gemeinsam in die Bar zu gehen war etwas anderes als ein Essen im Kreise der Familie. Er wollte sie auf keinen Fall verschrecken, nachdem sie heute Morgen offenbar endlich Fortschritte gemacht hatten.

Er trommelte mit den Fingern aufs Lenkrad. «Wir fahren zum Haus meiner Mom. Zum Familien-Abendessen. Wenn das für dich okay ist.» Er knirschte mit den Zähnen, weil diese abrupte Ankündigung sicher nicht die geschickteste Art war, sie zum Mitkommen zu überreden. «Mom hat dich eingeladen. Hailey auch. Nur wir drei und meine Brüder. Nichts Besonderes.»

Himmel, O'Grady. Halt die Klappe.

Sie sah ihn an, mit hochgezogenen Augenbrauen und einem leisen Lächeln. «Nervös?»

Zur Hölle, ja. Er fühlte sich, als würden Zwerge in seinem Magen Räder schlagen. Dieses Gefühl gefiel ihm überhaupt nicht, und er hatte keine Ahnung, wieso er so angespannt war. Hier ging es um Avery. Sie war unglaublich nett, und seine Brüder liebten sie bereits. Seine Mom hatte sie von der ersten Begegnung an ins Herz geschlossen und sprach sie ihm gegenüber so oft an, dass es unmöglich war, die implizite Aufforderung in ihren Worten zu überhören.

Er zuckte mit den Achseln. «Ein wenig.»

Sie grinste.

«Schön. Sehr.» Er seufzte. «Bist du sauer, dass ich nicht vorher mit dir gesprochen habe? Wir können das auch ein anderes Mal machen, okay?»

«Es wäre mir tatsächlich lieber, wenn du mich das nächste Mal vorher fragst, aber es ist kein Problem.»

Sie fuhren gerade über ein steiles Stück der Bergstraße. Eine Eisschicht an einer gefährlichen Stelle oder eine zu schnell genommene Kurve konnten hier den Tod bedeuten. Er beförderte kostbare Fracht. Daher konnte er seinen Blick nicht von der Straße lösen, um Avery anzuschauen und herauszufinden, ob sie okay war. Aber ihr Tonfall, den er inzwischen ziemlich gut deuten konnte, ließ darauf schließen, dass es ihr gutging. Bei ihm dagegen sah das anders aus.

«Du bist die erste Frau, die ich mit nach Hause bringe. Mal abgesehen vom Abend meines Abschlussballs.» Und den hatte er mit Zoe auf rein freundschaftlicher Basis besucht, also zählte das nicht. «Du kennst meine Familie ja schon, also ist das eigentlich nur eine Formalität, richtig? Ich meine, es ist einfach ein Abendessen.»

Himmel. In ungefähr neunzig Sekunden würde er eine Zwangsjacke brauchen.

«Atme», sagte sie ruhig, doch er hörte die leise Erheiterung in ihrer Stimme.

«Ich atme.» Ansatzweise zumindest.

Sie legte die Hand auf seinen Oberschenkel. Selbst durch seine Jeans fühlte er die Wärme ihrer Haut. Sofort beruhigte er sich. Avery streichelte sein Bein mit dem Daumen. Sie meinte es sicher als beruhigende Geste, doch auf einen ganz bestimmten Teil seiner Anatomie hatte das den gegenteiligen Effekt.

«Denk dran, wir müssen später noch waschen.»

Er riss den Kopf zu ihr herum, gerade lang genug, um zu sehen, wie sie die Hand vor den Mund schlug, um ein Grinsen zu verbergen. Dann sah er eilig wieder auf die Straße.

Er war nervös, und sie nahm ihn auf den Arm. *Ihn.* Den Kerl, der gewöhnlich immer einen lockeren Spruch auf den Lippen hatte. Der sich niemals offiziell mit Frauen verabredete und auch niemanden mit nach Hause brachte.

Doch Avery, die genau durch das verletzt worden war, was er

gerade versuchte, hatte sich ihm gegenüber geöffnet. Sie besaß die innere Stärke, sich darauf einzulassen, egal, wie viel Angst ihr die Vorstellung einer Beziehung auch einjagte. Wenn irgendwer zynisch sein durfte, dann sie. Mehr als zynisch. Aber das war sie nicht. Sie war freundlich und großzügig und witzig und verschroben und organisiert und ... perfekt.

Und plötzlich brachen sich alle Gefühle, die er je in Bezug auf sie empfunden hatte, gleichzeitig in seiner Brust Bahn.

Überraschung ... Glück ... Nervosität ... Sorge ... Beschützerinstinkt ... Mitgefühl ... Respekt ... Verlangen ...

Überwältigend. Allumfassend. Quälend.

Ein Gefühl nach dem anderen schwappte über ihn hinweg, bis er fürchtete, einen Unfall zu bauen, wenn er nicht am Straßenrand anhielt. Seine Hände zitterten am Lenkrad, sodass er gezwungen war, es mit aller Kraft zu umklammern. Er war sich ziemlich sicher, dass ein Herzinfarkt sich so anfühlen musste. Er bekam keine Luft, und der Schmerz in seiner Brust war lähmend.

Und das Schlimmste war, dass Drake recht gehabt hatte. Der Grund für seinen Aufruhr war Liebe. Dieses Gefühl schob sich unter all den anderen an die Oberfläche. Ja. *Liebe.* Das war bei weitem kein Verknalltsein mehr.

Er hätte es kommen sehen müssen. Und was zur Hölle sollte er jetzt mit dieser Erkenntnis anfangen?

Er konzentrierte sich auf die Straße, auf Averys beruhigende Berührung, während er sich zwang, langsam und tief ein- und wieder auszuatmen. Als er vor dem Haus seiner Mutter vorfuhr, hatte er noch keine Antwort auf seine Frage gefunden, aber zumindest war er um einiges ruhiger. Er setzte sein Pokerface auf, war fest entschlossen, Drake später zur Rede zu stellen.

Avery machte keine Anstalten auszusteigen. Stattdessen drehte sie sich zu ihm. Ein Blick verriet ihm, dass sie ihn durchschaut hatte. Sie zog die Augenbrauen hoch, und in ihren Augen erkannte er eine ernsthafte, mitfühlende Sanftheit, die ihn erschütterte.

Langsam nickte sie, als wären ihre Vermutungen bestätigt worden. «Wenn du so durcheinander bist, müssen wir nicht reingehen. Wir müssen auch keine Wäsche waschen. Wir können es für heute einfach gut sein lassen.»

Er hatte sich geirrt. Sie hatte es nicht verstanden. Oder sie wollte ihm einen Ausweg bieten.

Zum Teufel damit. Er wollte keinen Ausweg. «Ich will reingehen und die Zeit mit meiner Familie genießen. Mit dir und Hailey.»

Avery musterte ihn für einen nervenaufreibend langen Moment. Er konnte ihre Miene einfach nicht deuten, doch er vermutete, dass sie in ihm las wie in einem Buch. Dann öffnete sie ohne ein weiteres Wort die Autotür und stieg aus, holte Hailey aus dem Auto, nahm die Hand ihrer Tochter und ging die Stufen zur Veranda hinauf.

Er folgte ihr. Als Flynn die Tür öffnete, nickte er ihm zu. Cade hängte ihre Jacken in den Flurschrank. Der Duft von Moms Essen hing in der Luft. Er konnte nur hoffen, dass seine Nase ihn nicht täuschte und es tatsächlich Hackbraten gab.

Als Avery und Hailey ins Haus gingen und Drake begrüßten, wandte sich Flynn zu Cade um.

«*Du bringst ein Mädchen mit, um es der Familie vorzustellen?*», gebärdete der fiese Mistkerl. «*Wie tief sind die Mächtigen gefallen. Wann ist der Hochzeitstermin?*»

Als Antwort zeigte Cade seinem Bruder seinen Lieblingsfinger, den zwischen Zeige- und Ringfinger.

Als er das Wohnzimmer betrat, rechnete er fast damit, Dad zu sehen. Die medizinischen Fachzeitschriften seines Vaters standen immer noch in den Bücherregalen, und sein Lieblingssessel stand verwaist in einer Ecke. Nostalgische Gefühle drohten Cade zu überwältigen, doch er schüttelte sie ab.

Bis auf Avery und Hailey hielt sich nur Drake im Raum auf. Er saß auf einer der karierten Couchen, die seine Eltern schon seit den Zeiten von Vietnam besaßen, und schaute eine Natur-Doku auf dem Disney Channel. Für Flynn waren die Untertitel angestellt, und im Kamin brannte ein Feuer. Drakes Schäferhund, Moses, und Flynns Golden Retriever, Fetch, schliefen auf dem beigen Teppich unter dem Panoramafenster. Keiner von ihnen rührte sich, um die Neuankömmlinge zu begrüßen.

«Cade? Bist du das?» Direkt nach Moms Frage hörte er ein Klappern. Cade stellte sich vor, wie sie durch die Küche eilte, Kartoffeln stampfte und den Hackbraten aus dem Ofen zog. Mom, die Multitaskerin.

«Ja», rief er zurück. «Und Avery und Hailey.»

«Oh gut. Avery, Liebes, komm zu mir. Im Wohnzimmer hängt zu viel Testosteron in der Luft.»

Beim Anblick von Avery im Haus seiner Eltern wurde Cade ganz warm ums Herz. Er blieb im Türrahmen stehen, um den Anblick zu genießen, doch Avery stand schon auf und bedeutete Hailey mit einer Geste, ihr zu folgen.

«Wir werden in der Küche gebraucht.»

Flynn schüttelte den Kopf. *«Ich kümmere mich um sie. Geh nur.»*

Cade sah auf Hailey hinunter, die sich nicht allzu weit von ihm entfernt hatte und Flynns Hände so aufmerksam beobachtete, wie er es noch nie gesehen hatte.

«Bist du dir sicher?» Avery biss sich auf die Unterlippe. Cade fragte sich, wann wohl der Tag kommen würde, an dem sie endlich verstand, dass sie und ihre Tochter niemandem zur Last fielen.

Flynn nickte, dann richtete er seine Aufmerksamkeit auf das Mädchen. «*Erinnerst du dich an mich?*»

Hailey antwortete nicht, beobachtete seinen Bruder aber konzentriert. Avery musterte ihn ebenfalls, runzelte die Stirn.

Flynn ging vor Hailey in die Hocke. «*Ich rede auch nicht.*» Er sah Avery an. «*Spielt sie Dame?*»

Avery nickte. «Aber lieber mag sie Tic Tac Toe.»

Flynn grinste das Mädchen an. «*Glaubst du, du kannst mich schlagen?*» Er wartete nicht auf eine Antwort. Stattdessen stand er auf und ging in Richtung seines alten Zimmers davon, Hailey folgte ihm auf den Fersen.

Einen Augenblick später setzte Avery sich in Bewegung und verschwand in der Küche. Als die Stimme seiner Mutter zu hören war, wusste Cade, dass Avery eine Weile beschäftigt sein würde.

Cade sah Drake an und nickte Richtung Tür. «Komm, fahr kurz mit zu mir. Wir holen die Hunde.» Sie mussten beide rausgelassen werden, und Freeman begleitete ihn ohnehin normalerweise zu Mom.

Es war keine Bitte, und Drake deutete es auch nicht so. Er stand auf und zog seine Jacke an, dann hielt er Cade die Haustür auf.

Schweigend fuhren sie zu Cades Haus hinüber und parkten. Ihm blieb nicht viel Zeit – weil er zurück sein wollte, bevor Avery mitbekommen hatte, dass er weg war. Trotzdem umklammerte er jetzt das Lenkrad und machte keine Anstalten auszusteigen. Er wünschte sich, er könnte aus dem Gefühlschaos in seinem Kopf schlau werden.

Drake musterte ihn von der Seite. «Willst du mit mir rumknutschen, oder was?»

Cade konnte nicht anders. Er ließ seine Stirn aufs Lenkrad sinken und lachte. Der gesamte Tag, wahrscheinlich sogar die letzten Wochen, waren eine surreale Erfahrung für ihn gewesen. «Verdammt, Drake. Es ist schön, dass du wieder da bist. Noch etwas, wofür ich ihr danken kann.»

Sein Bruder antwortete nicht, aber Anspannung füllte das Auto ... knisterte förmlich in der Luft. Cade hob den Kopf und starrte aus der Windschutzscheibe, unsicher, was er tun oder sagen sollte.

Nach mehreren langen, unangenehmen Minuten seufzte Drake. «Ich war nicht weg.»

Vielleicht nicht körperlich. Aber seitdem Heather gestorben war, hatte sich sein Bruder geistig und emotional abgemeldet. Vielleicht hatte Avery etwas damit zu tun, oder es war einfach seit Heathers Tod genug Zeit vergangen, dass Drake weitermachen konnte. Vielleicht war es auch eine Kombination aus beidem. Auf jeden Fall benahm sich sein Bruder wieder wie ein Teil der menschlichen Gesellschaft und nicht wie ein Geist.

Drake verschränkte die Arme. «Nachdem wir nicht aus inzestuösen Gründen hier sind – Gott sei es gedankt –, kann ich nur annehmen, dass es um eine bestimmte Frau geht?»

Cade legte den Kopf in den Nacken und schloss die Augen. «Alle großen Tragödien beginnen mit dem Satz: ‹Es gibt da dieses Mädchen ...›»

«Genauso wie alle großen Liebesgeschichten. Nicht alle enden tragisch.»

Cade öffnete die Augen und starrte seinen Bruder an. «Du siehst aus wie Drake, klingst wie Drake, aber ...»

«Du hast mich mitgenommen. Wenn du meine Meinung nicht hören willst, hättest du schweigend vor dich hinbrüten sollen.» Ein Mundwinkel zuckte. «Es hat durchaus Vorteile. Schweigen, meine ich.»

Cade starrte wieder aus der Windschutzscheibe und rieb sich

den Nacken. «Woher wusstest du, dass du dich in Heather verliebt hast?»

Drake lachte freudlos. «Das weiß man einfach. Und allein die Tatsache, dass du diese Frage stellst, sagt mir, dass es passiert ist.»

Cade war mehr oder minder zum selben Schluss gekommen. Doch die eigentlichen Worte wollten ihm einfach nicht über die Lippen kommen. Worte, die er nicht mehr zurücknehmen konnte, wenn er sie einmal ausgesprochen hatte. Von denen er sich nicht sicher war, ob er sie selbst hören wollte.

Er hatte beobachtet, wie Drake um seine Frau getrauert hatte, hatte danebengestanden, als das Leben seines Bruders zerbrochen war, und hatte ihm nicht helfen können. All diese Schmerzen, all dieses Leid. Cade stand erst am Anfang dieser Art von Liebe und konnte sich schon jetzt nicht vorstellen, wie Drake es geschafft hatte, noch einen Fuß vor den anderen zu setzen, nachdem man ihm seine Welt gestohlen hatte.

«Ich will nicht ...» Cade atmete tief durch. «Ich wollte mich nie in sie verlieben. In niemanden. Wieso sollte man das wagen, wenn man den Schmerz doch schon kommen sieht?»

Drakes Blick nagelte ihn förmlich in seinem Sitz fest. Direkt, schnell und mehr als nur ein wenig verärgert. «Also geht es in diesem Männergespräch nicht um Ratschläge oder Bestätigung. Du bittest mich um Erlaubnis abzuhauen. Und weswegen? Weil du verletzt werden könntest?»

Cade schüttelte den Kopf und wandte den Blick ab. Er ging nicht davon aus, dass er sich von Avery zurückziehen konnte, selbst wenn er es wollte.

Ehrlich, er wusste selbst nicht genau, warum er Drake mitgenommen hatte. Vielleicht weil sein Bruder der einzige Mensch war, der verstand, womit er zu kämpfen hatte. Und der einzige

Mensch, dem es gelingen konnte, ihm seine Ängste zu nehmen. Cade bezweifelte, dass sie dieses Gespräch führen würden, wenn Heather nicht gestorben wäre. Dann wäre die Liebe für ihn einfach ein weiteres großes Abenteuer gewesen statt etwas, das man fürchten musste.

«Du stellst nicht die richtige Frage, kleiner Bruder.» Ernst suchte Drake seinen Blick. Sein Tonfall war milde, ließ aber gleichzeitig keinerlei Widerspruch zu. «Du musst mich fragen, ob es den Schmerz wert ist, ob ich es wieder tun würde, selbst wenn ich wüsste, wie es ausgeht.» Er beugte sich vor. «Und zur Hölle, ja. Ich würde es tun.»

Damit griff Drake nach dem Türgriff und öffnete die Tür, um einen Fuß nach draußen zu setzen. «Ich werde die Hunde holen. Du reißt dich besser mal zusammen.»

· 22 ·

Avery und Gayle hatten gerade das Essen auf den großen Küchentisch gestellt, als Drake und Cade das Haus betraten, begleitet von den Hunden. Drake wirkte wie immer, aber Cade schien ihr nicht in die Augen sehen zu können, und seine Miene wirkte, als hege er unangenehme Gedanken. Sie hatte keine Ahnung, wieso die beiden eine halbe Stunde gebraucht hatten, um das kurze Stück zu seinem Haus zu fahren und die Hunde zu holen, aber ihr war elend vor Sorge.

Cade rieb sich den Nacken und trat tiefer in den Raum, den Blick hatte er auf das Essen gerichtet. «Sieht gut aus, Mom.»

«Danke. Setzt euch doch.»

Avery mochte Gayles Haus. Anders als Cades hatte es nur eine Etage und war bei weitem nicht so modern, aber gemütlich. Überall, wo sie hinsah, entdeckte sie Fotos – auf dem Kaminsims, an den Wänden, am Kühlschrank –, die zurückreichten bis zur Hochzeit von Cades Eltern. Die Möbel und Küchengeräte schienen aus der Kindheit der Jungs zu stammen. Selbst der Küchentisch hatte eine Menge Kratzer. Das Haus wirkte unkompliziert und freundlich, wie Gayle.

Avery wartete, bis alle sich gesetzt hatten, um herauszufinden, wo sie Platz nehmen sollte. Letztendlich saß sie neben Flynn und gegenüber von Cade. Statt sich auf den leeren Stuhl neben Cade zu setzen, ließ Hailey sich am Kopfende des Tisches nieder, wo kein Teller stand.

Avery tippte Hailey auf den Arm. «Liebling, neben Cade ist ein Teller für dich gedeckt.»

Hailey bewegte sich nicht. Avery wurde nervös, als sie bemerkte, dass alle anderen unsichere Blicke wechselten.

«Es ist okay», sagte Cade schließlich, den Blick auf Hailey gerichtet. «Da dürfen nur Leute sitzen, die genauso toll sind wie mein Dad.»

Oh Gott. Der Platz war Cades Vater vorbehalten gewesen. Avery stand auf. «Hailey, bitte setz dich auf den anderen Stuhl.»

Drake räusperte sich. «Setz dich wieder hin, Avery. Wie Cade schon sagte, es ist in Ordnung.»

Avery sah zu Gayle, um auf Nummer sicher zu gehen, weil sie sich immer noch unsicher fühlte.

Mrs. O'Grady nickte lächelnd, sie stimmte ihren Söhnen zu, dann machte sie eine wegwerfende Geste.

Langsam setzte Avery sich wieder und lächelte Drake an. «Du bist ziemlich herrisch.»

Er grinste zurück. «Und das von der Frau, die meine Kanülen alphabetisch geordnet hat. Zweimal.»

«Na ja, ich verstehe einfach nicht, wie du in diesem chaotischen Schrank irgendetwas gefunden hast. Und außerdem ist das kein herrisches Verhalten, sondern schlicht Organisationstalent.»

Er zog die Augenbrauen hoch und grinste noch breiter. Wer hätte ahnen können, dass Drake Grübchen hatte. «Okay. Du hast aber auch Missy Hamilton mitgeteilt, sie dürfe erst wieder in die Klinik kommen, wenn sie sich einen BH anzieht. Das ist herrisch.»

Flynn verschluckte sich an seinem Getränk. «*Das hast du nicht getan. Ernsthaft?*»

Avery schnaubte. «Habe ich sehr wohl. Man kann doch nicht ein Geschäft betreten – oder eine Tierklinik –, wenn … der Vorbau quasi heraushängt. Und wer bringt schon einen Goldfisch zur Untersuchung? Bitte.»

Flynn schüttelte den Kopf. «*Servier meinen Bruder ab und heirate mich.*»

Avery lachte. «Ich werde darüber nachdenken.» Als sie sich umsah, bemerkte sie, dass sie mit ihrer mit Händen geführten Unterhaltung das Essen aufhielten. Ihre Wangen wurden rot. «Ähm … das sieht wirklich köstlich aus, Gayle. Danke für die Einladung.»

Gayle griff nach einer Schale mit Erbsen und reichte sie mit einem mütterlichen Lächeln an Drake weiter. «Oh nein, meine Liebe. Die Freude ist ganz auf meiner Seite.»

Avery wollte Hailey ein wenig Essen auf den Teller tun, nur um festzustellen, dass Cade sich bereits darum gekümmert hatte. Außerdem stand ein Glas Milch vor seinem Teller, weil er Hailey seine Limonade überlassen hatte.

Flynn hatte es auch bemerkt. «*Du stiehlst einem Kind seine Milch? Nicht nett.*»

«Sie verträgt keine Milchprodukte, du Hohlbirne.»

«Bitte, Cade!» Gayle schnalzte missbilligend mit der Zunge, als sie sich ein Stück Hackbraten nahm. «Ich werde beim nächsten Mal an Haileys Milchunverträglichkeit denken.»

Cades Brauen senkten sich. «Hohlbirne ist kein Schimpfwort.» Er wandte sich an Hailey. «Oder, Krümel? Sag es nur nicht in der Schule. Abgemacht?» Er hob die Faust, und Hailey stieß ihre eigene dagegen, nachdem sie wie üblich kurz gezögert hatte.

Als Cade mit einem zufriedenen Grinsen zu Avery aufsah, blieb ihr Herz stehen. Sie konnte den Blick einfach nicht von diesem intensiven Blau abwenden – es traf sie wie eine Naturgewalt, sie sah die Erheiterung und die Liebe darin. Cade versuchte nicht, die Zuneigung ihrer Tochter zu gewinnen, um sie selbst zu verführen, und er verbrachte seine Zeit auch nicht mit Hailey, nur weil er unter Averys Röcke wollte. Er tat das alles, weil er ... Hailey tatsächlich liebte.

Das merkte sie an der Aufmerksamkeit, die er ihr schenkte, der Geduld, die er aufbrachte, und daran, wie er sie ansah. Er testete ihre Grenzen aus, aber nur, um sie besser einschätzen zu können, und nie so sehr, dass er sie aufregte. Und da er ihre Gesten zu deuten verstand, konnte er Schwierigkeiten abwenden, bevor sie problematisch wurden, und lernte so, was sie mochte.

Und vor allem verbrachte Cade freiwillig Zeit mit Hailey. Der heutige Ausflug hatte das deutlich gezeigt. Statt sich aufzuregen oder enttäuscht zu sein, weil Hailey nicht begeistert mitgemacht hatte, hatte er es mit einem Achselzucken abgetan.

Averys Kehle wurde eng und ihre Augen feucht. Sie starrte auf ihren Teller, um sich zu sammeln.

Richard hatte niemals versucht, eine Verbindung zu seiner Tochter aufzubauen. Von Anfang an hatte er sich kaum für sie interessiert, und nach der Autismus-Diagnose gar nicht mehr. Er hatte einfach keinen Sinn darin gesehen. Er hielt seine Tochter für kaputt. In seinen Augen hatte Hailey einfach einen schweren Defekt. Und da sie nicht auf normale Weise reagierte, hatte er sich ganz von ihr zurückgezogen. Avery hatte sich zwar geschworen, Richard und Cade nicht mehr zu vergleichen, aber in diesem Punkt konnte sie einfach nicht anders.

Richard mochte Haileys leiblicher Vater sein, aber Liebe hatte bei ihm nie eine Rolle gespielt. Cade war nicht mit Hailey verwandt, doch er liebte sie wirklich. Das stand außer Frage. So war er einfach. Ehrlich. Aufrichtig.

Sie war sich nicht sicher, ob sie eifersüchtig sein sollte, weil nun auch jemand anderes eine Rolle in Haileys Leben spielte. So dumm das auch klingen mochte, Avery hatte nie um die Liebe ihrer Tochter wetteifern müssen. Aber sosehr ihr Kopf ihr auch sagte, sie sollte auf der Hut sein, weil Hailey eine Verbindung zu Cade aufgebaut hatte ... sie konnte es nicht. Hailey hatte es verdient, wirklich geliebt zu werden.

Cade zog in einer schweigenden Frage die Augenbrauen hoch, um sich zu erkundigen, was los war. Seine Intuition überraschte sie jedes Mal.

Sie lächelte und unterbrach ihren intensiven Blickkontakt, um eine Gabel Kartoffelpüree zu essen. Jetzt war nicht der richtige Zeitpunkt, um ihre Gefühle zu analysieren. Nicht, während sie im Kreise seiner Familie saß. Sie würde später darüber nachdenken und herausfinden, was sie tun musste ... wenn sie denn überhaupt etwas tun musste.

• • •

Sie kehrten erst spät in ihr Ferienhaus zurück, Hailey sollte eigentlich längst im Bett sein. Sie wirkte bereits sehr müde, also ließ Avery die übliche Einschlafsendung aus und sagte Hailey, sie solle sich die Zähne putzen. Ihre Lider sanken herab, bevor ihr Kopf das Kissen berührte.

Avery setzte sich auf die Bettkante und zog die Decke unter Haileys Kinn. Seraph hoppelte auf drei Beinen ins Zimmer und setzte sich vor Averys Füße, um hochgehoben zu werden. Er wuchs jeden Tag ein Stück, aber noch gelang es dem kleinen Welpen nicht, aufs Bett zu springen.

Sie hob ihn hoch, kraulte ihm die Ohren und setzte ihn neben der bereits schlafenden Hailey ab. Er drehte sich zweimal, bevor er sich an die Brust ihrer Tochter kuschelte. Da ihr Mädchen fest schlief, ließ Avery sanft die Finger durch Haileys dunkles Haar gleiten. Sie ließ zu, dass Avery ihre Hand hielt, und hin und wieder kuschelte sie sogar mit ihrer Mutter, aber manchmal verzehrte sich Avery einfach nach Berührungen. Sie liebte diese gestohlenen Momente, um sich daran zu erinnern, wenn Haileys Beeinträchtigung Averys Wünschen im Weg standen.

Cade wartete auf sie. Sie drückte einen Kuss auf Haileys Stirn, dann stand sie auf. Sie fand Cade in der Küche, wo er an der Arbeitsfläche lehnte und ins Leere starrte. Er wirkte in sich versunken, doch er lächelte, als er sie bemerkte. Zuneigung brachte seine Augen zum Leuchten und wärmte sein Lächeln, als sie näher trat.

Er drückte ihr einen Kuss auf die Schläfe, als sie in seine Umarmung trat. «Tante Marie hat auf deinem Handy angerufen, als du bei Hailey warst.»

Sie sah über seine Schulter zur Arbeitsfläche. «Sie wollte wahrscheinlich über das Buffet am St. Patrick's Day reden. Jedenfalls hat sie solche Andeutungen gemacht, nachdem die Planungen für den Valentinstag abgeschlossen waren.»

Er lachte. «Sie lockt dich auf die dunkle Seite, mit jeder Veranstaltung ein Stückchen mehr.» Er legte seinen gesamten Charme in sein Grinsen. «Die O'Gradys tragen immer am meisten zu dem Event bei. Auf Dads Seite sind wir irisch, und du kannst dir nicht vorstellen, wie lecker sein Rinder-Stew ist.»

Sie kuschelte sich näher an Cade, schlang die Arme um seine Hüfte und spürte ein Kribbeln, als ihre Körper sich perfekt ineinanderfügten. «Dein Dad hat gekocht?»

Er brummte zustimmend. «Manchmal. Und wenn er es getan hat, war es verdammt lecker.» Er musterte ihre Miene. «Mom mag dich.»

Sie vergrub ihr Gesicht an seinem Hals, genoss die Minuten, die sie für sich alleine hatten. Sie hatte gar nicht gewusst, wie sehr sie es genoss, im Arm gehalten zu werden – mit jemandem zu kuscheln –, bis Cade des Weges gekommen war. «Das Gefühl beruht auf Gegenseitigkeit. Selbst wenn sie zum ... wie nennst du sie ... zum Drachentrio gehört.»

Seine Brust vibrierte vor Lachen. «Ja. Im Vergleich zu ihren Schwestern ist Mom noch recht zurückhaltend, aber wenn sie es darauf anlegt, kann sie genauso hinterhältig sein. Tante Rosa ist die Anstifterin und Tante Marie die Vollstreckerin.»

«Sie wirken so harmlos.» Überwiegend. Avery hatte ein paarmal im Fokus ihrer Pläne gestanden, aber sie hatten nie bösartig gewirkt.

«Das sind sie nicht. Sie sind zu Massenmanipulationen von epischen Ausmaßen fähig. Kuppelei, Beeinflussung der öffentlichen Meinung, Einmischung in persönliche Angelegenheiten.» Er schlang die Arme fester um sie und drückte sie. «Aber du hast schon recht. Sie meinen es gut.»

Sie stieß ein zufriedenes Seufzen aus, und ihre Muskeln entspannten sich. Sein Geruch – wie frische Wäsche, aber mit einer sehr männlichen Note – entwickelte sich zu ihrer persönlichen Droge. Sie blieben ein paar Minuten so stehen, und Avery war glücklich, sich einfach nur an ihm festhalten zu dürfen.

Die Waschmaschine schaltete in den Schleudergang. Das Surren hallte durch den Raum, und Avery hob den Kopf. «Du hast die Waschmaschine angeschaltet?» *Wie ... häuslich.*

Er strich ihr eine Strähne aus dem Gesicht. «Haileys Sachen. Und wo wir gerade davon sprechen, du trägst nicht wie angekündigt dein Wäsche-Outfit.»

Gott, er konnte sie mit einem Blick, einem Kommentar mit dieser heiseren Stimme unglaublich heiß machen. «Ich nehme an, das sollte ich in Ordnung bringen.» Sie wollte zurücktreten, doch er packte ihre Taille und hob sie auf die Arbeitsfläche.

Dann trat er zwischen ihre Beine. «Am besten gefällst du mir, wenn du gar nichts anhast.» Er beugte sich vor und drückte seinen Mund auf ihren, knabberte an ihrer Unterlippe und ließ seine Zunge darübergleiten.

Als sie sich ihm öffnete, erkundete er sie langsam und sinnlich, bis ihr Puls raste und ihre Brüste schwer wurden. Viel zu bald zog er sich zurück, um ihr in die Augen zu sehen. Was sie darin erkannte, ließ ihr Herz aus vollkommen anderen Gründen rasen. Hinter dem Verlangen, der Hitze, sah sie echte Hingabe. Sie kannte den Ausdruck aus Filmen, Büchern oder von anderen Pärchen, die sie beobachtet hatte, doch bisher war noch nie sie diejenige gewesen, die dieses Gefühl bei jemand anderem ausgelöst hatte.

Vielleicht deutete sie zu viel in diesen Moment hinein. Es war schließlich nur ein Blick. Doch ihre Haut errötete, während er sie musterte. Sie sahen sich tief in die Augen, und plötzlich schien das Verlangen in seinem Blick Platz zu machen für ...

Nein. Jetzt wusste sie, dass sie verrückt war. Es konnte unmöglich Liebe sein, was sie in seinen Augen sah – nach weniger als zwei Monaten. Wusste er überhaupt, was romantische Liebe war?

Zur Hölle, wie sah es in diesem Punkt eigentlich bei ihr aus?

Auch wenn er seinen Charme nie missbräuchlich einsetzte, fraß ihm doch jede ungebundene Frau im County aus der Hand. Sie rauschten in die Klinik, kletterten in der Bar förmlich auf seinen Schoß und baggerten ihn an, wenn er einfach nur die Straße entlangging. Soweit sie das beurteilen konnte, machte er diesen Frauen nie etwas vor und war von Anfang an ehrlich. Doch Fakt war: Er hatte sich in keine von ihnen je verliebt.

Vielleicht empfand er mehr für sie, aber Liebe konnte es nicht sein. Er verwechselte Zuneigung und Mitgefühl mit echter Liebe. So musste es sein.

Er biss die Zähne zusammen – eine Geste, von der sie inzwischen wusste, dass sie Nervosität oder Wut bedeutete. Doch als er ihre Wange umfasste, war seine Berührung eine Liebkosung. Er ließ sanft seinen Daumen über ihre Haut gleiten, sein Blick war voller Zärtlichkeit. Vollständige Kapitulation. Das war es, was sie in seiner Miene erkannte.

Vollständige Kapitulation.

«Avery ...» Seine tiefe, heisere Stimme glitt über ihre Haut. Ein Flehen. Ein Geständnis.

Sie schloss die Augen. Sie konnte das nicht. Wollte es nicht. Nein, er war nicht Richard. Ja, Cade war ein guter Mann. Aber sie hatte sich einmal auf dieses Spiel eingelassen, und es hatte in einer Katastrophe geendet. Liebe stahl einem alles – die Persönlichkeit, den Willen, die Vernunft. Die Unabhängigkeit. Sie hatte zu hart um ihre Unabhängigkeit gekämpft, um sich jetzt wieder zu verlieben. Sie wurde langsam abhängig von seiner Aufmerksamkeit, seinen Küssen, seiner Freundlichkeit, seinen süßen Worten. Hailey hatte sich bereits an ihn gebunden.

Sie spürte, wie Cade sich verspannte, also öffnete sie die Augen und suchte seinen Blick. In den erstaunlich blauen Tiefen erkannte sie Beunruhigung. Verzweiflung.

«Nicht», sagte er durch zusammengebissene Zähne. Er holte tief Luft, dann sprach er sanfter weiter. «Zieh deine Mauern nicht wieder hoch.»

Bevor sie das alles verarbeiten konnte, griff er nach hinten und zog sich das T-Shirt über den Kopf, sodass seine durchtrainierten Muskeln und die glatte Haut mit der leichten Brustbehaarung vor ihr lagen. Er schob die Finger in seine Hosentasche, zog ein Kondom heraus und legte es neben sie. Ohne ihren Blick freizugeben, öffnete er seine Hose und schob sie nach unten, sodass er in seiner ganzen nackten, einladenden Pracht vor ihr stand.

Dieser Mann war attraktiv. Schön. Er war bereits hart. Cade

streichelte seine Länge einmal, zweimal, sein Blick war verheerend offen. Sie erkannte Hunger darin, aber auch tiefe Gefühle.

Ihr lief das Wasser im Mund zusammen, als sie unbeweglich vor ihm saß. Das Pulsieren zwischen ihren Beinen hieß sie willkommen. Das hier konnte sie ihm geben. Und er schien das zu spüren ... wie er es immer tat. Er hatte die Tür zu ihren Gefühlen geschlossen, um sie zu erden, sie bei ihm zu halten.

Aber zu welchem Preis? Mit der Zeit würde ihr vielleicht nicht mehr regelmäßig Panik die Kehle zuschnüren, und sie konnte akzeptieren, dass aus ihrer Beziehung mehr wurde. Aber noch nicht. Und wenn er bereits mit dem Herzen dabei war, würde sie ihn nur verletzen.

«Ich habe gesagt, tu das nicht.» Er trat näher und zog ihr das Hemd über den Kopf. Öffnete ihre Hose und ermunterte sie, den Po zu heben, dann warf er auch dieses Kleidungsstück zur Seite. Er riss mit den Zähnen die Kondomverpackung auf und rollte sich die schützende Hülle über.

Und das alles, ohne ihren Blick eine einzige Sekunde freizugeben.

Dann schlang er die Arme um sie und hob sie von der Arbeitsfläche. Sie keuchte, schlang die Beine um seine Hüften und klammerte sich an seinen Schultern fest, als er langsam zum Küchentisch ging. Ihr Rücken sank auf die kühle, glatte Oberfläche, und er folgte ihr nach unten. Seine Länge glitt über ihre Falten, testete ihre Erregung aus, während sein Mund sich auf ihren Hals senkte.

Die Empfindungen waren unglaublich. Seine Brustbehaarung rieb über ihre Brustwarzen und setzte sie in Flammen. Seine Erektion strich an ihrer Klitoris entlang und jagte Funken durch ihren Körper. Seine Zunge und Zähne an ihrem Hals entzündeten ein Feuer in ihr, brachten ihren Körper zum Zittern.

Oh Gott. Sie würden Sex in der Küche haben, direkt hier auf dem Küchentisch.

Seine Finger glitten über ihr Bein zu ihrer Öffnung, dann stöhnte er, als er feststellte, wie feucht sie bereits war. Er umfasste die Wurzel seiner Erektion und drang langsam in sie ein.

Sie stöhnte, als er sie allmählich dehnte, sie mit seiner harten Hitze füllte, immer weiter eindrang, bis er ganz in ihr versunken war und sie an seinem Hals keuchte. Jedes Mal, wenn sie sich vereinten, war das Gefühl vertraut und doch neu, beruhigend und aufregend zugleich, tröstlich und voller Energie. Eine Mischung aus Kontrasten und Verlangen und unglaublich starken Empfindungen.

Cade verschränkte seine Finger mit den ihren und zog ihre Hände über ihren Kopf, sodass sie zwischen seinen Unterarmen gefangen war. Die neue Stellung sorgte dafür, dass er tiefer in sie eindrang, sie sich noch intensiver berührten. Er sah ihr in die Augen, bis sie nicht nur unter seinem Körper gefangen war, sondern auch in seinem Blick.

Er fing sie ein. In ihrer Gesamtheit.

«Siehst du, wie gut wir miteinander sind, Schatz?» Er schluckte schwer. «Fühlst du es?»

Das fasste das Problem ziemlich gut zusammen, oder? Es war *zu* gut. Und Dinge, die zu gut waren, um wahr zu sein, waren für gewöhnlich auch nicht wahr. Was den Schmerz am Ende nur umso verheerender machte.

Trotz der Warnung in ihrem Kopf und dem Kloß in ihrer Kehle nickte sie.

Er senkte seinen Kopf und küsste sie so intensiv, dass sie sich nicht einmal mehr daran erinnern konnte, auf welchem Planeten sie lebte. Und es war ihr auch egal. Sie wollte nur ihn, solange es eben halten würde.

Er erkannte ihr Verlangen und begann, sich in ihr zu bewegen, zuerst mit vorsichtigen Stößen, dann härter. Sie vergrub ihre Fersen in seinem Po, um ihn anzuspornen, weil ihr Körper sich nach dem Vergessen sehnte, das nur er ihr schenken konnte. Bei jedem Stoß ließ er seine Hüften kreisen, sodass er ihre Klitoris massierte und ihr Höhepunkt immer näher rückte.

Er drückte ihre Hände, um ihr mitzuteilen, dass auch er an seine Grenzen stieß, und sie stumm zu bitten, die Kontrolle aufzugeben. Dann küsste er sie wieder, verzweifelt, forschend. Er musste gefunden haben, was er suchte, weil sich seiner Brust ein leises Stöhnen entrang und er seine Bewegungen beschleunigte.

Avery warf den Kopf in den Nacken. Drückte den Rücken durch. Dann explodierte sie. Eine Welle der Lust nach der anderen schwappte über sie hinweg. Sie zitterte unter ihm, atmete keuchend. Ihr schwirrte der Kopf.

Cade drückte seine Wange an ihre und kam stöhnend, mit ihrem Namen auf den Lippen. Immer noch zitternd, drehte er den Kopf, legte seine Stirn an die ihre. Seine Augen waren fest geschlossen und sein attraktives Gesicht von Glückseligkeit gezeichnet. Er stieß den Atem aus, den er angehalten hatte, und stieß weiter sanft in sie, als wollte er den Orgasmus verlängern.

Langsam öffnete er die Augen, gab ihre Finger frei und schlang die Arme um ihren Rücken, polsterte so den harten Tisch für sie. In seinem Blick flackerten unendlich viele Gefühle auf, zu schnell, als dass sie sie hätte deuten können.

Er öffnete den Mund, runzelte die Stirn, als wollte er etwas sagen, doch dann änderte er seine Meinung. Langsam zog er sich aus ihr zurück und warf das Kondom in den Mülleimer, dann kam er zurück, um sie hochzuheben.

Inzwischen hatte sie sich daran gewöhnt. Sie musste immer noch mit dem Drang kämpfen, ihm zu sagen, dass sie selbst laufen konnte. Doch er schien es zu genießen, sie herumzutragen. Nicht oft, aber ab und zu. Mal hob er sie aus dem Auto, mal trug er sie von einem Raum in den anderen. Die O'Grady-Version davon, sie auf Händen zu tragen. Buchstäblich. Sie hätte gut ohne die Schüchternheit auskommen können, die dabei in ihr aufstieg, und ohne das unweigerlich entstehende Bild der Jungfrau in Nöten. Doch Cade schien es zu gefallen, also ließ sie den Kopf an seine Brust sinken und ließ es zu.

Er trug sie den Flur entlang in ihr Schlafzimmer und legte sie sanft aufs Bett, bevor er sich neben sie sinken ließ.

Als sie sich auf die Seite drehte, um ihn anzusehen, wurde ihr klar, dass er nach ihrem Liebesspiel immer darauf achtete, sich um sie zu kümmern. Selbst beim ersten Mal hatte er sich zusammengerissen, nachdem er endlich aus dem Bad wiederaufgetaucht war. Ob sie noch kuschelten, ob er ihr mit einer beruhigenden Hand über den Rücken strich oder einfach nur neben ihr lag ... er tat irgendetwas Rührendes, um den Nachhall ihrer Höhepunkte auszukosten.

In ihrem gesamten Leben, von ihrer Mom über ihren Ex bis hin zu Hailey, war immer sie diejenige gewesen, die sich um andere gekümmert hatte. Zum Teil lag das an ihrem Bedürfnis nach Kontrolle und Ordnung. Doch überwiegend hatte sie sich mit den Gegebenheiten abgefunden und getan, was eben nötig war. Dass es bei Cade ganz anders war, erhöhte nur die Verlockung, die er darstellte.

Er nahm ihre Hand und drückte ihr einen Kuss auf die Handfläche. «Entspann dich. Ich weiß, dass die oberste Regel lautet, dass ich nicht übernachte, wenn Hailey im Haus ist. Ich werde gleich gehen.» Sein Daumen glitt über die Innenseite ihres Handgelenks. «Aber ich verschwinde nicht so kurz, nachdem wir miteinander geschlafen haben. Gewöhn dich dran.»

Gott. Er brachte sie um. Wie Brent sagen würde ... *Zum Dahinschmelzen, Püppchen, zum Dahinschmelzen.*

Cade ließ seine Nasenspitze über ihre gleiten. «Nicht, dass ich mich beschweren will, aber wieso lächelst du?»

Sie brummte schläfrig. «Ich habe nur gerade an etwas gedacht, das Brent jetzt sagen würde.»

«Brent? Muss ich mir Sorgen machen, weil du gerade jetzt an meinen Tierarzthelfer denkst?»

«Nein.» Sie seufzte, dann ließ sie zu, dass ihre Müdigkeit sie überwältigte. Was sollte sie bloß mit Cade machen?

· 23 ·

Es war noch nicht mal Mittag, und der Tag hatte sich schon jetzt zur reinsten Hölle entwickelt. Im Flur der Klinik strich Cade über den Bildschirm seines Tablets, um die nächste Patientenakte aufzurufen, wobei er inständig auf einen depressiven Hamster oder eine Standardimpfung hoffte.

Er hatte Mrs. Fredericks Katze einschläfern müssen. Die alte Dame hatte ihr Tier wegen Gewichtsverlust zu ihm gebracht, und Cade hatte einen Bauchspeicheldrüsentumor entdeckt. Grauenhafter Start in den Tag. Besonders, weil Mrs. Frederick an die neunzig kratzte und vor kurzem ihren Mann verloren hatte. Sie hatte diese verdammte Katze mehr geliebt als ihren verstorbenen Ehemann. Nicht, dass Cade ihr das übel genommen hätte. Mr. Frederick war ein launischer Mistkerl gewesen, der den Großteil von Cades Jugend damit verbracht hatte, sich zu beschweren, dass sie zu laut Ball spielten. Als wäre es Cades Problem, dass die Fredericks gegenüber dem Spielfeld wohnten.

Dann hatte er einen Deutsch Kurzhaar wegen Altersschwäche einschläfern müssen. Dem zehnjährigen Andy Diedry dabei zusehen zu müssen, wie er sich wegen seines Hundes die Augen ausweinte, hatte Cade fast das Herz gebrochen, und Brent hatte immer noch verquollene Augen.

Zwischen diesen Terminen hatte er sich gegen zwei Blondinen und eine Brünette zur Wehr setzen müssen, die ihm in einem Behandlungszimmer aufgelauert hatten. Die zwei Blondinen waren läufige Golden-Retriever-Hündinnen, und ihre brünette Besitzerin war ... na ja, wahrscheinlich auch läufig.

Und um dem Ganzen die Krone aufzusetzen, stimmte heute irgendetwas mit Avery nicht. Sie hatte den gesamten Vormittag über kaum drei Worte mit ihm gewechselt. Ihrer Miene nach zu urteilen, schwankte sie irgendwo zwischen Furie und Nervenbündel, je nachdem, wann er zwischen den Patienten einen Blick auf sie erhaschte. Er hatte keine fünf Sekunden Zeit gefunden, um sie zu fragen, was los war, und hoffte inständig, dass er nichts falsch gemacht hatte.

In den letzten paar Wochen – seitdem Cade klargeworden war, dass er sich Hals über Kopf in sie verliebt hatte – war es mit ihnen beiden ganz gut gelaufen. Sie hatten sich stillschweigend auf ein System der vollständigen Leugnung geeinigt, bei der er nicht über seine Gefühle sprach und sie so tat, als wüsste sie nicht, was er empfand. Es waren keine L-Worte ausgetauscht worden. Doch der Blick in ihren Augen nach dem Essen bei seiner Mom hatte ihm ihre Oh-mein-Gott-bitte-sag-es-nicht-Reaktion genauso deutlich verraten, als hätte sie es auf einer Werbetafel plakatiert.

Er wich schon seit Jahren Heiratsanträgen und willigen Frauen aus, die es nicht hören wollten, wenn er die Sache beendete, weil es zu ernst wurde. Und jetzt war Avery nicht bereit, seine Liebeserklärung zu hören. Oh, welche Ironie.

Wie auch immer. Er würde den Mund halten, solange es eben dauerte, bis sie sich an den Gedanken gewöhnt hatte. Er hatte es nicht eilig. Er würde weiter freitags auf Hailey aufpassen, damit Avery zu den Treffen des Komitees gehen konnte, würde ein paarmal die Woche mit den beiden zu Abend essen und sich wegschleichen, nachdem Avery und er sich geliebt hatten.

Aber verdammt noch mal. Würde es irgendwen umbringen, wenn ihre Beziehung offiziell wäre? Wieso durfte er sie nicht zum Essen ausführen? Nur ein Mal. Oder vielleicht in der Öffentlichkeit ihre Hand halten, ohne dass sie sich ihm entzog, als hätte er Lepra? Und auch wenn Cade die Sache mit dem Übernachtungsbann verstand, verzehrte er sich doch danach, neben ihr aufzuwachen.

Er konzentrierte sich wieder auf seine Arbeit und las die elektronische Akte durch, die Avery eingerichtet hatte. Gott sei Dank. Ein Routinetermin. Er klopfte an die Tür von Behandlungsraum zwei und trat ein, um Mr. Weaver die Hand zu schütteln.

Sofort attackierte ein drei Jahre alter West-Highland-Terrier Cades Schnürsenkel. Cade ignorierte den Mini-Cujo und sah Mr. Weaver in die wässrigen Augen. «Was kann ich heute für Sie tun, Sir?»

«Na ja, irgendetwas stimmt mit Snowball nicht.» Mr. Weaver schüttelte den Kopf. «Er reibt sich ständig am Boden oder schüttelt sich, als wäre er vom Teufel besessen.»

Cade wusste bereits, was los war, bevor er sich den Hund angesehen hatte, trotzdem hob er das Tier hoch und setzte es auf den Tisch. Er griff nach einem Otoskop und untersuchte die Ohren des Westies. «Bekommt er anderes Futter?»

«Nein. Ich füttere ihm dieses teure Zeug, zu dem Sie mir geraten haben.»

Cade unterdrückte ein Grinsen, dann befühlte er den Bauch des Hundes. «Schläft er gut? Spielt er normal?»

«Ja.»

Cade hörte Herz und Lunge ab. «Er wird regelmäßig entwurmt?» Er kontrollierte Zähne und Zahnfleisch des Hundes, wobei er beruhigend auf das Tier einredete, damit es nicht schnappte. Als Welpe hatte Snowball Brent ein ordentliches Stück aus dem Finger gebissen. Zur Verteidigung des Hundes musste man anführen, dass Brent zu diesem Zeitpunkt gerade rektal Fieber gemessen hatte.

«Ja. Und dieses Zeckenzeug.»

Cade entdeckte die verräterischen Hautreizungen an den Pfoten und dem Rücken des Hundes, wählte seine Worte jedoch mit Bedacht. Mr. Weaver war ein Vietnam-Veteran, der nie geheiratet hatte und ziemlich festgefahren in seinen Gewohnheiten war. Er kam nur in die Praxis, wenn es sich nicht vermeiden ließ, war dann aber ziemlich anhänglich. Cade vermutete, dass er sich einsam fühlte.

Er kraulte Snowball die Ohren und gab ihm ein Leckerli als Belohnung, weil er so brav gewesen war. «Er hat eine Allergie, fürchte ich. Das ist nicht ungewöhnlich und lässt sich gut behandeln. Ich kann ihm Tabletten verschreiben. Wenn die nicht wirken, können wir verschiedene Medikamente kombinieren oder es mit Spritzen versuchen.»

«Nein. Das ist nicht das Problem. Er zittert. Das müssen irgendwelche Anfälle sein.» Mr. Weaver verschränkte die Arme vor der Brust, was Cade verriet, dass er noch ein Stück Arbeit vor sich hatte.

«Hunde wälzen sich oft auf dem Boden, um gegen Juckreiz anzukämpfen, und wenn sie sich mit den Hinterbeinen kratzen, kann das aussehen wie ein Anfall. Ich verstehe vollkommen, wie Sie zu diesem Eindruck gelangt sind.»

«Dann liegt es an seinem Herz. Irgendetwas stimmt nicht.»

Zwanzig Minuten später hatte Cade einfach keine Zeit mehr. Er wollte auch die wartenden Tierbesitzer nicht gegen sich aufbringen, also wiederholte er seine Allergie-Diagnose, gab Mr. Weaver die Tabletten und unterhielt sich beim Rausgehen mit dem alten Herrn über das Wetter, um ihn abzulenken.

Der Rest des Tages war genauso schrecklich. Als er den letzten Patienten untersucht hatte, war er bereit für eine heiße Dusche und eine noch heißere Frau.

Er schloss die Tür zu seinem Büro und ging Richtung Lobby, um herauszufinden, ob Avery heute Abend vielleicht Lust auf chinesisches Essen hatte. Als er sie entdeckte, lehnte sie am Schreibtisch und starrte auf ihr Handy. Das war schon das fünfte Mal, dass er sie heute so bleich sah.

Mit klopfendem Herzen und vor Sorge verkrampftem Magen senkte er den Kopf, um ihr ins Gesicht zu sehen. «Was ist los? Geht es Hailey gut?»

Sie sah auf und schien mit großen Augen durch ihn hindurchzusehen. Ihre Hand zitterte, als sie ihr Handy wegsteckte. «Es geht ihr gut.»

Cade öffnete den Mund, um sie mit Fragen zu beschießen, weil offensichtlich irgendetwas nicht stimmte, doch ausgerechnet in diesem Moment tauchte Brent auf.

«Hey, Püppchen.» Sein Helfer sah zwischen ihnen hin und her, wobei seine Augenbrauen immer höher auf seine Stirn wanderten. «Oh-oh. Ärger im Paradies?»

Avery schüttelte eilig den Kopf, dann richtete sie sich auf. «Alles wunderbar. Aber ich müsste mich um etwas kümmern. Würde es dir etwas ausmachen, heute für mich zuzuschließen?»

Zum Teufel damit. Das war der Tropfen, der das Fass zum Überlaufen brachte. Avery bat nicht oft um Hilfe und nahm ihre Aufgaben sehr ernst. Es interessierte ihn nicht, ob sie Brent bat, die Klinik für den Abend zu schließen. Er wollte nur wissen, warum sie das tat. Cade trat einen Schritt vor, doch wieder schaltete Brent sich ein.

«Geht klar, Püppchen. Wir sehen uns morgen.»

Sie eilte auf den Tierarzthelfer zu und drückte ihm einen Kuss auf die Wange. «Danke.»

«Kein Problem. Schaff deinen süßen Hintern hier raus.» Als

wollte er seine Aussage noch unterstreichen, versetzte er ihr einen Klaps auf den ‹süßen Hintern›, als sie sich abwandte.

«Krächz. *I like big butts.*»

Avery zeigte mit einem warnenden Finger auf den Kakadu, dann verschwand sie durch den Flur, um ihre Sachen zu holen.

Cade richtete seinen Blick auf Brent. «Hast du gerade meiner Frau auf den Hintern geschlagen?»

Er wusste nicht, ob er sauer oder amüsiert sein sollte ... vor allem brauchte er eine Ablenkung, weil es ihn wahnsinnig machte, nicht zu wissen, was mit Avery los war. Er wusste, dass er nichts aus ihr herausbekommen würde, bevor sie zu Hause angekommen war und Zeit gefunden hatte, alles zu verarbeiten. Also erwarteten ihn auf jeden Fall noch ein paar Stunden voller Sorge.

Was für eine frustrierende Frau. Eine frustrierende, schöne Frau.

Brent stemmte eine Hand in die Hüfte. «Oh. Bist du eifersüchtig?»

«Ich bin nicht eifersüchtig. Deine Tür schwingt nicht in diese Richtung.» Sonst hätte Brent schon längst Bekanntschaft mit Cades Faust geschlossen.

«Ich meinte, dass du neidisch bist, weil ich ihr einen Klaps auf den Hintern gebe und nicht dir.» Brent schnalzte mit der Zunge und warf ein Tuch über Gossips Käfig.

«Krächz. *Enter Sandman.*»

«Ganz genau. Gute Nacht.» Brent drehte sich wieder zu Cade um und hob She-Ra vom Drucker. «Was ist überhaupt mit unserem Mädchen los? Sie wirkte den ganzen Tag schon so schlecht gelaunt.» Er streichelte der Katze den Rücken, wobei er den kleinen Finger abspreizte wie ein Bond-Bösewicht.

Cade hatte nicht das Gefühl, dass Avery schlecht gelaunt war.

Sie wirkte eher ... verunsichert. Und er hatte keine Ahnung, was oder wer das ausgelöst haben könnte. «Ich will verdammt sein, wenn ich das weiß. Ich werde später zu ihr fahren und es herausfinden.»

Kaum hatte er das gesagt, kam Avery wieder nach vorne, winkte ihnen zu und stieß mit der Hüfte die Tür auf. «Nacht, Jungs. Und danke noch mal, Brent.»

Cade ballte die Hände zu Fäusten. «Ich werde in einer Stunde vorbeikommen.»

Sie riss den Kopf zu ihm herum, ihre Augen waren vor Schreck geweitet. Dann rieb sie sich mit einer zitternden Hand die Stirn und senkte den Blick. «Heute nicht, okay? Ich werde dich später anrufen.»

Und damit verschwand sie und ließ Cade stehen wie einen Idioten. Einen verwirrten, wütenden, vollkommen verängstigten Idioten.

«Autsch. Das war mal eine Abfuhr. Was hast du getan?»

Cade starrte hinter ihr her und fuhr sich mit der Hand durch die Haare. Der Drang, Avery zu folgen und zu verlangen, dass sie ihm verdammt noch mal sagte, was los war, brachte sein Herz zum Rasen, also schloss er für einen Moment die Augen.

Er konnte entweder ihren Wunsch respektieren und die ganze Nacht vor Sorge in seinem Haus auf und ab tigern, oder er konnte ihre Bitte ignorieren und ihr den Trost bieten, den sie brauchte. Denn sie brauchte ihn, trotz ihrer Schutzmauern. Nicht auf eine klammernde, erstickende Art und auch nicht, weil sie schwach wäre. Wenn sie allein waren, verrieten ihm ihre Blicke, dass er mit seinen Gefühlen nicht allein dastand. Also ja. Sie brauchte ihn.

Wenn sie zusammen waren, waren da Vertrauen und Respekt und gegenseitige Bewunderung. Sie unterhielten sich und lachten. Und hatten richtig heißen Sex.

Zusammen waren sie stärker.

Zur Hölle damit. Entscheidung getroffen.

...

Es kostete Avery fast ihre gesamte verbliebene Kraft, sich nach der Arbeit gemeinsam mit Hailey an den Küchentisch zu setzen und die gefüllten Paprika zu essen, die sie heute Morgen in den Schongarer gelegt hatte. Die Zeit mit Hailey war kostbar. Neben Schule und Averys Arbeit blieben ihr immer nur ein paar Stunden am Abend, um sie mit ihrem kleinen Mädchen zu verbringen.

Doch sie konnte nicht viel essen. Und statt Hailey von ihrem Tag zu erzählen, ging Avery immer wieder im Kopf die heutigen Ereignisse durch. Irgendwann überredete sie Hailey dazu, auf ihrem Tablet zu spielen, damit sie den Abwasch machen konnte.

Eigentlich brauchte sie ein riesiges Glas Wein, um zu vergessen, dass der heutige Tag stattgefunden hatte. Aber eine Packung Ben & Jerry's würde ausreichen müssen. Und der Tag war noch nicht vorbei.

Am Morgen hatte es damit angefangen, dass eine Frau am Empfang versucht hatte, Avery über ihre Beziehung zu Cade auszuquetschen. Die Fragen waren durchaus unschuldig gewesen, und wahrscheinlich hatte die Frau es nicht böse gemeint, aber sie wollte einfach nicht lockerlassen. Ihr letzter Kommentar war gewesen, dass Avery sich mal die Pinterest-Pinnwand der Stadt ansehen sollte.

Und da das gar nicht gut klang, hatte sich Avery in ihrem Auto verkrochen, um die Seite auf ihrem Handy aufzurufen. Es gab eine ganze Pinnwand nur für sie und Cade. Mit Bildern vom Valentinstagsball, ein paar aus der Eisdiele ... und dann der Volltreffer – ein Foto davon, wie Cade sie im Flur der Klinik küsste.

Avery hatte keine Ahnung, wer es geschossen hatte oder wann, aber sie wusste, dass es niemand aus der Klinik gewesen sein konnte. So etwas würden sie nie tun. Diese heftige Missachtung ihrer Privatsphäre ließ Übelkeit in ihr aufsteigen.

Dann hatte sie mit angesehen, wie sich zwei Tierbesitzer vor der Toilette über sie unterhielten. Auch jetzt noch – während sie das Geschirr wusch und zum Abtropfen beiseite stellte – zuckte Avery zusammen, wenn sie an das leise Gespräch der zwei jungen Frauen zurückdachte,.

«*Sie ist nicht mal besonders hübsch. Was will er von ihr?*»

«*In weniger als einem Monat wird er sich langweilen und sein Glück bei jemand Jüngerem versuchen.*»

Diese bösartigen Bemerkungen hatten sie verletzt, wiederholten sie doch ihre eigenen Unsicherheiten. Trotzdem hatte sie versucht, sich von den spitzen Kommentaren nicht beeinflussen zu lassen. Sie wusste sicher, dass Cade sie wollte. Nur sie. Sie sah es in seinen Augen, spürte es in jeder seiner Berührungen. Zumindest für den Moment.

Aber auf Pinterest gab es auch neue Bilder von Cade mit verschiedenen Frauen. Einige erst von vorgestern. Sie zeigten keine verfänglichen Szenen, sondern waren meistens im Vorbeigehen geschossene Selfies, aber trotzdem sorgten diese Bilder dafür, dass Avery sich erneut fragte, ob sie der Beziehung wirklich trauen konnte. Wie lange würde sein Interesse anhalten, wenn er doch daran gewöhnt war ... die freie Auswahl zu haben?

Doch es war etwas anderes gewesen, was sie endgültig aus der Bahn geworfen hatte.

Sie drehte das Wasser ab, trocknete ihre Hände und sah auf die Uhr. In zwanzig Minuten konnte sie Hailey ins Bett bringen. Normalerweise genoss sie jede Minute mit ihrer Tochter. Sobald ihr kleines Mädchen schlief, breitete sich Einsamkeit in ihr aus ...

und das waren die Momente, wo Avery sich dabei ertappte, wie Hoffnungen in ihr aufstiegen.

Auf jemanden. Auf ein normales Leben. Darauf, dass sie nicht mehr alles allein machen musste.

Das waren gefährliche Gedanken. Und doch wusste ein Teil von ihr, dass sie eigentlich schon gefunden hatte, was sie sich im Grunde ihres Herzens wünschte ... selbst wenn sie es niemals laut geäußert hätte. Sie ahnte, dass ihr tiefster Wunsch erfüllt worden war. Cade stand gefährlich nahe davor, sich als der einzig Wahre zu erweisen. Doch mehr als alles andere fürchtete sie, dass sie sich das nur einbildete.

Sie stieß den Atem aus und schüttelte den Kopf.

Ja, die Zeit, wenn Hailey schlief, brachte ihr Herz in Gefahr, weil sie zu viel Zeit zum Nachdenken hatte. Doch der heutige Abend war anders. Die Übelkeit, die ihr den Magen umdrehte, und das verzweifelte Gefühl der Unsicherheit, das ihr die Brust zuschnürte, würden nicht nachlassen, bis sie endlich alleine war.

Weil sie herausfinden musste, warum Richard sie heute angerufen hatte. Dreimal. Beim ersten Mal hatte er eine nichtssagende Nachricht hinterlassen, in der er erklärte, er müsse mit ihr reden. Das war alles gewesen.

Tausende mögliche Szenarien tobten durch ihren Kopf. Wollte ihr Ex plötzlich ein Besuchsrecht? Wollte er das Sorgerecht beantragen? Hatte sie bei ihrem Umzug etwas zurückgelassen? Gab es Probleme mit dem Treuhandfonds?

Säure brannte in ihrer Kehle. Sie würde vor Sorge noch verrückt werden. Sie ballte die Hände zu Fäusten und atmete tief durch.

Dann setzte sie sich neben Hailey auf die Couch und war froh zu sehen, dass die Einschlafsendung schon fast zu Ende war.

«Tut mir leid, dass ich heute so abgelenkt war, Liebling. Mami hatte einen schlechten Tag. Aber das ist nicht deine Schuld. Du hast nichts falsch gemacht.»

Als die Sendung vorbei war, schaltete Avery den Fernseher aus und wollte Hailey gerade ins Bad bringen, als es an der Tür klopfte. Cade betrat das Haus, ohne ihre Antwort abzuwarten.

Ihre erste Reaktion war Freude. Ihr Puls raste, und Schmetterlinge flatterten in ihrem Bauch. Ohne zu wissen, wann sie begonnen hatte, sich auf ihn zu verlassen oder sich auf die gemeinsame Zeit mit ihm zu freuen, spürte sie bei seinem Anblick hauptsächlich Erleichterung. Die Vorstellung, sich mit Cade auf der Couch zusammenzurollen und den Rückhalt zu genießen, den er ihr gab, war unglaublich verlockend. Wann war ihr Glück so abhängig von jemand anderem geworden?

Doch sie hatte Cade gebeten, heute nicht zu ihr zu kommen, und er hatte ihre Bitte ignoriert. Gewöhnlich respektierte er ihre Gefühle, aber ausgerechnet an dem einen Tag, an dem es wirklich wichtig gewesen wäre, tat er das nicht.

Cade musterte sie zögernd, die Hände in den Hosentaschen. Er hatte sich kaum von der Tür entfernt. Sein intensiver Blick beschwor sie, endlich etwas zu sagen.

«Hailey, geh dir die Zähne putzen. Ich komme sofort.» Avery wartete, bis sie Wasser rauschen hörte, bevor sie sich an Cade wandte. «Ich habe dich gebeten, heute Abend nicht zu kommen.»

Er bewegte keinen Muskel. «Ich weiß. Ich ...»

«Was?»

Er seufzte, dann sanken seine Schultern nach unten. «Ich habe mir Sorgen gemacht. Du warst den ganzen Tag so komisch und ...»

Ihr Handy klingelte, was sie daran erinnerte, warum sie heute ‹so komisch› gewesen war, wie er es ausdrückte. Sie zog das

Gerät aus der Hosentasche und verspannte sich, als sie Richards Namen auf dem Display sah. Sie ließ den Anruf auf die Mailbox laufen, drückte eine Hand auf den Bauch, um sich nicht zu übergeben, und schloss die Augen.

«Willst du zurückrufen? Ich kann Hailey ins Bett bringen.»

Wut – auf Richard, auf die bissigen Tierhalterinnen, die im Flur über sie geredet hatten, auf Pinterest – wallte in ihr auf, bis sie fast explodierte. Ihr Herz raste. Schwer atmend warf sie Cade einen bösen Blick auf. «Sie ist meine Tochter. Ich komme schon klar.»

Er zuckte zusammen, als hätte sie ihn geschlagen, dann trat er einen Schritt vor. «Avery.»

Verdammt. Sie bereute ihre Worte schon jetzt. Ihre Stimmung war nicht seine Schuld. «Es tut mir leid. Das habe ich nicht so gemeint.» Sie seufzte. «Du solltest gehen. Ich werde es dir morgen erklären.»

«Zum Teufel damit. Erklär es mir jetzt.»

Langsam riss ihr der Geduldsfaden. «Verdammt noch mal, Cade. Ich kann das heute Abend nicht.»

Unbeeindruckt deutete er mit dem Kinn Richtung Flur. «Tu, was du zu tun hast. Ich werde warten.»

Avery war einfach zu erschöpft, um mit ihm zu diskutieren. Der Kampf lohnte sich in diesem Moment nicht, also nickte sie und verließ das Zimmer.

Als Hailey endlich in ihrem Bett lag, zitterte Avery vor Wut. Auf die falsche Person. Cade konnte nichts für die Geschehnisse des Tages, aber sie wollte ihn im Moment einfach nicht in ihrer Nähe haben. Weil er sie verletzlich sehen würde und ... entblößt. Kurz vor dem Zusammenbruch.

Er stand immer noch an derselben Stelle mitten im Wohnzimmer, hatte die Hände in den Hosentaschen vergraben, unter der Jacke waren seine angespannten Schultern zu erkennen, und er biss die Zähne zusammen.

Seine Wut entsprang der Sorge. Und irgendwie war es verdammt sexy zu sehen, wie er die Fassung verlor. Leuchtend blaue Augen suchten ihren Blick, und plötzlich konnte sie an nichts anderes denken, als den Abstand zwischen ihnen zu schließen und es ihm zu überlassen, alles in Ordnung zu bringen. Ihre Unsicherheit und Ängste mit seinen Küssen zu vertreiben.

Zum ersten Mal in ihrem Leben wollte jemand sie unterstützen. Der Gedanke war so verdammt verführerisch, auch wenn er ihrer Natur und all ihren Erfahrungen zuwiderlief.

Aber Richard wartete auf einen Rückruf, und sie würde sich niemals beruhigen, bevor sie nicht wusste, was er wollte.

Sie zog ihr Handy aus der Tasche. «Ich muss kurz einen Anruf erledigen. Wenn du willst, kannst du warten.»

Es schien ihm Mühe zu bereiten, seine Zähne voneinander zu lösen. «Ich will.» Als wollte er seine Aussage unterstreichen, zog er seine Jacke aus und warf sie auf die Couch.

Mit mehr Selbstbewusstsein, als Avery wirklich empfand, durchquerte sie die Küche und trat aus der Hintertür. Kühle Luft umspielte ihre erhitzte Haut, dann richtete sie sich auf und wählte die Nummer.

· 24 ·

Cade versuchte, den Kloß in seiner Kehle loszuwerden, und rieb sich den Bauch. Sein Magen schmerzte, als er zum dritten Mal um die Wohnzimmerecke spähte.

Avery stand immer noch im Mondlicht vor der Hintertür, vollkommen bewegungslos, das Telefon am Ohr. Hin und wieder nickte sie oder antwortete der Person am anderen Ende der Leitung, scheinbar so ruhig wie der kleine Bach, der durch ihren Garten floss. Doch ihre Körpersprache verriet ihre Anspannung. Von den Falten auf ihrer Stirn bis hin zu ihrer steifen Haltung sprach alles von Stress.

Cade rieb sich den Nacken und widerstand nur mit Mühe dem Wunsch, durch die Tür zu stürmen und herauszufinden, wer seiner süßen Avery so zusetzte. Und warum. Den ganzen Tag über hatte sie ihn mit ihrem Verhalten fast umgebracht. Ihre Stimmung, die emotionale Distanz, mit der sie ihn behandelte, sah ihr so überhaupt nicht ähnlich. Sie war immer zurückhaltend gewesen, aber niemals bissig. Himmel, als er vorhin versucht hatte, ihr zu helfen, hatte sie ihn tatsächlich angefaucht.

Irgendetwas stimmte nicht. Und die Schutzmauern, die er so mühevoll eingerissen hatte, bauten sich wieder auf, ohne dass er das Geringste dagegen tun konnte. Er wollte den Kopf in den Nacken werfen und brüllen. Stattdessen tigerte er im Wohnzimmer auf und ab, und es konnte nicht mehr lange dauern, bis er eine Spur im Parkett hinterließ.

Eine grauenhafte Viertelstunde später hörte er, wie die Tür geschlossen wurde. Mit bleichem Gesicht und zitternden Händen trat Avery ins Wohnzimmer, den Blick hatte sie starr auf ihr

Handy gerichtet. Sie blieb neben der Couch stehen und sah sich um, ohne ihre Umgebung wirklich wahrzunehmen.

Scheiße, scheiße, scheiße. Dreck. «Avery, Schatz. Was ist? Rede mit mir.» Er war fast so weit, die Antwort aus ihr herauszuschütteln.

Sie ließ sich auf die Couch fallen und rieb sich die Stirn. «Mein …» Sie räusperte sich. «Mein Ex will wieder heiraten.»

Cade erstarrte. Er stieß den angehaltenen Atem aus. War er das größte Arschloch der Welt, weil er nichts als Erleichterung verspürte? Das war eigentlich keine schlechte Nachricht, zumindest nicht für ihn – aber Averys verstörte Miene ließ seinen Puls weiterrasen.

Und da er nicht wusste, was er tun sollte … sagen sollte …, ging er zu dem Couchtisch vor ihr und setzte sich auf die Kante. Sie wollte ihm nicht in die Augen sehen. Plötzlich spürte er eine ganz andere Art von Sorge.

Sie schüttelte den Kopf und lachte freudlos. «Ich habe mir Sorgen gemacht, dass er versuchen könnte, mir Hailey wegzunehmen. Dabei hat er nur angerufen, um mir zu sagen, dass er vor den Traualtar treten will». Diesmal sah sie ihn an, ihr Blick war hart. «Er heiratet nicht mal die Assistentin, mit der er mich betrogen hat, sondern eine Freundin der Familie aus der besseren Gesellschaft.» Avery stand so schnell auf, dass er sich fast ein Schleudertrauma einhandelte. «Er hat sich kein einziges Mal nach seiner Tochter erkundigt. Hat nicht mal angedeutet, dass er sich freuen würde, wenn sie zur Hochzeit kommt. Ist das zu fassen?»

Cade stand auf und sah ihr ins Gesicht. Sie hatte jedes Recht, wütend zu sein. Er verstand inzwischen auch ihr Verhalten. Doch die Tatsache, dass sie sich nicht von ihm helfen ließ – dass sie ihm nicht einmal erzählt hatte, was los war –, sorgte dafür, dass seine Wut an die Oberfläche drängte. Sie waren inzwischen lange genug zusammen. Sie hätte mit ihm über ihre Ängste reden müssen.

Sie hatte immer noch nicht kapiert, dass sie nicht mehr alleine war.

Vielleicht sehnte er sich nach einem Streit, oder er war einfach am Ende seiner Geduld ... warum auch immer, sein Mund koppelte sich jedenfalls von seinem Hirn ab. «Mich interessiert mehr, warum du mir nicht gesagt hast, dass er angerufen hat.»

Sie wirbelte mit hochgezogenen Augenbrauen zu ihm herum. «Wie bitte?»

«Ich war den ganzen Tag in deiner Nähe. Zum Teufel, ich bin ständig bei dir und gebe mein Bestes, dich dazu zu bringen, mir zu vertrauen.» Er zögerte. Hatte er gerade ... Ja. Hatte er.

Das Gras auf der anderen Seite des Zauns wirkte plötzlich gar nicht mehr so grün. Er war immer vorsichtig gewesen, hatte seinen bisherigen Geliebten nie etwas vorgemacht und war verschwunden, sobald es so aussah, als könnte die Sache ernst werden. Aber auch wenn er ihnen nie etwas versprochen hatte und immer absolut ehrlich gewesen war, dämmerte ihm gerade, wie sich die Frauen gefühlt haben mussten.

Und zwar scheiße.

Aber er schlug die Tür zu seiner Vergangenheit zu, blendete jede Frau aus, die versucht hatte, ihn an sich zu binden. Denn Avery war die Richtige für ihn. Er hatte die Frau gefunden, die für ihn bestimmt war. Und sie schaffte es noch nicht mal, ihm zu sagen, wenn etwas nicht stimmte.

Und noch schlimmer war, dass er langsam den Eindruck bekam, dass es keine Rolle spielte, wie viel Zeit er ihr ließ. Sie würde ihm nie auf halbem Weg entgegenkommen.

Er schloss die Augen und atmete tief durch. Diese Sache mit der Verleugnung funktionierte nicht länger. Worte, die er noch nie zu einer anderen Frau gesagt hatte, nie hatte sagen wollen, lagen ihm auf der Zunge. Er betrat Neuland und hatte keine Ahnung, was zum Teufel er hier trieb. Aber gleichzeitig war er sich verdammt sicher, dass er nicht derjenige war, der das hier in den Sand setzte.

Langsam öffnete Cade die Augen und fing ihren unbeeindruckten Blick auf. Aus schokoladenbraunen Augen, in denen er sich gerne verlieren würde, wie er es zuvor schon getan hatte. Sie hatte keine Ahnung, wie viel sie ihm mit diesem Blick verriet. Wäre er in einem Raum mit zwei Terroristen, ihrem Ex und einer Waffe eingeschlossen und hätte nur zwei Kugeln, würde er zweimal auf ihren Ex schießen. So sehr verabscheute er diesen Kerl. Und Avery ließ immer noch zu, dass er ihr Leben kontrollierte.

«Liebst du ihn noch?»

«Was für eine Frage ist das denn?» Sie verschränkte abwehrend die Arme vor der Brust, doch ihre Miene verriet ihm, dass ihr Mut nur aufgesetzt war. Sie hatte genauso viel Angst wie er.

«Eine ehrliche.» Cade trat näher, bis er direkt vor ihr stand und ihren Beerenduft einatmen konnte, der ihn diesmal nicht beruhigte. «Antworte mir.»

Die Wut in ihren Augen ließ langsam nach und wurde von Verständnis verdrängt. Sie vergrub ihre Finger in ihren Armen, als müsste sie sich davon abhalten, die Hand nach ihm auszustrecken. «Nein. Ich liebe ihn nicht mehr.»

Okay. Himmel. Das war gut zu hören. «Warum also konntest du nicht mit mir reden? Habe ich dir je den Eindruck vermittelt, ich würde dich nicht verstehen?»

Statt zu antworten, zog sie ihr Handy heraus, wischte ein wenig auf dem Display herum und hielt ihm das Gerät entgegen. «Ich liebe meinen Ex nicht, aber liebst du immer noch deinen Playboy-Lifestyle? Diese Bilder legen das nämlich nahe.»

Pinterest. Er haßte diese verdammte Seite. Und die meisten dieser Bilder waren vollkommen aus dem Zusammenhang gerissen. Eine Frau im Shooters, die ihm quasi auf den Schoß kletterte. Und so weiter. Er knirschte mit den Zähnen. «Ich ...»

Jemand zog an seinem T-Shirt. Er senkte den Blick, um festzustellen, dass Hailey das Bett verlassen hatte und ihm ihr Tablet entgegenhielt. «Einen Moment, Krümel.» Er sah wieder zu Avery, doch sie hatte nur Augen für ihre Tochter, und Cade vergaß, was er hatte sagen wollen. Wie es in letzter Zeit häufiger geschah.

Wieder zupfte Hailey an seinem Hemd.

Er rieb sich den Nasenrücken. «Ich habe *gleich* gesagt, Hailey.»

Avery keuchte.

Cade zuckte selbst zusammen, als er hörte, wie hart er klang. Er ließ sich vor dem Mädchen auf die Knie sinken und widerstand nur mit Mühe der Versuchung, sie in eine Umarmung zu ziehen, weil er so ein Mistkerl gewesen war. «Tut mir sehr leid, Krümel. Ich hätte nicht so laut sprechen dürfen. Was brauchst du?»

«Ich glaube, du solltest gehen.»

Er riss den Kopf zu Avery herum. Seine Schultern verspannten sich. Angst verkrampfte ihm den Magen. «Tu das nicht.» Er stand auf.

Sie stieß ein langgezogenes Seufzen aus und schloss die Augen. Als sie sie wieder öffnete, war die Avery zurück, die er kannte. Eine müde, ausgelaugte Version von ihr, aber es war Avery. «Es war ein wirklich langer, wirklich scheußlicher Tag. Im Moment ist das alles zu viel. Bitte versteh mich. Die Streiterei regt Hailey nur auf. Also geh einfach, Cade.»

«Und das war's dann?» *Geh einfach.* Als wäre es so einfach?

«Nein.» Sie trat näher und umfasste mit sanfter Hand seine Wange. «Ich brauche einfach etwas Zeit, um mich daran zu gewöhnen.»

Er verstand, dass es für sie normal war, alles allein zu machen, und dass es dauern würde, bis sie dieses Muster durchbrechen konnte, aber er wollte in ihrer Nähe sein, während sie ... sich daran gewöhnte. Er trat zurück und stemmte die Hände in die Hüften, wobei er erneut gegen den Drang ankämpfte, laut zu schreien. Seine Schläfen pulsierten, und der Druck in seiner Brust wurde unerträglich.

Er starrte Avery eine scheinbare Ewigkeit lang an, versuchte, ihre Rüstung zu durchdringen, während er sich selbst daran erinnern musste, wie man atmete. Doch es hatte keinen Sinn. Sie bemühte sich, aber sie hatte sich vor ihm verschlossen. Eigentlich hatte sie sich nie geöffnet. Nicht wirklich jedenfalls.

Er sollte es gut sein lassen. Einen Schlussstrich ziehen und weiterziehen. Offensichtlich war ihr vollkommen egal, wie gut es zwischen ihnen sein könnte. Auf keinen Fall empfand Avery so tief für ihn wie er für sie. Nur dass Cade nicht gehen konnte. Avery war in seinem Kopf und seinem Herz und in seinem Blut. In jedem seiner Gedanken, jeder seiner Handlungen.

Schmerz und Glückseligkeit.

Niemand hatte dieser Frau je gezeigt, dass sie wichtig war, niemand hatte sie je an die erste Stelle gestellt. Er würde ihr auf keinen Fall einen Beweis für ihre Zweifel liefern, indem er sich auch von ihr abwandte. Weil ... verdammt. Er sie liebte, selbst wenn sie sich bemühte, genau das eben nicht zu tun.

Avery brach das Blickduell ab, als ein kalter Luftzug durch den Raum strich und sie zum Zittern brachte. Sie warf einen Blick zur Küche und erstarrte. «Oh Gott. *Nein.*»

Seine Eingeweide gefroren, als er Avery zur geöffneten Hintertür hinterhereilte. Die Kälte im Raum ließ vermuten, dass die Tür schon ein paar Minuten offen gestanden hatte.

Avery rannte nach draußen und schrie angsterfüllt nach Hailey, während der Wind an ihren kastanienbraunen Haaren zerrte. «Ich habe mich von dem Telefonat mit Richard ablenken lassen. Ich habe die Tür nicht zugemacht, als ich wieder reingekommen bin.» Sie stolperte die Verandastufen nach unten. «Hailey?»

Cades Nackenhaare stellten sich auf. Angst, wie er sie noch nie empfunden hatte, ergriff Besitz von ihm und sorgte dafür, dass ihm fast das Herz stehenblieb. Er rannte ins Haus und den Flur entlang, aber das Mädchen war nicht in seinem Zimmer. Seraph war ebenfalls verschwunden. Er zog sein Handy aus der Tasche und rief Drake an.

«Es ist fast zehn Uhr ...»

Cade schnappte sich seine Jacke und ging wieder nach draußen, noch während er redete. «Hailey ist weggelaufen. Hol Flynn ab und komm zu Avery. Das erste Ferienhaus auf Justines Grundstück. Ich werde nach Hailey suchen. Sag Flynn, er soll bei Avery warten.»

«Wir sind sofort da.»

Er legte auf und packte Averys Schulter, bevor sie allein in die Nacht hinausrennen konnte. «Ruf den Notruf an und warte hier. Meine Brüder sind unterwegs.»

«Nein, ich muss ...»

«Bleib hier, für den Fall, dass sie zurückkommt.» Er schüttelte sie leicht, um sicherzustellen, dass sie ihn gehört hatte.

Ihr tränenverschleierter, panischer Blick suchte seinen. Ihr Atem stockte. «Cade?»

«Ich werde sie finden. Das verspreche ich.» Er ließ ihr keine Zeit zu widersprechen. Stattdessen lief er in Richtung des kleinen Wäldchens. Hailey konnte noch nicht weit gekommen sein, aber er hatte keine Ahnung, wohin das Mädchen gegangen war.

Er startete die Taschenlampen-App auf seinem Handy und richtete das Licht auf den Boden. Ein Großteil des Schnees war geschmolzen, doch nach ein paar Metern entdeckte er Fußabdrücke im Schlamm, die Richtung Osten führten. Scheiße. Je näher Hailey dem Vorgebirge kam, desto größer war die Gefahr, dass sie einem wilden Tier begegnete.

Sein Handy klingelte, und er hob ab, ohne aufs Display zu schauen.

Drake kam sofort zur Sache. «In welche Richtung bist du gegangen?»

«Nach Osten. Ich habe Fußabdrücke gefunden. Ist Flynn bei Avery?» Sie brauchte jemanden an ihrer Seite, und Flynn könnte bei der Suche etwas entgehen, weil er nicht hören konnte.

«Ja. Der Sheriff ist in einer Minute da. Ich bin direkt hinter dir.»

«Bieg nach Nordosten ab. Ich gehe nach Südosten.» Er wollte schon auflegen, da fiel ihm etwas ein. «Ruf den Hund. Hailey wird nicht antworten, aber Seraph bellt vielleicht.»

«Verstanden.»

Blätter knirschten unter seinen Stiefeln, als er unter Ästen hindurchtauchte und über Wurzeln stieg. Alle paar Sekunden pfiff er nach Seraph und rief Haileys Namen, um dann gerade lange genug anzuhalten, um auf eine Antwort zu lauschen. Der Wind war feucht und beißend. Seine Angst stieg ins Unermessliche, als ihm klarwurde, dass Hailey wahrscheinlich keine Jacke trug.

Schritte erklangen links von ihm, zu schwer, um Haileys zu sein. Drakes Stimme hallte durch die Nacht, nur wenige Meter von ihm entfernt. «Hailey? Seraph? Komm schon, Junge. Wo bist du?»

Cade senkte den Blick, doch auf den trockenen Blättern waren keine Fußspuren zu erkennen. Tränen brannten in seinen Augen und schnürten ihm die Kehle zu. «Hailey! Seraph!»

Das war alles seine Schuld. Hätte er den Streit mit Avery nicht vom Zaun gebrochen, hätte er einfach den Mund gehalten, hätte er dem Mädchen keine Angst eingejagt, dann wäre es nicht weggelaufen. Wenn ihm etwas zustieß, würde er das nicht überleben. Er würde sich das nie vergeben. Genau wie Avery hatte auch Hailey sich in sein Herz geschlichen. So tief, dass sie zu einem Teil von ihm geworden war.

«Hailey! Seraph!» Er versuchte zu pfeifen, doch seine Lippen zitterten zu sehr.

Völlig verzweifelt hielt er an und raufte sich das Haar.

Ein Winseln erklang, so leise, dass er fast meinte, er selbst hätte das Geräusch in seiner Verzweiflung ausgestoßen. Er erstarrte, sah sich um. Sein Atem bildete Wolken vor seinem Gesicht. Es war so verdammt dunkel.

Da. Da war es wieder. Östlich von ihm.

Er rannte los. «Hailey! Seraph!» Er drängte sich zwischen engstehenden Bäumen hindurch – und blieb abrupt neben einem hohlen Baumstamm stehen.

Seraph saß mit wedelndem Schwanz vor ihm. Er bellte einmal, und Cade hätte schwören können, dass dieser verdammte Welpe lächelte.

Hailey saß neben ihm auf den Boden. Wiegte sich vor und zurück, den Blick zum Himmel gerichtet.

Cades Schultern sackten erleichtert nach unten, als er sich vor sie kniete und nach Verletzungen Ausschau hielt. Sein Herz schlug so heftig, dass er das Gefühl hatte, seine Rippen müssten jeden Moment brechen.

«Hey, Krümel. Bist du verletzt?» Seine Stimme zitterte, doch er bemühte sich, so ruhig wie möglich zu sprechen und sie nichts von der allumfassenden Panik spüren zu lassen, die er soeben noch empfunden hatte. Er hatte Hailey heute Nacht schon genug aufgeregt.

Hailey antwortete natürlich nicht, sah ihn nicht einmal an, aber sie wiegte sich, was verriet, dass sie sich nicht wohl fühlte. Ihr Gesicht war bleich, abgesehen von den leuchtend roten Wangen. Ihr dunkles Haar war zerzaust und verknotet, aber sonst schien es ihr gutzugehen.

Sie war am Leben. Gott sei Dank.

«Ich werde dich berühren, um sicherzustellen, dass du kein Aua hast, okay?» Er ließ ihr keine Zeit zu reagieren. Stattdessen fuhr er mit seinen zitternden Händen über ihren Kopf und ihre Arme, über ihren Oberkörper und schließlich über ihre Beine, wobei er intensiv ihr Gesicht beobachtete. Sie zuckte nicht zusammen.

Er zog seine Jacke aus, wickelte Hailey darin ein und rief Drake an. «Ich habe sie. Es geht ihr gut.» Seine Stimme brach. Er biss sich auf die Zunge, dann räusperte er sich. «Geh zurück und sag Avery Bescheid. Ich bin unterwegs.»

Er legte auf, dann schloss er fest die Augen, weil heiße Tränen über seine Wangen rannen. Er bemühte sich, ruhig durchzuatmen, aber verdammt ... Die Angst und die Schuldgefühle brachen sich Bahn. Seine Schultern zitterten, als er sich das Gesicht rieb, sich vorbeugte, sich eine Minute Zeit nahm, um sich zu sammeln.

Hailey mochte nicht seine Tochter sein, aber dieser Einblick in die Elternschaft – wie es war, jemanden mehr zu lieben als alles andere – war unerträglich wunderbar. Die Entschlossenheit, dieses Mädchen zu beschützen, entsprang tief aus seinem Innersten. So etwas hatte er noch nie empfunden. Zum Teufel, er würde alles tun, um so etwas wie heute Abend nicht noch einmal erleben zu müssen.

Nein, sie war nicht seine Tochter. Zumindest nicht biologisch betrachtet. Aber irgendwie hatten diese wenigen Monate dazu geführt, dass er sie in jeder anderen Hinsicht, auf jede Art, die zählte, als seine Tochter ansah.

Er schüttelte den Kopf und bemerkte, dass ihre pinken Socken feucht und schmutzig waren. Er setzte sich, um sich die Schuhe auszuziehen. «Es tut mir leid, dass ich dir Angst gemacht habe, Krümel. Wir haben uns nicht deinetwegen gestritten. Manchmal ... manchmal streiten sich Erwachsene. Aber jetzt ist alles in Ordnung.»

Er zog ihr die Socken aus, steckte sie in die Hosentasche und zog seine eigenen Strümpfe über ihre winzigen Füße. Sie so zu sehen, in seine viel zu große Jacke gewickelt und mit seinen Socken an den Füßen, ließ ihm erneut die Tränen kommen. Barfuß schlüpfte er zurück in seine Schuhe und stand auf.

«Bitte, bitte, jag mir nie wieder solche Angst ein.» Er griff nach Seraph und setzte ihn auf Haileys Schoß, dann hob er Hund und Mädchen hoch. Er starrte einen Moment auf sie herab, war hin- und hergerissen zwischen Zuneigung und Besorgnis. «Ich liebe dich, Krümel. Nur, damit du es weißt.» Er seufzte. «Und jetzt bringen wir dich nach Hause.»

Sie wehrte sich nicht gegen die Berührung, und als sie die Lichtung an der Hütte erreichten, zitterte sie kaum noch.

Die roten und blauen Lichter eines Streifenwagens bildeten ein Leuchtfeuer in der Dunkelheit. Drake und Flynn standen mit Avery auf der hinteren Veranda, während der Sheriff sich ein Stück entfernt mit Justine und Gabby unterhielt. Alle sahen auf, als er näher kam.

Avery schrie auf und rannte auf ihn zu, um sich in seine Arme zu werfen. Auch über ihre bleichen Wangen rannen Tränen, als sie die Arme um seinen Hals schlang, sodass Hailey zwischen ihnen eingeklemmt wurde. Sie nahm ihm das Mädchen ab – ließ seine Arme unerträglich leer zurück – und fiel auf die Knie.

Seraph sprang davon, um Gabby zu begrüßen.

Cade wandte den Blick ab und sah zu seinen Brüdern, denen die Erleichterung deutlich ins Gesicht geschrieben stand. Wenn Avery nur sehen würde, wie sehr diese Leute, seine Familie, sie ebenfalls liebten.

Von einem Moment auf den anderen verließ ihn seine ganze Energie.

Er sah zu Avery zurück, atmete seit gefühlten Stunden zum ersten Mal tief durch und räusperte sich. «Es geht ihr gut, Schatz.»

Ihm ging es nicht gut, aber wenigstens war Hailey wieder sicher zu Hause. Das war das Wichtigste, auch wenn alles andere immer noch ein Scherbenhaufen war.

Avery nickte mehrmals, wobei sie ihre Hände über Hailey gleiten ließ, um nach Verletzungen zu suchen. Hailey nahm die Berührungen ungewöhnlich ruhig hin.

Erfüllt von dem Wunsch nach einem Glas Whiskey und einer heißen Dusche – und zusätzlich vielleicht ein wenig Bleichmittel, um diese Nacht aus seinem Gedächtnis zu tilgen –, nickte er seinen Brüdern zu und ging um das Ferienhaus herum zu seinem SUV. Er stand Sekunden vor dem schlimmsten Zusammenbruch seines Lebens. Er wollte verdammt sein, wenn er hierblieb.

Als seine Brüder eine Stunde später bei ihm vorbeischauten, reagierte er nicht auf das Klopfen an der Tür. Und er reagierte auch nicht auf Averys SMS, in der nur «Danke» stand. Er hatte es nicht zu seiner Bar geschafft, um sich einen Whiskey einzugießen, hatte auch nicht geduscht. Stattdessen saß er stundenlang im dunklen Wohnzimmer, Freeman auf seinen Füßen und Candy auf seiner Schulter, während er versuchte, die Taubheit willkommen zu heißen, die von ihm Besitz ergriffen hatte.

Er vermisste seinen Dad mit einer Inbrunst, als wäre er gerade erst gestorben. Er wünschte sich so sehr, sein Vater wäre hier, um ihm zu sagen, was er tun sollte. In Bezug auf Avery. In Bezug auf Hailey. In Bezug auf seine Gefühle und die Zukunft und wie er mit diesem überwältigenden Drang umgehen sollte, sich um die beiden Frauen zu kümmern. Denn Cade hatte keinen verdammten Schimmer.

Er wusste nur, dass es sich lohnen würde, ganz egal, was dabei schiefgehen und auf wie viele Arten er sie verlieren konnte. Es würde sich lohnen, egal, was passierte.

Jetzt musste er es Avery nur noch beweisen.

· 25 ·

Avery saß auf den Stufen der hinteren Veranda und lächelte über Brents Versuche, am Flussufer mit Hailey zu spielen. Sie saßen auf einem Baumstumpf. Brent ließ die Puppe in seiner Hand mit hoher Stimme reden, aber Hailey reagierte nicht darauf. Allerdings lachte sie ein- oder zweimal über Brents Mätzchen. Er war nach der Arbeit vorbeigekommen, unter dem Vorwand, Hailey die alten Barbies seiner Nichte schenken zu wollen, aber Avery vermutete, dass er in Wirklichkeit nach ihr schauen wollte.

Was in Ordnung war. Nach der Nacht voller Angst konnte sie die Ablenkung gebrauchen. Nachdem der Arzt Hailey gestern Abend durchgecheckt hatte und es Avery endlich gelungen war, Hailey ins Bett zu bringen, war sie ins Wohnzimmer gegangen, um festzustellen, dass nur noch Drake anwesend war. Er hatte darauf bestanden, dass sie sich den Rest der Woche freinahm, dann hatte er ihr noch eine Stunde lang überwiegend schweigend Gesellschaft geleistet und war schließlich gegangen.

Sie seufzte. Der stille, starke Drake. Und Flynn war ein Gottesgeschenk gewesen, während seine Brüder im Wald nach Hailey gesucht hatten. Er war mit ihr im Wohnzimmer auf und ab getigert und hatte ihr beruhigend den Rücken gestrichelt. Beide unterschieden sich so sehr von ihrem Bruder Cade, dass es schwerfiel zu glauben, dass sie wirklich verwandt waren. Alle hatten eine andere Art von Humor und zeigten ihre Unterstützung auf andere Weise, aber Cade war … na ja, einfach anders.

Cade hatte nicht auf ihre Nachricht reagiert. Sie hatte heute in seiner Mittagspause versucht, ihn anzurufen, war jedoch direkt auf der Mailbox gelandet. Ihr Streit lag ihr schwer im Magen. Die Erinnerung an die Angst in seinen Augen, als sie bemerkt hatten, dass Hailey weggelaufen war, zerriss ihr fast das Herz. Er liebte ihre Tochter. Und er hatte Hailey gefunden, als Avery vor Angst erstarrt war, sich vor Panik nicht hatte bewegen können.

Jahrelang hatte es nur sie und Hailey gegeben. Selbst als sie noch mit Richard verheiratet gewesen war, hatte sie immer alles alleine gemacht. Cade hatte die Schutzmauern durchbrochen, die sie errichtet hatte, um sie beide zu beschützen. Er hatte keine Angst gehabt, sie in sein Herz zu lassen, ihre Tochter zu lieben. Und sie hatte ihn mit beiden Händen von sich gestoßen.

Bevor Hailey weggelaufen war, hatte Avery überlegt, dass es besser wäre, wenn sie ihre Probleme später besprechen würden, im Tageslicht und ausgeschlafen. Richards Anruf hatte sie zu sehr aufgewühlt, sie war überfordert gewesen, hatte keinen klaren Gedanken fassen können. Und als Cade Hailey angeblafft hatte, war ihr eine Sicherung durchgebrannt.

Hätte sie klar denken können, hätte sie erkannt, dass Cades sofortige Entschuldigung bedeutete, dass ihm bewusst war, was er getan hatte. Er hatte sich nicht bei Avery entschuldigt, sondern Hailey direkt angesprochen. Etwas, was Richard niemals getan hätte.

Verdammt, dieser Mistkerl wollte wieder heiraten und dachte keinen Moment daran, seine Tochter einzuladen.

Avery blinzelte, um sich zurück in die Gegenwart zu holen. Die späte Nachmittagssonne versank im Westen hinter den Bäumen, sodass lange Schatten auf dem Boden lagen und die Luft kühler wurde. Das Rosa und Purpur des Sonnenuntergangs spiegelte sich im Wasser hinter Brent und Hailey. Eine Eule rief. Avery liebte dieses fragende Geräusch. Im Gegensatz zum Klopfen des Spechts, das sie morgens fast in den Wahnsinn trieb.

Trotz ihrer ersten Vorbehalte war es hier draußen wirklich wunderschön. Doch langsam näherte sich die Tourismussaison. Ihre Mom würde die Hütte bald brauchen. Avery musste anfangen, ernsthaft nach einer Wohnung zu suchen, auch wenn sie die Aussicht, die sie hier hatte, wirklich vermissen würde.

Als hätte sie ihre Gedanken gelesen, erhob sich ihre Mom aus dem Liegestuhl hinter ihr und setzte sich neben Avery auf die Stufen. Ihr Patschuli-Duft vertrieb den Geruch von Kiefern und feuchtem Gras. Sie stieß Avery mit der Schulter an. «Ich bin so froh, dass ihr beide Freunde gefunden habt. Ich wusste doch, dass es gut für dich sein würde hierherzuziehen.»

Avery beobachtete Brent und Hailey. Dem konnte sie nicht widersprechen. Hailey fand auf ihre ganz eigene Weise Anschluss und hatte weniger Wutanfälle. Tatsächlich konnte Avery die Anfälle seit ihrer Ankunft in Redwood an einer Hand abzählen. Außerdem wirkte Hailey zufriedener, fast ... glücklich.

Sie seufzte. «Cade liebt sie sehr. Man muss ihm nur in die Augen schauen, dann erkennt man es.» Oder ihm zusehen, wenn er sich unbeobachtet glaubte. Das war der wahre Test, der am deutlichsten seinen Charakter verriet. Himmel, sogar seine Brüder konnten toll mit Hailey umgehen.

«Es ist ziemlich schwer, Hailey nicht zu lieben. Du hast das mit ihr sehr gut gemacht, Liebes.» Sie hielt kurz inne. «Und ich bin mir ziemlich sicher, dass Cade dich auch liebt.»

Avery schloss die Augen. Auch das wusste sie. «Ich habe nicht nach Liebe gesucht, Mom.» Sie hatte sie nicht gewollt, zumindest nicht zu Beginn. Den ersten Versuch hatte sie kaum überlebt, dabei hatte sie Richard nicht halb so sehr, im Grunde nicht mal auf dieselbe Art geliebt ... wie Cade.

«Na ja, lass dir etwas von jemandem sagen, der Bescheid weiß. Ob du nun danach suchst oder nicht, die Liebe findet dich.»

Nachdem Mom viermal verheiratet gewesen war, nahm Avery an, dass sie in Liebesfragen eine ziemliche Expertin sein musste. Oder wirklich, wirklich schlecht darin. «Ich weiß nicht, wie du das machst. Wie kannst du dich wieder und wieder verletzlich machen?»

Ihre Mutter richtete den Blick in die Ferne und atmete tief durch. «Es gibt kein schöneres Gefühl. Die Schmetterlinge im Bauch beim ersten Kuss, das Rasen deines Herzens, wenn du begreifst, dass es echt ist. Dafür lebe ich.»

Avery versuchte, sich zu erinnern, wann sie all das mit Richard empfunden hatte. Doch ihr fiel keine Gelegenheit ein. Mit Cade dagegen fühlte sie sich ständig, als säße sie in einer Achterbahn, die jeden Moment entgleisen konnte.

«Ich bin diesen Gefühlen fast achtundzwanzig Jahre lang hinterhergejagt.» Mom sah sie an, viel ernster als gewöhnlich. «Ich habe seit deinem Vater andere Männer geliebt, aber nie so sehr. Also jage ich dem Gefühl weiter nach, in der Hoffnung, noch einmal dasselbe zu finden.»

Sie sprachen quasi nie über Averys Dad. In ihrer Kindheit hatte Avery sich selten nach ihm erkundigt, und ihre Mom hatte kaum etwas gesagt. Avery war immer davon ausgegangen, dass ihre Mom nicht wusste, wer Averys Vater war. «Wie war er so?»

Das Lächeln ihrer Mutter wurde verträumt. «Er war dir sehr ähnlich. Du magst aussehen wie ich, aber charakterlich hast du viel von ihm.» Sie ließ sich auf die Ellbogen zurücksinken. «Er war ... vorsichtig. Ist nie einem Problem begegnet, das er nicht lösen konnte, oder einem Gefühl, das er nicht beherrschen konnte. Bis ich in sein Leben gerauscht bin. Wir hatten einen wilden, wunderbaren Sommer zusammen, und du warst das Ergebnis.» Sie runzelte die Stirn, ihr Blick schmerzerfüllt. «Ich bereue, ihm nichts von dir erzählt zu haben. Aber er hatte eine große Zukunft vor sich, und ich wollte ihn nicht aufhalten. Dann, eines Tages – du musst vielleicht drei oder vier Jahre alt gewesen sein –, ist mir dein Käse-Sandwich verbrannt. Und du hast deine kleinen Hände in die Hüften gestemmt und mich erbost angesehen. Ehrlich, dein Blick war genau wie seiner.» Sie lehnte sich wieder vor und senkte den Blick. «Da habe ich entschieden, Kontakt zu ihm aufzunehmen… nur um herauszufinden, dass er im vorigen Frühjahr bei einem Bootsunfall ums Leben gekommen ist.»

Tränen stiegen in Averys Augen, nicht aus Trauer – sie hatte ihren Vater schließlich nie kennengelernt –, sondern aus Mitgefühl mit ihrer Mutter, die diesen Mann offensichtlich auch nach all den Jahren noch liebte. Avery blinzelte, um die Tränen zurückzudrängen, und ergriff die Hand ihrer Mutter. «Tut mir sehr leid, Mom.»

«Ist schon okay, Liebes.» Sie drückte Avery einen Kuss auf die Schläfe. «Mit dir habe ich ja ein Stück von ihm behalten.» Sie seufzte, wobei ihr Atem in der kühlen Luft eine Wolke bildete.

Plötzlich sah man ihrer Mom ihr Alter an. Freude und Trauer hatten Falten hinterlassen um ihre Augen und den Mund – ein Ausdruck des kompromisslosen Lebens, das sie geführt hatte. Doch man erkannte keinerlei Bedauern in ihrem Gesicht, und Avery fragte sich, ob sie wohl in zwanzig Jahren dasselbe über sich selbst sagen könnte.

Mom tätschelte ihr die Hand. «Ich will nicht, dass du endest wie ich und zu viele Männer liebst, weil du erfolglos den Einen suchst. Aber ich will auch nicht, dass du es wie er machst und dein Herz so sehr bewachst, dass du die Liebe verpasst, wenn sie dich findet.»

Avery atmete langsam ein. Genau das hatte sie ihr gesamtes Leben über getan. Sie fragte sich jetzt, ob dieses Verhalten ererbt war oder erlernt. Vom ersten Tag an hatte sie Richard und Cade verglichen, hatte die Ähnlichkeiten und Unterschiede abgewogen. Nicht um sie gegeneinander abzuwägen, sondern weil die Person, die sie bei Richard gewesen war, sich so vollkommen von der Person unterschied, die Cade in ihr zum Vorschein brachte.

«Du hast Richard nie geliebt. Ich glaube, jetzt, wo die echte Liebe Einzug in dein Leben gehalten hat, ist dir das bewusst geworden.» Mom grinste. «Er trägt blaue Arbeitskleidung und ein Stethoskop, nur für den Fall, dass du dich fragst, von wem ich rede.»

Lachend ließ Avery den Kopf auf die Schulter ihrer Mutter sinken. Vielleicht hätte sie in ihrer Jugend doch mehr auf sie hören sollen. Sicher, Mom vergaß meistens, ihr Handy zu laden, und konnte keine Lasagne kochen, selbst wenn es darum gegangen wäre, ihr Leben zu retten, aber sie war trotzdem weiser, als Avery ihr zugestanden hatte. «Ich liebe dich.»

«Liebe dich mehr.»

...

Am Freitag war Avery ihre eigene Gesellschaft mehr als leid. Sie war froh, dass Drake ihr freigegeben hatte, aber langsam fiel ihr die Decke auf den Kopf. Was interessant war, weil sie vor ihrem Umzug nach Redwood nichts anderes gekannt hatte als Schweigen und Hailey. Keine Freunde, keinen Job, kein Leben.

Cade hatte ihr heute Morgen vor der Arbeit geschrieben, um ihr zu sagen, dass er abends kommen würde, um während ihres Treffens auf Hailey aufzupassen. Mehr Kontakt hatte es nicht gegeben. In fünf Tagen. Eine Nachricht. Sie tat ihr Bestes, ihm Raum zu geben, damit er alles in Ruhe überdenken konnte. Aber konnte er das überhaupt, wenn er gar nicht alle Fakten kannte? Momentan fühlte sie sich, als wäre dies ... das Ende.

Sie hatte sich gezwungen, nicht nach ihrem Handy zu greifen und ihn anzurufen und sich auch nicht ihre Schlüssel zu schnappen, um zur Klinik zu fahren. Er hatte gesagt, er würde heute Abend kommen. Dann würde sie mit ihm reden.

Welche andere Wahl hatte sie schon? Trotz ihrer Abwehrhaltung und ihrer Entschlossenheit, nicht in alte Muster zu verfallen, hatte sie sich in Cade verliebt. In seinen Humor und sein Herz und seine Leidenschaft. Und weil er war, wie er war, wusste sie, dass sie das nicht bereuen würde, selbst wenn ihre Beziehung endete.

Bisher war sie nie in Gefahr gewesen, wirklich zu lieben. Nicht richtig, auf diese Art, bei der man sich leer fühlte, wenn man nicht zusammen war oder ständig an den anderen dachte. Die einen zum Lachen oder Weinen brachte, Sorgen und Hoffnungen aufsteigen ließ.

Ihre Mutter hatte recht. Sie hatte Richard nie geliebt. Er war ihr Sicherheitsnetz gewesen. Sie war zu schwach gewesen, *nicht* den einfachen Weg zu wählen.

Doch bei Cade gab es kein Sicherheitsnetz. Bei ihm brauchte sie so etwas nicht. Denn wahre Sicherheit bedeutete, nicht ohne ihn leben zu wollen und niemals daran zu zweifeln, dass für ihn dasselbe galt. Cade stellte sie immer an erste Stelle und würde alles tun, um sie glücklich zu machen. Ohne Bedingungen und Verpflichtungen. Er hatte von Anfang an selbstlos daran gearbeitet, ihre Seele wieder zusammenzusetzen, obwohl er nicht derjenige war, der sie zerbrochen hatte. Männer wie Cade liebten, weil sie lieben wollten, weil sie keine andere Wahl hatten. Er war fähig, sich ohne Rückhalt zu öffnen, auf eine Art, die sie noch nie erlebt und sich selbst noch nie gestattet hatte.

Er würde sie auffangen. Jedes Mal.

Ihr wurde schlecht bei dem Gedanken, dass er annahm, sie

würde seine Gefühle nicht erwidern. Sie mochte in der Vergangenheit nicht aus vollem Herzen geliebt haben ... aber sie war klug genug, um die Emotion zu erkennen, die ihr Herz zum Rasen brachte.

Avery atmete tief durch, dann warf sie sich eine Jacke über und holte Hailey von der Schule ab.

Zurück im Ferienhaus, setzte sie Hailey mit ihrem Tablet an den Tisch und beschäftigte sich damit, Chili zu kochen, damit das Warten auf Cade sie nicht in den Wahnsinn trieb.

Er betrat die Hütte genau in dem Moment, in dem Avery zwei Essschalen und einen Korb mit Brötchen auf den Tisch stellte. Ohne sie anzusehen, zog er seine Jacke aus und hängte sie auf. Seine Stiefel stellte er neben die Tür. Dann trat er in die Küche ... und plötzlich bekam sie keine Luft mehr.

Er trug noch seine Praxiskleidung. Seine Muskeln dehnten den Stoff über den Armen und der Brust. Ihr Herz machte einen Sprung, und ihr wurde heiß vor Verlangen. Auch in diesem Punkt hatte ihre Mom recht gehabt. Sie zweifelte nicht mehr daran, dass sie Cade liebte. Kein Wunder, dass Mom diesem Gefühl ihr Leben lang nachgejagt war. Es war unvergleichlich.

Cade setzte sich neben Hailey und spähte über ihre Schulter auf das Tablet. «Was geht, Krümel? Kann ich mitspielen?»

Hailey quietschte und wedelte mit den Händen.

Ein Grinsen breitete sich auf seinem Gesicht aus, dann tippte er auf den Bildschirm, um im Tic Tac Toe Programm ein Kreuz zu setzen.

Averys Magen verkrampfte sich. Ihre Kehle war wie zugeschnürt. Er hatte sie noch kein einziges Mal angesehen. Er lächelte Hailey an, doch unter seinen Augen lagen dunkle Schatten. Er sah aus, als hätte er tagelang nicht geschlafen. Seine Schultern hingen nach unten.

«Hi», hauchte sie. «Ich habe Chili gekocht.» Sie schloss die Augen, weil dieser Gesprächsbeginn selbst ihr lahm erschien.

Sein Blick glitt zu den Schalen. «Riecht gut. Wir spielen noch fertig, dann essen wir.»

Er sah sie immer noch nicht an, und sein Tonfall war vollkommen ausdruckslos.

«Können wir reden?» Sie verschränkte die Finger, dann ballte sie die Hände zu Fäusten, um ihre Nervosität zu verbergen. Sie wünschte sich nichts mehr, als ihre Finger in seinem Haar zu vergraben, um ihn dazu zu zwingen, sie anzusehen. Ihn zu küssen und ihm zu erklären, wie dumm sie gewesen war.

Er spannte sich bei ihren Worten sichtlich an und rieb sich den Nacken. Mehrere Augenblicke vergingen, bevor er den Kopf in ihre Richtung drehte, jedoch ohne ihr wirklich ins Gesicht zu sehen. «Später. Wenn du nach Hause kommst.»

Sagte er das, weil er die Diskussion nicht vor Hailey führen wollte? Machte er sich Sorgen, dass er wieder laut werden würde und das Mädchen damit verängstigen könnte? Wollte er sich nicht vor ihrer Tochter von Avery trennen?

Himmel, seine Miene war so undurchdringlich, dass er sich genauso gut Sorgen über die globale Erwärmung oder Kornkreise machen könnte. Da war nichts, was ihr irgendeinen Hinweis bot.

Ihr Magen rebellierte. Dieser zurückhaltende, defensive Mann vor ihr war nicht der Cade, den sie kannte, nicht der Mann, in den sie sich verliebt hatte.

«Cade ...»

Er schloss für einen Moment die Augen und runzelte die Stirn, als hätte er Schmerzen. Dann schüttelte er den Kopf. Als er sprach, klang seine Stimme müde, sanft. «Später, Schatz. Geh zu deinem Treffen.»

Schatz. Es war ein gutes Zeichen, wenn er sie so ansprach, oder?

Beim Treffen des Komitees würde es um das Buffet am St. Patrick's Day gehen. Sie wollten erste Ideen austauschen. Je eher sie dort war, desto eher würde sie zurückkommen und diese schreckliche Ungewissheit hinter sich lassen. Vielleicht konnte sie sogar Kopfschmerzen vorschieben und eine halbe Stunde früher verschwinden.

Sie schlüpfte in ihre Jacke, drückte Hailey einen kurzen Kuss auf die Wange und verabschiedete sich.

Avery bekam nicht mit, was bei dem Treffen besprochen wurde, weil sie die ganze Zeit über nervös auf ihrem Stuhl herumrutschte, auf ihr Handy sah und jede Silbe analysierte, die über Cades Lippen gedrungen war – was eigentlich nicht viel Zeit in Anspruch nahm, da er kaum drei Sätze mit ihr gesprochen hatte. Und doch versuchte sie, jedes Wort, jede Betonung in diesen drei Sätzen zu deuten, bis sie kurz davor stand, sich vor Verzweiflung die Haare zu raufen.

Glücklicherweise hielt sie niemand mit Smalltalk auf, als sie schließlich aufbrach, und sie kam zu Hause an, ohne sich mit dem Auto um einen Baum gewickelt zu haben. Und das war angesichts ihres Zustandes eigentlich ein Wunder.

Als sie vor der Hütte anhielt, stand Cades Wagen nicht mehr vor dem Haus.

Panik schnürte ihr die Kehle zu, und als sie aussteigen wollte, hatte sie Mühe, ihren Gurt zu lösen. Die Lichter brannten und warfen warmes, goldenes Licht auf die Veranda, als sie die Stufen nach oben eilte. Sie wollte schon ins Haus stürmen, als sie einen kleinen Zettel entdeckte, der über dem Türknauf ans Holz geklebt war.

Wir sind bei mir. Wir sehen uns dort. Cade.

Bei ihm? Was wollten sie dort? Hailey sollte längst im Bett sein. Außerdem hatte er ihre Tochter bisher nie irgendwohin mitgenommen, wenn er auf sie aufpasste. Sie sah auf ihr Handy, doch sie hatte keinen Anruf verpasst.

Sie erstarrte. Irgendetwas stimmte nicht.

Zitternd lief sie zurück zum Auto und raste über die von Bäumen gesäumte Straße zu Cade.

· 26 ·

Cade saß mit Hailey auf dem Bett, sie übten die Präsentation ihres gemeinsamen Projekts noch ein letztes Mal mit dem Tablet, bevor Avery kam. Er vermutete, dass die Kleine ihm genau das auf ihrem Tablet hatte zeigen wollen, als sie ihn und Avery beim Streiten überrascht hatte. Was nur dafür sorgte, dass er Hailey noch mehr liebte.

Erneut sah er auf die Uhr, und in seinem Magen brannte es heiß. Avery musste jede Minute ankommen.

Die ganze Woche hatte er gegen den Wunsch angekämpft, zu ihrem Haus zu fahren, sie anzurufen oder auf ihre Nachrichten zu reagieren. Er vermisste sie so unglaublich, dass er – seit er die Hütte verlassen hatte, nachdem Hailey wiederaufgetaucht war – insgesamt kaum mehr als acht Stunden geschlafen hatte. Er hatte seine Arbeit in der Klinik wie ein Roboter erledigt und nur mit Mühe etwas Essen heruntergebracht, während er irgendwie versuchte, die Zeit bis heute zu überstehen.

Er hatte Avery Zeit zum Nachdenken geben wollen, damit sie sich nach ihrem Streit beruhigen und ohne seine Einmischung ihre eigenen Schlüsse ziehen konnte. Er hoffte nur, dass sie ihn nur halb so sehr vermisste wie er sie. Wenn nicht, waren all seine Pläne und Vorbereitungen vergebens gewesen.

Er hätte die Sache natürlich auch aussitzen können. Nachdem er Averys Handlungen, ihre Reaktionen analysiert hatte, war er sich sicher, dass ihre Beziehung sich irgendwann in die Richtung entwickeln würde, die er sich wünschte. Sie liebte ihn. Sie mochte es noch nicht wissen oder sich selbst noch nicht ausreichend vertrauen, um es sich einzugestehen, aber sie liebte ihn.

Nur dass sie, wenn sie gleich sein Haus betrat, keinen geduldig Wartenden vorfinden würde. Was er getan hatte, würde sie entweder in die Flucht schlagen, oder sie würde sich in seine Arme werfen. Er wusste es nicht, aber er hatte einfach etwas unternehmen müssen. Dieser Schwebezustand trieb ihn in den Wahnsinn.

Die Eingangstür knallte, und Cades Herz setzte für einen Augenblick aus.

«Cade?» Averys Stimme drang zu ihm nach oben.

Er holte zitternd Luft und sah Hailey an. «Showtime, Krümel. Bist du bereit?»

Sie quietschte und wedelte mit den Händen.

«Cade?»

Averys Stimme klang angsterfüllt, also stand er eilig auf. «Warte hier. Ich bin gleich zurück.»

Er trat aus dem Schlafzimmer, bog um die Ecke und blieb an der Treppe stehen. «Hier oben.»

Sie kam zum Fuß der Treppe gerannt, dann blieb sie stehen. «Stimmt etwas nicht? Wo ist Hailey?»

Verdammt. Er hatte nicht die Absicht gehabt, Avery Angst einzujagen. «Sie ist hier. Es geht ihr gut.»

Sie lehnte sich nach vorn, legte eine Hand an die Brust und atmete seufzend aus.

Cade kam ihr den halben Weg die Treppe hinunter entgegen und strich sanft von ihren Schultern bis zu ihren Händen. «Es tut mir leid. Ich wollte dir keine Angst machen.»

Sie schloss die Augen und nickte. Gleichzeitig sanken ihre Schultern nach unten.

Er saugte ihren Anblick in sich auf. Er hatte nicht geahnt, was es in ihm auslösen würde, sie endlich wieder anzusehen. Es waren nur ein paar Tage ohne Kontakt gewesen, aber es waren die längsten paar Tage seines verdammten Lebens gewesen. Bevor sie zu ihrem Treffen aufgebrochen war, hatte er sie nicht ansehen können, weil er sonst die Fassung verloren hätte.

Cades Brust wurde eng, und ein Kloß bildete sich in seiner Kehle. Avery war kaum geschminkt, ihr kastanienbraunes Haar war zu einem unordentlichen Pferdeschwanz gebunden, und sie trug lediglich Jeans und ein T-Shirt unter der Jacke, doch sie war trotzdem die schönste Frau, die er je gesehen hatte.

Das war es, was ihn am meisten erschütterte. Sie musste nur sie selbst sein, damit er sie begehrte. Sie musste nicht das Geringste dafür tun. Sie musste sich nicht aufhübschen oder herausputzen. Sie klammerte nicht, schmeichelte ihm nicht und gab nicht vor, jemand anderes zu sein. Avery war echt und ehrlich und wahrhaftig.

Ihre schokoladenfarbenen Augen fingen seinen Blick ein, mit diesen goldenen Flecken im Braun, und ihm stockte der Atem. Wenn Augen wirklich die Fenster zur Seele waren, wie es in diesem Sprichwort hieß, dann waren ihre Fenster gerade geputzt worden. Zum ersten Mal erkannte er keinerlei Zögern oder Zurückhaltung mehr darin. Sie hatte sich ihm geöffnet und sah ihn an, als gehöre ihr Herz ihm.

Er hob die Arme, zog ihr die Jacke aus und warf sie von der Treppe nach unten, dann umfasste er sanft ihre Wangen. «Ich habe dich vermisst.»

Ihre Augen leuchteten förmlich vor Erleichterung. Wann, wann endlich, würde sie aufhören, an ihm zu zweifeln?

«Ich habe dich auch vermisst. Und es tut mir leid, was ich vor ein paar Tagen zu dir gesagt habe.» Sie verzog das Gesicht. «Ich will dich auf keinen Fall verletzen. Ich glaube nicht, dass ich ihn je geliebt habe, und ich habe nicht vor, die Gegenwart noch länger von der Vergangenheit beeinflussen zu lassen. Ich ...»

Er küsste sie sanft, nicht, um sie zum Schweigen zu bringen, sondern um weitere Entschuldigungen zu unterbinden. Er brauchte keine Erklärung. Er brauchte nur sie. Er verstand, warum sie gesagt hatte, was sie gesagt hatte. Ehrlich. Er konnte es ihr nicht übel nehmen. Aber wenn es das Letzte war, was er tat: Er würde sie dazu bringen zu verstehen, dass er sie niemals so behandeln würde, wie dieser Mistkerl es getan hatte.

Sie seufzte, als er sich von ihr löste, sodass ihr warmer Atem über sein Kinn glitt. Langsam hoben sich ihre Lider, der Schleier in ihren Augen lichtete sich, und ihr Blick huschte durch den Flur. «Wieso seid ihr beide überhaupt hier? Du hast Hailey noch nie mit zu …»

Und dann sah sie die Bilder, die er an der Treppenwand aufgehängt hatte. Insgesamt waren es fünf. Eines von ihm mit seinen Eltern, nach seinem Abschluss. Eines vom letzten Herbst, das ihn und seine Brüder vor der Klinik zeigte. Ein süßer Schnappschuss von Avery und Hailey von ihrem Ausflug in die verschneiten Berge. Das Foto von Hailey und Seraph auf dem Boden vor dem Kamin, wie sie mit einem Seil Tauziehen spielten, war fast sein Lieblingsbild.

Doch dieser Titel gebührte dem Bild, das er von Pinterest heruntergeladen hatte … er selbst und Avery beim Tanzen. Er in seinem Anzug und sie, die ihn in ihrem atemberaubenden roten Kleid anlächelte. Seine Hand lag an ihrer Wange, die andere in ihrem Rücken. Hinter ihnen glitzerten Lichter. Cade hatte keine Ahnung, wer das Foto geschossen hatte, aber er war dankbar dafür. Ein Blick reichte aus, um zu sehen, dass sie der Mittelpunkt seiner Welt war.

Vielleicht würde sie es jetzt auch endlich verstehen.

Ihre Stimme klang belegt, als sie das Schweigen brach. «Wann hast du sie aufgehängt?» Sie starrte immer noch die Bilder an, also konnte er ihre Miene nicht deuten, doch ihr Körper blieb entspannt.

«Diese Woche.»

Sie sah ihn an, und er erkannte ... etwas ... in ihrem Blick. Hoffnung? «Nach unserem Streit?»

Langsam verstand er. Sie hatte geglaubt, er hätte ihre Beziehung abgeschrieben ... aber die Fotos bewiesen, dass das nicht stimmte. «Ja, nach unserem Streit.» Er zog sie an sich und drückte ihr einen Kuss auf die Stirn. Als er ihren Duft in sich aufnahm und ihre weiche Haut berührte, löste sich seine Anspannung endlich. «Ich möchte dir etwas zeigen. Komm.»

Sie nickte, also nahm er ihre Hand und führte sie in den Raum, von dem er bis vor kurzer Zeit noch nicht gewusst hatte, was er damit anfangen sollte. Inzwischen wusste er es.

Cade schluckte schwer, bevor er die Tür aufstieß und das Zimmer betrat. Er gab Averys Hand frei, um ihr Luft zum Atmen zu lassen. Aber kaum war sie über die Schwelle getreten, keuchte sie.

Die Hunde saßen auf dem Bett und buhlten um Haileys Aufmerksamkeit. Sie allerdings war damit beschäftigt, auf ihrem Tablet zu spielen, und beachtete die beiden gar nicht.

«Oh mein Gott.» Avery schlug eine Hand vor den Mund.

War das ein Das-ist-phantastisch-Oh-mein-Gott oder ein Verdammt-verdammt-Oh-mein-Gott? Cade wusste es nicht, denn er sah sie nur im Profil.

Er entschied, lieber den Mund zu halten, bis sie ihn an ihren Gedanken teilhaben ließ, also lenkte er sich ab, indem er das Zimmer noch einmal betrachtete und versuchte, es durch ihre Augen zu sehen.

Die Wände waren in einem hellen Rosa gestrichen, ein lebensgroßes Wandbild eines Puppenhauses zierte die eine Seite. Die

Spitzenvorhänge vor dem Erkerfenster waren weiß und passten zu den neuen Möbeln – einem großen Bett und einer Kommode. Auf dem Boden lagen überall große Kissen verteilt, weil Hailey Kissen mochte. Und in einer Ecke stand ein Tisch.

Avery stieß ein seltsames Geräusch aus, sodass er schon befürchtete, er wäre zu weit gegangen.

Getrieben von dem Drang, sich zu erklären, rieb er sich den Nacken. «Du hast gesagt, du müsstest aus dem Ferienhaus ausziehen, bevor die Tourismussaison beginnt. Ich dachte, du könntest hier einziehen, statt dir eine Wohnung zu suchen. Du könntest mit mir zusammenziehen.»

Sie riss den Kopf zu ihm herum, blickte ihn aus großen Augen an. Eilig schloss er den Mund. Wieso gelang es ihm nie, das Richtige zu sagen, wenn es um sie ging? Eigentlich hatte er sie langsam an die Vorstellung heranführen wollen, aber er setzte es gerade vollkommen in den Sand.

«Das hier wäre Haileys Zimmer. Wie man sieht. Zoe hat das Wandbild für sie gemalt. Gabby hat die Möbel ausgesucht. Die Kissen sind ganz allein mir zuzuschreiben.» Verdammt. Er rieb sich den Nasenrücken und schloss die Augen.

Als er die Lider wieder öffnete, hatte Avery sich kein Stück bewegt und sah aus, als würde sie jeden Moment ohnmächtig werden. Dann – verdammt – stiegen ihr Tränen in die Augen, und seine Panik erreichte ganz neue Ausmaße.

«Du musst dich nicht sofort entscheiden. Oder überhaupt etwas tun. Ich wollte es nur anbieten. Das Angebot steht, also lass dir Zeit.» Himmel. *Halt die Klappe, O'Grady.*

Immer noch sagte sie kein Wort.

Hailey quietschte und zog so die Aufmerksamkeit auf sich. Sie hüpfte mit wedelnden Händen auf der Matratze auf und ab, den Blick an die Decke gerichtet, was die Hunde zum Bellen animierte. Zumindest einem seiner Mädchen gefiel der Gedanke, bei ihm einzuziehen.

Er konnte das Schweigen nicht länger ertragen, also ging er zum Bett, setzte sich auf die Kante und nahm das Tablet, das Hailey zuvor weggelegt hatte. Wenn er Avery jetzt ansah und erkennen musste, dass sie dichtgemacht hatte, dann würde er austicken, also hielt er den Blick gesenkt.

«Cade ...»

Er schüttelte nur den Kopf, als er ihre zitternde, leise Stimme hörte. *Sag nicht nein, Schatz. Bitte.*

Während er durch die Apps scrollte, versuchte er noch einmal, es zu erklären. «Ich weiß, dass wir noch nicht lange zusammen sind, und ich weiß auch, dass du Angst hast. Aber diese Sache mit uns? Die ist echt. Ich denke ständig an dich, und ich will, dass du Teil meines Lebens wirst. Dass ihr beide Teil meines Lebens werdet.»

Himmel. Er wollte, dass sie eine Familie wurden.

Endlich fand er die App, die er brauchte, und gab Hailey das Tablet zurück. «Bereit, Krümel? Zeig deiner Mom, was wir geübt haben.»

Haileys Finger schwebten ein paar Sekunden über dem Display, bevor sie das erste Symbol antippte und eine roboterartige Stimme sagte: «Ich.» Ohne zu zögern, tippte sie als Nächstes auf das Herz.

Cade wartete gespannt.

Hailey hielt inne, doch nach kurzem Zögern tippte sie auf ... Averys Bild.

Cade riss die Hände in die Luft und lachte. «Ja! Das ist mein Mädchen. Ghettofaust.» Er hob seine Hand, und sie stieß ihre Knöchel gegen seine. Dann sah er zu Avery auf und zuckte zusammen.

Tränen rannen über ihre bleichen Wangen, und ihre Augen waren rot und geschwollen. Ihre Stirn war gerunzelt, ihr Mund stand offen, und sie atmete so angestrengt, dass er fürchtete, sie würde jeden Moment hyperventilieren. Sie hatte ihre Hand über der Brust im Stoff des T-Shirts vergraben und stieß ein gequältes Geräusch aus, während ihr Blick von ihm zu Hailey und zurück huschte.

«Du ...» Sie presste die Lippen aufeinander und atmete tief durch die Nase ein. «Du hast ihr beigebracht ‹Ich liebe dich› zu sagen?»

«Ähm ... nicht ganz.» Er stand eilig auf, weil er sich Sorgen machte, dass sie ohnmächtig werden könnte, und er wollte bereitstehen, um sie aufzufangen. «Es gab kein Symbol für Liebe, also mussten wir uns mit dem Herz behelfen.» Er zuckte mit den Achseln.

Avery keuchte.

Verdammt. Ihm wurde klar, dass er selbst die Worte noch gar nicht ausgesprochen hatte. Er hatte eigentlich vorgehabt, sie gleich zu Beginn dieses ganzen verrückten Plans zu ihr zu sagen, doch dann hatte er es vor Nervosität einfach vergessen.

Er schnappte sich das Tablet vom Bett und tippte sich erst auf die Brust und dann auf das Symbol für Herz und auf Averys Bild.

Jetzt war es raus. Sie konnte damit anfangen, was sie wollte. Wahrscheinlich sollte er noch hinzufügen, dass er sie bis ans Ende der Welt verfolgen würde, wenn sie sich gegen ihn entschied.

Aber vielleicht würde das ja gar nicht nötig sein, denn endlich – Gott sei Dank – breitete sich ein Grinsen auf Averys Gesicht aus, und sie atmete tief durch.

Nur für den Fall, dass er sich nicht deutlich genug ausgedrückt hatte ... «Ich liebe dich. Zieh heute bei mir ein oder nächste Woche oder nächstes Jahr. Mir ist egal, wann, solange du mir versprichst, es irgendwann zu tun. Und wenn du dich daran gewöhnt hast, mit mir zusammenzuwohnen, und dich meine herumliegenden Socken und mein Schnarchen nicht stören, dann werde ich dich bitten, mich zu heiraten. Ich glaube, für einen Heiratsantrag könnte es heute noch zu früh sein, aber du bist die richtige Frau für mich. Nur, damit du vorgewarnt bist. Ein Schritt nach dem anderen.»

Ihm blieb vielleicht eine Zehntelsekunde, um ihr ersticktes Lachen zu verarbeiten, bevor sie sich in seine Arme warf und ihren Mund auf seine Lippen drückte. Er stolperte rückwärts und schloss die Hände um ihren Hintern, erlangte gerade so das Gleichgewicht zurück, bevor sie gemeinsam umfielen.

Himmel. Ja. Hier gehörte sie hin.

Er vergrub eine Hand in ihrem Haar und vertiefte den Kuss, wobei er das Salz ihrer Tränen schmeckte. Sie küsste ihn voller Leidenschaft, so gefühlvoll, dass ihm fast selber die Tränen kamen. Er war so glücklich, dass er das Gefühl hatte, sein Herz müsste explodieren.

Als sein Körper nach Sauerstoff verlangte, löste er sich von ihr und sah ihr tief in die Augen. «Nur, damit du es weißt: Dieses Verhalten ist wirklich sehr unpassend vor einem Kind.»

Avery grinste und warf einen Blick zum Bett. «Sie schläft.»

Cade drehte sich um, ohne Avery loszulassen. Und tatsächlich, Hailey schlief tief und fest. «Mein Plan hat funktioniert. Jetzt musst du die Nacht mit mir verbringen.» Er hob einen Finger in Richtung der Hunde. «Bleibt.»

Dann hob er Avery hoch, sodass sie ihre Beine um seine Taille schlingen konnte, schaltete das Licht aus und trug sie den Flur entlang in sein Schlafzimmer. Ihr Schlafzimmer.

«Ich Herz dich auch, Cade.»

Er blieb abrupt neben dem Bett stehen. «Ist das ein Ja?»
«Zu was von alledem?»
«Zu irgendetwas. Zu allem. Such es dir aus. Eigentlich ...»
Sie lachte, und das heisere Geräusch füllte alle Leerstellen in seiner Seele. «Ist auch egal. Ich liebe dich. Ein Ja zu allem. Und jetzt sag es noch mal, bevor du mich ins Bett bringst.»
«Es noch mal», zog er sie auf, dann legte er sie aufs Laken und legte sich neben sie. Er drückte ihr einen Kuss auf die Wange. «Ich liebe dich.» Er küsste ihre Stirn. «Ich liebe alles an dir.» Seine Lippen glitten zu ihrem Kinn. «Jeden Gedanken, jedes Wort, jede Berührung, jede ...»
Lachend schlang sie die Arme um seinen Hals und rieb sich an seinem Kiefer. «Okay, okay. Ich hab's kapiert.»
Er sah auf sie hinunter, auf alles, was er sich nie gewünscht, aber irgendwie doch gefunden hatte. «Das habe ich niemals bezweifelt, mein Schatz.»

DANKSAGUNG

Ich danke dem Team der Brentwood-Tierklinik, besonders Lynn, die dafür gesorgt hat, dass ich bei den tierärztlichen Fragen alles richtig mache. Alle Fehler gehen auf meine Kappe. Und ein tiefempfundenes Dankeschön an Raquel aus meinem Streetteam, die alle Vogelfragen beantwortet und mich mit Geschichten versorgt hat.

Leseprobe

Kelly Moran

Redwood Love
Es beginnt mit einem Kuss

Band 2

Roman

Aus dem Englischen
von Vanessa Lamatsch

Rowohlt Polaris

Tierarzt Flynn O'Grady ist taub. Er kommt mit seiner Behinderung bestens zurecht, vor allem da ihn seine Familie und Freunde nie spüren lassen, dass er anders ist. Und dann ist da ja auch noch Gabby, seine engste Vertraute und wichtigste Mitarbeiterin. Sie übernimmt als seine Assistentin alle Untersuchungen, für die ein Gehör notwendig ist, und auch sein Privatleben kann er sich ohne sie nicht vorstellen. Deshalb hat Flynn auch nie zugelassen, dass sich seine Gefühle für Gabby über Freundschaft hinaus entwickeln. Nur warum setzt sein Herz dann jedes Mal einen Schlag aus, wenn er sie zu lange anschaut?

«Dieses Buch erinnert mich daran, warum ich mich in das Lesen verliebt habe. Es geht nicht um die Wörter auf den Seiten, sondern um die Emotionen, die sie auslösen. Kelly Moran versteht das.»
NIGHT OWL REVIEWS

Weitere Informationen finden Sie unter www.rowohlt.de
Copyright © 2018 by Rowohlt Verlag GmbH, Reinbek bei Hamburg

1

Gabby Cosette strich mit der Hand über das babyblaue Trägerkleid, das sie sorgfältig für diesen Abend ausgesucht hatte, und versuchte, nicht zu eifrig zu wirken. Oder sich zu übergeben. Das wäre auch nicht gut.

Aus der Sitznische im hinteren Teil sah sie sich im einzigen italienischen Restaurant von Redwood um und tröstete sich mit dem Gedanken, dass es noch zu früh war für den Ansturm zum Abendessen. Der Laden war eine gute Wahl. Richtig? Nicht so zwanglos wie das *Shooters* – die Bar, die sie und ihre Freunde gewöhnlich besuchten –, aber auch nicht so formell wie eines der Fischrestaurants, die es in ihrer Kleinstadt an der Küste von Oregon so zahlreich gab. Ein bisschen verbindlicher als ein Treffen auf einen Kaffee oder ein Bier, aber ohne gleich Verzweiflung auszustrahlen.

War eine Tischnische im hinteren Teil zu offensichtlich? Hatte sie es mit ihrem Make-up übertrieben? Vielleicht hätte sie ihr Haar aufstecken sollen, statt es offen zu tragen?

Nein, nein. Sie hatte sich absichtlich für einen natürlichen Look entschieden. Die Leute aus Redwood kannten sie schon ihr ganzes Leben lang. Es war nicht allzu ungewöhnlich, dass Gabby ein Kleid und ein wenig Make-up trug. Sie regte sich unnötig auf.

Es war nur … Na ja, sie hatte seit einem Jahr kein Date mehr gehabt. Seit einem Jahr!

Um ihre Nerven zu beruhigen, atmete sie tief durch und konzentrierte sich auf das rot karierte Tischtuch. Auf dem Fensterbrett rechts von ihr flackerte ein Windlicht, die Kerzenflamme schimmerte sanft durch das gefärbte Glas. Hinter der Fensterscheibe erstreckte sich der Parkplatz, wo das Auto ihres Dates bisher nirgendwo zu entdecken war.

Es war dämlich, sich wegen einer ersten Verabredung so aufzuregen, besonders mit Tom. Sie waren zusammen in die Grundschule und auch die Highschool gegangen. Seine Eltern lebten immer noch nur ein kleines Stück von ihren entfernt. Es war ein wenig seltsam, dass er nie irgendwelches romantisches Interesse an ihr gezeigt hatte, sie aber diese Woche plötzlich um eine Verabredung bat.

Andererseits … fast alle in der Stadt sahen sie als das nette Cosette-Mädchen; die gute Freundin. Daher die Date-Flaute. Es war schwer, einen Mann dazu zu bringen, auch nur darüber nachzudenken, sie zu küssen – geschweige denn sie sich nackt vorzustellen –, wenn sie doch quasi das Wort *platonisch* auf die Stirn tätowiert trug.

Die Kellnerin schlenderte heran, einen Notizblock in der Hand. «Wartest du auf jemanden, Kleine?»

«Ja.» Sie lächelte und schnappte sich ihr Handy vom Tisch. Tom kam fünf Minuten zu spät. «Er sollte gleich da sein.»

«Oooh. Ein Date?» Mavis stemmte eine Hand in ihre volle Hüfte und grinste, sodass die Falten um ihre Augen sich zu Schluchten vertieften. Gabby war sich nicht sicher, wie alt Mavis war – das wusste niemand –, aber irgendwie schien sie seit Gabbys Kindheit nicht weiter gealtert zu sein.

Gabby öffnete den Mund, um zu antworten, doch in diesem Moment entdeckte sie Tom, der sich zwischen den Tischen hindurchschlängelte und sich schließlich ihr gegenüber auf die Bank fallen ließ.

«Ich habe dich nirgendwo an der Bar entdeckt. Mit einem Tisch hatte ich nicht gerechnet.»

Es war noch ziemlich früh, und selbst am Freitag war das Bella Italia selten besonders voll. Wie schwer konnte es ihm schon gefallen sein, sie zu finden? «Gib uns einen Moment», bat sie Mavis und wartete, dass die Kellnerin sich entfernte.

Tom trug sein blondes Haar für ihren Geschmack zu kurz, und seine Lippen waren dünn. Seine unauffälligen braunen Augen huschten durchs Restaurant, bevor sie wieder auf Gabby landeten. Er versuchte nicht, sich dafür zu entschuldigen, dass er zu spät dran war, und anscheinend kam er direkt aus der Arbeit. Auf seinen Jeans und dem T-Shirt prangten Farbflecken. So was passierte, wenn man für die Maler- und Dachdecker-Firma des eigenen Vaters arbeitete.

«Danke, dass du dir Zeit für mich nimmst.» Er nahm seine Baseballmütze ab und kratzte sich am Kopf.

Wieso klang das so gar nicht nach dem Auftakt einer Verabredung? «Ähm ... klar. Wie läuft es in der Arbeit?» Ihr Blick fiel auf seine Hände, die keinen Deut besser aussahen als seine Kleidung. Vielleicht hätte sie sich doch eher für das *Shooters* entscheiden sollen.

Gabbys Magen verkrampfte sich, weil irgendetwas hier absolut nicht stimmte. Und diesmal hatte es nichts mit ihrer Nervosität zu tun. Verwirrt ging Gabby das Gespräch noch einmal durch, das sie Anfang der Woche mit Tom geführt hatte – als er seinen Hund in die Tierklinik gebracht hatte, in der sie arbeitete. Beim Bezahlen hatte er sich plötzlich zu ihr umgedreht und sie gefragt, ob sie sich mit ihm treffen könnte.

«Gut. In der Arbeit läuft alles prima.» Er setzte die Kappe wieder auf und warf einen Blick nach draußen. «Langsam wird es wärmer, also bessert sich die Auftragslage wieder.»

Vielleicht war er auch nervös. Dieser Gedanke entspannte sie ein wenig.

Mavis kehrte zurück und fragte, was sie trinken wollten.

Tom hob abwehrend eine Hand. «Für mich nichts, danke. Ich kann nicht lange bleiben. Ich spiele heute Abend noch mit den Jungs Poker. Und vorher muss ich noch duschen.»

Das gezwungene Lächeln, das Gabby sich ins Gesicht gekleistert hatte, welkte dahin wie die Petunien ihrer Mutter im August. Was meinte er damit, dass er nicht lange bleiben konnte? Warum verabredete er sich mit ihr und vereinbarte eine Pokerrunde für denselben Abend? Und wieso konnte er für seine Freunde duschen, aber nicht für sie?

Mavis sah zwischen ihnen hin und her, ihre Miene eine Mischung aus Verwirrung und Irritation. In dem Schweigen, das folgte, trommelte sie mit ihrem Stift auf ihren Block. «Kann ich dir etwas bringen?» Sie richtete den Blick auf Gabby, und ihr Tonfall sagte deutlich, dass sie besser mal etwas bestellen sollte.

«Ich nehme einen Eistee. Danke.» Als die Kellnerin gegangen war, sah Gabby Tom an. Er hatte einen Arm über die Rückenlehne der Bank geworfen und die Beine ausgestreckt. Der Geruch von Eau de Farbverdünner wehte über den Tisch. «Also …?»

«Richtig. Stimmt.» Tom beugte sich vor. «Ich weiß zu schätzen, dass ich das persönlich erledigen kann.»

Sie erstarrte. «Erledigen?» Weil sie inzwischen deutliche Schwingungen auffing, dass es sich hier nicht um ein Date handelte.

Plötzlich war ihr Körper ein Kriegsgebiet der Gegensätze. Innerlich wurde ihr eiskalt, während ihre Haut sich erhitzte. Gabby hoffte inständig, dass sie nicht rot wurde. Ihre helle Haut verriet immer ihre Gefühle, was sie mehr hasste als Algebra. Dabei war Mathe wirklich Grauen erregend.

Tom stieß ein angespanntes Lachen aus, das mehr nach einem Wiehern klang und dafür sorgte, dass mehrere andere Gäste sich zu ihnen umdrehten. «Nicht gerade ein Gespräch, das man am Telefon führen will oder so, verstehst du?»

Nein. Sie verstand nicht. «Vielleicht solltest du mir einfach sagen, worum es geht?»

Er spielte mit dem Parmesantöpfchen herum, ohne sie anzusehen. «Na ja, die ganze Stadt spricht von Rachels und Jeffs Trennung.»

Gabby runzelte die Stirn, weil sie die Teile in diesem irren Puzzle einfach nicht zusammensetzen konnte. Ihre ältere Schwester war nur ein paar Wochen mit Jeff ausgegangen, was nach Rachel-Standards schon fast einer Ehe gleichkam. Rachel hielt sich gerne alle Möglichkeiten – und ihre Beine – offen.

Bei diesem Gedanken stiegen sofort Schuldgefühle in ihr auf, doch das änderte nichts an der Wahrheit. Sie und Rachel hätten nicht unterschiedlicher sein können. Rachel war stolz und sexy. Gabby war das nette Mädchen von nebenan. Die Männer begehrten Rachel. Das Einzige, was sie von Gabby wollten, war eine Schulter zum Ausheulen, nachdem Rachel sie abserviert hatte.

Nervös wickelte Gabby sich eine Strähne um den Zeigefinger. «Ich verstehe nicht, was Rachel und Jeff mit ...» Unfähig, den Satz zu Ende zu führen – weil sie wirklich keine Ahnung mehr hatte, was hier los war –, wedelte sie nur hilflos mit der Hand.

«Na ja», sagte Tom so beiläufig, dass sie am liebsten mit den Zähnen geknirscht hätte, «jetzt, wo Rachel wieder zu haben ist, dachte ich, du könntest vielleicht ein gutes Wort für mich einlegen?» Er blinzelte und sah sie hoffnungsvoll an.

Sie konnte ihn ein paar Sekunden lang nur fassungslos anstarren.

Die Erkenntnis, worum es hier wirklich ging, bohrte sich langsam und schmerzhaft in ihren Kopf. Ihr Herz sank ihr in die Hose. Als er sie Anfang der Woche gebeten hatte, sich mit ihm zu verabreden, hatte er sich nicht wirklich mit ihr *verabredet*. Er hatte etwas gesagt wie: *Kannst du dich am Freitag mit mir treffen?*

Und dumm, wie sie war, hatte sie daraus geschlossen, dass er mit ihr ausgehen wollte.

Als ob. Als würde sich jemals ein Mann für sie interessieren, wo ihre Schwester doch die ganzen guten Gene abbekommen hatte und nicht in dem Ruf stand, nur ein guter Kumpel zu sein. Die gute alte Gabby.

«Das hier war nie ein Date», murmelte sie leise, mehr um die Situation zu verarbeiten, als um die Wahrheit festzustellen.

«Was?»

Sie schloss die Augen und schüttelte den Kopf, um Tom wissen zu lassen, dass es keine Rolle spielte. Für ihn tat es das auch nicht. Denn sie war nicht diejenige, die er wollte, und es hatte keinen Sinn, ihre Demütigung noch zu vergrößern. Es war nicht seine Schuld, dass sie sich etwas eingeredet hatte.

Gott, sie war eine Idiotin.

Enttäuschung machte sich in ihr breit, als ihre Hoffnungen endgültig in sich zusammenfielen. Eigentlich sollte sie das nicht überraschen. Es war wirklich nicht das erste Mal, dass jemand versuchte, sie als Vermittlerin zu benutzen. Wenn es nicht um ihre Schwester ging, dann um ihre Freundinnen. Trotzdem, sie hatte sich auf den heutigen Abend gefreut; hatte gehofft, es wäre ein kurzer Regenschauer in einer langen Dürreperiode.

Ein Kloß bildete sich in ihrer Kehle, und ihre Augen wurden feucht. Sie ließ ihren Blick durch den Raum schweifen, um ihre jämmerlichen Gefühle endlich wieder unter Kontrolle zu bringen. Seit ihrer Ankunft hatten sich die meisten Tische gefüllt. Himmel, wenn sie jetzt anfing zu weinen …

«Also, was sagst du?» Tom stellte das Parmesantöpfchen zur Seite. «Könntest du einem Kumpel ein wenig unter die Arme greifen?»

Kumpel. Das Wort traf sie wie ein Schlag. Doch statt zusammenzuzucken, räusperte sie sich und lächelte. Wer war sie schon, sich eventuell wahrer Liebe in den Weg zu stellen? «Natürlich. Ich werde morgen mit ihr reden.»

Sein nervöses Grinsen verwandelte sich in ein echtes Lächeln, sodass seine leicht schief stehenden Vorderzähne sichtbar wurden. «Du bist die Beste, Gabby.»

Jep. Das war sie. Sie widerstand nur mit Mühe der Versuchung, sich selbst sarkastisch auf die Schulter zu klopfen.

Hätte sie überhaupt ernsthaft eine Beziehung mit ihm gewollt? Wahrscheinlich nicht. Tom war nicht übermäßig gutaussehend, besaß aber einen gewissen Charme. Doch sein Aussehen spielte eigentlich keine große Rolle, solange er ein gutes Herz oder Sinn für Humor besaß. Sie hatte einfach darauf gehofft, *irgendjemanden* zu haben.

Was nicht passieren würde. Nicht heute Abend.

Tom stand auf und tippte sich an die Baseballkappe, als wäre es ein Cowboyhut. «Vielen Dank noch mal. Ich muss jetzt los.»

Natürlich. Und sie blieb wieder allein zurück. Vielleicht sollte sie anfangen zu schreiben. Bei Hemingway hatte es funktioniert.

Sie nickte. Dann sah sie Tom hinterher, als er das Restaurant verließ, bevor sie zur Bar schaute, weil sie darüber nachdachte, sich ein wenig flüssiges Therapeutikum – auch als Tequila bekannt – zu gönnen.

Flynn lehnte an der Bar, den Blick auf sie gerichtet. Seine Haltung war entspannt, wie es typisch für ihn war. Er trug immer noch seine dunkelblaue Praxiskleidung. Das war mal ein attraktiver Mann. So groß, dass sie ihm gerade bis ans Kinn reichte. Athletischer Körperbau mit sehnigen Muskeln. Breite Schultern, schmale Hüften.

Alle drei O'Grady-Brüder waren auf ihre ganz eigene Art sexy. Aber Gabby war mit ihnen aufgewachsen, und es hatte nie zwischen ihnen gefunkt. Cade, der jüngste Bruder, war seit kurzem mit ihrer Praxismanagerin verlobt, und Drake, der älteste Bruder, war Witwer. Gabby konnte sich einfach nicht vorstellen, dass er sich wieder verabredete, zumindest nicht in nächster Zeit. Auch Flynn ging aktuell mit niemandem aus.

Nicht, dass es eine Rolle gespielt hätte. Sie arbeitete für Flynn und seine Brüder in der Tierklinik, also war das absolut ausgeschlossen.

Am anderen Ende des Raums kniff Flynn die Augen zusammen und nickte fragend Richtung Tür. *Wo ist deine Verabredung hin?*

Flynn war taub. Sie konnte nach all den gemeinsamen Jahren mühelos verstehen, was er meinte, auch wenn sie keine Gebärdensprache benutzten. Zwischen ihnen hatte immer eine starke Verbindung existiert, die es möglich machte, sich auch ohne Worte zu verstehen. Ein Teil davon hing damit zusammen, dass sie gute Freunde waren, der Rest war dem Umstand zu verdanken, dass sie seit vielen Jahren eng zusammenarbeiteten.

Sie zuckte nur mit den Achseln, ohne ihre enttäuschte Miene zu verbergen. Es war manchmal zum Kotzen, sie zu sein.

Flynns Brauen senkten sich, und er stieß sich von der Bar ab, um zu ihr zu kommen. Doch in diesem Moment tippte ihm der Barmann auf die Schulter und gab ihm eine Tüte. Flynn bezahlte sein Essen und trug es zu ihrer Nische, wo er die Tüte auf den Tisch stellte, bevor er sich setzte.

Seine haselnussbraunen Augen, die von unanständig langen Wimpern umrahmt wurden, glitten über ihr Gesicht. «*Was ist passiert?*», fragte er in Gebärdensprache. «*Ich dachte, du hättest eine Verabredung?*»

Wie immer antwortete sie gleichzeitig mit Worten und mit den Händen. «Das dachte ich auch. Aber es hat sich herausgestellt, dass er nur meine Hilfe wollte, um an meine Schwester heranzukommen.» Als seine Miene sich verfinsterte, zuckte sie mit den Achseln. Die Sache war peinlich genug, ohne groß darüber zu reden. «Meine eigene Schuld. Ich habe zu viel in unser Gespräch hineininterpretiert.»

Flynn starrte sie einen Augenblick ungläubig an, dann schüttelte er den Kopf. Sein attraktives, kantiges Gesicht wirkte irritiert, und er hatte die vollen Lippen angewidert verzogen. Mit einer Hand fuhr er sich durch das rotblonde Haar, das lang genug war, um sich an den Enden leicht zu locken. Flynn neigte dazu, Friseurbesuche aufzuschieben.

Mavis kam wieder zum Tisch. Sie richtete den Blick auf Flynn. «Hast du doch beschlossen, hier zu essen?»

Aus Gewohnheit sah er zu Gabby. Flynn konnte Lippen lesen, aber manchmal sprachen die Leute zu schnell oder sahen ihn nicht direkt an, sodass er nicht erkennen konnte, was sie sagten. Gabby wiederholte Mavis' Frage in Gebärdensprache.

Er grinste, wieder ganz sein normales, gut gelauntes Selbst, und nickte.

Nun, es mochte keine Verabredung sein, aber Flynn war ihr trotzdem lieber als Tom. Gabby sah die Kellnerin an. «Ich nehme ein Bier vom Fass. Und könntest du mir das größte Stück Tiramisu bringen, das du finden kannst?»

«Geht klar, Kleine.»

Gabby sah ihr kurz hinterher, bevor sie ein tiefes Seufzen ausstieß. Als sie Flynn ansah, verriet seine Miene, dass er geduldig darauf wartete, dass sie ihn wieder beachtete.

Er beugte sich vor, als wollte er seine Aussage betonen. *«Er ist ein Arschloch.»*

Sie lachte. «Sind sie das nicht alle?»

«Nicht alle.» Er holte einen Styropor-Behälter mit Lasagne aus seiner Tüte, klappte ihn auf und schnappte sich ihre Gabel von der Serviette. Dann drückte er ihr das Besteck in die Hand und gebärdete: *«Iss.»*

Er griff nach seiner eigenen Gabel und nahm einen Bissen, dann musterte er sie fragend, als sie nur im Essen herumstocherte. *«Hey. Geht es dir gut?»*

«Wird schon wieder. Aber noch nicht heute. Heute tue ich mir selber leid.» Er gehörte zu den wenigen Menschen, denen gegenüber sie so etwas zugab. Und da sein Blick sofort weicher wurde und er besorgt die Stirn runzelte, zwang sie sich, einen Bissen Lasagne zu essen. «Danke, Flynn.»

Er nickte, ohne sie aus den Augen zu lassen. *«Kinoabend. Bei mir. Ich lasse dich sogar den Film aussuchen.»*

Wieso zur Hölle war er nicht vergeben? Ernsthaft?

Die traurige Wahrheit lautete, dass Frauen Flynn wegen seiner Behinderung oft übersahen, genauso wie Männer Gabby übersahen, weil sie immer als die gute Freundin wahrgenommen wurde. Menschen waren dämlich. «Vielleicht sollten wir einen von diesen Pakten schließen. Du weißt schon ... dass wir uns gegenseitig heiraten, wenn keiner von uns mit dreißig unter der Haube ist.»

Er zog eine Augenbraue hoch, wie er es immer tat, wenn er sagen wollte ‹Jetzt bist du vollkommen durchgeknallt›. *‹Ich bin bereits dreißig, und du hast in ein paar Wochen runden Geburtstag. Dieser Zug ist abgefahren.»*

Okay. «Schön. Zerstör meine Phantasien nur mit Logik.»

Seine Schultern zuckten in einem stummen Lachen.

Sie lächelte. «Na dann, zurück zu unserem heißen Date. Was, wenn ich eine Schnulze aussuche?»

Er zuckte mit den Achseln. *«Dann lege ich meine Eier solange in den Kühlschrank. Erzähl's nur niemandem.»*

Sie schlug die Hände vors Gesicht und lachte, bis ihr Bauch weh tat. Als sie sich wieder fing, hatte sich ihre Laune deutlich verbessert. Gott sei gedankt für gute Freunde. «Allein deswegen werde ich mein Tiramisu mit dir teilen.»

«Abgemacht.» Er aß noch ein paar Bissen, bevor sein Lächeln leicht verrutschte und sich ein Hauch von Ernst in seinem Blick spiegelte. *«Nur fürs Protokoll, ich hätte den Pakt akzeptiert.»*

Sie stützte ihr Kinn in die Hand, bevor sie den Kopf wieder

hob, um die Hände zum Sprechen frei zu haben: «Wir hätten so süße Babys bekommen.»

«*Wem sagst du das. Und jetzt iss, oder ich zwinge dich, noch mal* Stirb langsam *mit mir zu schauen.*»

Sie schaufelte sich mehr von der wunderbaren Kohlenhydrat-Käse-Mischung auf die Gabel. An grauenhaften Tagen zählten Kalorien nicht. «Welchen Teil?»

Er musterte sie mitleidig. «*Alle.*»

Tod durch Bruce Willis. Es gab Schlimmeres.

KYSS AND TELL

Verrate uns, was du gern liest, wie du dich am liebsten über Bücher informierst und was du dir von uns wünschst. Gewinne außerdem monatlich eines von zehn Kyss-Paketen mit tollen Überraschungen.

Beantworte uns auf **rowohlt.de/kyssandtell** einige kurze Fragen, und mit etwas Glück bekommst du bald Post aus Redwood! Die Umfrage und das Gewinnspiel enden am 1. Februar 2019.

Auf **rowohlt.de/kyss** findest du auch Infos zu den anderen beiden Bänden der Redwood-Love-Trilogie sowie weitere Kyss-Bücher und vieles mehr.

ERZÄHL MIR VON DER LIEBE ...

Weitere Titel von Kelly Moran

Die Redwood-Love-Trilogie

Redwood Love – Es beginnt mit einem Blick

Redwood Love – Es beginnt mit einem Kuss

Redwood Love – Es beginnt mit einer Nacht

Das für dieses Buch verwendete Papier ist FSC®-zertifiziert.